D1859315

Jutta Oltmanns · Die Rückkehr des Kreuzfahrers

Jutta Oltmanns

Die Rückkehr des Kreuzfahrers

Roman

Moments

Die Autorin ist Mitglied bei DeLiA, der ersten Vereinigung Deutschsprachiger Liebesromanautorinnen und -autoren: www.delia-online.de

Besuchen Sie auch die Homepage von Jutta Oltmanns: www.jutta-oltmanns.de

Originalausgabe
Jutta Oltmanns: Die Rückkehr des Kreuzfahrers
Copyright © 2004 by Moments in der
HOF DORT HEYNE Verlag GmbH, Erftstadt
Alle Rechte vorbehalten
Lektorat: Anja Germes
Einbandgestaltung: agilmedien, Köln
Einbandabbildungen: Mauritius
Satz & Layout: Andreas Paqué, Gleichen
Druck und Bindung: Ueberreuter GesmbH, Korneuburg
Printed in Austria 2004
ISBN 3-937670-15-7

www.moments-verlag.de

Zeit heißt die Macht,
der selbst die stärksten Mauern
nicht trotzen können.
Alles gibt sie der Vergänglichkeit preis,
und die Natur bedeckt mit sanftem Grün
kärgliche Reste ruhmreicher Tage.

Für meine Söhne, Wilko und Jelte

Wat magst du beleven, up dien Reis dör d'Tied?
Wullt as en Vögel flegen, ik gah een Tree bisied.
Dü büst nu kien Kind mehr, güstern is vörbi.
Wat weer kannst du nich annern, dat Mörgen liggt bi di!

Flüggst du nah de Steerns, of nah d'Sülvermaan?
Wetst du waarhen dien Reis geiht? Segg, hest du dat al ahnt?
De Wind drifft di hoger, nu al fehlst du mi,
man ik laat di flegen, büst unnerwegens na di!

Personen der Handlung:

Es folgt eine Aufstellung der wichtigsten Personen. Die historischen Persönlichkeiten sind mit einem * gekennzeichnet.

Tammo Freesena, Held des Romans

Freese Tammena, sein Vater, einer der Richter des Mormerlandes

Frouwke, zweite Frau Freese Tammenas

Klaas, ihr Sohn und Tammos Halbbruder

Fredlef, Heerführer Freese Tammenas

Elto, Vorsteher der Bediensteten

Jerlef der Alte, Dorfältester von Ayenwolde

Jakob Wübbena, Kreuzfahrer

Sina, seine Tochter und Novizin des Klosters Palmar

Abt Menko, ihm untersteht das Kloster Palmar

Graf Calvelage-Ravensberg*, erhält das Mormerland als Lehen

Gunthar de Bahr, Ritter des Grafen von Calvelage-Ravensberg

Oliver von Xanten*, Kölner Domscholaster, wirbt Kreuzfahrer in Friesland

Bruder Gerhard*, Erzbischof von Bremen

Bruder Abbo, Mönch des Klosters Ihlow

Der »Rotfuchs«, Laienbruder des Klosters Ihlow

Abt Egge, Vorsteher des Klosters Ihlow

Adalbert der Fromme, Grangienmeister in Timmel

Die »Rote Maria«, Hure

Sönke Gerdes, Museumswärter

Der Tagesablauf im Zisterzienserkloster Ihlow:

Die Uhr war den Menschen des 13. Jahrhunderts noch unbekannt, und so wurde ihre Zeiteinteilung vom Läuten der Glocken geregelt. Die folgenden Begriffe prägten wohl auch den Alltag der Bürger und Bauern:

1.00 Uhr:	Vigilien, Nachtgottesdienst, auch Matutin (Aufstehen) genannt
3.00 Uhr:	Laudes, Frühmesse (Lob zur Morgendämmerung) Arbeit und religiöse Lektüre
6.00 Uhr:	Prim, das eigentliche Morgengebet Arbeit
9.00 Uhr:	Terz Arbeit
12.00 Uhr:	Sext, Gebet zur »6. Stunde« Mittagessen und Mittagsruhe Arbeit und religiöse Lektüre
15.00 Uhr:	Non, Gebet zur »9. Stunde« Arbeit
18.00 Uhr:	Vesper, Gebete (vier Psalmen und ein Hymnus)
19.00 Uhr:	Abendessen
20.00 Uhr:	Komplet, Abendgebet
Abschluss:	»Salve Regina«, Gruß an die Gottesmutter
bis 1.00 Uhr:	Nachtruhe

Zur Prim, Terz, Sext und Non wurde je ein Hymnus mit drei Psalmen gesungen.

Prolog

Es wurde nur langsam hell. Der Schatten des Urteils lag dunkel über Jerusalem. Selbst die schwarzen Wolken am Himmel schienen zu trauern. Joseph aus Arimathia fuhr sich mit der Hand über die Augen. Selbstmitleid drohte ihn zu überwältigen. Mitschuldig hatte er sich gemacht durch sein feiges Verhalten. Hätte er nur das Wort ergriffen für diesen Unschuldigen, den sie heute kreuzigen würden.

Er merkte, wie sich sein Magen zusammenzog. »Zu spät, zu spät«, hämmerte es in seinem Kopf.

Gestern noch hatte Joseph mit sich gehadert. Man konnte doch nicht um eines inneren Gefühles willen alles aufgeben?! Nachts, in seinen Träumen, ja, da war dies möglich, doch bei Tage, wenn er als Mitglied des Hohen Rates bei den Priestern und Schriftgelehrten saß, dann verließ ihn der Mut. Es bedurfte nur eines falschen Wortes: Macht, Einfluss, Reichtum und Ansehen wären dahin.

Und doch ... nach dem Urteil schien all dies nichts mehr wert zu sein.

Darum hatte Joseph in der letzten Nacht seinen Geist mit Mut genährt, sich wieder und wieder der eigenen Feigheit gestellt. Und dann war die Vision gekommen, der er folgen wollte. Heute würde er, heute musste er seine Feigheit überwinden! Die Vollstreckung des Urteils war nicht mehr zu verhindern, doch er würde dafür sorgen, dass etwas von diesem Mann blieb!

Joseph schob seine Ängste beiseite, genau wie der kräftige Wind die dunklen Wolken am Himmel. Für einen Augenblick wärmte die Sonne sein Gesicht. Er genoss ihre Strahlen, vielleicht die letzten, die seine Haut erreichen würden. Dann straffte Joseph die Schultern und holte den Kelch hervor. Die Schale aus Achat fußte, verbunden durch ein goldenes Mittelteil, auf einem schwarzen Edelstein, einem Onyx. Joseph streckte den Kelch mit beiden Händen – als ob er göttlichen Segen erflehen wollte – dem Licht entgegen. Die Strahlen der Sonne schienen dem Gefäß Leben einzuhauchen.

Und während Joseph staunend das Funkeln des Steines bewunderte, war es ihm, als ob der Wind raunte: »Trinket alle daraus; das ist mein Blut, welches vergossen wird für viele!«

Plötzlich schien der Kelch nicht mehr seelenlos, sondern lebendig zu sein. Er strahlte eine Wärme aus, die sich wie Balsam auf Josephs innere Wunden legte. Der letzte Funke von Unsicherheit verschwand. Auf einmal wusste Joseph um die Dinge, die sich ereignen würden und die zu verhindern nicht mehr in seiner Macht stand. Und er wusste, dass dieser Kelch ein Mittler war zwischen Leben und Tod – dieser Kelch, der ihn, Joseph, zu seinem Werkzeug ausersehen hatte!

Wie apathisch hastete der Mann aus Arimathia zur Schädelstätte, dem Ort der Vollstreckung des Urteils. Keinen Augenblick zu früh. Sie hatten den Unschuldigen bereits ans Kreuz geschlagen, und einer der Kriegsknechte durchbohrte mit einem Speer die Flanke des Mannes. Joseph fing, wie von unsichtbarer Hand geführt, mit dem Kelch das Blut des Gekreuzigten auf.

Das höhnische Gelächter der Mitglieder des Hohen Rates klang ihm in den Ohren, doch auf unerklärliche Weise floss mit jedem Tropfen Blut auch Mut in Josephs Herz. Ein Mut, der alles Unmögliche für möglich hielt.

Mit dem Gelächter der Priester und Schriftgelehrten zogen sich die Wolken drohenden Unheils über Josephs Kopf zusammen. Gejagt sollte er werden und eingekerkert um seines Glaubens willen. Mutig würde er Jahr für Jahr im Gefängnis ausharren, um zuletzt zu fliehen und frei und als Anhänger des gekreuzigten Mannes zu leben – fern seiner Heimat. Mit auf den Weg in ein fremdes Land nahm er seinen wertvollsten Besitz: einen eigentümlichen Kelch, der zur rechten Stunde den Weg zu ihm gefunden hatte. Der Mann aus Arimathia gab dem Kelch einen Namen: »Der Steinerne Gral«.

Durch alle Zeiten der Geschichte machten sich Männer und Frauen auf den Weg, um dieses Gefäß zu suchen. Reichtum, Glück und ewiges Leben – so wird behauptet – erwarten den Finder.

Doch der Kelch scheint seinen eigenen Weg zu gehen. Er lässt sich nicht einfach finden, und wer ihn gewahrt, hat vielleicht niemals nach ihm gesucht.

I

Das Mormerland

Sommer 1216

»Wir sind von allen Seiten bedrängt,
aber wir ängstigen uns nicht.
Uns ist bange, aber wir verzagen nicht.
Wir leiden Verfolgung, aber wir werden nicht verlassen.
Wir werden unterdrückt, aber wir kommen nicht um.«
(2. Korinther 4, 8–9)

Die Schergen des Grafen

Tammo schwang die Heugabel, als ob er nie in seinem Leben etwas anderes getan hätte. Er fing den anerkennenden Blick des Dorfvorstehers auf. Ein glückliches Lächeln legte sich auf seine Lippen.

»Wenn Vater mich so sehen könnte«, ging es ihm durch den Sinn, »mitten unter diesem ›Bauernpack‹.« Tammo lachte in sich hinein. Niemals in seinem Leben hatte er sich wohler gefühlt als bei den Bauern von Ayenwolde!

Die Sonne zauberte goldene Lichtreflexe in sein strohblondes langes Haar. Das graue Leinenhemd spannte sich bei jeder Bewegung um den muskulösen Körper. Er war größer als die meisten anderen des Dorfes und auch kräftiger. Tammo konnte es nicht leugnen, dass er ein Freesena war. Er hatte die fein gemeißelten Züge und die stolze Haltung, die Haarfarbe und die smaragdgrünen Augen seiner Vorfahren. Dazu einen fast sinnlich zu nennenden Mund. Ein Freesena, der sein Glück beim »Bauernpack« gefunden hatte.

Seine Augen suchten Rieke in der Menge. Die Frau, um deretwillen er mit seinem Vater zerstritten war. »Sein Weib« – diese Worte erfüllten ihn mit Stolz. Sie war »sein Weib«, das »sein Kind« unter ihrem Herzen trug. Just in diesem Augenblick bog Rieke den Rücken durch und wischte sich den Schweiß von der Stirn. Tammo war stolz auf sie. Ihr schwellender Leib hielt sie nicht davon ab, bei der Heuernte zu helfen. Niemand drückte sich davor, egal ob er Schmied, Gerber oder Färber war. Die Menschen in Ayenwolde waren eine Gemeinschaft. Sie mussten zusammenarbeiten, einer allein würde untergehen.

So wie die Julianenflut von 1164 ihre alte Heimat hatte untergehen lassen.

»Und Gottes Strafe, die große Sündflut, ereilte uns«, pflegte der alte Tjade zu sagen, »da wir nicht von unserem frevelhaften Tun und gotteslästerlichen Treiben lassen wollten.«

Lange Zeit hatten die alten religiösen und mystischen Vorstellungen neben dem Christentum Bestand gehabt, doch seit der Flucht vor dem Wasser wurden von den Ayenwoldnern keine heidnischen Riten mehr durchgeführt.

Der alte Tjade wurde nicht müde, von der Wanderung der Überlebenden der Sturmflut hierher zu berichten. Einen großen Mischwald, Wiesen zum Weiden des Viehs und viel, viel Moor hatten die ersten Siedler vorgefunden.

Das Moor war kultiviert worden, und das Leben der Menschen wurde nunmehr von der Landwirtschaft geprägt. In den nahen Niederungen weidete das Vieh des Dorfes, und auch das Ackerland nutzte man gemeinsam. Im Winter wurde gewebt und gesponnen, die Männer verarbeiteten Knochen und Felle zu Geräten und Leder. Am Feuer erzählte man sich Geschichten von dem starken Ayl, der die Menschen der Küste hier in dieses Gebiet am Rande des Moores geführt hatte. Er gab dem Ort seinen Namen.

Ayenwolde war ihr Zuhause geworden. Tammo Freesena aber empfand nicht das Land, sondern die Menschen, die es ausmachten, als »sein« Zuhause.

»He, Sohn eines Sechzehners, träumt Ihr von besseren Zeiten?« Die spöttische Stimme des Schmieds riss Tammo aus seinen Gedanken.

Mit der Bezeichnung »Sechzehner« spielte er auf die Stellung von Tammos Vater an. Dieser war vorsitzender Richter ihrer Landesgemeinde, des Mormerlandes. Friesland bestand aus einer Vielzahl von selbstständigen Seelanden. Die einzelnen Länder unterstanden Richtern, zumeist sechzehn an der Zahl, die im Volksmund »Sechzehner« genannt wurden.

»Ob Ihr es glaubt oder nicht, es gab niemals bessere Zeiten für mich.« Tammo bekräftigte seine Worte mit einem Nicken. Er wischte sich den Schweiß von der Stirn und nahm einen kräftigen Schluck Bier aus seiner Kalebasse.

Der Schmied streifte ihn mit einem ungläubigen Blick, aber Tammo meinte es ernst.

»Glaubt Ihr etwa, nur weil mein Vater, der mächtige Freese Tammena, ein Sechzehner ist, war mein Leben auf Rosen gebettet? Wie würde es Euch gefallen, jahrelang im Kampf ausgebildet zu werden, obwohl ihr das Kämpfen hasst, oder ein Weib heiraten zu müssen, hässlich wie die Nacht, damit sich der Reichtum mehrt? Wenn ich nur an meine Kindheit denke! Ein Priester lehrte mich lesen und schreiben, doch zu welchem Preis?! Stunden habe ich auf Knien in der eiskalten Kirche zugebracht, bevor mein Geist dem Gottesmann endlich gereinigt genug schien, um mit den Worten der Heiligen Schrift gefüttert zu werden.«

Der Schmied wischte sich mit dem Handrücken die Nase. »Vom Kämpfen mit dem Schwert und der Gelehrsamkeit versteh ich nicht viel, aber schlimmer als die Schufterei hier im Dorf kann es nicht sein. Wir sind abhängig von unserer Hände Arbeit. Euer Vater dagegen ist ein reicher Bauernkaufmann. Man sagt, er handelt mit Getreide, Rindern, Schafen und Pferden, ohne jemals selbst Hand anzulegen. Seine ererbten Ländereien lässt er von Bauern bearbeiten, die ihm Pacht zahlen und einen Teil der Ernte und des Viehs abgeben. Ihr habt sicherlich niemals Hunger gelitten, oder?«

Tammo schüttelte den Kopf.

»Seht Ihr, und das ist der Unterschied: Als Sohn eines reichen Mannes hängt das Leben nicht von einer Heuernte ab. ›Der Hunger ist das schärfste aller Schwerter‹, so lehrten es uns schon die Alten. Darum meine ich, der Tausch, den Ihr machtet, war schlecht.«

Der Schmied wollte sich wieder seiner Arbeit zuwenden, doch Tammos Worte hielten ihn auf. »Ihr habt Recht, ich habe noch niemals gehungert nach Nahrung oder Kleidung, aber meine Seele hat gehungert nach Liebe und Anerkennung, nach Verständnis und Wärme. Und ohne diese Dinge hat auch ein reiches Leben keinen Sinn! Zum ersten Mal in meinem Leben fühle ich mich frei, wirklich frei.«

Der Schmied runzelte die Stirn. »Mmh, ich weiß nicht, was den Sinn eines Lebens ausmacht. Ich weiß nur, wie sehr der Hunger nach Brot nagen kann und dass Freiheit den Bauch nicht füllt. Die Angst vor dem Hunger lässt uns alle wie verrückt schuften. Glaubt Ihr nicht, eines Tages überkommt Euch die Reue? Nicht nur über den Verlust von Gut und Geld, sondern auch über den Verlust an Macht. Euer Vater ist ein mächtiger Mann. Eines Tages hättet Ihr in seine Fußstapfen treten können. Sagt, verhandelt er nicht sogar als seeländischer Richter mit den anderen Mächtigen über die Geschicke Gesamtfrieslands?«

»Ja.« Resignation klang aus Tammos Stimme. »Mein Vater trifft sich regelmäßig mit Abgeordneten der verschiedenen Landesgemeinden beim Upstalsboom, Ihr wisst, dem Grabhügel westlich von Aurich. Verhandeln, dass können alle Richter gut. Doch ich sage Euch, eine Einigkeit gibt es unter ihnen nicht. Sie streiten, und jedes Land sucht seinen eigenen Vorteil. Die Sechzehner reden und reden, aber keine Taten folgen.«

Jerlef, der Dorfälteste, hatte sich zu den beiden gesellt. Seine gebeugte Gestalt nahm sich klein aus gegen den hohen Wuchs Tammos. Dessen letzte Worte waren ihm nicht entgangen.

»Die Seelande sind sich nicht einig!« Er nickte Tammo zu. »Wie lange schon bedroht der Graf Calvelage-Ravensberg das Mormerland!? Immer wieder erscheinen seine Männer in den Dörfern, auch hier bei uns, und fordern den ihnen angeblich zustehenden Teil von Ernte und Vieh. Der König habe ihm das Mormerland als Lehen zugesprochen, behauptet der Graf. Und, wird ihm von den Kriegern Eures Vaters Einhalt geboten? Fordert der Sechzehner vielleicht die anderen Seeländer zum gemeinsamen Kampf auf? Nein, ihm ist sein Steinhaus wichtiger als alles andere. Er ist dort ja auch sicher vor Feinden. Ihr, Tammo, seid mir ans Herz gewachsen, doch das Handeln Eures Vaters findet meine Zustimmung nicht. Dreimal bin ich bei ihm gewesen und habe Hilfe für unser Dorf gefordert. Doch der Sechzehner speiste mich mit leeren Versprechungen ab. Dreimal waren die Männer des Grafen von Calvelage-Ravensberg hier, und Gnade uns Gott, wenn Euer Vater nicht bald etwas tut.«

Tammo stach seine Heugabel wild in den Boden. »Hier habt Ihr einen Grund mehr, warum ich es nicht mehr aushalten konnte bei meinem Vater. Er tritt die Freiheit mit Füßen, dabei ist sie unser kostbarster Besitz. Diese Freiheit von aller Knechtschaft ist es doch, die uns Friesen von anderen unterscheidet. Ihr, als Pächter meines Vaters, müsst zwar Abgaben für das bearbeitete Land leisten, aber im Grunde Eures Herzens seid Ihr frei. Frei, zu gehen, und frei, zu bleiben. Herr Eures eigenen Lebens. Keine Leibeigenen wie in anderen Gebieten des Reiches. Und auch die Mächtigen Frieslands sind nur dem König unterstellt. Diese Freiheit ist bedroht durch Fremde, die sich als Herren aufspielen, und mein Vater rührt keinen Finger.«

Eine Weile war es still. Verbitterung zeigte sich auf Tammos Gesicht. Doch dann legte sich plötzlich ein warmes Lächeln auf seine Züge. »Ein Gutes hat Euer dreimaliges Fürsprechen allerdings gehabt, Jerlef. Ich habe Rieke kennen gelernt!«

Jerlef lachte. »Während ich Eurem Vater unsere Probleme vortrug, hattet Ihr nur Augen für meine Tochter.«

Versonnen blickte Tammo über den Kopf des Dorfvorstehers hinweg und dachte an seine erste Begegnung mit Rieke. »Wie sehr ich von ihr fasziniert war!«, ging es ihm durch den Sinn. »Diese große, schlanke Frau mit dem langen blonden Haar – sie hat mich gleich in ihren Bann gezogen. Doch nicht nur mit ihrem Äußeren. Riekes ganzes Wesen strahlte schon damals diese Ruhe aus, diese innere Gelassenheit gepaart mit Sanftheit und Güte. Eine Mischung, der ich nicht widerstehen konnte. Allein ihre Anwesenheit schien Jerlef die Kraft zu geben, mit meinem Vater um Schutz für Ayenwolde zu feilschen. Dreimal sprachen die beiden vor, und immer hoffte ich, es möge ein nächstes Mal geben.«

Tammo hatte Rieke nicht vergessen können. »Immer wieder nahm ich meine Vernunft zu Hilfe. Der Sohn eines Sechzehners und eine Bauerntochter! So etwas gibt es nur in den Erzählungen der Alten im Winter am Feuer. Mir war klar, dass Vater einer derartigen Verbindung niemals zustimmen würde. Aber es wollte mir einfach nicht gelingen, dieses Mädchen aus meinen Kopf zu verbannen.«

Zuletzt hatte er seinen Gefühlen nachgegeben. Das Gelächter seines Vaters, als er von »Liebe auf den ersten Blick« sprach, stach ihm noch heute ins Herz. »Mein Sohn, Ihr seid ein Narr. Schöne Weiber gibt es überall. Reiche Weiber, das muss es sein, wonach Euch verlangt. Liebe, sagt Ihr, was ist Liebe? Ihr seid ein Dummkopf, wenn Ihr das Verlangen nach diesem Weibe für Liebe haltet. Nehmt sie Euch und entlohnt sie gut. Vielleicht aber sollten wir auch einen alten Brauch unserer Vorfahren wieder aufnehmen. Denen stand es zu, sich kurz vor der eigenen Vermählung eine junge Maid aus dem einfachen Volk zu erwählen und mit ihr den Abschied vom ungebundenen Leben zu feiern.«

Aber Tammo hatte nicht nur »Verlangen« nach Rieke, wie es sein Vater nannte. Er konnte und wollte nicht ohne sie leben. Täglich verzehrte er sich nach ihr.

Jerlefs Gelächter riss Tammo aus seinen Gedanken. »Was gab das für ein Gerede, als Ihr immer wieder in unser Dorf geritten kamt, nur um mit Rieke zu sprechen. Anfangs hat keiner Eure Werbung ernst genommen. Rieke hat Euch nicht einmal angeschaut. Doch nach einiger Zeit hielt sie schon Ausschau nach Euch, und wir neckten sie damit. Die Hartnäckigkeit Eurer Werbung gefiel ihr.«

Tammo lachte lauthals. »Ihr hättet Eure Gesichter sehen sollen, als ich dann eines Tages einfach mit einem Priester hier im Dorf erschienen bin. Was ich will, das bekomme ich auch. Und Rieke habe ich um alles in der Welt gewollt. Ich werde sie nie wieder hergeben.«

Tammo dachte an die Frau, die er liebte. Sie brachte eine Wärme in sein Leben, die er zuvor nicht gekannt hatte. Wie ein Zauberwesen aus einer anderen Welt erschien sie ihm manchmal. So sanft und liebevoll, so rein und gut. Nie kam ein böses Wort über ihre Lippen. Er fühlte sich geliebt und verstanden.

Endlich durfte er seine eigenen Entscheidungen treffen. Zu keiner Zeit hatte er sich so frei gefühlt. Die Dorfbewohner nahmen ihn, wie er war. Keiner versuchte hier, einen Helden aus ihm zu machen. Kein artiges Kokettieren mehr mit den Frauen und Töchtern der Handelspartner seines Vaters, keine Schwertkämpfe, die er gewinnen musste, kein eingebildeter Fatzke, der ihm Tischmanieren beibrachte. Auch keine abschätzig taxierenden Blicke von Müttern, die ihre Töchter gut vermählt wissen wollten.

Dafür klare Worte und offene Ohren für seine Nöte. Und was vielleicht noch wichtiger war: Er hatte endlich das Gefühl, nützlich zu sein, etwas bewirken zu können. Mit seiner Muskelkraft und seinen praktischen Einfällen war er ein Gewinn für die Dorfgemeinschaft. Schon nach kurzer Zeit hatten sie Tammo Freesena als einen der ihren akzeptiert.

Seine ehemaligen Freunde dagegen verurteilten seine Entscheidung. Mit seinem Vater war er auch diese »guten« Freunde losgeworden. Wer stand noch zu einem Dummkopf, der sich unter Wert verkaufte? Wer würde es auch wagen, sich auf die Seite dieses Verrückten und gegen dessen Vater zu stellen? Gewarnt hatten sie ihn. Geblendet sei er, und wenn Tammo wieder zu

Verstand käme, wäre es zu spät. Doch je länger er in der Gemeinschaft der Bauern lebte, desto deutlicher wurde ihm, dass diese Entscheidung die beste seines Lebens gewesen war.

Glockengeläut unterbrach Tammos Gedanken. Vom Holzturm neben der Kirche wurde das Ende des Arbeitstages angekündigt. Es war immer noch so heiß, dass viele Dörfler ihre wollenen Beinlinge aufgerollt trugen. Die Bauern waren froh, in ihre Katen zurückkehren zu können. Die Pferde zogen einen Holzkarren nach dem anderen, voll beladen mit Heu, auf das Dorf zu.

Tammo konnte jetzt die einfachen Häuser ausmachen. In die Erde gerammte Holzpfosten bildeten das Gerüst der Wände, die aus Brettern gezimmert oder mit lehmverschmiertem Flechtwerk versehen waren. Die Bauten waren mit Stroh oder Schilf gedeckt, dem so genannten »Reet«, das im Uferbereich der Binnenmeere wuchs. Geöltes Papier oder Holzlatten dienten dazu, die kleinen Fenster zu verschließen.

Die kleine Dorfkirche, deren Glocke sie jetzt rief, stand etwas abseits auf einer Anhöhe. Tammo warf einen Blick auf die Kinder des Dorfes, die mit kleinen runden Steinen spielten. Sie hatten eine Mulde in den weichen Sand gedrückt, und wer die meisten Steine hineinrollte, war der Sieger.

Die Sonne tauchte das Dorf in ein goldenes Licht. Tammo verharrte kurz und sog den Duft nach Heu und Sommer tief in sich ein. Das Herz wurde ihm weit. Wie er dieses Leben liebte! Dieses Leben, die Arbeit, die Menschen und natürlich Rieke. Er sah, wie sie bei den Dorfkindern stehen blieb. Kleine Hände fuhren vorsichtig, fast ehrfürchtig über ihren gewölbten Leib. Rieke bückte sich, um einem kleinen Mädchen besser ins Gesicht sehen zu können. Tammo eilte auf sie zu, und Rieke umschlang ihn.

»Freut Ihr Euch auch so sehr darauf, unser erstes Kind in den Armen zu halten? Ich kann es kaum noch erwarten!« Tammo legte beide Hände auf ihren Leib und strahlte sie an. Er freute sich auf dieses Kind mehr als auf alles andere in seinem bisherigen Leben. Arm in Arm schlenderten sie zu ihrer Hütte.

»Bewaffnete Reiter kommen auf das Dorf zu!« Der gellende Schrei von Ubbo, dem Dorfschmied, ließ Tammo zusammenfahren. Er wandte sich um und blickte in die untergehende Abendsonne. Wie dunkle Schatten aus einer anderen Welt preschten Reiter heran. Beängstigend scharf hoben sich die gepanzerten Gestalten zu Pferd gegen den glutroten Abendhimmel ab. Noch waren sie weit entfernt, doch Tammo vermeinte schon jetzt die Bedrohung zu spüren, die von ihnen ausging. Vielleicht war es die Art, wie sie ritten – zielgerichtet und rücksichtslos. Angst kroch in sein Herz. Für einen Moment standen die Dorfbewohner wie erstarrt. Dann kam Leben in sie.

»Lasst die Heukarren stehen. Schnell, bringt die Frauen und Kinder in das Versteck«, brüllte Jerlef.

Es war Tammos Einfall gewesen, in der schäbigsten Hütte des Dorfes eine Grube auszuheben. Die Armenhütte würden Angreifer auf der Suche nach Beute wohl kaum durchwühlen.

Ein wildes Durcheinander entstand, und Staub wirbelte auf von vielen eiligen Füßen. Tammo rannte auf die Armenhütte zu. Viel Zeit blieb ihnen nicht, denn die Reiter kamen rasch näher. Ubbo nahm die als Abdeckung dienenden Holzbretter von der Grube, und Frauen und Kinder sprangen hinein. Vorsichtig und mit Tammos Hilfe glitt auch Rieke hinunter.

»Verhaltet Euch ruhig. Man darf keinen Laut hören!« In der ruhigen Stimme des Schmieds schwang ein ängstlicher Unterton.

Riekes banger Blick streifte Tammo. Er wollte sie beruhigen, ihr Mut machen, aber kein Wort kam über seine Lippen. Wie erstarrt stand er vor der Grube und konnte seinen Blick nicht von ihr lösen. Trotz der vielen Menschen um sie herum gab es für einen Moment nur sie beide. Sie sahen einander an. Tammo ließ sich auf die Knie sinken und legte seine Hände um ihr Gesicht. Langsam, als wolle er sich die Konturen einprägen, strich er zart über Stirn, Augen, Nase und Mund. Rieke schmiegte sich in die Wärme seiner Hände. Tammo musste schlucken. Die Kehle wurde ihm trocken. Er hielt nicht nur ihr Gesicht, sondern auch sein Leben umfangen!

Der Zauber des Augenblicks wurde durch die Realität eingeholt. Der Schmied zerrte ihn von der Grube fort. »Was steht Ihr hier noch herum? Macht Platz, damit ich die Grube abdecken kann!«

Tammo sah gerade noch, dass Rieke ein Kind beruhigte, das angefangen hatte zu weinen. Die Grube wurde mit Brettern bedeckt. Einige Forken Stroh darüber, und nichts ließ mehr auf ein Versteck schließen.

Eilig traten die Männer von Ayenwolde nach draußen. Eine beängstigende Stille umgab die Bauern. Wie gebannt beobachteten sie das Näherkommen der Reiter, deren Waffen in der Abendsonne blitzten. Die Männer trugen Kettenpanzer und Helme. Lähmende Angst kroch in die Herzen der Bauern.

Sönke, der Viehhirt, sprach aus, was alle dachten: »Diese Männer werden sich nicht durch Worte aufhalten lassen! Sie sind zum Kampf bereit, und wir haben nicht die geringste Chance!«

»Vielleicht lassen sie doch mit sich reden.« Jerlef, der Dorfälteste, hörte selbst die Zweifel in seiner Stimme. Ihm klangen noch die Worte Freese Tammenas in den Ohren: »Ihr wollt Hilfe von mir? Seht zu, dass ihr euch selbst helft! Haben ich und die anderen Richter nicht genug damit zu tun, das Mormerland vor den Angriffen aus dem Lengener- und dem Auricherland zu schützen? Wo ist eure Hilfe, wenn das Brokmerland versucht, sich unser Land anzueignen? Entweder ihr zahlt dem Grafen, was er verlangt, oder ihr kämpft um eure Freiheit. Seid ihr nicht auch frei, zu gehen oder zu bleiben, wie es euch gefällt? Kämpft für eure Freiheit, oder zahlt!«

Bitterkeit stieg in Jerlef hoch. Ja, zahlen, das durften sie immer!

Die Reiter erreichten nun das Dorf. Der Boden vibrierte unter den Hufen ihrer Pferde. Die Dorfbewohner hatten sich wie ein Schutzwall in einer Reihe vor ihren Häusern aufgestellt. Sie hielten Dreschflegel, Äxte, Heugabeln und Sicheln in den Händen.

Jerlef trat einen Schritt vor. Seine Stimme klang selbstsicherer, als er sich fühlte. »Warum kommt ihr bewaffnet in unser Dorf? Was wünscht ihr?«

Die Stimme des Anführers der Bewaffneten triefte vor Spott. »Ihr wisst genau, was wir wollen. Wir wünschen nichts, wir verlangen nur etwas! Euer Dorf ist dem Grafen den Zins schuldig geblieben, und an mir, Gunthar de Bahr, ist es, ihn einzutreiben. Erinnert Ihr euch nicht mehr an unseren Besuch im Frühjahr?«

Immer noch äußerlich ruhig gab Jerlef Antwort: »Schon damals sagte ich euch, dass wir Friesen keinem Grafen etwas schuldig sind. Nach unserem Recht sind wir dem König unterstellt und dulden den Grafen nur als Vertreter seines Willens. Der Graf hat keinerlei Recht, etwas von uns zu fordern.«

»Er fordert es nicht nur, wir werden es für ihn nehmen! Was ist, zahlt ihr nun freiwillig, oder müssen wir Gewalt anwenden? Sollen wir uns vielleicht zuerst einmal an euren Frauen schadlos halten? Man sagt, es gäbe viele schöne Weiber in eurem Dorf.« Suchend schweifte sein Blick umher. »Wo habt ihr sie versteckt?«

»Ja, zeigt uns eure Weiber. Dankbar werden sie sein, es einmal mit echten Männern statt mit Bauernpack treiben zu dürfen. Vielleicht sind sie es wert, dass wir auf einen Teil des Zinses verzichten. Gebt sie uns!«, gröhlte einer von de Bahrs Männern.

Tammo sah Wut in den Augen der Bauern. Manch einer packte seine Heugabel oder Sichel fester.

Vielleicht wäre das Unglück ihnen erspart geblieben, wenn nicht der Sohn des Gerbers, ein hitzköpfiger junger Mann, seinen Mut hätte erproben müssen. »Nichts, nichts werden wir euch geben, ihr dreckigen Bastarde«, schrie er und schleuderte einen Stein gegen den Kopf des Anführers.

Für einen Augenblick herrschte atemlose Stille. Die Dorfbewohner standen wie erstarrt. Fassungslose Blicke trafen den Gerbersohn. Blut rann Gunthar de Bahr übers Gesicht. Dies ließ den Hitzkopf jubeln. Seine Reaktion brachte das Fass zum Überlaufen.

»Wir werden Euch zeigen, wie man mit aufständigen Bauern umgeht.« Die gellende Stimme des Anführers durchbrach die Stille. »Holt alles aus den Hütten, und dann brennt das ganze verdammte Dorf nieder!«

Sofort machten sich seine Männer daran, den Befehl auszuführen. Sie benutzten Feuersteine, und bevor die Bauern wussten, wie ihnen geschah, hatten sie Pechfackeln entzündet.

Es gelang den Rittern, zwei Hütten in Brand zu setzen, bevor die Bauern ihr Entsetzen abgeschüttelt hatten. Die Gefahr für ihr Dorf weckte sie aus ihrer Erstarrung.

»Wir müssen verhindern, dass sie die Armenhütte anzünden«, raunte Jerlef Tammo verzweifelt zu. Die Mienen der anderen Bauern zeigten, dass dies auch ihre Gedanken waren. Mit allem, was sie in den Händen hielten, gingen sie auf die Reiter los. Dreschflegel, Heugabeln und bloße Hände wurden gegen die Gegner gerichtet. Die mit Kettenhemden bekleideten Männer ließen die Fackeln fallen und erhoben ihre Schwerter gegen die Angreifer. Es begann ein wüstes Gemetzel. Die Bauern schienen keine Chance zu haben. Eisen klirrte, Schilde splitterten, Pferde bäumten sich auf.

Brandgeruch lag über allem, und die Flammen der brennenden Hütten hüllten das Kampfgetümmel in einen gespenstischen Schein.

Tammo fühlte eine Wut in seinem Inneren lodern wie nie zuvor. Er fasste das Heft seines Schwertes mit beiden Händen. Zum ersten Mal in seinem Leben war Tammo froh über die stundenlangen Kampfübungen, auf die sein Vater bestanden hatte. Er schwang sein Schwert und stürzte sich in das Getümmel. Mit dem Geschick und der Unermüdlichkeit eines erfahrenen Kämpfers schlug er sich bis zu dem Anführer, Gunthar de Bahr, durch. Erschreckt durch Tammos Anblick und sein Schwert, bäumte sich de Bahrs Pferd auf und warf den Reiter ab. Behände kam der Krieger wieder auf die Beine und maß Tammo mit einem abschätzigen Blick.

Wie zwei Raubtiere umkreisten sich die Männer. Dann griff Gunthar de Bahr an. Es gelang Tammo, zur Seite zu springen. Die Waffen schnellten vor und zurück, und Ziel jeden Waffenstreiches war der Tod des anderen. Wie Tänzer muteten die Männer an. Immer wieder wichen sie dem Schwert ihres Gegners aus. Das Klirren von Metall übertönte das Ächzen und Keuchen, Stöhnen und Schreien der anderen Kämpfenden.

»Er ist gut, er ist verdammt gut. Zu gut für mich!«, erkannte Tammo. Für einen Augenblick verlor er alle Hoffnung. Doch dann dachte Tammo an Rieke und ihr ungeborenes Kind. Was sollte aus den beiden werden, wenn er sich töten ließ? Mit dem Mut der Verzweiflung kämpfte er weiter.

Tammo nahm sein Schwert in beide Hände. Gunthar de Bahr war ihm überlegen. Die einzige Chance, die Tammo noch blieb, war, seinem Gegner die Waffe aus der Hand zu schlagen. Er holte mit dem Schwert aus, doch sein Gegenüber lenkte den Schlag nach unten ab.

»Warum verschwendet ein Mann, der sein Schwert so gut zu führen versteht, seine Zeit mit dem Einfahren von Heu? Sagt, wer seid Ihr?«

»Mein Name ist Tammo Freesena, und ich verschwende gerade die Zeit damit, einen der Männer des Grafen Calvelage-Ravensberg zu töten.« Geschickt wich Tammo der Waffe seines Gegners aus.

»Vergesst es! Ihr könnte einen Gunthar de Bahr nicht besiegen! Macht Euch bereit zu sterben, junger Freund«, brachte der Anführer zwischen zusammengepressten Zähnen hervor und stieß Tammo mit einem derben Fußtritt zu Boden. Gunthar de Bahr maß seinen auf dem Rücken liegenden Gegner mit einem triumphierenden Ausdruck auf dem Gesicht und holte, beide Hände am Heft seines Schwertes, weit aus. Wie ein Ertrinkender krallte Tammo seine Hände für einen kurzen Moment in den noch warmen Erdboden. Einen gewaltigen Schrei ausstoßend, wollte Gunthar de Bahr ihn aufspießen, doch mit einer blitzschnellen Drehung wich Tammo der tödlichen Waffe aus. Das Schwert bohrte sich tief in die weiche Erde.

Tammo sprang auf, ergriff sein Schwert und durchbohrte mit einem schnellen Stoß die rechte Schulter seines Gegners. Es verwunderte ihn, mit welcher Leichtigkeit die scharfe Waffe durch das Kettenhemd drang.

Mit fassungslosem Blick legte der Ritter die linke Hand auf seine Wunde. Blut quoll durch den Handschuh. Der Verwundete wankte einige Schritte zurück, bis sein Körper an einem Baumstamm Halt fand. Langsam sank de Bahr mit schmerzverzerrtem Gesicht hinunter.

Tammo blickte auf den stöhnend am Boden liegenden Mann. Er begriff, dass sein Gegner kampfunfähig war, aber es wollte sich kein Gefühl von Triumph bei ihm einstellen. Er begriff auch, dass ihm das Töten nicht lag. Es wäre ihm möglich gewesen, dem Ritter das Schwert ins Herz zu stoßen, doch eine ihm bislang nicht bewusst gewesene Achtung vor dem Leben hatte ihn daran gehindert. Tammo wusste nicht, ob er dankbar sein oder sein Unvermögen bedauern sollte.

Während er und Gunthar de Bahr die Klingen kreuzten, waren die übrigen Ritter nicht untätig geblieben. Mit ihren Lanzen und Schwertern hatten sie viele der Bauern verletzt. Sie selbst schienen unverwundbar.

Tammo überließ de Bahr sich selbst und wandte sich um. Er wollte gerade Ubbo zu Hilfe eilen, als eine Warnung ihn erreichte.

»Aufgepasst, hinter Euch!« Der Ruf von Sirk, dem Gerber, kam keinen Moment zu früh.

Tammo sprang zu Seite, und das Schwert eines Reiters verfehlte ihn um Haaresbreite. Der Reiter holte erneut aus. Diesmal war nicht Tammo das Ziel seiner Waffe. Er richtete sein Schwert gegen Sirk. Tammo versuchte, ihn aufzuhalten, doch gegen einen Gegner zu Pferd hatte er keine Chance. Die Waffe traf Sirk mitten ins Herz. Wie ein Baum fiel dieser zu Boden.

Diese Tat wendete das Blatt. Die Bauern gerieten in Raserei. »Wir müssen sie von den Pferden holen«, schrie der Schmied.

Mit vereinten Kräften gelang es ihnen, zwei der Reiter auf den Boden zu ziehen. Mit Hilfe einer Keule, deren spitze Stacheln selbst die Rüstungen der Ritter durchdrangen, wurden sie kampfunfähig gemacht. Ubbo schien wie wahnsinnig. Sirk war sein bester Freund gewesen. Der Triumph, nun auch den Mörder Sirks am Boden zu sehen, raubte ihm wohl den Verstand. Bevor Jerlef oder einer der anderen Männer es verhindern konnte, ergriff Ubbo eine Sichel vom Boden und schnitt den Männern die Kehlen durch. Mit unmenschlichem Gejohle ging er, die Stachelkeule schwingend, auf die übrigen Reiter zu. Wahnsinn blitzte aus seinen Augen und ließ seine Gegner in blankem Entsetzen erstarren. Keiner der Krieger hatte mit dem Widerstand der Bauern gerechnet, mit dem Tod einer der ihren schon gar nicht. Der Kampf kam für einen Augenblick zum Erliegen.

Wie gelähmt blickten sowohl die Bauern als auch die Ritter auf die getöteten Männer. Ein grausiges Bild bot sich den Betrachtern. Das Blut der Toten färbte die Erde rot.

Plötzlich durchbrach Jerlefs Schrei das fassungslose Schweigen. »Oh, mein Gott! Die Armenhütte fängt gleich Feuer!«

Die Nachbarhütte brannte, und Tammo wusste, wie eng die Häuser beieinander standen. Die Angst der Dörfler ließ die Augen der Reiter aufleuchten. Tammo sah den Hass darin lodern, und er ahnte, sie würden alles daran setzen, dass das ganze Dorf in Flammen aufging. Zu deutlich sprachen die Rachegelüste aus ihren Blicken. Es gab nur einen Weg, um die Frauen und Kinder zu retten. Entschlossen eilte Tammo zu dem halb bewusstlosen Gunthar de Bahr und setzte ihm ein Messer an die Kehle.

Seine Stimme hatte einen kalten, entschlossenen Klang. »Schnell, ruft Eure Männer zurück, ansonsten ...«

Der Verwundete regte sich und starrte mit einem mörderischen Blick zu Tammo hoch.

»Na, los doch! Gebt den Befehl zum Abzug!« Tammo verstärkte den Druck auf die Kehle des Mannes. Blut rann über die Klinge.

De Bahr brüllte einen Befehl, der seine Männer herumfahren ließ. Mit ungläubigen Blicken starrten sie auf die Szene, die sich ihnen bot. Dass ihr Anführer verletzt war, schien ihnen erst jetzt bewusst zu werden. Schwerfällig kam Gunthar de Bahr hoch. Blut quoll aus seiner Wunde und benetzte die Rüstung. Mit versteinerter Miene gab er den Befehl zum Rückzug. Tammo atmete auf. Einer der Ritter wollte Gunthar de Bahr aufs Pferd helfen, doch der schüttelte dessen Hand ab. Eine unbändige Wut sprach aus seiner Haltung.

»Das werdet Ihr büßen! Niemand verletzt ungestraft einen Ritter des Grafen von Calvelage-Ravensberg.« Erst jetzt registrierte er die beiden getöteten Männer und zuckte zusammen. »Und niemand tötet einen Ritter des Grafen, ohne dass wir furchtbare Rache nehmen! Wir werden zurückkommen und das ganze Dorf auslöschen!«

Die Ritter schwangen sich wieder auf die Pferde. Die Leichen ihrer Gefährten nahmen sie mit sich.

Wie erstarrt schauten die Dorfbewohner ihnen nach. In weniger als einer Stunde war ihre Welt eine andere geworden. Die Ritter würden wiederkommen, das war allen klar. Für das, was sie ihm heute genommen hatten, würde der Graf die Bauern hundertmal zahlen lassen.

Ubbo, der Schmied, ließ den Kopf hängen und beteuerte immer wieder, dass alles nur seine Schuld sei.

Tammo unterbrach ihn mit einer ungeduldigen Geste. »Jetzt ist nicht die Zeit für Schuldfragen. Holen wir schnell die Frauen und Kinder aus der Armenhütte, bevor das Feuer übergreift.«

Wie gehetzt rannten die Bauern auf die Hütte zu. Angst schnürte Tammo die Kehle zu. Eine panische Angst, wie sie nicht einmal die Ritter des Grafen ausgelöst hatten.

»Oh Gott, die Hütte, sie brennt schon!« Ubbo wies auf lodernde Flammen, die gierig am Dach der Hütte fraßen. Ein beißender Geruch nach verkohltem Holz lag in der Luft.

Tammo erreichte als Erster die Hütte, und Hitze schlug ihm entgegen, als er die Tür öffnete. Auch von hinten hatte die Behausung Feuer gefangen.

Ubbo folgte ihm. Sich ein Leinentuch vor das Gesicht haltend, warf er die Bretter beiseite und zerrte die Frauen und Kinder aus der Grube. »Geht und helft löschen. Ich mache hier weiter«, schrie er Tammo zu.

Mittlerweile stand das ganze Reetdach in Flammen. Die anderen Männer bemühten sich um Wasser. Tammo fasste mit an. Keuchend und auf allen vieren kamen die Frauen und Kinder aus dem brennenden Haus gekrochen. Sie rannten kopflos hin und her. Mütter schrien nach ihren Kindern und Kinder nach ihren Müttern. Dicke Rauchschwaden stiegen in den Himmel. Eine gespenstische Helligkeit umgab das Dorf. Die Holzhäuser brannten wie Zunder.

Tammos Blick suchte Rieke unter den Frauen. Der Rauch erschwerte die Sicht und trieb ihm die Tränen in die Augen. Er schaute jeder Frau in das verrußte Gesicht. Wo war Rieke? Wo blieb sie nur?

Die Hütte stand nun lichterloh in Flammen, und hinter der offenen Tür sah Tammo den Feuerschein unheilvoll lodern. Niemand kam mehr aus der Hütte. Wieder stieg dieses Gefühl des Entsetzens und der Angst in ihm hoch.

Entschlossen kämpfte er sich näher an die Hütte heran. Die Hitze raubte ihm den Atem. Schaudernd stellte Tammo fest, dass der Schmied, von einem brennenden Balken getroffen, wie tot am Boden lag. Rieke kniete vor der Grube und versuchte verzweifelt, die blinde Janna herauszuziehen. Diese schien vor Angst völlig außer sich zu sein und widersetzte sich Riekes Rettungsversuchen, indem sie wie wild um sich schlug.

Tammo erfasste die Situation mit einem Blick. »Lauft nach draußen, Rieke, ich helfe Janna.«

Er zog die blinde Frau aus der Grube. Rieke kniete, Tammos Weisung nicht beachtend, neben Ubbo. Tammo schleifte die wie wahnsinnig schreiende blinde Frau nach draußen. Dann wandte er sich erneut der brennenden Hütte zu. In diesem Augenblick krachte das Dach mit einem schrecklichen Laut in sich zusammen und verschlang alles in einem Flammenmeer. Tammo stolperte in Panik auf das Feuer zu. Sein eigener Schrei gellte ihm in den Ohren. Er konnte an nichts anderes denken, als dass Rieke noch irgendwo in dieser Flammenhölle war.

Jerlef hielt ihn zurück. »Seid Ihr denn wahnsinnig? Ihr könnt dort nicht mehr hineingehen. Es ist zu spät, zu spät! Dort drinnen lebt niemand mehr.«

Wie ein lästiges Ungeziefer schüttelte Tammo Jerlefs Hand ab und taumelte weiter. Glühende Funken fielen auf ihn herab und brannten Löcher in Kleidung und Haut. Sie versengten ihm das Haar. Die Luft war so heiß, dass er nicht mehr atmen konnte.

Zwei starke Hände legten sich auf seine Schultern und rissen ihn zurück. »Es ist Euer Tod, wenn Ihr einen Schritt weitergeht.«

Tammo schrie auf und versuchte, die Hände abzuschütteln. »Lasst mich! Ihr könnt mich nicht aufhalten. Ich will zu Rieke. Wenn der Tod sie geholt hat, dann kann er auch mich haben.«

Mit einem verzweifelten Schrei wollte er sich in die Flammen stürzen. Zwei weitere Männer hielten ihn fest. Wie ein Irrer kämpfte Tammo, bis ihn die Faust eines Bauern auf den Schädel traf und er das Bewusstsein verlor.

Abschied

Zwei Tage waren seit dem schrecklichen Gemetzel vergangen. Das Feuer hatten sie gelöscht. Vier Hütten waren den Flammen zum Opfer gefallen. Die äußeren Wunden der Verletzten schienen ausreichend versorgt, die inneren würden ein Leben lang schmerzen.

Einen Bauern hatte der Kampf die rechte Hand, einen anderen ein Ohr gekostet. Rieke, Ubbo und Sirk verloren ihr Leben.

Ein Priester war gekommen, um den Toten das letzte Geleit zu geben. Während die Dorfbewohner ihren Trost nur aus dem Klang seiner Stimme schöpfen konnten, verstand Tammo jedes Wort. Einige Jahre Klosterschule ließen ihn die Sprache der

Geistlichen verstehen. Die Schultern mancher Bauersfrau bebten. Einige schrien ihre Trauer heraus, andere verschlossen sie tief in sich.

Tammo brachten die Worte des Geistlichen keinen Trost, sie erreichten ihn kaum. Die Vorstellung von Gott, die Bilder der Heiligen, an denen er Zeit seines Lebens festgehalten hatte, zerbrachen. Seine Seele fiel in eine tiefe Dunkelheit, wo sie ihre Sicherheit verlor. Nichts hatte mehr einen Sinn. Nichts schien mehr wichtig, nichts lebenswert. Rieke war tot! Tammo wartete auf den Schmerz, auf die Wut und die Tränen, aber er fühlte nur eine entsetzliche innere Leere. Als sei bloß mehr die äußere Hülle von ihm übrig geblieben und alles andere mit Rieke gestorben. Wie versteinert stand er zwischen den Dorfbewohnern, die keinen Zugang zu ihm fanden.

Der Priester schien es eilig zu haben. Wie ein Sturzbach ergossen sich die Bibelverse über die Trauernden:

> »Ein Jegliches hat seine Zeit, und alles Vorhaben unter dem Himmel hat seine Stunde. Geboren werden hat seine Zeit, Sterben hat seine Zeit, Pflanzen hat seine Zeit, Ausreißen, was gepflanzt ist, hat seine Zeit. Weinen hat seine Zeit, Lachen hat seine Zeit. Klagen hat seine Zeit und Tanzen hat seine Zeit.
> Gott wird richten den Gerechten und den Gottlosen. Denn alles Tun hat seine Stunde.«

In seinem Inneren wusste Tammo, dass seine Zeit des Tanzens vorbei war. Niemals wieder würde er so unbeschwert und mit leichtem Herzen lieben können. Vielleicht war es besser, das Herz zu verschließen, damit nicht wieder ein Stück davon herausgerissen werden konnte. Er kam sich vor wie ein entwurzelter Baum. Wohin gehörte er nun? Im Dorf konnte er nicht bleiben, das fühlte Tammo.

Wie in Trance folgte er den anderen zur offenen Grabstelle in der Nähe der Kirche. Sein Blick fiel von der Anhöhe auf das Dorf. Die Bewohner hatten begonnen, ihre Häuser wieder aufzubauen. Er hatte die beiden vergangenen Tage wie ein Wahnsinniger mitgeschuftet. Nur nicht nachdenken! Bis zur Erschöpfung arbeiten und dann wie tot auf das Strohlager fallen.

Woher nahmen die Menschen den Mut, wieder neu anzufangen? Es würde nicht mehr lange dauern, bis die Männer des Grafen zurückkamen. Die so genannte »Trauerzeit« würden beide Seiten einhalten – aber was dann?

Warum nur hatte er die Ängste der Dörfler nicht ernst genug genommen? Es war ihm undenkbar erschienen, dass die Schergen es wagen würden, freie Bauern anzugreifen. Tammo verdammte nun seinen Hochmut, der ihm vorgemacht hatte, niemand würde ein Dorf bedrohen, das einen Freesena beherbergte.

Lag der Grund darin, dass er niemals zuvor um sein Leben, um das, was sein Leben ausmachte, fürchten musste? Oder hatte er sich einfach den Tatsachen verschlossen, die Gefahr bewusst übersehen?

Vielleicht war es so. Nichts sollte, nichts durfte sein Glück mit Rieke trüben. Er wollte keinen bitteren Beigeschmack, der seiner Liebe die Süße nahm.

Jetzt hatte Tammo den Eindruck, für alles zahlen zu müssen. Rieke! Zitternd sog er die Luft ein und ballte die Hände zu Fäusten. Nein, nur nicht an Rieke denken. Nur nicht denken, nur nicht! Mit beiden Händen fuhr er sich verzweifelt durchs Haar.

Tammo zwang sich dazu, den Worten des Priesters Gehör zu schenken:

> »Und ich sah einen neuen Himmel und eine neue Erde. Denn der erste Himmel und die erste Erde vergingen, und das Meer ist nicht mehr.
> Und Gott wird abwischen alle Tränen von ihren Augen, und der Tod wird nicht mehr sein, noch Leid noch Geschrei noch Schmerz wird mehr sein. Denn das Erste ist vergangen.«

Die Leichname wurden behutsam dem Erdreich übergeben. Tammo schloss die Augen, als er es sah. Dahin! Alles, was er geliebt hatte, alles, was er sich aufgebaut hatte, sein ganzes Leben! Wie konnte ein Mensch das aushalten?

»Denn der Mensch fährt dahin, wo er ewig bleibt, und die Klageleute gehen umher auf der Gasse. Denn der Staub muss wieder zur Erde kommen, wie er gewesen ist, und der Geist wieder zu Gott, der ihn gegeben hat.«

Riekes Stimme war in seinem Kopf, sprach seinen Namen. Tammo stöhnte laut auf und zwang sich, nicht an ihre sanften Augen, an ihren weichen Körper zu denken. Er musste sich schützen, sonst würde er zerbrechen! Tammo verschloss sich der Trauer, der Erinnerung, und ein steinharter eiskalter Mantel legte sich um sein Herz.

»Die Sonne wird Euch nicht bei Tag peinigen, noch der Mond des Nachts. Der Herr möge Euch bewahren vor allem Übel. Er bewahre Eure Seele. Der Herr segne Euren Eingang und Ausgang von jetzt an und in alle Ewigkeit. Amen.«

Tammo wandte sich als einer der Ersten um. Dies alles musste er hinter sich lassen, wenn er nicht verrückt werden wollte. Doch eines war er den Dorfbewohnern schuldig: Er würde dafür sorgen, dass den Männern des Grafen Einhalt geboten wurde. Auf irgendeine Art und Weise musste er seinen Vater dazu bringen, den Dörflern zu helfen.

Mit entschlossenen Schritten suchte Tammo die wenigen Dinge zusammen, an denen ihm etwas lag, und holte sein Pferd.

Jerlef kam auf ihn zu. »Mein Sohn, was habt Ihr vor?« Die Trauer um den Tod seiner Tochter hatte tiefe Furchen in das verwitterte Gesicht gegraben. Sorge um Tammo stand in seinem Blick. Immer wieder hatte er versucht, mit dem Mann, der wie ein Sohn für ihn geworden war, zu sprechen. Doch seine Worte drangen nicht zu Tammo vor. Er hatte einfach nicht reagiert, sondern Stunde um Stunde wie betäubt auf das gestarrt, was vom Armenhaus übrig geblieben war.

»Ich muss gehen.« Tammo umarmte den Älteren. »Ich weiß nicht, ob Ihr mich verstehen könnt, aber ich muss fort. Es ist nicht so, dass mir nichts an Euch und den anderen liegt, das wisst Ihr. Aber ich kann hier nicht bleiben. Ich kann nicht so tun, als sei nichts geschehen, mir vielleicht ein anderes Weib suchen, ein neues Zuhause aufbauen und darauf warten, dass die Männer des Grafen es wieder zerstören. Versteht mich nicht falsch. Ich bewundere Eure Kraft und Euren Mut.«

»Wollt Ihr wieder unter Eures Vaters Rockzipfel kriechen?«, klang die Stimme des Gerbers aus der Menge.

Tammo konnte die alten Vorurteile der Dörfler aus ihr heraushören. Er schüttelte den Kopf. »Nein. Ich werde zu meinem Vater gehen und ihn zwingen, Euch zu helfen.«

»Wie wollt Ihr das schaffen? Hat nicht Jerlef schon dreimal bei ihm vorgesprochen?!« Zweifelnd schaute der Gerber zu Tammo hoch, der auf sein Pferd gestiegen war.

»Es wird mir gelingen. Es muss mir einfach gelingen!«

Die Dörfler hatten sich mittlerweile alle eingefunden.

»Ihr braucht nicht zu gehen. Auch wenn Ihr jetzt ohne Rieke seid, bleibt Ihr einer der unseren.« Eine der Frauen griff nach seiner Hand.

Tammo bedachte sie und die anderen Ayenwoldner mit einem liebevollen Blick. Wie eine große Familie erschien ihm das Dorf. Für einen Moment überkam ihn der Wunsch zu bleiben. Doch dann schüttelte er den Gedanken energisch ab.

»Vielleicht werde ich wiederkommen. Ich weiß es noch nicht. Ich muss gehen. Lebt wohl!«

Ohne sich noch einmal umzudrehen, ritt er Richtung Süden.

Frouwke

Von einer Flussbiegung der Ems und der Einmündung der Leda eingefasst, lag der Fischerort Leer. Auf der Warf am mächtigen Plytenberg, einem Grabhügel aus vorchristlicher Zeit, stand die Ortskirche. Sie war Liudger, dem Apostel der Friesen, geweiht. Der Zahn der Zeit nagte an ihr, und es gab Bestrebungen, das alte Gotteshaus abzureißen.

Tammo ritt an der Kirche vorbei und erblickte schon von weitem das Steinhaus seines Vaters. Als Erstes fiel das turmartige Wohngebäude aus schwerem Backsteinwerk mit dem angebauten Küchentrakt ins Auge. Hohe Mauern umringten das Haus. Die Schießscharten gaben ihm ein bedrohliches Aussehen. Das Wasser des tiefen Burggrabens umspülte die Wehrmauern.

Tammo konnte sich noch gut an den Bau der Burg erinnern. Wie sein Vater auf Mauern in ungewöhnlicher Stärke bestanden hatte. Ihm klangen noch dessen Worte im Ohr: »Es wird die Zeit kommen, wo wir nur hinter solchen Mauern sicher sein werden!«

Und so wurde auf Anweisung Freese Tammenas das massive Gebäude ganz zur Verteidigung eingerichtet. Der Kellerraum mit dem Wasserbrunnen in der Mitte des Fußbodens spielte eine besondere Rolle. Wenn dieser Teil des Wehrturms nicht mehr zu halten war, erhielt man mittels einer steinernen Wendeltreppe Zugang zum ersten Obergeschoss, dem Wohn- und Schlafbereich. Darüber lag noch ein gleicher Raum, der in Zeiten der Gefahr für die Unterbringung der Verteidiger vorgesehen war. Die Wendeltreppen waren rechtsdrehend. Ein Feind, der sich nach oben durchkämpfen wollte, hatte dadurch mit seinem Schwert nur wenig Bewegungsfreiheit.

Tammo näherte sich jetzt der Zugbrücke und überquerte sie eilig. Die erstaunten Augen der Torwache blickten ihm entgegen. Der Wächter erkannte ihn, trat zur Seite und ließ Tammo passieren. Dieser ritt durch das aus starken Eichenbohlen gezimmerte Doppeltor. Vor ihm lag der Burghof, an der Nordseite von dem hohen Wohngebäude begrenzt. An die westliche und südliche Wehrmauer gelehnt, befanden sich die Stallungen. Dorthin begab sich Tammo, um einem der Knechte sein Pferd anzuvertrauen. Neugierige Blicke begegneten ihm, aber niemand sprach ihn an. Wie ertappt wandten sich die Bediensteten ihrer Arbeit zu. Brot wurde gebacken und Bier gebraut, Butter gestampft und Käse hergestellt.

Der Kellerraum des Wohnturmes diente als Lager für Eingemachtes, Wein, Fisch und Gewürze. Tammo erinnerte sich wehmütig an die langen Abende im Küchentrakt zwischen den Frauen, die webten und am Spinnrad Wolle sponnen. Er eilte auf den Wohnturm zu. Wieder spürte er die verstohlenen Blicke und ahnte die abfälligen Bemerkungen, die seiner einfachen Bauernkleidung galten. Er hatte die Regeln gebrochen – das wurde ihm nicht verziehen.

Die alte Ada, deren Rücken von der Arbeit gebeugt war, kam ihm entgegen. »Werter Herr Tammo«, ihre Augen leuchteten, »dass Ihr da seid! So schenkt mir der Herrgott doch noch einen Lichtblick auf meine alten Tage!« Ihre Stimme zitterte, sie legte die Hand auf seinen Arm, und er ließ es geschehen.

Ada war immer für ihn da gewesen. Sie begleitete ihn zum Wohnturm, und auf ihren Ruf hin wurde aus dem ersten Obergeschoss eine Leitertreppe heruntergelassen.

Der Eingang lag drei Meter über der Erde. Behände schwang sich Tammo hoch. Er zog die Leiter wieder ein und folgte schwer atmend Freerk, einem Bediensteten seines Vaters, in den Wohnraum. Freerk bedeutete ihm zu warten.

Mit wehmütigen Augen betrachtete Tammo das wunderschöne Zimmer. Nie zuvor war ihm aufgegangen, was er verloren hatte. Sein Blick streifte die Bildteppiche an den Wänden, die geschnitzten Holzstühle und den robusten langen Tisch. Der Boden wurde von Bremer Fliesen in satten Tönen bedeckt. Die Decke aus Eichenholz schien ihm wie ein schützender Mantel.

Tammo trat näher an die Feuerstelle. Die behagliche Wärme tat gut. Auf dem Tisch lagen getrocknete Lavendelsträuße, die einen angenehmen Duft verbreiteten. Tammos Blick fiel sehnsüchtig auf die Bänke in den Fensternischen. Wie gerne hatte er dort bei geöffnetem Fenster gesessen und einfach nur in die Ferne geschaut. Damals, in einer anderen Welt, zu einer anderen Zeit.

Über die steinerne Wendeltreppe sah er seinen Vater aus dem Kellerraum kommen. Anspannung ergriff Besitz von Tammo. Es hing so viel ab von diesem Gespräch! Tammo hatte erwartet, seinen Vater alleine anzutreffen, doch da war eine schlanke, hochgewachsene Fremde an seiner Seite. Ihr neugieriger Blick traf ihn.

»Tammo, Ihr seid zurück!« Voller Freude kam sein Vater auf ihn zu. Sein Samtgewand ließ Tammo wie einen Bettler erscheinen. »Willkommen zu Hause! Frouwke, seht nur, mein Sohn ist zu mir zurückgekehrt.« Überschwänglich berichtete Freese Tammena von seiner erst kürzlich stattgefundenen Vermählung und verlangte dann euphorisch nach Wein.

Die Blicke der jungen Frau wanderten vom Sohn zum Vater. Wie ähnlich sie sich waren. Jetzt wusste sie, wie ihr Gatte in jungen Jahren ausgesehen hatte.

Tammo blickte sie erstaunt an. Ein Stich durchfuhr ihn, als er sah, dass sie ein Kind erwartete. Ihr Leib wölbte sich unter dem langen roten Gewand. Das Haar, von der Farbe gelben Weizens, trug sie hochgesteckt. Frouwkes Augen hielten seinem Blick stand. Sie war keine Schönheit, doch ihr ganzes Wesen strahlte eine Stärke und Ruhe aus, um die Tammo sie beneidete. Ihm gefiel, was er sah: Aufrichtigkeit und Kraft, Empfindsamkeit und Willensstärke.

»Es freut mich, dass Ihr den Weg zurückgefunden habt.« Ihre grauen Augen blickten, nach dem Grund seiner Rückkehr fragend, in seine.

Tammo verbeugte sich knapp vor Frouwke. Für einen Augenblick nahm ihre Anwesenheit seinem Zorn den Wind aus den Segeln. Wein wurde gebracht, und sein Vater machte Anstalten, mit ihm auf seine Rückkehr anzustoßen.

Tammo lehnte den Wein mit angespannter Miene ab. »Ich bin nicht gekommen, um zu bleiben. Mein Zuhause ist zerstört, und ich bin hier, um Euch dafür zur Rechenschaft zu ziehen.«

Tammo spürte, wie die Wut wieder zurückkehrte. Mit wenigen Worten schilderte er, was sich ereignet hatte. Betroffenheit zeigte sich auf dem Gesicht seines Vaters, aber auch eine verhaltene Freude.

»Es tut mir Leid für die Menschen des Dorfes. Doch sie sind wie Ameisen! Sie werden wieder neu anfangen. Das tun sie immer. Den Königszins werde ich ihnen dieses Jahr vielleicht erlassen. Um Euer Weib tut es mir wirklich Leid. Doch nun seid Ihr ja wieder frei. Es ist gut, dass Ihr zurückgekehrt seid.«

Mit versteinerter Miene hatte Tammo seinen Worten gelauscht. »Ist das alles, was Ihr dazu zu sagen habt? Glaubt Ihr, Riekes Tod wäre eine Erlösung für mich? Ein Fingerzeig, der mich auf den rechten Weg zurückbringen soll? Niemals werde ich zu Euch zurückkehren, auch wenn es der letzte Ort auf der Welt wäre, der mir bliebe. Nach den Worten, die Ihr gebraucht habt, erst recht nicht! Sind die Menschen in Euren Augen nicht mehr als Ameisen? Ihr Leid ist Euch nur ein Schulterzucken wert. Habt Ihr keine Schuldgefühle? Die Dörfler hatten um Eure Hilfe gebeten. Wo wart Ihr, als die Männer des Grafen ihr Leben zerstörten?« Kaum hörbar fügte er hinzu: »Ihr Leben und meins!«

Mit bleichem Gesicht hatte Freese Tammena seinen Worten gelauscht. Er setzte seinen Weinbecher mit einem Krachen auf den Tisch. »Was erwartet Ihr denn von mir? Ja glaubt Ihr, ich habe nichts Besseres zu tun, als von Dorf zu Dorf zu eilen und sie vor Angriffen der gräflichen Truppen zu schützen? Ich kann mit meinen Männern nicht überall sein. Es gibt ja nicht nur Streitigkeiten mit Grafen, die sich zu viel herausnehmen, sondern auch mit den umliegenden Ländern. Die Auricher haben gerade heute wieder ihre vermeintlichen Rechte an unseren Ländereien an der Grenze angemeldet und wollen sie notfalls mit Kampf einfordern. Es kostet Mühe, den Frieden zwischen dem Mormerland und seinen Nachbarländern zu wahren. Und was ist mit dem Kampf gegen das wilde Meer? Wir haben genug damit zu tun, Deiche zu errichten und uns vor Sturmfluten zu schützen. Ihr wisst doch auch, wie viel Streit die Menschen in unserem Landesviertel untereinander haben. Wer für die Rechtssprechung zuständig ist und wie viel Kraft die Urteilsfindung mich und die anderen Richter kostet, brauche ich Euch nicht zu erzählen. Seht Euch doch die Stärke meiner Kampftruppe an! Es sind wenige gute Krieger dabei. Und den anderen Richtern des Mormerlandes geht es nicht besser.« Aufgebracht starrte Freese Tammena Tammo an. »Meine Männer können nicht bei jedem kleinen Dorf ausharren und auf Angriffe von außen warten. Ich, als Richter meines Bezirkes, kann allein nichts tun. Ich kann den einzelnen Dörfern nicht helfen!«

Tammo war aufgesprungen und lief wie ein Löwe hin und her. »Nicht Ihr allein sollt etwas tun. Das gesamte Friesland muss sich erheben und ein für alle Mal Schluss machen mit der Unterdrückung durch die Grafen. Heißt es nicht in den Überküren, die friesischen Seelande sollen einander beistehen im Kampf gegen ›gerüstete Ritter, nordische Krieger und Friedensbruch innerhalb ihres Gebietes‹? Dann zeigt den gerüsteten Rittern des Grafen, wer die Herren in Friesland sind! Heißt es nicht auch, der Graf soll im Meer ertränkt werden, der ›den hohen Helm und den roten Schild ins Land holt, Häuser niederbrennt und Männer erschlägt‹? Nichts anderes haben die Schergen des Grafen getan. Mit der Muttermilch ist mir schon eingeflößt worden, was uns Friesen von anderen unterscheidet. Dass wir freie Menschen und niemandes Sklaven sind, selbst die Bauern nicht. Sie mögen abhängig von Euch sein als Eure Pächter, aber sie gehören Euch nicht. Als Kind auf seinen Knien hörte ich schon von meinem Großvater, dass unsere Vorfahren mit ihrem siegreichen Kampf gegen die gefürchteten Normannen uns die Freiheit für alle Zeit errungen haben. Ihr

Blut für unsere Freiheit – das hat ihnen Karl der Große versprochen. Wir sind nur dem König unterstellt und sonst niemandem. Wo ist nun diese Freiheit für alle geblieben? Was ist Euch die Freiheit noch wert?

Unsere Vorfahren haben gegen jede Art von Obrigkeit gekämpft. Doch Ihr verkriecht Euch lieber in Steinhäuser und mehrt den Reichtum. Was verleiht Euch denn das Recht, ein ›Sechzehner‹ zu sein? Dass Ihr ein Kind Eures Vaters seid? Nein! Ihr sollt der Sprecher, der Richter, der Friedensbewahrer für alle Menschen sein, die Eurem Landesbereich unterstehen. Ihr müsst gemeinsam mit den anderen Mächtigen Frieslands für die Freiheit kämpfen!

Habt Ihr überhaupt bei Eurem letzten Treffen am Upstalsboom die Unterdrückung durch die Grafen angesprochen? Oder ging es wieder nur um Querelen der einzelnen Länder? Wenn Ihr dem Treiben der Grafen nicht Einhalt gebietet, dann werden sie es auch für sich in Anspruch nehmen, die Herren zu sein. Sie werden sich auch über Euch und unser jetziges Recht erheben!«

Sein Vater schüttelte müde den Kopf. »Es wird nicht gelingen, ganz Friesland zu einen. Wir erzielen nicht einmal Einigkeit im Kleinen. Wenn wir einen Anführer hätten, den alle akzeptieren – ja dann ... Und wenn wir eine Urkunde, etwas Schriftliches hätten, das uns die Freiheit verbrieft. So steht allezeit unser Wort gegen das der Grafen. Sie glauben nicht daran, dass Karl der Große Friesland die Freiheit geschenkt hat.« Tammos Vater ließ den Kopf sinken. »Ganz Friesland gegen die verdammten Grafen – diese Idee könnt Ihr Euch aus dem Kopf schlagen.«

»Ich flehe Euch an, versucht es noch einmal. Bittet alle Vertreter der Länder zu einem Treffen und sucht eine Lösung.«

Sein Vater schüttelte den Kopf. »Das wäre sinnlos.«

Die Wut in Tammo verrauchte. Sinnlos, alles schien so sinnlos zu sein. Kämpfe, nicht um Frieden, sondern um Grenzen. Mauern aus Stein als Schutz für wenige. Dazu diese Uneinigkeit. Keine Gemeinsamkeit, kein Miteinander unter den Mächtigen Frieslands. Nur gemeinsam würden sie den Frieden auf Dauer bewahren können, das fühlte er. Eine tiefe Leere machte sich in ihm breit. Er hatte versagt! Die Menschen des Dorfes würden vergeblich auf die versprochene Hilfe warten. Doch vielleicht blieb ihm noch eines zu tun. Sein Stolz war ihm eh nichts mehr wert. Er sank vor seinem Vater auf die Knie. »Wenn ich jemals ein Sohn für Euch war, wenn Euch jemals etwas an mir lag, dann gebt mir Euer Wort, dass Ihr zumindest jetzt Jerlef und seinen Leuten zu Hilfe eilt. Die Schergen des Grafen werden zurückkommen.« Er streckte seinem Vater die Hand entgegen.

Der versuchte, ihm aufzuhelfen. »Steht sofort auf. Die Menschen sind es doch nicht wert, dass Ihr Euch für sie erniedrigt. Ein Freesena kniet vor niemandem außer vor Gott. Erhebt Euch sofort!«

»Erst wenn ich Euer Wort habe!« Tammo schaute seinem Vater beharrlich ins Gesicht.

Eine entschlossene Bewegung zu seiner Rechten ließ Tammos Blick herumfahren.

»Ich gebe Euch meins.«

Frouwke war aufgesprungen und kam auf ihn zu. In ihren Augen glänzte es feucht, aber ihr Blick war entschlossen. Tammo hatte die Frau an der Seite seines Vaters fast vergessen gehabt. Erst jetzt bemerkte er den entschlossenen Zug, der ihr Gesicht prägte.

»Bei dem ungeborenen Kind unter meinem Herzen schwöre ich, dass den Menschen Eures Dorfes durch die gräflichen Ritter kein Leid geschehen wird.« Sie streckte ihm ihre Hand entgegen. Tammo ergriff sie, stand auf und verneigte sich tief vor Frouwke. Lange schauten sie sich an. Es dämmerte Tammo, dass Friesland vielleicht nicht nur tapfere Männer brauchte.

»Ich danke Euch. Die Menschen werden Euch lieben! Schade nur, dass wir uns nicht näher kennen lernen. Ich wünsche Euch, dass Ihr glücklich sein werdet – ich war's!« Er wandte sich seinem Vater zu. »Ihr habt eine gute Wahl getroffen.«

Mit festen Schritten ging er auf den Ausgang zu. Noch auf der Leitertreppe hörte Tammo die Rufe seines Vaters. Er beachtete sie nicht. Wie gehetzt eilte er zu seinem Pferd, ritt durch das Tor und ließ sein altes Leben hinter sich.

Frei wie der Wind

Der Ritt auf dem Pferd war wie ein Abschiednehmen. Einfach nur reiten und alles hinter sich lassen – Trauer, Verzweiflung und Wut.

Pferd und Reiter verschmolzen miteinander. Tammo spürte die Wärme des Tieres. Es gab nur ihn und sein Pferd und den Wind, der ihm den Atem nahm. In dieser Einsamkeit gewann das Wort Freiheit eine neue Bedeutung. Frei sein von allen Bindungen, so wie der Wind, der sich niemals einzäunen ließ.

Bilder schossen an ihm vorbei. Sich kräuselnden Wellen auf dem Wasser gleich, die man wahrnimmt, bis sie wieder eins werden mit dem Element, aus dem sie gekommen sind. Bäume, die sich ganz dem Wind überließen, Wolken, die wie Schiffe über ihm schwebten, ein kreisender Falke, der höher und höher getrieben wurde. Überließen sie alle sich dem Wind, um selbst frei zu sein?

Tammo beschloss, es ihnen gleichzutun. Einfach vergessen, wer man ist und was war. Es gab kein Gestern und kein Morgen, nur das Jetzt.

Er hielt an und blickte zum Himmel, der wie eine lichte Kuppel über dem weiten Land stand. Seine Augen folgten den vorüberziehenden Wolken, bis Himmel und Erde miteinander zu verschmelzen schienen. Die unbegreifliche Unendlichkeit nahm ihn gefangen. Die Leere in seinem Inneren wich. Tammo spürte: Er würde wieder sein. Er wollte wieder anfangen zu leben. Aber niemals mehr, das schwor sich Tammo in diesem Augenblick, würde er sich an einen anderen Menschen binden. Niemals wieder wollte er jemanden lieben, sondern frei sein wie der Wind. Nur so würde nichts und niemand ihn je wieder verletzen können.

Die letzten warmen Strahlen der Sonne berührten ihn, als wären es Riekes streichelnde Hände. Er musste Abschied von ihr nehmen. Es tat nicht mehr weh! Tammo wusste, sie würde für immer bei ihm sein.

Er wandte sein Pferd entschlossen um und gab seinem Leben einen neuen Anfang. Tammo wollte seine Kraft und sein Können dem Nächstbesten anbieten, der seine Hilfe brauchte. Im Kampf für eine gute Sache konnte er nur noch sein eigenes Leben verlieren, das ihm nichts mehr bedeutete. Das Wort »Angst« kannte er nicht mehr, und ein furchtloser Krieger würde immer einen Diensthern finden!

Tammo lenkte sein Pferd in Richtung der nächsten Ortschaft, wo ihn der Ruf Olivers von Xanten erreichte. Der Domscholaster von Köln bereiste die Seelande und forderte die Friesen auf, sich am fünften Kreuzzug zu beteiligen.

Nach all der Uneinigkeit und Zerrissenheit Frieslands, die Tammo erlebt hatte, legten sich die Worte Olivers von Xanten wie Balsam auf seine Seele. Der Wunsch, die Sehnsucht nach einem »ganzen« Friesland in Einigkeit und Freiheit ließ der Kreuzzugsprediger auf seine Art wahr werden. Alle Friesen, die sich ihm anschlossen, sollten gleich sein. Gleich viel wert und einig im Kampf zur Befreiung des Heiligen Grabes Christi.

Tammos Abenteuerlust und seine neue Unerschrockenheit im Umgang mit seinem Leben brachten ihn dazu, sich von der Kreuzzugsidee begeistern zu lassen. Nicht zuletzt aber war es eine Flucht. Eine Flucht vor sich selbst und vor der Einsamkeit, die ihn umgab.

Und so schloss sich Tammo Freesena dem Prediger Oliver von Xanten an. Er reiste mit ihm mehrere Monate durch Friesland und warb weitere Kreuzfahrer.

Endlich, im Mai 1217, machte sich Tammo mit vielen anderen Fanatikern auf den Weg, um das Heilige Jerusalem zu befreien. Er zog in einen Kampf, der niemals der Kampf des alten Tammo Freesena gewesen wäre. Er lernte zu töten und verlernte die Achtung vor dem Leben. Denn sein eigenes Leben galt ihm nichts mehr.

II

Kloster Porta Mariae in Palmar

Januar 1219

Was wir nicht haben können,
erscheint uns am begehrenswertesten.
Strahlt nicht auch die Freiheit am hellsten
hinter dunklen Klostermauern?

Sina

»Habt Ihr vor, heute noch mit Sina zu reden?« Die Äbtissin knetete nervös ihre Hände. Ihre Frage galt dem Mann, der ganz in strahlendem Weiß gekleidet war. Neben ihm wirkte sie in ihrem tristen Grau wie ein Schatten.

Abt Menko, dem die Leitung des Klosters Palmar oblag, schaute aus dem Fenster. Sein gleichgültiger Blick fiel auf die kahlen und wie tot wirkenden Bäume des Obstgartens. Er war erst gestern von einer längeren Reise zurückgekehrt und hasste es, sich nun wieder mit unwichtigen Problemen beschäftigen zu müssen.

Seine Antwort kam in gelangweiltem Ton. »Das Gespräch wird sich wohl nicht mehr lange hinausschieben lassen. Ihrem künftigen Gatten liegt viel an einer baldigen Vermählung.« Er lachte ironisch. »Der Arme weiß ja auch nicht, wie viel Zeit ihm noch bleiben wird, um sich an seiner jungen Braut zu erfreuen.«

Die Äbtissin sog scharf die Luft ein. »Ihr wollt das Kind also wirklich mit dem alten Freerk Heyenga vermählen?« Verzweiflung malte sich auf ihrem Gesicht ab.

»Gewiss doch, gewiss! Er stellt dem Kloster als Auslösung nicht nur einen hohen Geldbetrag in Aussicht, sondern sein gesamtes Vermögen im Falle seines Ablebens. Letzteres wird sicherlich nicht mehr allzu lange auf sich warten lassen. Habt Ihr kürzlich nicht auch das Röcheln in seiner Lunge bemerkt? Mich würd's wundern, wenn der Alte überhaupt noch in der Lage wäre, die Freuden des Ehebettes zu genießen.« Ein bösartiges Lächeln umspielte die kaltblütigen Züge des Abtes.

»Sina wird Schwierigkeiten machen! Ihr wisst ja, dass sie sich wenig sagen lässt. Wie habe ich mich bemüht, sie zu einer guten Klostertochter zu erziehen. Wie oft hat sie ohne Wasser und Brot in ihrer Zelle schmachten müssen bis zum Komplet. Es hat alles nicht genutzt. Erst gestern wieder brach sie nach dem Abendgebet das Redeverbot. Sie wird sich nicht einfach von Euch vermählen lassen.« Ein Augenlid der Äbtissin zuckte nervös.

Abt Menko lachte freudlos auf. »Wenn sie klug ist, wird Sina tun, was ich ihr sage. Die Kleine ist zwar widerspenstig, aber ich werde ihr vor Augen halten, was passiert, wenn sie sich weigert. Und dann wird das brave Kind ihrem Bräutigam sicherlich mit Freuden begegnen.«

Als die Äbtissin dem »braven Kind« mitteilte, dass der Abt sie im Skriptorium, dem Schreibsaal, zu sehen wünsche, machte sich Sina mit einem Gefühl böser Vorahnungen auf den Weg. Obwohl mittlerweile achtzehn Jahre alt und nicht zimperlich, fürchtete Sina das Zusammentreffen mit dem Abt. Alle anderen fürchteten sich nicht nur vor dem Abt, sondern auch vor ihr und ihrer spitzen Zunge. Sie war nicht beliebt im Kloster. Für die Novizinnen galt sie als »schlechter Umgang«. Wer mit Sina zusammen war, konnte darauf wetten, über kurz oder lang eine Strafe verbüßen zu müssen. Und da das Leben im Kloster auch ohne zusätzliche Einschränkungen hart genug war, mieden die Nonnen und Novizinnen den Umgang mit Sina. Diese hatte sich im Laufe der letzten Jahre einen harten Panzer zugelegt. Sie würde sich nicht in die Knie zwingen lassen! Niemand würde es schaffen, aus ihr eine Marionette – und so sah sie die anderen – zu machen. Auch der Abt nicht!

Trotzdem konnte Sina die Angst nicht ganz unterdrücken. Abt Menko hatte etwas Gewalttätiges an sich. Dabei sah er aus wie ein Engel, der auf die Erde gekommen war. Sein Gesicht war fast zu schön für einen Mann. Die Züge wie gemeißelt, vollkommen. Dann die weiße Gewandung der Prämonstratenser. Man durfte nur nicht in seine Augen schauen! Es waren grausame Augen von einem tiefen Stahlblau. Sina hatte Angst vor seinen Augen und vor seiner Gefühlskälte.

Ihre Gedanken drehten sich im Kreis. Was konnte er nur von ihr wollen? Ging es um das gebrochene Schweigegebot? Aber wenn ein alter Mönch vor ihrer Zellentür zusammenbrach, dann war es doch ihre Pflicht, dies zu melden. Am schnellsten ging das nun einmal mit dem Mund. Aber dafür würde sie sich nicht entschuldigen! Sollte er ihr doch eine Strafe auferlegen. Das ganze Dasein in diesem Kloster war eine Strafe. Diese vielen jungen Frauen und Männer, die ihr Leben hinter den kargen Mauern vergeudeten! Sina war immer froh, wenn sie Bruder Tjark im Klostergarten helfen durfte. Sie brauchte Sonne auf ihrer Haut, um innerlich nicht gänzlich zu sterben. Doch der Sommer lag noch in weiter Ferne. Es war kalt hinter den Klostermauern, eiskalt. Das Skriptorium war der einzige Raum, der beheizt wurde. Nicht etwa, damit es die Mönche oder Nonnen bei ihrer Arbeit warm hatten, sondern nur, damit die kostbaren Farben verwendbar blieben.

Schlimmer noch als die äußere Kälte aber war die Gefühlskälte vieler Klosterbewohner. Das galt natürlich nicht für alle. Einige der Nonnen hatten Sina auch Wärme und Zuneigung entgegengebracht. Aber im Grunde genommen war die Liebe der Nonnen nur auf einen fixiert. Ihre ganzen Gefühle galten dem Mann am Kreuz. Alles Streben und Denken war auf die Ewigkeit gerichtet. Die Nonnen hatten ihr Leben der Frömmigkeit geweiht. Wen sie nicht für ihre Sache gewinnen konnten, der hatte einen schweren Stand. Immer wieder waren Sina und die Äbtissin deshalb aneinander geraten.

Der Abt verbrachte den größten Teil seiner Zeit außerhalb des Klosters. Dafür war nicht nur Sina dankbar. Er besaß Macht – und er nutzte sie auch. Ihre Aufmüpfigkeit war ihm von Anbeginn ein Dorn im Auge gewesen. Somit war der Abt auch verantwortlich dafür, dass Sina schon in frühester Jugend den Geschmack der Rute kennen gelernt hatte. Ein Instrument, das der »Weiße Teufel«, wie Sina ihn bei sich nannte, häufig und gern anwandte. Sina konnte nicht wissen, dass es einigen Menschen eine besondere Freude bereitete, andere zu quälen, dass allein der Gedanke an die Rute den Abt in höchste Erregung versetzte. Bei ihr hatten die Schläge nur wenig gefruchtet, aber die Gelüste des Abtes waren jedes Mal befriedigt worden …

Sina eilte durch das kalte Gemäuer. Sie fror trotz der grob gestrickten Strümpfe und dem grauen, langärmeligen Leibrock, der bis zu den Knien reichte und mit einem Hanfseil um den Körper festgezogen war.

Vor der Tür des Skriptoriums blieb sie einen Augenblick stehen. Der Schreibsaal wurde im Doppelkloster Palmar sowohl von den Mönchen als auch von den Nonnen genutzt. Alle anderen Bereiche unterlagen einer strengen Trennung. Die Nutzung des Skriptoriums war nur nach Absprache mit dem Abt oder der Äbtissin möglich.

Entschlossen, sich diesmal nicht einschüchtern zu lassen, holte Sina tief Luft und öffnete die Tür. Der Abt war allein. Sina ging für einen Moment in die Knie, so wie der Abt es von den Frauen forderte. »Ihr habt nach mir geschickt?«

Der Abt betrachtete ihr pechschwarzes Haar, das sich in wilden Locken um den Kopf ringelte. Es passte zu ihrem krausen Wesen! Dieses Kind war wie ein Stachel in seinem Fleisch. Er hatte sie nicht zur Eignung als Nonne erziehen können, und diese Niederlage nagte an ihm. Die vielen bohrenden Fragen nach dem Wieso und Warum. Selbst Schläge hatten Sina nicht in die vorgesehene Klosterform pressen können. Über die Klostermauern hinaus war sie für ihre Aufmüpfigkeit, Widerspenstigkeit und ihren Starrsinn bekannt.

»Es ist einfach zu viel Leben in ihr. So viel Lebendigkeit kann niemand bändigen. Gut, dass sie bald weg sein wird«, dachte der Abt seufzend. Erleichterung durchflutete ihn. Aber auch ein flüchtiges Bedauern. Wieder ein Rücken weniger, auf dem er seine Rute würde tanzen lassen können. Aber mehr Freude machte es ihm sowieso bei den Novizen. Was bedeuteten schon Frauen? Sie waren es eigentlich nicht wert, die Peitsche eines Mannes spüren zu dürfen.

Sinas Räuspern brachte ihn in die Gegenwart zurück. Er erhob sich, und ihm fiel auf, wie klein sie war. Nicht einmal bis zu seinen Schultern reichte ihr Kopf. Sinas Augen, die jetzt zu ihm aufschauten, besaßen einen samtigen Braunton. Sie hatte ein kleines, dunkles Gesicht und eine niedrige Stirn unter den schwarzen Haaren.

»Sie sieht aus wie eine der heidnischen Feenfrauen«, dachte der Abt erschaudernd. Er hatte geheime Bücher, die sich mit den alten Religionen beschäftigten, in denen Feen und Zwerge keine reine Phantasie waren.

»Nein, dieses Kind passt wirklich nicht ins Kloster!« Der Abt war sich nicht bewusst gewesen, dass er die letzten Worte laut ausgesprochen hatte.

Freude klang in Sinas Stimme: »Werde ich das Kloster verlassen?«

Der Abt reagierte nicht auf ihre Frage. »Ich habe Euch etwas Wichtiges mitzuteilen.«

Sinas Mund wurde trocken, und ihr Herz schlug schneller.

Der Abt hielt den Blick auf ihr Gesicht gerichtet, als er ohne Umschweife erklärte: »Ich bin zu dem Schluss gekommen, dass es das Beste für alle ist, Euch zu vermählen. Mit dem ehrenwerten Freerk Heyenga bin ich mir über eine Auslösung einig geworden. Die Hochzeit findet im kommenden Monat statt.«

Es brauchte einige Zeit, bis Sina die Bedeutung seiner Worte verstanden hatte. Ihr ungläubiger Blick haftete lange auf dem Abt. Es war so still, dass man eine Feder hätte fallen hören können.

Dann brach es wie ein Sturm aus Sina heraus. »Ihr wollt mich verschachern?! Wie ein Stück Vieh an den Meistbietenden? Das wird Euch nicht gelingen!«

Der Abt umfasste ihre Schultern und schüttelte sie. Seine engelsgleichen Züge verzerrten sich zu einer Fratze. »Haltet Eure Zunge im Zaum. Ich habe genug von Euren Ungeheuerlichkeiten. Mir, mir allein steht die Entscheidung zu, was mit Euch geschehen wird. Hat nicht selbst Euer Vater eine passende Ehe für richtig erachtet?«

Tränen der Wut und Verzweiflung traten in Sinas Augen. Mit einer zornigen Bewegung wischte sie diese fort. Nur nicht weinen! Diese Genugtuung gönnte sie diesem Schuft nicht. Aber es war zum Heulen, denn der »Weiße Teufel« hatte Recht. Ihr eigener Vater hatte ihm die Freiheit gegeben, sie zu vermählen. Das war, nachdem sie ihm wieder und wieder schilderte, wie unglücklich sie im Kloster war.

Sina schossen erneut Tränen in die Augen. Wie vermisste sie ihren Vater, der nur so selten den Weg ins Kloster gefunden hatte. Er war ein Bauernkaufmann gewesen. Als Sina sieben Jahre alt war, tauschte er sie gegen eine Empfangsbescheinigung mit Siegel des Klosters Palmar ein. Gerade von den Prämonstratensern des westfriesischen Klosters Wittewierum als Tochterkloster gegründet, war das Kloster Palmar dankbar für jede neue Schülerin. Wie eine Ware hatte das Kloster sie erworben und war dafür von ihrem Vater, Jakob Wübbena, reichlich entlohnt worden. Die meisten Mädchen und Jungen kamen so ins Kloster. Viele Reiche und Mächtige wollten ihre nicht erbberechtigten Kinder gut untergebracht wissen. Sie zahlten dafür dem Kloster Monat für Monat einen ansehnlichen Betrag. Es galt als »klug«, ein oder mehrere Kinder einem Kloster anzuvertrauen. Machte man sie dadurch nicht Gott selbst zum Geschenk? Sicherte man sich durch diese gute Tat nicht selbst einen Platz im Himmel? Und die Gebete der Klosterinsassen, Stunde um Stunde, schlossen stets auch die Familie mit ein. Was gab es Sinnvolleres für das Seelenheil, als einen Sohn oder eine Tochter für sich im Kloster beten zu lassen?

Dies waren aber nicht die Gründe ihres Vaters gewesen. Bei seinen wenigen Besuchen hatte Sina ihn stets angefleht, sie zurückzuholen. Aber Jakob Wübbena konnte und wollte ihr kein Zuhause mehr bieten. Nach dem Tod seiner Frau hatte er sich für den vierten Kreuzzug werben lassen. Da ihn in Friesland alles an die geliebte Gemahlin erinnerte, beschloss er, im Orient zu bleiben. Eine der vielen Kreuzfahrerstätten wurde ihm zur Heimat. Seine gesamte Habe ließ er verkaufen. Sina, sein einziges Kind, hatte er dem Kloster Porta Mariae in Palmar überlassen. Aufgrund der Ähnlichkeit mit ihrer Mutter erinnerte sie ihn stets schmerzlich an den größten Verlust seines Lebens. Obwohl er sie liebte, konnte Jakob Wübbena den Anblick seiner Tochter nur schwer ertragen.

Im Frühjahr 1217 hatte Sina ihren Vater zum letzten Mal gesehen. Er war zurückgekehrt, um mit Oliver von Xanten Friesen für den fünften Kreuzzug zu werben. Sein kurzer Besuch im Kloster Palmar hatte mit viel Klagen ihrerseits und seiner Bitte an den Abt, dieser möge sie doch zu ihrer Zufriedenheit verheiraten, geendet.

Vor einiger Zeit dann war die Nachricht von seinem Tod eingetroffen. Jakob Wübbena war auf der Rückreise vom Kreuzzug einem Fieber erlegen. Trauer wollte sich bis heute bei Sina nicht einstellen, denn sie hatte ihren Vater kaum gekannt.

Mit seinem Tod waren auch die Zahlungen an das Kloster versiegt. Ihr Erbe war nach ihres Vaters Willen in die Hände des Abtes gefallen. Als Gegenleistung hatte er sie lebenslang zu versorgen oder gut zu vermählen. Und eben dies kündigte er ihr jetzt an.

»Es ist die beste Lösung. Ihr wisst es, und ich weiß es. Ihr passt nicht ins Kloster.«

»Die beste Lösung für Euch! Ihr streicht mein Erbe ein und seid mich los. Was ist das für ein Mann, der sich eine Braut aus dem Kloster kaufen muss?« Sinas Augen sprühten Funken.

»Er stammt aus einer angesehenen Familie. Um Euer leibliches Wohl braucht Ihr Euch keine Sorgen zu machen. Vielleicht braucht Ihr ihm nicht einmal mehr körperlich zu Willen zu sein. Seine Tage sind gezählt. Er ist kränklich.«

Sina unterbrach ihn und stampfte vor Wut mit dem Fuß auf. »Ihr wollt mich an einen kranken, alten Tattergreis verscherbeln? Eher springe ich aus dem höchsten Fenster des Klosters, als dass Euch dies gelingt!«

Ein kühles Grinsen umspielte die Züge des alten Abtes. Sinas Ausbruch hatte ihn nicht im mindesten beeindruckt. »Ihr werdet entweder springen müssen oder Freerk Heyenga heiraten. Solltet Ihr Euch weigern, dann werde ich Euch ›mit Christus begraben‹, und Ihr wisst, was das bedeutet!«

Sina erbleichte. Alles, nur das nicht! Leben und doch tot sein! Vor zwei Jahren wählte Maria, eine der älteren Nonnen, ganz bewusst das Leben einer Klausnerin. Das Klausnertum stellte eine besondere Form der Einsiedelei dar. Ein kleiner Anbau am Kloster, höchstens zwölf Fuß lang und breit, diente als Wohnstätte.

Sina erinnerte sich voller Unbehagen an die vorangegangene Feier. Kerzen und Fackeln hatten die Kirche des Klosters erleuchtet, die wie für eine Totenfeier geschmückt war. Schon der Gesang der Nonnen und Mönche hatte Sina Schauer über den Rücken laufen lassen:

> »Ich entsage allem Irdischen und wähle mir eine neue Wohnstätte. Hier will ich verweilen in Ewigkeit. Niemals wieder soll mich das Licht der Sonne berühren. Nur das wahre Licht Christi soll fortan meine Seele erleuchten. Ihm will ich nah sein, um dereinst mit ihm zur Glorie der Unsterblichkeit aufzuerstehen.«

Während der Messe war die Nonne »Gott dargebracht« worden, in ein Altartuch eingewickelt, wie eine Opfergabe. Sie hatte sich in der Klause einschließen lassen, wollte mit Christus begraben sein. Es war Sina wie ein Frevel erschienen, wie ein Mord. Sie hatten ihr das Leben genommen, das Licht und die Wärme. Es war ihr so vorgekommen, als sei dies alles ein neues Spiel des Abtes. Ein Versuch herauszufinden, was passieren würde, wenn man einem Menschen das Leben, aber nicht den Atem nahm.

Am Ende der Feierlichkeiten hatte Maria barfuß vor dem Abt gestanden. Genussvoll waren ihm die Worte über die Lippen gekommen, die ihr das Versprechen abnahmen, bis zum Tode jeglichem irdischen Leben zu entsagen. Einzig ein Kreuz aus Holz gab man Maria mit in die Zelle, die fortan ihren einzigen Aufenthaltsort, ihr Zuhause, darstellte.

In einer Prozession hatten alle die Kirche verlassen, um zur Klause zu ziehen. Vor Sinas Augen mauerte man den Eingang des Anbaus Stein für Stein zu, bis Maria verschwunden war. Nur ihr Gesang, zunächst voll tönend, dann durch die Mauersteine gedämpft, war zu ihr herübergedrungen. Eine kleine Öffnung blieb, als Durchreiche für Nahrung und Wasser. Marias Gesang begleitete die Nonnen und Mönche, die in einer Reihe zurück zur Kirche gezogen waren. Sina schaffte es gerade noch, bis zum nächstbesten Busch zu kommen, wo sie sich weinend übergeben hatte!

Maria befand sich bis heute in der Frauenklause. Sina wusste es nicht mit Gewissheit, aber sie vermutete, dass der Wahnsinn sich der Nonne bemächtigt hatte. Einmal war Sina es gewesen, die Maria ihre Mahlzeit gebracht hatte. Entgegen den Weisungen hatte sie die Nonne angesprochen. Eine Antwort war von Maria nicht gekommen, aber für einen Moment hatte Sina einen Blick ihrer Augen erhascht. Ein Blick, der sie herumfahren und fortlaufen ließ. Es hatte Wahnsinn aus ihren Augen gesprochen! Wie die Augen eines gehetzten, gefangenen Tieres waren sie Sina vorgekommen. Einem Vogel gleich, den man in einen Käfig gesperrt hatte. Und wie die Käfigvögel es häufig taten, hatte auch Maria aufgehört zu singen. Nur ein irres Heulen war zeitweilig hinter der Mauer zu vernehmen. Niemals wieder hatte Sina sich bereit erklärt, der Nonne ihre Mahlzeit zu bringen.

Die ungeduldig scharrenden Füße des Abtes brachten Sina in die Gegenwart zurück. Es war ihm zuzutrauen, sie gegen ihren Willen lebendig einzumauern. Auch eine Möglichkeit, unliebsame Novizinnen zu beseitigen ... Sina fragte sich, wie lange sie ihn schon sprachlos angestarrt hatte. Er schien sich an ihrem Entsetzen zu weiden.

»Ihr könnt gehen. Denkt über meine Worte nach, denkt gut nach! Glaubt mir, es wäre ein Vergnügen für mich, Euch Christus darzubringen. Wenn Ihr also nicht aus dem Fenster springt, erwarte ich Euch bei meiner Rückkehr in zwei Wochen als strahlende Braut.« Mit bösem Lachen hielt ihr der Abt die Tür des Skriptoriums auf.

Sina rannte fluchtartig davon. Schleier von Tränen behinderten ihre Sicht, so dass sie fast mit der Äbtissin zusammengestoßen wäre.

»Er hat es Euch gesagt?« Wissend schaute sie Sina an.

Ohne ein Wort lief Sina an ihr vorbei. In ihrer Zelle lehnte sie sich schwer atmend gegen die Mauer. Die Kälte der Steine schien bis in ihr Herz zu dringen.

»Verflucht soll er sein, verflucht!« Allmählich gewann ihr Zorn wieder die Oberhand. Sie ballte die Fäuste. »Fliehen werde ich«, zischelte sie den kalten Steinen zu. Aber wohin konnte sie gehen? Welcher Fluchtort blieb ihr nach elf Jahren Klosterhaft? Wen kannte sie noch in der Welt draußen? Und wie sollte es ihr gelingen, den hohen Klostermauern zu entkommen?

Die geheime Bibliothek

»Wir grüßen Euch, Königin, Mutter der Barmherzigkeit.
Ihr, unser Leben, unsere Süße, unsere Hoffnung.
Euer Erbarmen erflehen wir elenden Kinder Evas,
trauernd und weinend im Tal der Tränen.

Seht uns an mit Euren barmherzigen Augen!
Zeigt uns als Hoffnung Jesus, die gebenedeite Frucht
Eures Leibes.
Oh einzig gütige, einzig milde, einzig reine Jungfrau Maria!«

Hingebungsvoll sangen die Nonnen und Novizinnen nach dem Abendgebet das »Salve Regina«. Sina dagegen stimmte nicht in den Gesang ein. Sie hatte sich für die Jungfrau Maria niemals erwärmen können, obwohl die Gottesmutter die Schutzpatronin des Klosters Palmar war. Alle Menschen, die Sina kannte, hielten Schutzheilige für überaus wichtig. Jeder Mensch, jeder Tag, jede Ortschaft und jedes Gotteshaus, auch alles, was auf Erden wuchs, hatte einen Schutzpatron. Deren Hilfe konnte man erflehen in diesen Zeiten, in denen Gott ein zorniger Richter zu sein schien, in denen Gott, nachdem er der Verderbtheit der Welt gewahr worden war, den Teufel aus seinem Käfig ließ. Luft, Feuer, Wasser und Erde waren die Sprache Gottes. Mit ihnen schlug er die Menschen, aber sie waren auch sein Geschenk, ohne die kein Leben möglich war. Er strafte die Schöpfung durch Hungersnöte, Seuchen und Sturmfluten. Da brauchte es Schutz durch Heilige wie Maria, die als Mutter des Erlösers doch sicherlich einen besonderen Zugang zu Jesus hatte.

Die Augen der singenden Nonnen hingen an einer Marienfigur aus Holz, dem Stolz der Klosterkirche. In strenger Haltung, allem Irdischen entrückt, schien sich Maria nur dem Jesusknaben auf ihrem Schoß verbunden zu fühlen. Für die Sorgen der Menschen um sie herum war diese Maria nicht geeignet.

Nein, Sina konnte der Muttergottes nichts abgewinnen. Ihre von allen gepriesene Vollkommenheit machte einem nur die eigene Unzulänglichkeit deutlich. Manchmal war es Sina, als sei dies ein Grund für die zunehmende Marienverehrung: Den Frauen ihre Unzulänglichkeit bewusst zu machen, sie noch kleiner zu halten.

Mit einem Stirnrunzeln verscheuchte Sina diese Gedanken, die sie niemals aussprechen durfte. Sie hatte nun wirklich genug Sorgen anderer Art. Der Abt wurde jeden Tag von seiner Reise zurückerwartet. Dieses Wissen hing über Sinas Kopf wie eine große dunkle Wolke. Tränen stiegen ihr in die Augen. Ärgerlich wischte Sina sie mit einem Zipfel ihres grauen Umhangs ab. Es wurde Zeit, dass sie sich zusammenriss und ihren Plan in die Tat umsetzte. Sina hatte beschlossen, das Unmögliche zu wagen. Sie musste fliehen, das stand fest. Aber sie brauchte Geld draußen in der Welt. In der Privatkammer des Abtes wusste sie den Beutel mit dem Schmuck ihrer Mutter, den sie verkaufen könnte. Oft genug hingen ihre Augen an dem roten Samt, und oft genug überkam Sina der Gedanke, den Schmuck an sich zu nehmen. Doch dann hätte der Abt gemerkt, dass sie Zugang zu seinem Reich hatte.

Vor vielen Jahren schon hatte Sina im Klostergarten einen Schlüssel gefunden. Einen Schlüssel, der dem, den Abt Menko stets am Gürtel seines Gewandes trug, sehr ähnlich sah. Lange Zeit hing der Schlüssel verborgen an einer Kette um ihren Hals. Dann, sie war von der Äbtissin zu zwei Tagen Redeverbot und Verbleib in ihrer Zelle verurteilt worden, hatte sie, den Abt wieder einmal auf Reisen wissend, allen Mut zusammengenommen und ihren Fund ausprobiert. Mit wild pochendem Herzen war sie in die Räumlichkeiten des Abtes getreten, während die anderen in der Kirche das Tagzeitengebet sprachen. Staunend hatte Sina sich dort umgeschaut. Die Gemächer des Abtes waren luxuriös im Gegensatz zu den kargen Zellen, die Sina kannte. Allein die vielen dicken Talgkerzen in den wundervoll verschnörkelten Wandhalterungen waren eine Augenweide. In einer Fensternische war ihr die Peitsche aufgefallen, derer sich der Abt so gerne bediente, und sie erschauerte. Der Griff hatte einladend in den Raum gezeigt. Die Wände waren mit hölzernen Regalen verkleidet, auf denen vielerlei Gefäße standen. Auf dem großen Holztisch in der Mitte des Raumes hatte Sina das Prozessionskreuz bemerkt. Ein Kruzifix aus Holz, an dem Christus von den vier Evangelisten, jeweils in einen Kreuzbalken geschnitzt, eingerahmt war.

Die Gemächer des Abtes bestanden aus einer kleinen Zelle mit Schlafplatz und einem großen Wohnraum mit Schreibpult. Fasziniert hatte Sina die gedrechselten Stühle bewundert. Von der Decke hingen getrocknete Gräser und Kräuter, die dem Raum den muffigen Geruch, der den anderen Zellen stets anhaftete, nahm.

Dann war sie, wie von Geisterhand gezogen, auf einen Wandbehang aus rotem Stoff zugegangen, der eine Wand des Wohnraums schmückte. Irgendetwas hatte sie veranlasst, ihn zu berühren. Er wollte nicht so recht in diese luxuriöse Umgebung passen. Zögernd waren ihre Hände über den fadenscheinigen Stoff geglitten. Es hatte sie nicht erstaunt, dass der Stoff nachgab. Er verkleidete keine Wand. Es gab keine Wand dahinter!

Für Sina tat sich eine neue Welt auf. Hinter dem Vorhang lag eine kleine Bibliothek, deren Bücher sie im Laufe der Jahre fast alle verschlungen hatte. Während sie angeblich ihre Strafen allein in ihrer Zelle verbüßte, erweiterte sie Stunde um Stunde ihr Wissen. Es gab Bücher über die Gestirne und den Lauf des Mondes, Bücher über Kräuter und ihre Heilkräfte. Geschichten über Geschichten las sie, Sagen, Märchen und Wahrheiten. Sie lernte die Tiere ferner Länder kennen und sah Zeichnungen von Bergen, die Feuer spien. Sina sah auch andere Zeichnungen: Malereien, die sie in allen Einzelheiten den Unterschied zwischen Mann und Frau wissen ließen. Dann gab es noch Bücher, die zeigten, wie Männer mit Frauen diese unterschiedliche Beschaffenheit nutzten, um sich zu vergnügen. Die Ungeheuerlichkeit dieser Zeichnungen trieb ihr das Blut in die Wangen und ließ sie nächtelang nicht schlafen.

Besonders fasziniert war Sina von den alten heidnischen Religionen. Verblasste Buchmalereien zeigten Bilder einer Zeit, die nicht nur einen Gott kannte, sondern viele Götter und Göttinnen. Sina verschlang die Beschreibungen der Riten, welche ihre Vorfahren durchgeführt hatten, um die jeweiligen Götter milde zu stimmen und die Erde fruchtbar zu machen.

Die Bücher des Abtes erschlossen ihr eine völlig neue Welt. Sie entführten sie in Bereiche außerhalb der Klostermauern und bedeuteten somit Freiheit. Sie formten Sinas Geist und lehrten sie, nicht alles bedingungslos hinzunehmen, was als einzige Wahrheit gepredigt wurde. Es gab mehr als das, was die Nonnen ihr beibringen konnten. Wie ein Schwamm sog sie alles Wissenswerte in sich auf. Das Lesen hielt sie am Leben. Es war etwas, worauf sie sich freuen konnte, denn im Klosteralltag fand sie keine Freude.

Siebenmal am Tag läuteten die Glocken zum Gebet. Zum ersten Mal morgens nach drei zur Laudes, zum letzten Mal abends nach acht zum Komplet. Die Nonnen und Mönche verließen beim Geläut ihre Arbeit und stellten sich im Kreuzgang auf, der windgeschützt an der Sonnenseite der Kirche lag und den kleinen Garten umgab. Mit gesenktem Kopf zogen sie dann in die Kirche ein.

Nach jedem Gebet, nach jedem Psalm und jedem Lied begleitete eine Welle dunkler Töne das Lob des Dreieinigen Gottes. »Gloria Patri et Filio et Spiritu Sancto«, »Ehre sei dem Vater, dem Sohn und dem Heiligen Geist«, sangen sie. Das gemeinsame Aufstehen, das sich Verbeugen vor dem Allmächtigen: Gesten voller Ehrfurcht und tiefer Frömmigkeit. Gebete, in denen sich die Menschen ganz dem Einen hingaben, mit jeder Faser ihres Körpers. Manchmal spürte Sina in solchen Augenblicken den Hauch einer Ahnung des Allmächtigen. Dann glaubte sie, es läge Sinn in dem stundenlangen Beten und Singen. Aber an anderen Tagen verflog dieses Gefühl. Beispielsweise dann, wenn der Abt die Nonnen zuweilen fünfundfünfzig Psalmen nacheinander singen ließ, ohne dass sie sich auf die Klosterbänke niederlassen durften. Es diene der inneren Erbauung, so sein Argument. Es hatte eher den Krankensaal gefüllt, denn manch ältere Klosterbewohnerin war nicht mehr in der Lage, so lange zu stehen.

Sina konnte sich auch nicht in die Arbeitsweise der Nonnen einfinden, die ihre Aufgaben stets in Demut verrichteten und viele Stunden in absolutem Schweigen verbrachten. Auch waren die Aufgaben ungerecht verteilt. Klosterbewohner, für die eine monatliche Zahlung erfolgte, erhielten angenehmere und leichtere Aufgaben zugeteilt als die »armen« Nonnen und Novizinnen. Bislang hatte Sina für sich in Anspruch nehmen dürfen, im Klostergarten mitzuhelfen. Die Kräuter wurden genauso ihre Freunde wie die Bücher in den Gemächern des Klostervorstehers.

Im Winter war es ihr zugefallen, die Briefe des Abtes auf Pergamentblätter zu übertragen. Mit einem spitzen Griffel aus Holz wurden zuvor die Worte in eine Wachstafel eingeritzt. Das dunkel gefärbte Wachs war in aufklappbare, bis auf einen Rand flach ausgehöhlte Holztafeln gefüllt. Mit Tinte und Schreibfeder übertrug dann Sina den Text auf Pergament. Sie arbeitete sehr sorgfältig und brauchte nur selten mit dem Federmesser Buchstaben oder Wörter von dem kostbaren Pergament zu schaben. Sina erstellte, wie auch andere Schreiber, Abschriften von Büchern. Diese für sie angenehme Tätigkeit verdankte sie ihrem guten Schriftbild. Die Pulte standen in den hellsten Ecken der Schreibstube. Licht war kostbar im Winter. Manchmal entband der Abt die Kopisten von den Gebeten zur Terz, Sext und Non, damit sie das volle Tageslicht ausnutzen konnten. Im Schein von Öllampen auf Pergament zu schreiben, war mühsam. Trotz der Beheizung des Skriptoriums wurde das Arbeiten zur Qual, wenn an kühlen Wintertagen die Kälte von den Füßen bis zu den Händen aufstieg. Wenn die Finger so klamm wurden, dass sie die Feder kaum noch halten konnten, litt auch das Schriftbild. Und man selbst litt unter den Strafen des Abtes dafür. Trotzdem war Sina gerne in der Schreibstube. Sie liebte das Arbeiten mit Büchern und die Stille, die in diesem Raum herrschte.

Am liebsten aber war Sina in den Räumlichkeiten des Abtes. Sie verfluchte die Zeiten, in denen der Abt im Kloster weilte und so ihre Besuche in der Bücherstube verhinderte.

Schon bei einem ihrer ersten geheimen Ausflüge in die Gemächer des Abtes hatte Sina den roten Samtbeutel, der ihr noch aus der Kindheit bekannt war, bemerkt. Sina hatte ihn berührt und die große Brosche mit dem Drachen ertastet, den Lieblingsschmuck ihrer Mutter.

Morgen würde sie den Samtbeutel an sich nehmen und in der Nacht aus dem Kloster fliehen. Doch wohin sie gehen sollte, das wusste Sina nicht. Sie hatte Angst. Eine planlose Flucht konnte nicht gut enden. Und draußen war es bitterkalt.

Der Fremde

Es war Nachmittag, und die meisten Klosterbewohner hielten die vorgeschriebene Ruhestunde ein. Sina riskierte einen Blick in alle Richtungen, bevor sie aus ihrer Zelle huschte. Die dumpfe Stille und Kälte, mit der die Klostermauern sie umgaben, ließen Sina erschauern. Heute wirkte das Gemäuer auf sie wie ein riesiges Grabmal. In der Nähe der Klosterkirche schlug ihr der Geruch von Weihrauch entgegen. Durch die Fenster fluteten vereinzelte Sonnenstrahlen, doch Sina hatte keinen Blick dafür. Sie wollte ihr Vorhaben schnell hinter sich bringen, bevor es im Kloster wieder lebendig wurde.

Sich immer wieder verstohlen umschauend, schlich sie sich zu den Gemächern des Abtes. Schnell zog sie den Schlüssel hervor, öffnete die Tür, huschte wie ein Blitz hinein und verschloss den Raum wieder. Für einen Augenblick verharrte Sina schwer atmend gegen die Tür gelehnt. Niemals zuvor hatte es sie solch eine Überwindung gekostet, dieses Zimmer zu betreten. Es war, als hielte etwas oder jemand sie davon ab. Sina riss sich zusammen und betrat die Bücherstube. So viele Male hatte sie sich hier zu Hause gefühlt. Vielleicht rührte diese seltsame Anspannung von dem Wissen, dass es der letzte Besuch in der Bibliothek sein würde. Sie lenkte ihre Gedanken auf den roten Samtbeutel. Für einen Augenblick wurde sie von Zweifeln gequält.

Doch dann schüttelte Sina über sich selbst den Kopf. »Ich bin keine Diebin. Dies ist der Schmuck meiner Mutter. Abt Menko sollte ihn nur für mich verwahren.«

Die Novizinnen durften nichts ihr eigen nennen. So hatte ihr Vater dem Abt das Versprechen abgenommen, Sina im Falle ihrer Vermählung den Beutel zu übergeben. Mittlerweile bezweifelte sie, dass der Abt ihr tatsächlich den Schmuck ausgehändigt hätte.

Zielstrebig schob sie den Vorhang beiseite und betrat die geheime Kammer. Sinas ganzes Denken war auf ihr Tun gerichtet. Das Herz schlug ihr bis zum Hals, und irgendwie hatte sie trotz allem das Gefühl, etwas Unrechtes zu tun.

Während ihre Hand nach dem Samtbeutel griff, hörte sie unerwartete Geräusche. Stimmen drangen an ihr Ohr und dann das Drehen eines Schlüssels im Schloss. Wie erstarrt verharrte Sina. Angst legte sich über sie wie ein Schleier. Der Abt musste wieder zurückgekehrt sein, denn niemand sonst besaß ihres Wissens einen Schlüssel. Was, wenn er sie hier entdeckte? Sina hielt den Atem an. Vorsichtig bewegte sie sich ein wenig. Nur nicht mit den Füßen gegen ein Möbelstück stoßen! Dicht vor dem Vorhang blieb Sina stehen. Durch einen Riss in dem fadenscheinigen Gewebe konnte sie einen Teil des Raumes dahinter ausmachen. Mit klopfendem Herzen spähte sie hindurch. Es war tatsächlich der Abt! Er wandte Sina den Rücken zu. Aber der Klostervorsteher war nicht allein.

Nach ihm trat ein Mann ins Zimmer, dessen Anblick Sina gefangen nahm. Der Fremde war groß. Er trug eine eng anliegende schwarze Hose und darüber ein lässig fallendes dunkles Leinenhemd, das seine breiten Schultern umspannte. Seine Füße steckten in braunen Lederstiefeln.

Der Fremde schien seinem Äußeren wenig Aufmerksamkeit zu widmen. Doch er besaß eine solche Ausstrahlung, dass sie durch seine Kleidung weder verstärkt noch geschwächt wurde. Sein Gesicht war schmal. Eine kräftige Nase erhob sich über einem vollen Mund, der sowohl Leidenschaft als auch Durchsetzungsvermögen verriet. Sein langes, strohblondes Haar bildete einen reizvollen Kontrast zu dem dunklen Teint. Am faszinierendsten aber waren seine Augen. Sina hatte noch nie einen Menschen mit solchen Augen gesehen: grün schimmernd, erschreckend kalt und von einer bodenlosen Tiefe. Obwohl der Fremde sie nicht sehen konnte, glaubte sich Sina in seinen Augen zu verlieren. Sie schienen selbst den Abt zu verwirren. Sicherlich machte ihm auch die Haltung des Mannes zu schaffen. Der Fremde legte kein unterwürfiges Benehmen an den Tag, wie all die anderen, die mit dem Klostervorsteher zusammentrafen.

»Man sagte mir, Ihr wolltet mich sprechen?« Abt Menkos Stimme klang zurückhaltend neugierig. Der Klostervorsteher wusste scheinbar nicht, wer der Fremde war und was er von ihm halten sollte.

Dieser maß ihn mit einem abschätzenden Blick. »Mein Name ist Tammo. Mir wurde aufgetragen, der Novizin Sina eine Nachricht von ihrem Vater, Jakob Wübbena, zu übermitteln.«

Ein Stich fuhr Sina ins Herz, und ihre Hände krampften sich zusammen. Es ging um sie! Was hatte dieser Fremde mit ihrem Vater zu schaffen gehabt? Ihr Herz schlug so laut, dass Sina meinte, die beiden Männer müssten ihre Anwesenheit spüren. Vielleicht taten sie das auch. Tammos Augen fuhren suchend durch den Raum und blickten dann wie gebannt in ihre Richtung. Es schien eine Verbindung zwischen ihnen beiden zu existieren, die selbst durch den Vorhang hindurch fühlbar war. Sina war es, als ob sie den Herzschlag des Fremden in ihrem eigenen Blut spürte. Schauer liefen ihr über den Rücken, und die Röte stieg ihr ins Gesicht. Sie fühlte sich Empfindungen ausgeliefert, mit denen sie nicht umgehen konnte.

Die Stimme des Abtes brach den Bann. »Es ist den Novizinnen nicht erlaubt, mit Fremden zu sprechen. Ich werde Sina die Nachricht übermitteln. Aber nun sagt mir, wie die Botschaft lautet, und erzählt, wo Ihr ihrem Vater begegnet seid.«

Gekünstelt freundschaftlich war er auf den Fremden zugetreten und hatte ihm eine Hand auf den Arm gelegt. Mit einer scheinbar unbeabsichtigten Bewegung schüttelte dieser sie wieder ab.

»Die Botschaft muss ich der Novizin persönlich überbringen. Ihr Vater trug mir auf, mich außerdem davon zu überzeugen, dass es Sina gut geht. Ihn plagte das schlechte Gewissen. Er wusste, wie unglücklich sie hier im Kloster war.«

Der Abt schien enttäuscht. »Es geht Sina sehr gut. Das Klosterleben liegt ihr nicht, das hat ihr Vater richtig erkannt. Daher wird sie in der nächsten Woche heiraten. Mit der Wahl ihres Gatten ist Sina mehr als zufrieden. Ihr seht also: Alles ist in bester Ordnung. Leider kann ich es nicht erlauben, dass Ihr persönlich mit Sina sprecht. Nehmt mit mir als Übermittler vorlieb, oder Ihr müsst unverrichteter Dinge wieder gehen.« Der Abt verlor langsam die Geduld.

Den Fremden schien dies nicht zu stören. In seinen Augen, die auf den Abt gerichtet waren, sah Sina ein wütendes Aufblitzen. »Ich werde solange in diesem Kloster bleiben, bis ich Sina gesehen und mit ihr gesprochen habe. Auf dem Sterbebett habe ich meinem Freund ein Versprechen gegeben, das ich nicht zu brechen gedenke.« Herausfordernd ließ er sich auf einem der Holzstühle nieder und griff nach einer Tasche, die Sina bis dahin nicht bemerkt hatte. »Es geht auch nicht nur um Worte, die ich mitzuteilen habe. Ihr Vater gab mir ein ganz besonderes Kleinod für sie. Es handelt sich um einen Kelch, der mir sehr wertvoll zu sein scheint.«

Der Fremde zog einen in Leinentücher gewickelten Gegenstand aus der Tasche. Vorsichtig entfernte er die Tücher. Zum Vorschein kam ein Kelch, dessen Anblick den Abt nach Luft schnappen und Sina die Hände vor den Mund schlagen ließ. Es war ein wunderbares Gefäß. Die Schale aus Achat glitzerte im Sonnenlicht, das durch ein Fenster fiel. Der breite goldene Fuß mit den seitlichen Griffen ruhte auf einem Sockelstein aus Onyx. Das Strahlen des Kelches tauchte den Raum in ein eigentümliches, ein warmes Licht. Für einen Augenblick schien die Welt stillzustehen. Kein Laut war zu hören. Zeit und Raum schienen in ungläubigem Staunen zu verharren.

Das Gesicht des Abtes war nun Sina zugewandt. Im Gegensatz zu dem Fremden konnte sie darin lesen. Es spiegelten sich Erkennen, dann Fassungslosigkeit und schließlich die nackte Gier auf seinen Zügen. Sina begann zu zittern. Nicht nur der

Abt hatte das Gefäß erkannt. Beschreibungen und Zeichnungen tauchten vor Sinas innerem Auge auf. Niemals hatte sie damit gerechnet, dieses Gefäß mit eigenen Augen zu sehen. Es wurde sogar an seiner Existenz gezweifelt. Doch nun stand die heiligste aller Reliquien vor ihr auf dem Holztisch. Es gab keinen Zweifel – dies war der Steinerne Gral!

Fasziniert hatte sie die Geschichte des Kelches gelesen. Er galt seit langer Zeit als verschollen. Die Bedeutung des Fundes ließ sie erzittern. Das Blut Jesu, das Blut des Gekreuzigten, hatte das Innere des Gefäßes berührt. Dieser Kelch war das Behältnis des Opfers Christi. Welch eine Reliquie!

Wie ein Raubtier umkreiste Abt Menko den Kelch, und sein Blick war der eines Falken: grimmig und gierig. Die Gedanken des Klostervorstehers überschlugen sich. »Was mir hier dargeboten wird, ist der Gipfel all dessen, was ein Mensch erringen kann. Welche Macht steckt in diesem Gefäß! Menschen würden morden, um dieses Kleinod in den Händen zu halten. Es gilt als Sinnbild des ewigen Lebens und nie versiegendes Füllhorn. Wenn die Überlieferungen stimmen, dann vermag dieser Kelch Kranke gesunden zu lassen und jeglichen Hunger zu stillen. Das Kloster Palmar könnte eine Pilgerstätte, ein wichtiger Wallfahrtsort werden. Diese Reliquie könnte Palmar zur wichtigsten Wallfahrtsstätte schlechthin machen, an religiöser Bedeutung nicht einmal von Rom übertroffen! Und ich, ich als sein Hüter, würde mir die Betrachtung und die Berührung des Kelches bezahlen lassen und Reichtümer horten. Wer würde mir widerstehen können, mit diesem Heiligtum in meinen Händen? Nur ein Narr kann sich solch eine Macht entgehen lassen. Sie wird die Krone meines Lebens sein, mir Tür und Tor und sogar das Himmelreich öffnen!«

Nur mühsam gelang es dem Abt, seine Träume abzuschütteln. »Diesen Kelch also sollt Ihr der Novizin bringen?« Seine Stimme zitterte.

»Ja.« Tammos fragender Blick hing an Abt Menko. Als dieser nicht reagierte, fuhr er fort: »Ihr Vater erhielt ihn von einem kranken Pilger. Wir pflegten ihn, aber er erlag seiner

Krankheit. Kurz vor seinem Tod zeigte der Pilger meinem Freund den Kelch. Er behauptete, dieses Gefäß sei etwas ganz Besonderes. Er wäre mehr wert als Tausende von Menschenleben. Seine tatsächliche Bedeutung aber nahm er mit ins Grab.«

Mehr und mehr wurde sich Sina der Bedeutung des Grals bewusst. Sie begann zu zittern und umschlang ihren Körper mit den Armen, aber es wollte nicht aufhören. Ihre Zähne schlugen aufeinander. Sina hatte Angst, dass die Männer sie bemerken könnten, aber der Abt hatte seine Aufmerksamkeit ganz auf den Kelch gerichtet.

Der Fremde erzählte weiter: »Kurze Zeit darauf erlag mein Freund Jakob Wübbena einem Fieber. Einer Eingebung folgend, nahm er mir auf dem Sterbebett das Versprechen ab, seiner Tochter den Kelch zu bringen. Ich bin froh, diesen Kelch los zu sein. Er scheint die eigentümliche Angewohnheit zu haben, die Menschen nach seinem Willen zu führen. Hätte er mich sonst dazu treiben können, meine Zeit in diesem Kloster mit einem uneinsichtigen Abt zu verbringen? Ich habe wahrlich Besseres zu tun!«

Der Fremde machte Anstalten zu gehen. Er griff nach dem Kelch und wollte ihn wieder einpacken. Sina gefror das Blut in den Adern. Kälteschauer überzogen ihren Körper. Der Kelch hatte nicht zufällig seinen Weg hierher gefunden, das spürte sie. Abt Menko würde niemals zulassen, dass diese Reliquie die Klostermauern wieder verließ! Was sollte sie, was konnte sie nur tun? Der Kelch durfte nicht in seine Hände fallen. Er war nicht für das Böse bestimmt.

Das Aufspringen des Abtes riss Sina aus ihren Gedanken. Er hatte sich wohl zu einer Entscheidung durchgerungen und hielt den Fremden zurück.

»Wartet, ich werde Sina holen!« Mit einer entschlossenen Bewegung ging er zur Tür und verließ das Gemach. Die Angst schnürte Sina die Kehle zu. Was hatte der Abt vor? Sie wusste instinktiv, dass er ihr niemals den Kelch überlassen würde. Die Macht, die von dem Gefäß ausging, würde sich der »Weiße Teufel« nicht entgehen lassen.

Nach nur kurzer Zeit öffnete sich die Tür wieder. Der Klostervorsteher trat ein, gefolgt von einer Novizin mit gesenktem Kopf. Sina kannte das Mädchen. Es war Katharina, die dem Abt treu ergeben war. Sie schaute ihn wie ein Hündchen an und wandte sich dann mit niedergeschlagenen Augen dem Fremden zu. »Mein Herr, ich bin Sina. Ihr wolltet mich sprechen?«

Der Angesprochene maß sie mit einem erstaunten Blick. Für eine Sekunde sah Sina Unsicherheit in seinen Augen, Unsicherheit und Ungläubigkeit. Es war klar zu erkennen, dass er sich die Tochter Jakob Wübbenas anders vorgestellt hatte. Dann fasste sich der Fremde jedoch. »Kann ich mit der Novizin allein sprechen?« Sein fragender Blick war auf den Abt gerichtet.

»Nein, das ist nun wirklich nicht möglich. Richtet ihr jetzt bitte Eure Botschaft aus.« Ungeduldig scharrte der Abt mit den Füßen.

»Schaut mich an!« Nur zögernd hob Katharina die Augen. Sie schien sich sichtlich unwohl zu fühlen. »Euer Vater bittet Euch um Vergebung. In seiner letzten Stunde kam er zu der Einsicht, nicht richtig an Euch gehandelt zu haben. In der Trauer um den Tod seiner geliebten Frau flüchtete er sich von einer Heldentat in die nächste, immer auf der Suche nach Zerstreuung. Er sagte mir, er sei auf den Geschmack des Blutes gekommen. Der Geruch von Blut, von dem Blut eines getöteten Feindes, errege die Sinne derart, dass man alles andere vergessen könne. Sogar, für eine kurze Zeit, den Tod des geliebten Weibes. Er verbannte jeden Gedanken an Euch, denn Ihr rieft die Erinnerung an Eure Mutter in ihm wach. Euer Vater beklagte diesen größten Fehler seines Lebens in seiner letzten Stunde. Die Schuld nagte an ihm. Er war Euch von Herzen zugetan, konnte Euch seine Liebe aber nicht zeigen. Wieder und wieder hat er mir von Euch erzählt. Ihm war wichtig, dass Ihr um seine Liebe wisst. Euch galten seine letzten Gedanken. Es ist vielleicht auch eine Erleichterung zu wissen, dass er nicht lange leiden musste. Er war mir ein Freund wie wenige zuvor. Und er bestätigte mich in meiner Auffassung, dass man niemanden zu sehr lieben darf.«

Der Fremde atmete tief durch und fuhr sich mit der Hand durchs Haar. Sina sah in Katharinas Gesicht ein Augenlid nervös flackern. Das Mädchen knetete bedrückt die Hände. Ihre Hilfe suchenden Blicke gingen zum Abt. Dann jedoch erwarb der Fremde wieder ihre Aufmerksamkeit.

»Am Ende seines Lebens erkannte Euer Vater, dass die Kreuzzüge nur sinnloses Blutvergießen waren. Der Kelch gab ihm auf eine ganz besondere Art seinen Frieden zurück. Er starb getröstet in dem Wissen, dass ich ihn Euch als Zeichen seiner Liebe bringe. Dieser Kelch, den Ihr vor Euch seht, mag Euch als stete Erinnerung an Euren Vater dienen. Er ist ein seltsames Gefäß. Ich weiß nicht viel darüber. Er kann Menschen dazu bewegen, Dinge zu tun, die diese sonst niemals tun würden. Mit ihm im Gepäck fühlte ich mich seltsam getröstet, es war mir, als wiege die Summe meiner Gräueltaten nicht mehr so schwer. Er ist etwas ganz Besonderes, das spüre ich. Hütet ihn gut, denn mir scheint, er hat einen hohen Wert, nicht nur seines Goldes wegen. Von hohem Wert war auch Euer Vater. Niemals zuvor besaß ich einen Freund wie ihn. Wir haben zusammen gekämpft und gelitten, verloren und gewonnen. Unsere Freundschaft war in der tiefsten Dunkelheit der Nacht wie ein nie verlöschendes Licht. Es war ein besonderes Vertrauen, das uns verband. ›Treulos ist, wer geht, wenn der Weg am Dunkelsten ist‹, pflegte Jakob Wübbena zu sagen – und so war auch sein Handeln. Wenn Ihr Eurem Vater nur ein wenig ähnelt, dann müsst auch Ihr ein ganz besonderer Mensch sein.«

Er streckte dem Mädchen beide Hände entgegen, die diese nur zögernd ergriff. »Lebt nun wohl. Ich muss gehen.« Dann nahm der Fremde den Kelch und drückte ihn der verwirrten Novizin in die Hände.

Der Abt hatte wie versteinert den Worten des Fremden gelauscht. Sina sah die Zornesader an seinem Hals pochen. Abt Menko war ein begeisterter Anhänger der Kreuzzugsbewegung, und die Worte des Fremden waren fast Ketzerei zu nennen. Der Klostervorsteher öffnete schon den Mund, um ihn zurechtzuweisen, als sein Blick auf den Kelch fiel. Er behielt seine scharfen Worte für sich und geleitete mit Erleichterung auf den Zügen den Fremden zur Tür.

Die beiden Männer eilten hinaus. Unschlüssig verharrte Katharina einen Augenblick und starrte wie gebannt auf den Kelch in ihren Händen. Dann, als habe sie sich verbrannt, stellte sie ihn mit einer hastigen Bewegung auf den Holztisch. Wie gehetzt und mit tränenüberströmtem Gesicht rannte sie hinaus.

Sina hörte das Zuschlagen der Tür. Eine kleine Ewigkeit harrte sie noch regungslos hinter dem Vorhang aus. Dann erwachten ihre Lebensgeister wieder. Hastig zerrte sie den Stoff zur Seite. Kein Zögern war mehr in ihr. Sie ergriff den Kelch und drückte ihn an sich. Niemals durfte sie zulassen, dass der Abt ihn bekam. Sie musste ihre Flucht vorverlegen. Nicht erst heute Nacht, sondern sofort würde sie gehen.

Die Flucht

Sina rannte aus dem Zimmer und in ihre Zelle zurück. Ihr blieb nicht viel Zeit. Sie legte den Kelch auf ihre wenigen Habseligkeiten, die schon seit dem Morgen gepackt waren. Ihr Atem ging schnell, und ihr Herz raste. Nur raus hier, bevor der Abt den Verlust bemerkte. Er würde Himmel und Hölle in Bewegung setzen, um diesen Kelch zurückzubekommen, das wusste Sina.

Mit einem letzten Blick maß sie den kleinen Raum, der ihr Zuhause gewesen war. Nein, nicht ihr Zuhause – ihr Gefängnis! Dieses Wissen erleichterte das Gehen. Den Schmuck hatte sie in der Aufregung vergessen mitzunehmen. Nun war es zu spät! Sie musste gehen, jetzt sofort! Eine fast panische Angst vor der drohenden Gefahr trieb Sina an. Sie hatte die Tür fast erreicht, als diese sich öffnete. Die Äbtissin trat ihr entgegen. Sie blieb an der Tür stehen und versperrte den Ausgang. Ungläubig starrte Sina sie an. Verzweiflung stahl sich in ihr Herz. Niedergeschlagenheit breitete sich aus und das Wissen, dass alles vorbei war. Ihr kühner Plan schon bei der Ausführung gescheitert!

Die Miene der Äbtissin war undeutbar und durchdringend ihr Blick. Sina straffte die Schultern. So einfach würde sie nicht aufgeben! Es ging nicht mehr nur allein um ihre Person, es ging nun um etwas Wichtigeres. Um etwas ganz Großes, das ihr anvertraut war. Dieses Wissen machte sie stark. Ihre Augen suchten nach einem Fluchtweg. Ihr Herz hämmerte gegen ihre Hände, die sie zu Fäusten geballt an die Brust presste.

»Ihr … Ihr habt mich erschreckt.« Sina suchte krampfhaft nach einer Erklärung. Sie versuchte, ihren Fluchtversuch zu überspielen, doch die Äbtissin hatte die Lage längst durchschaut. Ihr Blick war auf den gefüllten Rucksack geheftet, der auf dem Boden lag. Erstaunen flackerte in den Augen der Vorsteherin auf, als sie den Kelch bemerkte. Einen derartigen Gegenstand hatte sie im Kloster noch nie gesehen. Sie schaute Sina an, und etwas wie Verständnis lag in ihrem Blick.

»Lasst nur, mein Kind. Ich weiß, Ihr müsst fort. Glaubt mir, ich kann das verstehen.« Mit müden Augen musterte sie die Novizin.

»Bitte, bitte verratet mich nicht«, flehte Sina. Sie rechnete damit, dass jeden Augenblick der Abt vor der Tür stehen würde.

»Ich verrate Euch nicht. Wartet einen Moment, ich werde Euch helfen.«

Die Äbtissin drehte sich um und verließ eilig den Raum. Sina fühlte sich wie ein gehetztes Wild. Wie eine Maus, mit der die Katze noch spielt. Die Angst, die sie so hasste, schnürte ihr die Kehle zu. Eigentlich müsste sie jetzt fortlaufen, ihre Chance nutzen, doch Sina blieb wie festgewachsen stehen. Ihre Gedanken rasten. Konnte sie der Äbtissin trauen?

Von draußen drangen Geräusche an ihr Ohr. Sie wandte sich erschrocken um, doch es war nur der Wind in den Bäumen. Mit gesenktem Kopf ließ Sina sich auf die Bettstelle sinken.

Die Äbtissin kam zurück, in der Hand einen Beutel mit Proviant und über dem Arm einen warmen wollenen Umhang und ein weiches Kopftuch.

»Sina«, sie hob die Hand, als wolle sie ihr über die Wange streichen, »Sina, es tut mir Leid, dass das Kloster Euch kein Zuhause sein konnte. Ich werde zu der Jungfrau Maria für Euch beten. Sie wird Euch begleiten und schützen. Geht nun, und nehmt dies mit Euch.«

Sie hielt Sina den Beutel und ein kleines besticktes Leinensäckchen entgegen, in dem es viel sagend klimperte. Das Säckchen war erstaunlich schwer. Voller Staunen starrte Sina die Äbtissin an.

»Es ist nicht viel. Aber es ist ein Anfang.« Noch einmal hob die Vorsteherin der Nonnen die Hand. Diesmal berührte sie die Wange der jungen Frau tatsächlich.

»Ihr seid so jung und glaubt, Ihr werdet draußen in der Welt große Abenteuer erleben. Das werdet Ihr auch! Obwohl, vielleicht werden es nicht die Erlebnisse sein, von denen Ihr in Euren Fluchtgedanken geträumt habt. Geht jetzt, und geht schnell! Draußen, bei den Ställen steht ein Pferdekarren. Vielleicht könnt Ihr Euch darin verstecken und auf diesem Wege unentdeckt durch das Tor kommen.«

Die Äbtissin versuchte zu lächeln. »Ich werde Euch etwas Zeit verschaffen. Der Abt wird Euch vor dem morgigen Tage nicht vermissen.«

Sina warf den Umhang über und verschloss die Schnalle. Dann legte sie sich das Tuch um und griff nach ihrem Gepäck.

Die Äbtissin holte tief Luft. »Geht nun, und Gott mit Euch, mein Kind. Vielleicht findet Ihr draußen in der Welt Euer Glück. Denn Ihr seid ein Kind des Lebens und nicht für Klostermauern geschaffen. Das wäre Sünde!«

»Lebt wohl, und habt Dank.« Sinas Stimme klang auch in ihren eigenen Ohren fremd. Sie umarmte die Ältere. Das hatte sie in all den Klosterjahren nicht einmal zuvor getan. Sie erkannte die Äbtissin nicht wieder. Welche Träume hatte sie wohl gehabt, die nie in Erfüllung gegangen waren?

Sina glitt ohne einen Blick zurück zur Tür hinaus. Ihr Füße machten kaum ein Geräusch auf dem Steinboden. Wie ein Wiesel huschte sie den Gang entlang. Eine Nonne kam ihr entgegen, und Sina versteckte sich hinter einem der dicken Pfeiler. Sie öffnete die Tür zum Kräutergarten und schlich eng an die Klostermauer gedrückt Richtung Stall. Tatsächlich, dort stand der Karren. Eine recht alte Mähre war davorgespannt. Der Atem des Tieres ließ kleine Rauchwolken in die Luft steigen. Sina fröstelte. Sie hatte sich alle Kleider übereinander angezogen, die sie besaß. Es waren wenig genug, und Sina fror trotz des Umhangs der Äbtissin. Sie kroch unter die Plane, die den Karren bedeckte. Es roch nach Gebratenem und Bier. Sie stieß gegen Kochgeschirr und Wäschesäcke. Hier schien jemand seinen ganzen Hausstand spazieren zu fahren. Na, ihr sollte es recht sein, solange der Karren sie durch das Tor brachte. Sina zwängte sich zwischen den Hausrat und legte sich flach auf den Boden. Schon hörte sie Stimmen.

»Tammo, habt Ihr einen Geist gesehen, oder warum ist Euer Blick so verwundert?« Ein kräftiger Bass dröhnte zu ihr herüber.

Die Antwort gab ein Mann, dessen Stimme Sina unter Tausenden wiedererkannt hätte. Sie gehörte dem Fremden, der den Kelch gebracht hatte. Sina stöhnte. Hoffentlich war es nicht sein Karren, auf dem sie lag. Eigentlich wollte sie ihm nicht wieder begegnen. Dieser Fremde hatte es in der Kammer des Abtes vermocht, sie zu verunsichern, ohne sich ihrer Anwesenheit bewusst zu sein. Was würde erst eine Begegnung mit ihm in ihr auslösen?

»Ich durfte gerade die Bekanntschaft einer jungen Frau machen, die ich mir ganz anders vorgestellt hatte. Das hat mich etwas verwirrt. Da sieht man wieder, dass Väter ihre Töchter immer wundervoll finden. Wenn man sie näher betrachtet, stellt sich heraus, dass einige eher zum Verwundern sind.«

»Was macht Ihr Euch Gedanken über eine Braut Christi? Glaubt mir, die Frömmigkeit frisst den Liebreiz – und ich muss es wissen.« Er lachte laut und dröhnend.

»Es war nicht fehlender Liebreiz, obwohl, davon hatte diese Novizin auch nicht viel zu bieten. Ich habe nichts von dem

Kampfesmut ihres Vaters gefunden, das hat mich so erschreckt. Eine Löwin hatte ich erwartet und fand nur ein Schaf.«

Sina musste trotz ihrer Situation lachen. Katharina mit einem Schaf zu vergleichen, das war gar nicht so abwegig. Sie riskierte einen Blick nach draußen. Zwei Männer standen vor dem Karren. Der eine, der Tammo hieß, schwang sich auf sein Pferd. Er trug einen langen dunklen Umhang gegen die Kälte. Bei dem anderen handelte es sich um einen dicken Mönch. Ihn kleidete ein wollener Mantel, unter dem Sina die weiße Ordenstracht der Zisterzienser mit dem über Brust und Rücken fallenden schwarzen Überwurf, Skapulier genannt, ausmachen konnte.

»Wollt Ihr nicht lieber auch Euren Kopf gegen die Kälte schützen?« Die Stimme des Jüngeren hatte einen neckenden Unterton. »Ich habe mehr Haar, als mir lieb ist, aber Ihr mit Eurer Tonsur! Wie wäre es mit einer Wollmütze in weiß, passend zur Tracht?«

Empört blickte der Mönch ihn an. »Ich bin ein Zisterzienser und kein verweichlichter Benediktiner. Wir schätzen einen unbedeckten Kopf. Es lässt sich so besser denken!«

»Wenn einem die Gedanken nicht einfrieren!« Der blonde Hüne lachte laut.

Vor sich hin summend stieg der Mönch auf den Kutschbock und schnalzte mit der Zunge. Gehorsam setzte sich das Pferd in Bewegung und zog den Karren über den hartgefrorenen, schneefreien Boden. Der Zisterzienser zog die Schultern zusammen, um sich gegen die Kälte zu schützen.

»Bin ich froh, dass wir dieses Kloster bald hinter uns lassen werden. Es ist ein Grab, ich spüre es. Die Menschen dort drinnen sind nicht froh. Das Klosterleben ist eine Bürde, wenn die täglichen Regeln leere Hüllen bleiben, wenn die Frauen und Männer das Klosterleben wählen, ohne berufen zu sein. Nur wer freien Willens das Gewand Christi trägt, für den ist das Klosterleben wie eine heilbringende Medizin. Und nur den umgibt die Nähe Gottes wie ein schimmerndes Licht, dass er sich in unendliche Höhen schwingen kann wie ein Vogel.«

Sina spürte die Tiefe der Seele dieses Mönches, der äußerlich einen leichtfertigen Eindruck machte.

»Bruder Abbo, Ihr verwundert mich immer wieder. Ich glaubte, Ihr wäret mehr dem doch recht weltlichen Wein denn dem geistigen Klosterleben zugetan!«

Eine Antwort blieb dem Mönch erspart, denn die Torwache unterbrach das Gespräch. Ohne Zögern wurde der Pferdekarren durchgelassen. Sina atmete auf. Diese Hürde war genommen! Die innere Anspannung ließ nach. Zurück blieb ein Gefühl tiefer Erschöpfung. Vorsichtig schob sie mit einer Hand die Plane zur Seite und warf einen Blick hinaus. Sie verspürte keinerlei Bedauern. Erleichtert sah Sina, dass sie sich immer weiter vom Kloster entfernten. Auch die Männer schienen sich freier zu fühlen, nun, da das Kloster Palmar hinter ihnen lag. Der Mönch stimmte ein Lied an, und Tammo schnalzte dazu mit der Zunge.

»Steht auf, Ihr meine Schöne,
steht auf und tanzt mit mir.
Der Winter ist vergangen,
ein Blümlein sprießt herfür.
Der Lenzen ist nun kommen,
die Turteltaube singt.
Wie Lilien unter Dornen
Euer Bild ins Herze dringt.«

»Nun glaube ich wieder, dass Ihr ein weltlicher Mönch seid«, rief Tammo dem Sänger zu.

»Glaubt, was Ihr wollt. Das Lied entstammt dem Hohelied des Salomo. Man muss nur die richtigen Stellen kennen, dann bietet die Heilige Schrift auch etwas für Liebende!«, entgegnete der Mönch im Brustton der Überzeugung.

»Für Lüsterne wohl eher«, lachte Tammo, »es fehlen noch die Zeilen mit den Frühlingssäften, die nicht nur in den Bäumen hochsteigen.«

»Ihr habt lüsterne Gedanken! Aber von jeglichen Frühlingsträumen sind wir noch weit entfernt. Mich friert's an den Händen. Wenn wir uns beeilen, erreichen wir vielleicht noch Bömerwolt vor der Dunkelheit. Als ich das letzte Mal dort war, reichten sie ein wunderbar würziges Bier, und die Wirtin bot eine besonders schmackhafte Küche an!«

»Dann lasst die Mähre tanzen, Mönch. Ein Ruhepäuschen können wir uns vorerst nicht leisten. Das leibliche Wohl muss warten. Fahrt zu! Ihr wisst, dass Flüsschen Ee muss auch noch überquert werden.«

»Nur kein Angst, junger Freund. Mag mein Bauch auch wie eine Tonne anmuten, er braucht nicht ständig gefüllt zu werden. Und Kraft zum Lenken habe ich allemal. Mag mein Gesicht auch alt sein, meine Säfte sind noch jung.«

Der Mönch feuerte die Mähre an, und während diese eine andere Gangart wählte, fing er wieder an zu singen:

»Ach könnt' ich nur verträumen
des Winters harte Zeit.
Ach könnt' ich doch versäumen
die Welt im weißen Kleid.
Das Leben muss nun geh'n, denn kalter Atem siegt.

Doch gar bald muss er räumen
das hart erkämpfte Feld.
Nicht nur in meinen Träumen,
Gott hat es so bestellt.
Und bunte Blumen steh'n, wo eisiger Reif nun liegt.«

Sina lag ganz still in ihrem Versteck. Die Stimme des Mönches hatte etwas Tröstliches, Beruhigendes. Sie fühlte sich wohl, wenn er sang. Seine Stimme war nicht wirklich schön, aber sie strahlte Zufriedenheit und Wärme aus.

Die beiden Männer wollten nach Bömerwolt. Sina wusste nur, dass Marienchor in der Nähe dieser Ortschaft lag. Eine der Klosterschülerinnen kam aus der Gegend und hatte immer von dem seichten Binnensee, dem Marienchorer Meer, erzählt. Den würde jetzt sicherlich eine Eisschicht bedecken.

Noch einmal schob Sina die Plane zur Seite. Der milchgraue Himmel über der endlosen Weite schien Schnee zu verheißen. Nur verhalten leuchtete die Wintersonne durch das Grau. Je weiter sie sich vom Kloster entfernten, desto leichter wurde Sina ums Herz. Tief nahm sie die Eindrücke der Landschaft in sich auf. Land, so weit das Auge reichte. Der Blick ging ins Unendliche, nur unterbrochen von Gräben und vereinzelten Bäumen, die sturmgebeugt, aber stolz jedem Wetter zu trotzen schienen. Für einen Augenblick schloss Sina die Augen. Sollten jemals wieder Klostermauern sie umschließen, so würde doch diese Freiheit für immer in ihrem Herzen sein. Nur widerstrebend ließ Sina die Plane sinken. Sie fror und legte sich ein Schafsfell über, das sie unter dem Hausrat des Mönches gefunden hatte.

»Ich werde mich noch eine Weile fahren lassen und dann abspringen, bevor die beiden Bömerwolt erreicht haben«, beschloss sie.

Für einen Augenblick erschreckte es Sina, dass sie noch gar nicht wusste, was sie dann tun sollte. »Wohin, um Gottes willen, soll ich nur gehen?« Wieder und wieder ging ihr dieser Gedanke durch den Sinn. Der Wagen rollte mit argem Geruckel dahin. Sina wurde hin und her geschleudert, fror und war unendlich müde. Die Stimme des Mönches und die schaukelnde Bewegung des Karrens lullten sie ein. Trotz ihrer unbequemen Lage fiel Sina in einen tiefen Schlummer. Schlaflose Nächte und die Anspannung des Fluchttages forderten ihren Tribut.

Strauchdiebe

Sina kam wieder zu sich, als der Abend schon graute. Sie warf vorsichtig einen Blick nach draußen. Der Mönch führte das Pferd durch einen Wald. Der Mann, der sich Tammo genannt hatte, ritt schweigend vor ihm her.

Sina war wütend auf sich. Jetzt war es schon fast zu spät für eine Flucht. Ihre Chance, sich bei Tageslicht vom Karren zu stehlen, hatte sie verpasst. Die Männer würden sicherlich bald ihr Ziel erreicht haben, ihre Sachen aus dem Karren holen und sie unweigerlich entdecken.

Bei diesem unerfreulichen Gedanken wurden ihre Überlegungen jäh unterbrochen. Seltsame Laute drangen an ihr Ohr. Sina zog mit einer Hand die Plane etwas zur Seite und spähte hinaus. So schnell, dass sie glaubte, es müsse ein Alptraum sein, sprangen mehrere Gestalten aus dem Unterholz hervor. Sie mussten sich auf die Lauer gelegt haben, um Reisende zu überfallen. Strauchdiebe waren in diesen Zeiten keine Seltenheit. Immer wieder hörte man von Männern, die sich zusammentaten, um Reiche ihrer Habe zu entledigen.

Während Tammo seine Waffe gegen einen der Strauchdiebe richtete, sprangen weitere Angreifer aus den Büschen oder ließen sich aus Baumkronen fallen. Es waren zerlumpte Gestalten mit zernarbten Gesichtern. Einer trug ein Brandmal, das ihn als Verbrecher kennzeichnete. Sie umzingelten Tammo, der mit seinem Gegner einen Zweikampf ausfocht, und den Mönch, der wie erstarrt schien. Die Bande war bis an die Zähne bewaffnet. Sina zählte acht Männer.

Verbissen kämpften Tammo und sein Gegner. Plötzlich war wütendes Geheul zu vernehmen, und Sina erkannte, warum. Tammo war als Sieger aus dem Zweikampf hervorgegangen. Mit einem gezielten Stoß ins Herz hatte er seinen Feind niedergestreckt. Die anderen Männer wollten sich nun auf ihn stürzen, doch Tammo rannte zu seinem Pferd, schwang sich behände hinauf und preschte davon. Wütende Schreie und Verwünschungen folgten ihm.

Für einen Augenblick senkte sich Enttäuschung in Sinas Herz. Sie hatte nicht geglaubt, dass er den Mönch im Stich lassen würde. Aber, was wusste sie schon von diesem Mann. Wer konnte es ihm verdenken, dass er seine eigene Haut retten wollte. Trotzdem schmeckte die Enttäuschung bitter.

Die Strauchdiebe wandten sich nun dem Mönch zu. Einer hielt das Pferd am Zügel. Die Mähre bäumte sich auf, doch dann fügte sie sich dem Willen der zerlumpten Gestalt.

»Ho, ho. Ihr erschreckt mein gutes altes Zotteltier. Was wollt Ihr? Geld, Gold? Sehe ich so aus, als ob bei mir etwas zu holen sei?« Die Stimme des Mönches klang zuversichtlicher, als er war. Es war immer besser, einer Herausforderung die Stirn zu bieten, und sei es auch die Herausforderung durch eine Hand voll Strauchdiebe.

Sieben Furcht erregende Gesellen umkreisten ihn wie Adler ihre Beute. Sie hielten Messer und Keulen in den Händen. Ihre Augen blickten verschlagen. Haare und Bärte waren wild und struppig. Sina sah es ihnen an, sie hatten nichts, aber auch gar nichts zu verlieren. Und sie würden sich nehmen, was sie kriegen konnten!

»Haltet Euer Maul, Alter. Ihr mögt keine Reichtümer mit Euch führen, aber das Pferd und der Inhalt Eures Karrens genügen uns fürs Erste. Nur mit Euch können wir nichts anfangen.«

Hämisches Gelächter begleitete die Worte des Anführers der Wegelagerer. Sina las förmlich die Gedanken hinter der Stirn des Mönches. Die Strauchdiebe würden ihn töten, so wie man ein Schwein tötet, um an sein Fleisch zu gelangen. Selbst wenn Tammo der gewesen wäre, für den sie ihn gehalten hatte – gegen sieben Gegner konnte selbst der Mutigste nicht gewinnen. Die Lage schien hoffnungslos. Doch ganz so leicht wollte der Mönch es den Dieben wohl doch nicht machen. Unbemerkt hatte er einen kleinen Dolch aus seiner Kutte gezogen. Bevor er ihn jedoch benutzen konnte, traf ein Stein die Waffe, und sie fiel aus seiner Hand auf den Waldboden. Spöttisch lachte einer der Männer. Er schwang eine kleine Steinschleuder und machte Anstalten, den nächsten Stein gezielt einzusetzen. Grinsend fixierte er den Kopf des Mönches, ließ sein Vorhaben dann aber sein. Die Männer schienen ihren Spaß daran zu haben, den Mönch noch etwas in seiner Furcht schmoren zu lassen.

Das Geschehen hatte Sina für einen Moment von ihrer eigenen Lage abgelenkt. Nun jedoch wurde sie sich der Gefahr, in der sie schwebte, bewusst. Angst kroch in ihr hoch. Sie hatte Geschichten gehört und gelesen, was Strauchdiebe mit Frauen taten. Sie musste fliehen, jetzt sofort, solange die Gauner noch mit dem Mönch beschäftigt waren und den Karren in Ruhe ließen.

Sina krabbelte zum anderen Ende des Wagens und schob die Plane beiseite. Sie würde herausspringen und ins Unterholz rennen. Vielleicht gelang es ihr, unentdeckt zu entkommen. Für einen Augenblick zögerte sie. Ihre fehlte plötzlich der Mut.

Dann jedoch wurde Sina von Panik ergriffen. Einer der Männer begann, den Wagen zu durchsuchen! Mit einem mächtigen Satz sprang sie vom Karren und rannte blindlings ins Unterholz. Das Tuch glitt ihr vom Kopf, und Sinas langes lockiges Haar wehte wie eine Fahne im Wind.

Ihre Flucht war nicht unbemerkt geblieben. Gejohle erklang hinter ihr. »Seht nur!«

»Was ist das? Ein Mädchen? Welch unerwartete Kostbarkeit im Gepäck eines Mönches! Ist sie Eure Tochter oder was? Gernut, schnappt sie Euch.«

Sina rannte wie nie zuvor in ihrem Leben. Zweige peitschten ihr ins Gesicht und zerkratzten die Haut. Sie stolperte über eine Baumwurzel, fiel hin, rappelte sich wieder hoch und rannte weiter. Das Blut rauschte ihr in den Ohren, und sie bekam Seitenstechen. Ihr Atem ging stoßweise. Sie fühlte sich wie ein gejagtes Wild. Ihr war klar, was passieren würde, wenn der Mann sie stellte. Das trieb Sina vorwärts. Hinter sich hörte sie das Hecheln des Jägers. Er war ihr dicht auf den Fersen. Ein verzweifeltes Schluchzen stieg in ihr hoch. Nur nicht weinen, das kostete unnötige Kraft! Weiter, nur weiter. Doch der Abstand zwischen Jäger und Beute verringerte sich. Sinas Beine begannen zu zittern, und ihr Hals war trocken. Jeder Atemzug tat nun weh. In ihrer Lunge brannte es wie Feuer.

Sie trieb sich verbissen voran. Ein undurchdringliches Buschwerk kam in Sicht und gab ihr neue Hoffnung. Vielleicht konnte sie sich dort verstecken.

Plötzlich spürte sie Hände, die nach ihr griffen. Stoff zerriss, und für einen kurzen Augenblick kam Sina wieder frei. Sie taumelte vorwärts. Ihr eigener Schrei gellte Sina in den Ohren. Sie wusste, dass es nicht zu schaffen war. Wut stieg in ihr hoch, eine unbändige Wut, die noch größer war als ihre Angst. Dies war ihr Ende, aber sie würde es den Männern nicht leicht machen!

Die Hände des Strauchdiebes packten sie erneut, und Sina fragte sich, wie viele Schmerzen sie vor dem tatsächlichen Ende würde ertragen müssen. Und sie schwor sich, nicht zu weinen. Dazu hatte sie bislang noch keiner gebracht!

Ihr Verfolger umkrallte ihre Schultern und warf Sina zu Boden. Er atmete schwer. Sie rangen miteinander. Sina verfluchte die körperliche Überlegenheit des Mannes. Der Strauchdieb schlug ihr mit der flachen Hand ins Gesicht, und für einen Augenblick wurde sie schlaff wie eine Puppe. Er riss sie hoch. Schwer atmend bemühte sich ihr Gegner, mit seiner Last das Gleichgewicht zu halten. Sina fasste sich wieder. Für einen Moment lenkte der Schrei eines Raubvogels die Aufmerksamkeit des Mannes von Sina ab. Sie nutzte die Gunst des Augenblicks, um ihm wild in die Lenden zu treten. Er krümmte sich zusammen und sank vor ihr auf die Knie. Seine Hände jedoch ließen ihre Handgelenke nicht los. Sina versuchte verzweifelt, sich zu befreien, aber es gelang ihr nicht. Fluchend kam der Strauchdieb wieder hoch. Er umkrallte mit der einen Hand Sinas linke Schulter und verschränkte mit der anderen ihren rechten Arm hinter den Rücken. Es tat höllisch weh. Sie konnte sich nicht mehr wehren. Ein Stöhnen kam über ihre Lippen. Fluchend schob der Strauchdieb sie vorwärts. Sina hatte einen Blick in sein Gesicht werfen können: Es war der Mann mit dem Brandmal auf der Wange. Mit groben Händen zerrte er sie zu den anderen zurück, während er Verwünschungen in ihr Ohr zischelte.

»Für diese Anstrengung werdet Ihr mir büßen, und für den Tritt auch. Ihr werdet mich um den Tod anflehen, wenn ich mit Euch fertig bin.«

Sina und der Mann mit dem Brandmal wurden mit begeistertem Gejohle von den anderen Schurken empfangen. Bis auf einen, der den Mönch in Schach hielt, bildeten die Männer einen Kreis um Sina und ihren Peiniger. Dieser ließ sie nun los. Die anderen Männer schnappten nach ihr. Sina schlug um sich, kratzte, trat und schrie sich fast die Kehle wund. Dies schien die Männer jedoch nur noch anzuspornen. Sie fanden ihre Wildheit amüsant. Als sie einem der Männer mit den Fäusten in den Leib schlug, lachte er nur. Er umklammerte ihre Oberarme und zwang sie auf die Knie. Die Schurken machten ihre Scherze mit Sina, nannten sie »wilde Raubkatze« und »läufige Hündin« und besprachen, wer von ihnen sie zuerst zähmen dürfe.

Sina wehrte sich weiter. Ihre Arme taten höllisch weh. Das Atmen fiel schwer. Diese Männer würden sie noch lange nicht töten, das war Sina klar. Schon hörte sie den Stoff ihres Gewandes reißen. Trotz der eisigen Kälte stand ihr der Schweiß auf der Stirn. Einer der Männer kniete sich hinter sie. In Sinas Kopf dröhnte es. Die Verzweiflung schien ihr den Verstand zu rauben.

»Nein, lasst mich los!« Sie versuchte sich zu befreien, doch die Hände des anderen Mannes umklammerten sie nun noch fester.

Dann, von einem Moment zum anderen, verwandelte sich das laute Lachen des Peinigers vor ihr in Gurgeln. Ihr Arme kamen frei. Sina wirbelte herum. Blut schoss aus der durchgeschnittenen Kehle des Mannes.

Tammo war herangeprescht und ihnen zu Hilfe geeilt. Die Aufmerksamkeit der Männer hatte Sina gegolten, und so war sein Nahen unbemerkt geblieben. Staunend sah Sina ihren Peiniger zu Boden sinken. Tammo schwang sein Schwert wie ein erboster Racheengel. Er hatte seinem Freund, dem Mönch, auch eine Waffe zugeworfen. Sina sah zwei weitere Männer am Boden liegen. Sie bewegten sich nicht mehr.

Tammo und der Mönch hatten es nun noch mit vier Gegnern zu tun. Es war ein Kampf auf Leben und Tod, der hier ausgefochten wurde. Zwei Männer stürzten sich auf Tammo und rissen ihn vom Pferd. Ein weiterer lieferte sich mit dem Mönch einen Kampf. Sina konnte nur eins tun: fliehen! Mit einer einzigen Bewegung machte sie eine Kehrtwendung und rannte los – direkt in die Arme des vierten Strauchdiebes. Er hielt einen prall gefüllten Sack in der Hand, den er nun zu Boden fallen ließ. Es war wohl die Beute aus dem Wagen des Mönches. Mit beiden Händen packte er Sinas Oberarme. Sie trat und schlug wieder, doch der Wegelagerer griff grob in ihr Haar und zog ihren Kopf zurück. Sina spürte kaltes Metall an ihrer Kehle und hielt ganz still.

Seine Stimme klang dicht an ihrem Ohr. »So, meine Süße. Ich werde mich jetzt mit Euch aus dem Staub machen. Die anderen überlassen wir ihrem Spielchen. Wenn Ihr nur einen Laut von Euch gebt, dann …« Er ritzte an Sinas Kehle.

Der Dieb bückte sich, um mit der freien Hand den Sack hochzuheben. Dabei wurde auch Sina zu Boden gedrückt. Ihre Finger berührten etwas Kaltes. Sina griff danach und sah, dass es der Dolch des Mönches war. Vorsichtig schob sie ihn in die Tasche ihres Gewandes. Der Wegelagerer riss sie mit sich fort.

Die Nacht war wolkenlos. Der Mond stieg über die Baumwipfel und erhob sich zum Himmel. Er schickte seine hellen Strahlen durch die Blätter des Waldes und beleuchtete dem Strauchdieb den Weg. Sina spürte Zweige und Blätter an ihr Gesicht und ihren Körper schlagen. Grob zerrte ihr Peiniger sie weiter ins Dickicht.

Sie waren schon ein gutes Stück gegangen, als Sina das Geräusch von Pferdehufen hinter sich vernahm. Hoffnung stahl sich in ihr Herz. Mit dem Mut der Verzweiflung entwand sie sich ihrem Gegner und rannte in die Richtung, aus der die Geräusche kamen. Sie schrie um Hilfe. Der Dieb packte sie erneut und schlug ihr mit der flachen Hand ins Gesicht, aber ihr Mut hatte sich gelohnt. Nur wenige Schritte entfernt, auf einer

Lichtung, sah sie den Reiter und sein Pferd stehen, im vollen Licht des Mondes. Das Mondlicht verwandelte Tammo in eine lichtumflutete Gestalt und ließ das Schwert in seiner Hand glänzen. Der Wegelagerer stand wie erstarrt. Er presste Sina an sich, und sie hörte sein Herz angstvoll schlagen. Der Mann tat einen tiefen Atemzug und setzte ihr wieder das Messer an die Kehle. Tammo ritt näher. Der schmale Weg breitete sich wie ein silbernes Band vor ihm aus.

»Bleibt, wo Ihr seid, sonst schneide ich der Holden die Kehle durch.« Die Stimme des Diebes klang gepresst.

»Warum denn so unfreundlich?« Tammo gab sich betont lässig. »Habe ich Euch nicht einen Gefallen getan, indem ich Eure gierigen Freunde in die Hölle schickte? Den Mönch hat's auch erwischt. Ist nicht schlimm. Warum machen wir nicht gemeinsame Sache? Wir teilen uns die Beute und das Mädchen.«

»Ich glaub Euch nicht. Ihr wollt mich für dumm verkaufen!«, schrie der Dieb Tammo entgegen.

»Ihr habt doch eine Hand frei. Fühlt mal, wie weich sich die Haut dieses Weibes anfühlt. Streichelt sie. Ja, so ist es gut. Sie mag das. Ihre Augen werden schon ganz dunkel. Spürt Ihr, wie sie nachgiebig wird? Sagt, habt Ihr schon einmal eine wie sie gehabt? So jung und vielleicht, nein sicherlich, noch unberührt. Wir könnten ihr manches beibringen. Ich kenne auch Vergnügungen zu dritt! Und, wie gesagt, sie will Euch!«

Tammo Stimme klang aufreizend, und Sina spürte, wie sich etwas in den Lenden des Strauchdiebes regte. Noch war er unentschlossen. Tammos Augen signalisierten Sina etwas. Es war reiner Instinkt, der sie dazu trieb, die groben Bewegungen des Schurken mit einem Stöhnen zu begleiten.

»Hört nur, wie es ihr gefällt. Wie ist es, wollt Ihr sie nun haben oder nicht?« Tammo stieg vom Pferd und kam näher.

»Ich könnte sie fur Euch festhalten, obwohl, sie ist verrückt nach Euch. Ich seh´s in ihren Augen. Nun, wie ist es? Nehmt Ihr sie, oder kann ich sie zuerst haben?«

Der Schurke schien immer noch unschlüssig.

»Dreht sie um, schaut ihr in die Augen, schaut tief hinein. Kostet ihren Mund, und lehrt sie die Spiele der Zunge. Ich sehe Verlangen auf dem Gesicht der Kleinen. Die Süße kann es kaum abwarten, Euch zu spüren, Euch tief in sich zu spüren. Ah, merkt Ihr nicht, wie sie sich an Euch presst? Also, entweder Ihr oder ich.«

Mit einem Ruck riss der Wegelagerer Sina zu sich herum. Mit einer Hand hob er ihr Kinn und sah ihr in die Augen. Diesen Moment nutzte Sina. Ihre freie Hand fuhr in die Tasche ihres Kleides. Mit zitternden Fingern umfasste sie ganz fest den Dolch und stieß ihn mit einer einzigen Bewegung in den Leib ihres Gegners. Auch Tammo wollte den Moment der Unaufmerksamkeit nutzen, doch sein Schwert stieß ins Leere. Wie ein gefällter Baum sank der Mann zu Boden. Auf seinem Gesicht lag ein ungläubiges Staunen.

Tammo stieß einen anerkennenden Pfiff aus. Er wusste zwar nicht, wer die Kleine war, doch man durfte sie wohl nicht unterschätzen.

Er streckte ihr seine Hand entgegen. »Gebt mir den Sack, und dann steigt auf, rasch. Mich hält nichts mehr an diesem Ort. Mein Freund ist schon vorausgeeilt.«

Wie betäubt ließ sich Sina aufs Pferd ziehen. Sie hatte einen Menschen getötet! »Er ist tot, tot!« Dieser Satz hämmerte immer wieder in ihrem Kopf. Sie war es, die seinem Leben ein Ende gesetzt hatte.

Tammo schien ihre Verfassung zu spüren. Er hielt das Pferd an, wandte sich um und ergriff ihren Arm. Tammo las die Qual in ihren Augen. »Es war Notwehr, Ihr wisst es, und ich weiß es. Ihr hattet keine andere Möglichkeit. In einem Augenblick wie diesem muss man abwägen, ob einem das eigene Leben etwas wert ist oder nicht. Es gab Momente in meinem Leben, wo es mir eine Freude gewesen wäre zu sterben. Aber Ihr wollt leben, hab ich Recht?«

Sina beruhigte sich ein wenig. Es war richtig, was Tammo sagte. Sie hätte nichts anderes tun können!

Sie ritten durch die mondhelle Nacht. Mit jeder Bewegung des Pferdes kamen sich ihre Körper näher. Bei einem Ritt war es nicht möglich, auf Abstand zu gehen. Sina spürte die Wärme des männlichen Körpers – ein Bollwerk gegen den eisigen Wind. Sie legte die Finger und die Innenflächen der Hände auf Tammos Schultern und genoss das Gefühl der harten Muskeln unter dem Leinen seines Hemdes.

Ihre Angst verflog. Müde war sie, unendlich müde. Der wiegende Gang des Pferdes, die Wärme des Mannes und seine erregende Nähe hüllten Sina in eine warme Trägheit. Sie fühlte sich wie in einem Wachtraum. Dieser Ritt durch den Wald in mondheller Nacht hatte etwas Unwirkliches. Im bleichen Licht trat jede Erhebung hervor, und die Vertiefungen waren wie dunkle Schatten. Die Bäume und Sträucher standen wie Wächter zu beiden Seiten des Weges. Es war ein unwirklicher Ritt durch Nacht und Traum in einer mondverzauberten Welt. Sina überließ sich dem Zauber, bis das Pferd eine Eule aufschreckte, deren Schreie die Stille durchbrachen.

»Wir müssen absteigen.« Tammos Worte holten Sina gänzlich in die Gegenwart zurück. Der Wald war nun so undurchdringlich, dass Tammo das Pferd führen musste. Sina blieb dicht hinter ihm. Ihr Retter war scheinbar in Gedanken versunken. Schweigend zog er sein Pferd hinter sich her. Das Gehölz lichtete sich wieder. Tammo blieb so abrupt stehen, dass Sina in ihn hineinrannte.

»Wer um alles in der Welt seid Ihr eigentlich und was hattet Ihr im Wagen meines Freundes verloren?«

Sina atmete tief durch. Ihre Gedanken überschlugen sich. Konnte sie diesem Mann trauen? Sollte sie ihm alles erzählen?

»Redet schon. Eine Dirne seid Ihr nicht, dazu ist Euer Gewand zu schlicht und zu hoch geschlossen. Obwohl, die Figur dazu hättet Ihr schon. Ihr könnt mit mir den Anfang machen. Schenkt mir Euren Körper als Dank für Euer Leben. Ist das nicht ein guter Vorschlag?« Auf Tammos Gesicht lag ein verschmitztes Lächeln.

Sina blickte nach unten und hörte nur seine Worte. Röte schoss ihr ins Gesicht, und Wut stieg in ihr hoch. Was dachte sich dieser Mann? Ihre aufbrausende Natur setzte sich durch. Ohne nachzudenken, schlug sie Tammo mit der flachen Hand ins Gesicht.

Ungläubiges Staunen malte sich auf dessen Zügen. Dem Staunen folgte Wut, denn er hatte sich nur einen Scherz mit ihr erlauben wollen. »Wofür war das?« Seine Stimme klang eisig.

»Ihr habt mich beleidigt. Wie könnt Ihr es wagen, mich mit einer Dirne zu vergleichen?«, schleuderte Sina ihm entgegen.

Tammo umfasste mit einer raschen Bewegung Sinas Schultern und zog sie zu sich heran. Fast brutal presste er seinen Mund auf den ihren. Sein Kuss raubte Sina für einen Moment den Atem. Grob fuhren Tammos Hände unter ihr Gewand und erforschten jede ihrer Formen. Wie erstarrt ließ Sina die Inbesitznahme ihres Körpers über sich ergehen. Jeder Muskel in ihr spannte sich. Sie konnte nicht glauben, was hier passierte! Dann jedoch begann sich Widerstand in ihr zu regen. Sina presste die Hände gegen Tammos Brust und wollte ihn von sich stoßen. Gleichzeitig jedoch suchte sie Halt bei ihm, um nicht zu stürzen. Mit dem Kuss wollte Tammo sie strafen, doch er hatte nicht mit der verräterischen Reaktion seines Körpers gerechnet. Sein Kuss wurde unvermittelt weicher und drängender. Sina spürte einen Strom von Wärme mit jedem Pulsschlag durch ihren Körper rasen. Der Schlag ihres Herzens rauschte ihr in den Ohren. Sie spürte, wie sich ihre Sinne weiteten, bis sie jede Faser dieses Mannes erfassten. Seine Hände fuhren nun sanft und zärtlich über ihren Körper. Sina konnte sich nicht mehr wehren, und eigentlich wollte sie es auch nicht. Eine sanfte Mattigkeit ergriff Besitz von ihr, und sie überließ sich willig Tammos Zärtlichkeiten.

Dann jedoch, als sei er zur Besinnung gekommen, riss sich Tammo von Sina los. Ihrer beider Atem ging schwer. Der Blick in Tammos Augen war undeutbar. Etwas wie Verwunderung und Ablehnung lagen in seinem Blick. Seine Worte waren wie eine Ohrfeige für Sina. »Jetzt habe ich Euch beleidigt und wie eine Dirne behandelt.«

»Wie könnt Ihr es wagen?!« Sinas Augen sprühten Funken.

Tammo fuhr sich belustigt mit einer Hand durchs Haar. Er schien sich wieder gefasst zu haben. Ihre Wut schien ihm zu gefallen.

»Ich werde auf der Stelle gehen!«

»Hättet Ihr das nicht etwas eher sagen können? Noch vor kurzer Zeit wäre ich Euch mit Kusshand losgeworden, wie Ihr wisst. Nun ist es zu spät. Ich habe beschlossen, Euch zu behalten. Lange Zeit habe ich weibliche Gesellschaft entbehrt, und Euer Körper fühlt sich gut an.«

Sina begann wieder, um sich zu schlagen.

Tammo legte seinen Kopf in den Nacken und lachte. »Ihr seid wirklich eine Wildkatze. Sagten das nicht auch schon die Strauchdiebe? Beruhigt Euch, mir liegt nichts, aber auch gar nichts an Euch. Es war alles nur ein Spaß. Und glaubt mir, ich brauche mir meine weibliche Gesellschaft nicht gefügig zu machen. Es gibt genug Weiber, die mich freiwillig beehren. Außerdem seid Ihr mir viel zu mager und zu klein. Die Frauen, an denen ich Gefallen finde, sind stets stattlich und haben helles Haar. Ihr dagegen schaut wie ein dunkles Elfenkind aus. Ein ›mageres Hühnchen‹ würde Bruder Abbo Euch nennen. Und zu dem machen wir uns jetzt auf den Weg. Er ist vorausgeritten.«

Er zog Sina hinter sich aufs Pferd. Sie war erleichtert, dass auch der Mönch den Dieben nicht zum Opfer gefallen war. Was sie von Tammos anderen Worten halten sollte, wusste sie nicht. Doch sein Körper signalisierte, dass sie ihm gefiel. Mit weiblichem Instinkt war sich Sina dessen bewusst.

»Nun sagt schon, wer seid Ihr?«

Sinas Gedanken drehten sich im Kreis. »Wenn Tammo erfährt, dass ich Jakob Wübbenas Tochter bin, dann wird er sicherlich sofort wieder zum Kloster zurückkehren und Abt

Menko zur Rede stellen, der ihn getäuscht hat. Alles, nur das nicht!«

Sie beschloss, halbwegs bei der Wahrheit zu bleiben und ihm ihren zweiten Vornamen zu nennen. »Ich bin Marie, eine Novizin des Klosters Palmar. Der Abt hatte vor, mich gegen meinen Willen zu verheiraten. Da sah ich den Pferdekarren und bin geflohen.«

»Gütiger Himmel«, über Tammos Lippen kam ein Stöhnen, »hättet Ihr Euch nicht ein anderes Gefährt aussuchen können? Zum Kloster Palmar zieht mich wahrlich nichts mehr zurück. Bruder Abbo wird auch nicht begeistert davon sein, diesem Gemäuer ein zweites Mal einen Besuch abstatten zu müssen.«

Sina versteifte sich. »Ihr werdet mich nicht wieder zurückbringen!«

»Ja, was denkt Ihr denn, was wir mit Euch anfangen sollen? Wohin wolltet Ihr überhaupt?«

Das war eine Frage, auf die Sina keine Antwort wusste. Verzweifelt starrte sie in die mondhelle Nacht. Leise, fast zögernd kamen schließlich ihre Worte. »Ich wollte nur fort! Würdet Ihr zulassen, dass man Euch verkauft wie ein Stück Vieh? Ich habe mich in dem Kloster immer wie in einem Gefängnis gefühlt. Niemals in meinem Leben war ich so frei wie heute Nacht mit Euch. Niemals durfte ich selbst über mich und mein Leben bestimmen. Wenn Ihr mich zurückbringt, dann bringt Ihr mich um. Dann ist mir mein Leben nichts mehr wert, und Ihr könnt mich besser gleich töten! Abt Menkos Wut über meine Flucht aus dem Kloster wird grenzenlos sein. Er wartet sicherlich schon darauf, mich strafen zu können. Es wird ihm Genugtuung bereiten.« Sina schauderte. »Vielleicht lässt er sogar meinen Körper unversehrt, doch meine Seele wird nach der Bestrafung tot sein, das weiß ich!«

Bei ihren Worten regte sich ganz tief in Tammos Innerem etwas. Er wusste nur zu gut, wie es war, wenn einem das eigene Leben nichts mehr galt. Diese Qualen wünschte er keinem anderen Menschen. Er konnte und durfte nicht zulassen, dass dieses Mädchen dasselbe durchleiden musste wie er.

»Ich werde Euch nicht zurückbringen«, sagte er schließlich.

Mit einem glücklichen Seufzer schmiegte sich Sina Wärme suchend an seinen Rücken. Schweigend ritten sie durch die Nacht.

III

Vergangenheit

Das Blut, es fließt wie Regen,
wenn wir mit Gottes Segen
die Heiden hinwegfegen –
Jerusalem, wach auf!

Wir wollen brennen sehen,
die für das Böse stehen.
Das »Unkraut« wird vergehen –
Jerusalem, halt aus!

Der »Weiße Teufel«

Außer sich vor Wut durchmaß der Abt den Raum mit großen Schritten. Der Kelch blieb verschwunden, obwohl er das ganze Kloster auf den Kopf gestellt hatte. In seinem Zorn war er sogar seinem guten Vorsatz, nur dorthin zu schlagen, wo es niemand sah, untreu geworden. Katharinas Gesicht zeigte Spuren seiner Misshandlungen, und sie konnte die nächsten Tage nicht am Klosterleben teilnehmen.

Was mochte nur passiert sein, nachdem diese dumme Novizin den Kelch auf den Tisch gestellt und den Raum verlassen hatte? In ihrem Besitz befand er sich nicht, dass wusste er mit Bestimmtheit. Ihre gesamte Habe, es war nicht viel, hatte er verbrannt, bis sie nur noch im Hemd vor ihm stand. Er hatte sie auf den Stuhl knien und Schläge empfangen lassen. Sie hatte nur noch geschrien und konnte nicht wieder aufhören. Seine Fäuste in ihrem Gesicht ließen sie dann endlich zur Ruhe kommen.

Diesmal hatte die Züchtigung weder Genuss bereitet noch gefruchtet. Wo mochte nur der Kelch sein? Er musste ihn in seinen Besitz bringen, unbedingt! Es gab nichts Wertvolleres! Kirchenfürsten, Adlige und reiche Bürger wetteiferten im Sammeln von Reliquien wie Knochen, Haaren und Kleiderfetzen von Heiligen. Aber was waren Haare und Knochen gegen das Gefäß, welches Jesu Blut berührt hatte! Der Heilige Gral würde alles übertreffen. Er würde ihm gewiss den Himmel öffnen! Hatte der Kelch nicht auch dem heiligen Heinrich einen Platz an Gottes Seite gesichert?

Abt Menko holte ein Buch hervor und starrte lange auf die Zeichnung Heinrichs II. Dessen Geschichte ging ihm nicht mehr aus dem Sinn, seit er den Gral gesehen hatte. Vor allem die Geschichte vom Tod des Kaisers Heinrich. Als dieser vor das Totengericht treten musste, rangen die jenseitigen Gewalten um seine Seele. Er hatte zwar das Bistum Bamberg als Missionsbistum gegründet, aber auch viele schlechte Taten sagte man ihm nach. Himmelfahrt oder ewige Verdammnis? Es sah nicht gut aus für ihn. Der Teufel triumphierte bereits und zog seine Seele in den Abgrund. Doch da, in letzter Minute, erschien Heinrichs Schutzheiliger Laurentius. Er trug einen Kelch in den Händen, den der Kaiser einer Kirche gestiftet hatte. Es war ein besonderer Kelch der Macht. Das gab den Ausschlag. Wutentbrannt mussten die Höllendämonen weichen. Des Kaisers Seele war gerettet, und im Jahre 1146 wurde er heilig gesprochen.

Seufzend ließ sich Abt Menko auf einen Stuhl nieder. Er verschränkte die Arme hinter dem Kopf und lehnte sich zurück. Er war sich sicher, dass es der Heilige Gral war, dem Heinrich einen Platz im Himmelreich zu verdanken hatte. Und eben diesen Kelch brauchte auch er als Freibrief!

Wieder ruhten seine Augen auf der Zeichnung Heinrichs II. »War auch für Euch die Lust an vielerlei Dingen größer als die

Angst vor himmlischer Strafe? Fandet auch Ihr Freude daran, andere zu unterdrücken? War auch für Euch die Ausübung von Macht wie das Salz in der Suppe des Lebens?«

Dämmerung senkte sich über den Raum in dieser Stunde zwischen Tag und Nacht. Dunkel waren auch die Gedanken des Abtes. Dunkel, und doch lustvoll. Er starrte ins Nichts und hielt Zwiesprache mit dem heiligen Heinrich. Seine Gedanken weilten bei lange vergangenen Tagen. Wann hatte es begonnen, dass ihn die Angst anderer faszinierte? War es der Schmetterling, dem er nur zu gerne den Flügel zerrissen hatte?

Abt Menko sah sich als Kind auf dem Richtplatz stehen. Immer wieder hatte es ihn dorthin gezogen.

»Wie habe ich den Henker beneidet«, ging es ihm durch den Sinn. »Die Leute schauderten schon, wenn sie ihn nur sahen. Eine Grauen erregende Gestalt, ganz in schwarzes Leder gehüllt. Wie der Tod selbst, so wirkte er auf mich. Seine Macht war faszinierend. Fasziniert haben mich auch die Verurteilten. Die Zeichen der Todesfurcht, die in ihren Gesichtern geschrieben stand. Und dann der Wunsch, solche Furcht selbst zu bewirken. Übermächtig in mir, schon als Kind.«

Mit fünf Jahren hatte er zum ersten Mal dort gestanden. Zwanzig Peitschenhiebe erhielt die Bedienstete seines Vaters, weil sie ihrer Aufsichtspflicht nicht genügend nachgekommen war.

»Insgeheim war mein Vater stolz auf mich, der ich nicht mit der Wimper zuckte, wenn ich sah, wie ein Kopf von seinem Rumpf getrennt wurde.«

Auch die Demütigungen für kleinere Verbrechen hatten ihn stets angezogen. Die Ohnmacht der an den Pranger Gestellten zu beobachten, die Stunde um Stunde in Sturm und Regen dort verharren mussten. Zu sehen, wie Stolz und Hochmut schwanden und nur noch elende Kreaturen übrig blieben.

Beim Gedanken an seinen Vater schnaubte der Abt verächtlich. Ein Trunkenbold war er gewesen, der an keinem Freudenmädchen vorbeigehen konnte. Wettspiele und Wein bestimmten seinen Tagesablauf. Seine Mutter hatte die täglichen

Schläge ohne ein Wort hingenommen. Dann, als die Pocken ihn aufs Lager warfen, war sein Vater aufgewacht. Das eigene Ende vor Augen, war sein letzter Versuch, sich das Seelenheil zu erkaufen, das Verschachern seines Zweitgeborenen mitsamt dessen Erbteil an das benachbarte Kloster.

»Wie habe ich gewütet!« Der Abt lachte freudlos auf. »Mit meinem Leben sollte ich für die Ausschweifungen meines Vaters büßen. In keines meiner Gebete, so schwor ich mir, würde ich ihn einschließen.«

Seine Klugheit ebnete ihm den Weg. Er wurde ein vortrefflicher Klosterschüler, der nur heimlich gegen das Klosterleben aufbegehrte. Mit seinem guten Aussehen und dem Können, die richtigen Leute zu umgarnen, schaffte er den steinigen Weg bis zum Abt. Im Geheimen jedoch übte er sich in anderen Künsten.

»Die Mönche stellten für mich immer eine besondere Herausforderung dar«, ging es ihm durch den Sinn. »Es reizte mich zu erproben, ob sie wirklich allen irdischen Wünschen so fern waren, wie sie es sein sollten. Und zum ersten Mal merkte ich, wie köstlich es ist, selbst Macht über andere auszuüben.«

Seine Gedanken weilten bei dem Mönch, der dem Trunk herzlich zugetan war. Er hatte ihn heimlich mit Gebranntem versorgt, bis er völlig abhängig war.

»Ich konnte alles von ihm fordern! Macht ausüben, indem man die Gelüste anderer ausnutzte, das war eines der ersten Spiele, die mir Lust bereiteten.«

Trotz Geißelungen wurden viele der Versuchungen des Fleisches nicht Herr.

»Welch Vergnügen bereitete es mir, meinem Zellennachbarn des Nachts in einem weiblichen Gewand aufzuwarten. Kam ich, dann winselte er wie eine läufige Hündin. Ging ich, dann weinte er wie ein Kind.« Seine Stirn kräuselte sich, als er an den Wintermorgen dachte, als man den Mönch erhängt in seiner Zelle fand.

All das bereitete ihm großes Vergnügen, aber Abt Menko wusste genau, dass er sich den Weg ins Himmelreich durch seine Taten verschloss. Doch er konnte nicht davon lassen, und er wollte es auch nicht.

Abt Menko schob den unerfreulichen Gedanken ans Jüngste Gericht beiseite. Stattdessen erfreute er sich wieder einmal an dem Wissen, mit welch einfachen Mitteln man Macht ausüben konnte.

Wann hatte es angefangen, dass ihm die Mönche nicht mehr reichten? Vielleicht als er ein junger Bursche war und es ihn nach Weibern gelüstete? Als die Frage »Wie kann ich mir als Mönch Frauen gefügig machen?« wieder und wieder sein Denken bestimmt hatte? Natürlich war er auf die Lösung gekommen.

»Ich lernte, wie leicht es ist, Menschen zu Taten zu zwingen und sie wie ein Puppenspieler zu lenken. Wer diese Gabe hat, der braucht keine Freudenmädchen zu bezahlen. Die schönsten und edelsten Weiber werden ihm gehören!«

Am Anfang wählte er den Weg eines Lustknaben. Man schickte öfter nach Mönchen, die Schriftstücke aufsetzten oder die Söhne reicher Herren unterrichteten. Mit seinem Körper hatte er die reichen Weiber gelockt. Für viele war das Verbotene vielleicht ein besonderer Genuss. Zuerst zahlten sie gern für seine Dienste, später dann für sein Schweigen. Welch ein Vergnügen, solch hohe Herrschaft auszunehmen, zu demütigen, sie in der Hand zu haben!

Später mordete er gegen Bezahlung. Auf die Idee brachte ihn ein reicher Goldschmied, der den Wunsch aussprach, sein Vater möge doch endlich das Zeitliche segnen.

Der Abt lachte in sich hinein. »Diesen Wunsch habe ich ihm unaufgefordert erfüllt und dafür meinen Preis verlangt.« Der Schmied war kreidebleich geworden. Er hatte von Wünschen, aber nicht von Taten gesprochen. »Ich drohte ihm damit, den Mord in seine Schuhe zu schieben, und hatte auch genügend Beweise. Da zahlte er gerne.«

Später hatte es viele solcher Morde gegeben. Oftmals war er nicht als Abt, sondern in anderer Gestalt in Erscheinung getreten. Seine Reisen boten ihm viele Möglichkeiten. Er hatte unliebsame Gatten beseitigt und deren Witwen dadurch zu Vermögen verholfen. Manchmal in ihrem Auftrag, manchmal ohne. Nach den Taten hatte er nicht nur seinen Lohn gefordert, sondern, bei entsprechenden Reizen, auch ihren Körper.

Abt Menko genoss sowohl die geistige wie auch die weltliche Macht, die er besaß. Niemand war ihm jemals auf die Schliche gekommen, denn er war ein Meister der Verkleidung. Wenn vielleicht doch jemand einen Verdacht hegen sollte, dann würde derjenige es nicht wagen, ihn, den Abt des Klosters Palmar, anzuklagen.

Manchmal hatte er Angst vor der Strafe Gottes, und obwohl er solche Gedanken stets schnell wieder verdrängte, war es ihm durch den Sinn gegangen, dass er sich den Platz im Himmel verspielte. Und nun war ihm der Kelch als Lösung dieses Problems auf dem Silbertablett serviert worden. Doch der Kelch war und blieb verschwunden!

Wütend schlug Abt Menko mit seiner Faust auf den Tisch. Er musste ihn haben! Seine Gedanken drehten sich um nichts anderes mehr. So ein Gefäß konnte doch nicht spurlos verschwinden. Solch ein Diebstahl musste einfach Spuren hinterlassen haben. Wer könnte damit zu tun haben? Wer oder was hatte sich verändert seit dieser Stunde? Wie ein Wagenrad drehten sich diese Fragen in seinem Kopf.

Und endlich, als die Nacht lange Einzug gehalten hatte, kam er des Rätsels Lösung nahe. Die Äbtissin war anders seit dem Verschwinden des Kelches! Sie ging ihm aus dem Weg. Ihr Blick war wie gehetzt, sobald er in ihre Nähe kam. Sollte, konnte sie um das Geheimnis des Kelches wissen? Hatte die Äbtissin etwas damit zu tun?

Mit einer ruckartigen Bewegung stand der Abt auf. Der Stuhl fiel polternd hinter ihm zu Boden, doch er drehte sich nicht um. Zielstrebig ergriff er seine Peitsche und ging zur Tür. Mit grimmigem Gesicht machte er sich auf den Weg in den abgetrennten Teil des Klosters, der den Nonnen vorbehalten war. Noch heute Nacht würde er herausfinden, ob die Äbtissin etwas wusste!

Und während seine Hand die Peitsche fest umklammert hielt, rannen ihm schon Schauer der Vorfreude den Rücken hinunter.

Unsichtbare Fäden

Sina fühlte sich wie in einem Traum. Es war, als ob die Zeit still stünde. Selbst der Wind schien den Atem anzuhalten. Sie hätte ewig so mit Tammo durch die mondhelle Nacht reiten können. Einfach nur reiten in dem Bewusstsein, dass sie frei war. An nichts denken, nur fühlen. Die Freiheit und die Wärme des Mannes vor ihr auf dem Pferd spüren.

Wie ein Blitz durchzuckte Sina die Erkenntnis, dass ihr Schicksal mit dem Tammos verbunden war. Sie fühlte sich ihm ganz nahe. Spürte er es auch? Sein Weg war der ihre, das war Sina plötzlich ganz klar. Es machte sie neugierig.

»Wer seid Ihr, und was ist Euer Ziel?«

Was war sein Ziel? Tammo wusste es nicht. Es hatte ihn einfach hierher, nach Friesland, zurückgezogen.

Langsam, fast zögernd kam seine Antwort. »Mein Name ist Tammo. Ich gehe, wohin der Zufall mich führt. Pläne habe ich keine. Wer mich und mein Schwert entlohnt, dem diene ich, solange es mir gefällt. Mein Freund, der Mönch, ist zum Kloster Ihlow unterwegs. Dorthin begleite ich ihn. Und dann … wer weiß!«

Nachdenklich starrte Sina auf seinen Rücken. »Ihr glaubt also nicht an das Schicksal? Ihr glaubt, es ist Zufall, der Euch hierher oder dorthin führt? Ist es auch Zufall, dass wir uns trafen?«

»Alles ist Zufall!« Tammo nickte bekräftigend. »Wäre ein anderer zur Stelle gewesen, würdet Ihr jetzt vielleicht hinter ihm auf dem Pferd sitzen.«

Eine Weile blieb Sina still. Dann schüttelte sie langsam den Kopf. »Ich glaube nicht daran. Ich meine, ich glaube an Bestimmung, an eine Macht, die unsere Schritte lenkt. Natürlich sind wir keine Marionetten. Es bleiben uns Freiheiten, doch die grobe Bahn ist vorgegeben.«

Sina schaute nachdenklich zum Himmel. Der Mond schien ihr wie ein Freund. Er ließ das Gras silbern glänzen und wachte ruhig und gelassen über allem. Gleichmütig leuchtend schien er die Welt aus einer sicheren Distanz zu beobachten. Vielleicht rührte die Gelassenheit des Mondes aus dem Wissen um Veränderung. Sommer und Winter sah er kommen und gehen. Die Natur folgte festen Gesetzen. Alles geschah nach einem großen Plan. Der Mond schien darum zu wissen. Er war ein guter Gefährte auf der Reise.

Mit jedem Schritt des Pferdes ließ Sina ein Stück ihres alten Lebens zurück. Und ihr neues Leben war eng mit dem des Mannes vor ihr auf dem Pferd verknüpft.

Ein Drängen lag in Sinas Stimme. »Glaubt mir, alles ist Bestimmung! Alles folgt einer festgelegten Bahn. Nach dem Frühling kommt der Sommer, der Herbst und dann die kalte Zeit. Der Säugling wird zum Kind, zum Manne und zum Greis. Die Natur folgt uralten Gesetzen. Ein großer Kreislauf, in dem auch wir Menschen unseren Platz haben. Nehmt als Beispiel die Wildgänse. Nach ihrem Abschied kommt immer der Winter. Jahr für Jahr sehe ich sie unbeirrt gen Süden ziehen. Sie folgen dem Ganter an der Spitze des Zuges. Alte Gesetze, unsichtbaren Fäden gleich, bestimmen den Weg der Gänse, halten sie in ihrer Bahn und leiten sie. Wisst Ihr nicht, wer die Fäden in den Händen hält? Habt Ihr Euch das noch nie gefragt? Wer gab der Natur ihren Lauf? Die Wildgänse sind gefangen in ewigen Gesetzen, und doch kenne ich keine Kreatur, die freier ist als sie. So wie die Gänse sind auch wir. Frei und doch gebunden an uralte Regeln. Glaubt Ihr wirklich, tief in Eurem Innersten, dass alles Zufall ist, was geschieht? Glaubt Ihr nicht, dass es uns bestimmt war, einander zu begegnen?«

Als Sina bewusst wurde, was sie diesem Fremden erzählt hatte, errötete sie. Wie kam sie dazu, ihm ihre innersten

Gefühle zu offenbaren? Gleich würde er lachen und sie verhöhnen.

Doch das tat Tammo nicht. Ihre Worte beunruhigten ihn. Er hatte sich in einen Schutzmantel gehüllt, sich seine eigene Wahrheit zurechtgelegt, in der es das Wort »Bestimmung« nicht gab. Tammo wollte nicht darüber nachdenken, warum er wieder hier in Friesland weilte. Vor allen Dingen aber wollte er nichts davon wissen, dass es vielleicht Bestimmung war, Sina zu begegnen. Dieser Frau, der es irgendwie gelungen war, in kürzester Zeit sein Leben durcheinander zu bringen. Es gab keine höhere Macht, die seine Wege lenkte! Das Leben bestand aus Bedürfnissen, die man erfüllt haben möchte, Bedürfnisse wie Hunger und Durst und Lust. Darüber hinaus gab es nichts, durfte es nichts geben für ihn!

»Ich gehe, wohin der Zufall mich führt«, sagte er noch einmal eindringlich.

Sina starrte in die Dunkelheit. Sie spürte seine Verärgerung und wollte ihn ablenken. »Sagt, warum kamt Ihr zurück nach Eurer Flucht vor den Strauchdieben?«

»Das hatte ich von Anfang an vor. Mein Plan war ein Überraschungsangriff. Niemals würde ich einen Freund im Stich lassen.«

Sina glaubte ihm. »Hattet Ihr keine Furcht? Es waren doch immerhin noch sieben Schurken übrig.«

»Angst ist mir fremd. Ich habe nichts zu verlieren in einem Kampf.«

Ungläubig schüttelte Sina den Kopf. »Ihr hattet nichts weniger als Euer Leben zu verlieren. Wenn Ihr nichts fürchtet, wenn Euch nichts auf Erden etwas wert ist, dann müsst Ihr ein Mann sein, der auch nichts liebt. Aber, was ist ein Leben ohne Liebe? Welchen Sinn hat Euer Leben dann?«

Sina erwartete keine Antwort auf ihre Frage, und sie bekam auch keine. Tammo war tief in Gedanken versunken. Er wünschte sich, diese Frau wäre ihm nie begegnet. Sie rüttelte an einer Tür, die für alle Zeit verschlossen bleiben sollte.

Er hielt das Pferd an und drehte sich um. Im Mondlicht konnte Sina sehen, dass Tammo missbilligend die Augenbrauen zusammenzog. Eindringlich betrachtete er sie.

»Ich möchte nicht, dass Ihr Euch in mein Leben einmischt! Wir beide kommen aus Welten, die schlechter nicht zusammenpassen könnten. Ihr aus dem Kloster, ich aus einem sehr irdischen Dasein. Was ich will, das nehme ich mir und bezahle dafür. Wir beide passen nicht zusammen. Und doch will ich nicht leugnen, dass zwischen uns eine Verbindung besteht. Nicht körperlicher Art, eher eine seelische Übereinstimmung. Und wisst Ihr was, das gefällt mir nicht. Es beunruhigt mich. Ihr beunruhigt mich. Bitte lasst mich zufrieden!«

Sinas Gesicht glühte. Seine mit diesem seltsamen Unterton hervorgebrachten Worte ließen ihr Herz rasen. Obwohl er es leugnete, war ihr bewusst, dass sehr wohl auch ihr Körper ihn reizte.

»Ich … ich verstehe nicht, was Ihr meint.«

Tammo seufzte.

»Nein, vielleicht tut Ihr das wirklich nicht. Ihr braucht einen Menschen, der Euch beschützt und der Euch liebt. Ich kann und will dieser Mensch nicht sein. Wir haben keinen gemeinsamen Weg.«

Plötzlich wurde Sina wütend. Was erlaubte sich dieser Fremde eigentlich? Er tat, als habe sie sich ihm an den Hals geworfen. Als ob sie sich ihm aufdrängen wolle. Dabei glaubte sie fest zu wissen, dass auch er dieses seltsame Gefühl der Zusammengehörigkeit spürte.

»Ich würde auch gar nicht zulassen, dass Ihr mich begleitet! Wenn ich einen kalten Fisch wollte, dann hätte ich auch im Kloster bleiben können. Schenkt Eure Liebe, wem Ihr wollt, ich will sie nicht. Und Schutz, was ist schon Schutz? Glaubt Ihr, Klostermauern bieten Schutz vor Kälte und körperlichem Schmerz?«

Tammo glitt vom Pferd und half Sina herunter. Er lachte leise. Fast hätte er vergessen, dass sie das Temperament einer Wölfin hatte, die ihre Nackenhaare bei Angriff sträubte. Die harten Linien seines Gesichtes wurden weich. Er drehte sie zu sich um und berührte mit einer Hand Sinas Wange. »Sagt, von wem habt Ihr Euer aufbrausendes Wesen?« Sein Blick war auf ihr Gesicht gerichtet. »Und von wem habt Ihr diese täuschend sanftmütigen Augen?«

Sina zuckte zusammen. Seine Finger auf ihrem Gesicht waren eiskalt.

»Die Augen habe ich von meinem Vater. Er … .« Sina konnte nichts mehr sagen. Tammo nahm seine Hand nicht zurück. Sie fuhr fast zärtlich die Linien ihres Kieferknochens entlang und strich ihr einige unbändige Locken aus der Stirn. Fasziniert starrten sie einander an. Sinnlichkeit umhüllte Sina und Tammo wie eine Wolke. Es hätte nur eines Wortes bedurft und sie wäre in seine Arme gesunken.

Ganz abrupt jedoch wandte Tammo sich um. Er holte tief Luft. Wie gepresst kamen die Worte aus seinem Mund. »Ihr habt keine Ahnung, in welch gefährliche Lage Ihr mich bringt. Ich wollte, ich wäre Euch nie begegnet. Ich kann Euch nichts geben, gar nichts, versteht Ihr?! Ihr seid noch ein Kind und spielt mit Dingen, die kein Spielzeug sind.«

Tammo seufzte und schaute ihr wieder ins Gesicht.

Sina blieb reglos stehen. Sie nahm nichts wahr außer der Berührung seiner Hand auf ihrer Haut. Dieses Streicheln seiner Finger hatte mehr hinterlassen als der fast brutale Kuss zu Beginn ihrer Begegnung.

Genauso wie sie wusste, dass ihre Begegnung Bestimmung war, so wusste sie auch, dass es Tammo mit dieser einen Berührung gelungen war, ihr Leben zu verändern. Ungekannte Gefühle tobten in ihr wie ein Sturm. Alles in ihr drängte sich diesem Mann entgegen. Sina fürchtete sich plötzlich. Die Anziehungskraft, oder wie man es nennen sollte, war so stark, sie würde nicht von ihm lassen können. Dafür war es zu spät! Vielleicht wusste Tammo es auch. Eine eigentümliche Spannung herrschte zwischen ihnen, die Sina sich nicht erklären konnte. Sie spürte seinen Widerwillen und doch etwas wie Vertrautheit.

Tammo war erleichtert, als der Wald sich öffnete.

»Ah, wir sind erst einmal am Ziel. Seht nur, dort steht Bruder Abbos Pferdekarren.«

Eine kleine Hütte wurde sichtbar. Es musste wohl eine Jagdhütte sein. Die Behausung sah verkommen aus. Sie schien im Mondlicht grau und verblichen, doch aus der Dachluke stieg anheimelnd Rauch.

In der Hütte

Wortlos band Tammo das Pferd an und öffnete die Tür. Sina beugte den Kopf und trat durch den niedrigen Eingang. Zwei Talglampen standen auf einem groben Tisch und erhellten den Raum. Der Mönch saß summend vor der Feuerstelle auf dem Fußboden. Tammo warf ihm den Sack zu, den er dem Strauchdieb abgenommen hatte.

»Ah, ich wusste, dass Ihr es schafft, die Kleine und meine wenigen Kostbarkeiten zu retten.«

Tammo schnaubte nur. »Die Kleine hat es fertig gebracht, sich mit Hilfe Eures zu Boden gefallenen Messers selbst zu retten!«

Der Mönch zog die Augenbrauen hoch und betrachtete Sina neugierig. »Beachtlich, beachtlich! Es scheint mehr an Euch dran zu sein, als man auf den ersten Blick sieht. Gutes Kind, esst einen Löffel Suppe. Dieses Abenteuer hat Euch sicherlich hungrig gemacht.«

Tammo schmunzelte. »Dass Ihr es gleich wisst, Bruder Abbo vertraut der Wirkung einer guten Suppe mehr als der eines Schutzgebetes. Jeder andere Mönch hätte die Zeit mit Beten verbracht, aber mein Freund kocht eine Suppe!«

Sina musste lachen.

»Ich kann kochen und gleichzeitig beten. Seid Ihr nicht froh, etwas Warmes in den Magen zu bekommen?« Geschäftig eilte der Mönch hin und her.

Tammo nickte grinsend. Die angespannte Atmosphäre zwischen ihm und Sina war verschwunden. Sein Freund verbreitete eine Heiterkeit und Gelassenheit, der sich niemand entziehen konnte. Auch Sina fühlte sich wohl in der Gesellschaft des Mönchs. Dieser streckte ihr nun beide Hände entgegen.

»Seid gegrüßt, mein Kind. Ich bin Bruder Abbo. Wie werdet Ihr genannt?«

Vorsicht regte sich in Sina. »Marie ist mein Name.« Ihre Antwort kam zögerlich und klang nach dem kräftigen Bass des Mönchs wie ein Flüstern. Sie schauten sich lange an, das Mädchen und der Mönch. Die Augen des Klosterbruders betrachteten sie fragend, und Sina wusste, dass er ihre Lüge durchschaut hatte. Schließlich legte ihr der Mönch beruhigend eine Hand auf die Schulter, nickte ihr zu und ging zu einem Topf, der über dem Feuer hing.

Sina blickte sich um. An den Wänden entlang standen Bänke. Besonders sauber war es hier nicht. Die Hütte schien lange nicht benutzt worden zu sein. Sina hielt ihre frierenden Hände für einen Moment über das Feuer. Der Raum war durchdrungen vom erdigen Geruch des Holzes. Bruder Abbo breitete ein Schaffell auf einer Bank aus und hieß Sina darauf Platz nehmen. Tammo nahm eine Holzschale mit Suppe entgegen und setzte sich weit von ihr entfernt auf eine Bank auf der anderen Seite der Feuerstelle.

Während Tammo und Sina aßen, unterhielt der Mönch sie mit einem Lied:

»Ein armes Mönchlein tat sich einst
im Spinnennetz verfangen.
Die Spinne, ein gar lieblich Weib,
sie stillte ihr Verlangen
mit Herzensblut und Tränenfluss
auf leichenblassen Wangen.
Das Mönchlein ließ umgarnen sich
mit Lust und süßem Wein.

Das böse Weib, es schenkte ihm
von beidem reichlich ein.
Und als ihr Opfer wehrlos dann
sank in den Schlaf hinein,
da hat sie ihn ganz dreist
zum Abendbrot verspeist!«

»Mein Kind«, schwerfällig ließ sich Bruder Abbo nun neben Sina nieder, »ich habe, derweil Ihr Abenteuer suchtet, darüber nachgedacht, wer Ihr sein könntet und warum mein Pferdekarren Euch als Gefährt diente. Liege ich richtig mit meiner Vermutung, dass Ihr eine Nonne oder Novizin des Klosters Palmar seid?«

Sina schaute von ihrer Suppe hoch und nickte nur.

»Gut, gut. Nun noch die Frage nach dem Grund. Hat vielleicht der Anblick meines jungen Freundes Euch derart in Verzückung versetzt, dass Ihr dem Klosterleben Lebewohl sagen musstet?« Verständnisvoll blickten seine Augen auf Sina.

Diese schüttelte den Kopf, doch bevor sie antworten konnte, rief Tammo: »Ihr überschätzt meine Wirkung auf Frauen!«

»Das würde ich nicht sagen. Denkt nur an die holde Schönheit in Santiago de Compostela. Während ich, wie mir auferlegt war, Buße tat am Grab des heiligen Jakobus, fröhntet Ihr der Leidenschaft mit dem feurigen Weib. Am nächsten Tag waren viele Pilger voll der Erlebnisse am Wallfahrtsort, das Weib aber war voll des Erlebten mit Euch. Wie prahlte sie am Feuer über Eure Künste. Und Ihr behauptet, keinerlei Wirkung auf die Frauen zu haben! Sagt, kaut Ihr Petersilienkraut oder Salbeiblätter? Was ist Euer Geheimnis? Oder reiben die Weiber Euch den Rücken mit Rosmarinöl ein? Darauf schwören doch die Seefahrer, und auch auf Mandelmilch mit Honig für reichlich Liebeskraft.«

Tammo hatte immer wieder vergeblich versucht, den Redeschwall des Mönchs zu unterbrechen. Nach den letzten Worten brach er in Gelächter aus. »Was so ein Mann Gottes alles weiß! Dabei sind doch an einen Kuttenträger solche Weisheiten verschwendet. Oder war der Grund für Eure Wallfahrt doch nicht der, den Ihr mir nanntet? Seid Ihr das Mönchlein in Eurem Lied?«

Der Mönch holte zu einer Erwiderung aus, doch Tammo kam ihm zuvor. »Außerdem habe ich nichts, aber auch gar nichts mit dem Weib in Spanien gehabt. Die Erzählungen der holden Maid entstammen wohl mehr ihrem Kopf denn meiner Lenden.«

Der Mönch schnaubte ungläubig. »Na, ich weiß nicht so recht. Sie konnte alles so wunderbar bildhaft schildern. So etwas kann man sich nicht so leicht ausdenken. Und außerdem hattet Ihr am Abend meinen besten Wein gekostet. Wie sagt schon der Minnesänger Hartmann von Aue: ›Ein Becher voller Wein gibt mehr männliche Haltung als vierundzwanzig mit Wasser oder Bier.‹ Nun, sei es, wie es will. Die Spanierin ist weit und die Wallfahrt endlich zu Ende.«

Bruder Abbo fing wieder an zu summen, und bald wurde eine Melodie daraus:

»Des Pilgers Mantel, den trug ich,
schwarz wie die Nacht und flügelweit.
Und meine Reise führte mich
durch allertiefste Einsamkeit.
Ich trug wohl Sünden, tausendfach,
und wünscht' mich davon frei,
stöhnte laut, mit Weh und Ach,
wie ich beladen sei.
Fern von der Heimat ruhte ich
in Compostela aus,
bereute alles bitterlich
und sehnte mich nach Haus.
Mein Jubelschrei trägt nun der Wind:
Die Reise ist vorbei!
Jakobus nahm all meine Sünd',
ich bin daheim und frei!«

Sina war neugierig geworden. »Ihr singt von Buße tun und Sünden. Mir will nichts einfallen, wofür ein Mönch büßen müsste.«

Tammo rief ihr lachend zu: »Er wollte den Bremer Erzbischof Gerhard mit seinem Würzwein vergiften.«

Bruder Abbo zeigte ihm die Faust. »Ganz so war es nicht. Wisst Ihr, mein Kind, ich liebe den Wein. Nicht, wie Ihr jetzt denkt, in Übermaßen getrunken. Einen guten Wein zu schaffen, das war bislang all mein Streben und meine Aufgabe im Kloster Ihlow. Stellt Euch das nicht so einfach vor. Hier im Norden verwöhnt die Sonne die Reben nicht wie in den wärmeren Gegenden. Und doch hatte ich es mir in den Kopf gesetzt, einen Wein zu schaffen, zumindest so schmackhaft wie der, den die anderen Klöster im Süden herstellen. Ich musste der fehlenden Sonnensüße etwas nachhelfen, darin lag die Kunst. Es gelang mir, eine große Fertigkeit im Süßweinmischen zu erlangen. Obwohl bei den Brüdern Bier doch das Hauptgetränk blieb, wurde mein Wein, den ich mit Honig und allerlei Kräutern versetzte, immer beliebter. Er half zudem bei mancherlei Beschwerden und stärkte die Kranken. Besonders mein ›Pfefferwein‹ half bei bestimmten Krankheitsbildern. Er entfachte eine innere Hitze, die sich gegen die wütende Krankheit stellte. Natürlich durfte der gepfefferte Wein nur in Maßen genossen werden. Der honiggesüßte Würzwein dagegen war harmloser. Vielen Mönchen, die sich mit Schlaflosigkeit plagten, verschrieb ihn Bruder Jakobus als Schlaftrunk.

Ich war ein glücklicher und zufriedener Mann. Hieß es nicht schon bei Augustus: ›Wenn der reich ist, der Wein besitzt, wie reich ist dann erst der, der Wein macht.‹

Als sich der Erzbischof zu einem Besuch ankündigte, wurde natürlich das Beste aufgetragen, dessen sich das Kloster Ihlow rühmen konnte. In mir regte sich Stolz. Sicherlich würde der Abt besonders meinen Würzwein hervorheben. Welches Kloster in der Nähe der Küste konnte schon mit einer eigenen Weinkelterei aufwarten? Aber stellt Euch nur vor, der Abt wollte doch tatsächlich lieber einen teuer importierten Südwein reichen statt meinen. Zypernwein müsse es möglichst sein, der erfreue sich eines erstklassigen Rufes. In mir kochten Wut und Ehrgeiz gleichermaßen. Zwei Gefühle, die einem Mönch nicht anstehen. Genauso wenig wie Stolz. Und diese Gefühle trieben mich denn auch ins Unglück. Daher finde ich im Nachhinein die Pilgerfahrt angemessen.

Mein Ehrgeiz trieb mich dazu, in den Tagen, bevor der Bischof kam, heimlich vom teuren Wein zu trinken. Ich wollte herausfinden, was ihn so einzigartig machte. Vielleicht, so meine Überlegung damals, würde es mir gelingen, einen Wein von solch lieblicher Süße selbst zu schaffen. Neidvoll musste ich allerdings die Waffen strecken. Es gelang mir nicht, bei meinem Wein mittels Honig die Lieblichkeit der Sonnensüße zu erreichen. Am Abend dieser Erkenntnis betrank ich mich in meiner Trauer und lief ausgerechnet dem gerade angekommenen Bischof über den Weg. Unglücklicherweise trafen wir uns ausgerechnet in Höhe der Jauchegrube. Ich stolperte über ein nicht vorhandenes Hindernis, fiel dem Bischof in die Arme, und gemeinsam fielen wir dann in die Fäkalienbrühe.« Bruder Abbo stöhnte. »Welch ein ungeheures Missgeschick, welch eine Schande für das Kloster! Und alles durch meine Schuld. Ich möchte noch heute mein Haupt mit Asche bestreuen. Ihr könnt Euch nicht vorstellen, wie der Bischof gestunken hat. Ich selbst war auf seine Heiligkeit gefallen und war nur wenig beschmutzt. Aber der hochwohlgeborene Bischof lag in voller Länge im Fäkalienbett. Sein weinrotes Gewand war gänzlich unbrauchbar geworden, und sein breitkrempiger Hut schwamm in der Dreckbrühe.

Stellt Euch nur vor, die Robe des Bischofs war aus Purpur, der schönsten Seide des Orients, mit Goldfäden durchwirkt und so teuer, dass ich im Leben nicht so viel Würzwein herstellen kann, um die Schuld abzuarbeiten. Abt Egge, der seine Aufgaben als Klostervorsteher mit großer väterlicher Wärme wahrnimmt, nahm mir am Abend das Versprechen ab, niemals wieder heimlich fremde Weine zu kosten. Damit war für ihn die Sache erledigt. Leider aber nicht für den Bischof. Wenn es möglich gewesen wäre, hätte er sicherlich meinen Kopf gefordert. So aber gewährte ihm der Abt nur meine Wenigkeit als persönlichen Diener während der Dauer seiner Anwesenheit im Kloster. Ich hatte ihm Tag und Nacht aufzuwarten und alle seine Wünsche von den Augen abzulesen. Er nutzte seine Stellung mir gegenüber weidlich aus und gab mir keine Stunde Schlaf. Aber ich will mich nicht beklagen.

Frohen Mutes sah ich seinem Abschied entgegen. In meiner Freude war ich gedanklich nicht ganz bei der Sache, und so bewirtete ich am Abend vor der Abreise den Bischof mit meinem eigenen Würzwein. Es war die Rezeptur mit dem Pfeffergemisch, welche niemals nach einem scharf gewürzten Mahl getrunken werden sollte. Aber gerade solche würzigen Speisen waren am Abend gereicht worden. Der Nachttrunk ist dem Bischof nicht gut bekommen, und mir seine Wut nicht. Er war der felsenfesten Überzeugung, ich habe ihn vergiften wollen. Bei der Mutter des Erlösers beschwor ich meine Unschuld. Das hat mir sicherlich den Kopf gerettet, aber nicht die Bußfahrt erspart. Der Abt konnte mich diesmal nicht retten, und so musste ich mich auf den Weg machen nach Spanien, zum Grab des heiligen Jakobus. Der Bischof meinte nur, er wäre zunächst einmal eine Weile sicher vor mir und meiner Mordlust.«

Sina wusste nicht, ob sie den Mönch bedauern oder lachen sollte.

Tammo nahm den Faden der Erzählung Bruder Abbos wieder auf. »Und so musste der büßende Mönch sich auf eine Pilgerfahrt begeben. Wir trafen uns in Compostela, wo ich auf der Heimreise vom Kreuzzug Station machte. Unser Zusammentreffen war einer der wenigen Lichtblicke für mich auf dieser Reise.«

»Warum habt Ihr das Kreuz genommen?«

Sina kannte viele Gründe, die in Frage kommen könnten. Bei manchen war es Abenteuerlust oder häusliche Armut, die sie trieb, andere hatten eine Verfehlung zu sühnen. Es wurde Ablass gewährt für die Teilnahme am Kreuzzug. Doch bei Tammo glaubte sie nicht so recht an diese Möglichkeiten. Er schien kein Mensch zu sein, der sich zu etwas zwingen ließ. Vielleicht gehörte er zu denen, die wirklich hinter der Sache standen, die wirklich und wahrhaftig allen Feinden des Kreuzes den Kampf angesagt hatten. Diese Möglichkeit erschreckte Sina. Sie blickte über die Feuerstelle hinweg Tammo neugierig, fast ängstlich ins Gesicht.

Die Flammen warfen dunkle Schatten auf sein Antlitz. Es nahm einen finsteren, fast schmerzverzerrten Ausdruck an. »Ich nahm das Kreuz, weil ich ein Narr war. Ein Narr, der Worte für bare Münze hielt und etwas brauchte, für das es sich zu kämpfen lohnte.«

Sina wartete auf nähere Erklärungen, doch dazu war Tammo nicht bereit. Schweigend und tief in Gedanken versunken starrte er ins Feuer. Schwermut senkte sich über die drei Menschen in der Hütte. Jeder hing seinen eigenen Gedanken nach, und es waren keine fröhlichen.

Die Atmosphäre gefiel dem Mönch nicht. Er erhob sich und eilte zur Tür. »Ich werde noch den restlichen Würzwein holen. Ein Schlaftrunk wird uns gut tun nach all der Aufregung des heutigen Tages. Bevor ich mich zur Ruhe lege, würde ich nun allerdings doch gerne einiges über Euch wissen, mein Kind. Auch darüber, wohin Euer Weg führt.«

Sina seufzte. Auf die letzte Frage hätte sie gerne eine Antwort gewusst. Sina überlegte verzweifelt, wie es weitergehen sollte. Ihre Gedanken waren beim Kloster Palmar und Abt Menko. Ob er ihr Verschwinden schon bemerkt hatte? Gänsehaut lief über Sinas Rücken, wenn sie an seine Wut dachte. Nicht auszumalen, was das Verschwinden des Kelches ausgelöst haben musste. Der Abt würde nichts unversucht lassen, sich seiner wieder zu bemächtigen. Indem sie diese kostbare Reliquie bei sich führte, brachte Sina nicht nur sich selbst, sondern auch Tammo und den Mönch in Gefahr.

In dem Moment betrat Bruder Abbo wieder die Hütte. Er hatte nicht nur Wein mitgebracht, sondern auch Sinas Reisegepäck. »Fangt auf!«, rief er und warf ihr den Beutel zu. Die Bänder, mit denen der Sack geschnürt war, lösten sich, Sinas Habseligkeiten flogen durch die Luft und fielen polternd zu Boden. Den meisten Lärm verursachte der Kelch bei seinem Aufprall. Ein Schrei entfuhr ihr. Das Gefäß rollte noch ein Stück und blieb schließlich vor Tammo liegen. Wie vom Blitz getroffen sprang dieser auf und starrte ungläubig auf den Kelch zu seinen Füßen. Totenstille legte sich über den Raum, und nur das Holz im Feuer knisterte. Die Flammen spiegelten sich im Gold des Kelchfußes, und auf einmal schien die Wärme nicht mehr nur von dem Feuer herzurühren.

Bruder Abbo fing sich als Erster wieder. Er räusperte sich. »Also, am heutigen Tage jagt eine Überraschung die nächste. Mir ist, als hätte ich dieses Gefäß schon einmal gesehen. Was meint Ihr, Tammo? Ist dies nicht der Kelch, um dessentwillen wir den Abstecher zum Kloster Palmar machten? Der Kelch auch, an dessen Loswerden Euch so viel lag?«

Tammo nickte seufzend. »Und hier habt Ihr Eure Antwort auf die Frage nach den Beweggründen, die unseren Gast aus dem Kloster fliehen ließen. Mir scheint, Habgier war das Motiv.« Sein Ton war anklagend, und auf seinem Gesicht lag ein enttäuschter Ausdruck.

Sina schüttelte den Kopf, dass die Locken nur so flogen. »Nein, nein, Habgier war es nicht. Ich habe den Kelch zu Recht genommen. Er gehört mir. Ich bin Jakob Wübbenas Tochter. Ich nannte Euch meinen zweiten Vornamen. Ich bin Sina Wübbena.«

Zuerst Ungläubigkeit, dann aber Erkennen spiegelte sich auf Tammos Gesichtszügen. »Wie konnte ich nur so blind sein und die Ähnlichkeit übersehen! Dieselben braunen Augen und dieser Starrsinn! Aber sagt, mit wem habe ich dann im Kloster gesprochen? Abt Menko brachte eine Novizin zu mir und nannte sie bei Eurem Namen. Warum ward Ihr es nicht, die er holte?«

Sina lachte freudlos auf. »Weil alles Lüge war, was er Euch erzählte, und weil er mir den Kelch niemals freiwillig überlassen hätte.«

Unverständnis stand in Tammos Gesicht. Sina setzte sich zu ihm auf die Bank, und dann erzählte sie. Vom Leben im Kloster unter dem grausamen Abt und der anstehenden unfreiwilligen Vermählung, von der Bücherstube und dem Vorhang, hinter dem sie gelauscht hatte, von dem Kelch und seiner Bedeutung. Wie ein Wasserfall strömten die Worte aus ihrem Mund.

»Und so gab ich mir selbst das Versprechen, diesen Kelch niemals in die Hände des Abtes fallen zu lassen«, schloss sie.

Sina hob das Gefäß vom Boden auf und strich fast liebevoll über die Schale aus Achat.

Der Mönch ihr gegenüber auf der Bank hatte sich kerzengrade aufgesetzt. »Ihr wollt doch nicht sagen, dass dieser Kelch der sagenumwobenen Heilige Gral ist, mit dem Joseph von Arimathia Jesu Blut aufgefangen haben soll?!«

Sina schaute ihm nur ins Gesicht und nickte. »Es ist der Kelch! Das Blut des Gekreuzigten netzte die Schale, und darum gilt er als die bedeutendste Reliquie überhaupt! Soll ich Euch erzählen, welchen Weg er nach dem Tode Jesu nahm?«

Die Männer nickten und sahen Sina auffordernd ins Gesicht.

»Die Geschichte des Kelches ist eng mit der des Joseph von Arimathia verflochten. Er wurde nach seiner Tat inhaftiert. Aber mit Hilfe von Maria Magdalena floh Joseph später nach Frankreich. Mit sich nahm er den Kelch, seinen kostbarsten Besitz. Maria Magdalena war eine der Frauen, die Jesus besonders nahe gestanden hatten. Nachdem Joseph in Frankreich, in Burgund, gestorben war, nutzte Maria den Kelch und gab die Lehren Jesu weiter. Obwohl sie nicht zu seinen eigentlichen Jüngern zählte, war sie es, die als erste die Nachfolge Jesu antrat. Sie lehrte die Menschen in dem Wissen, dass Jesus niemals einen Unterschied gemacht hatte zwischen Männern und Frauen. Versteht Ihr, was dies bedeutet? Der erste Jünger war eine Frau! Dies wissen nur wenige. Abt Menko ist einer davon. In der geheimen Bibliothek gibt es Schriften darüber. Es ist ein Wissen, das die Männer der Kirche niemals an die Öffentlichkeit kommen lassen wollen. Ihre angestammte Rolle wäre dadurch gefährdet. Dass eine Frau die erste Botschafterin der Kirche war, würde die Welt erschüttern. Es wäre dann nicht mehr selbstverständlich, dass ein Mann als Kirchenoberhaupt auf dem höchsten Stuhl sitzt. Seine Macht beruht ja auf der apostolischen Nachfolge des Petrus, der den auferstandenen Jesus als Erster gesprochen haben soll. Aber alle Evangelien berichten, dass Frauen als Erste das leere Grab sahen. Und der Evangelist Markus sagt ganz eindeutig, dass der auferstandene Jesus zuerst Maria Magdalena erschienen ist und nicht Petrus. Was glaubt Ihr, würde geschehen, wenn bekannt wird, dass sie dazu noch ein Apostel war? Eine Frau, die in frühchristlicher Zeit ein Priesteramt bekleidete! Eine Frau, die beim Abendmahl den Gläubigen Brot und Wein reichte. Wein, das Blut Christi, in dem Heiligen Kelch. Wenn die Welt dies wüsste, dann wäre es sogar denkbar, dass sich die Rolle der Frauen ändert. Wir könnten unser natürliches Selbstbewusstsein und die Aufgaben zurückerhalten, die uns einst zu eigen waren.« Sina holte tief Luft. »Für die meisten Männer der Kirche sind wir doch nicht einmal so viel wert wie der Dreck unter ihren Fingernägeln. Dabei waren es immer Frauen, die Jesus nicht im Stich ließen. Sie waren bei ihm, als er am Kreuz hing, während die Männer sich aus Angst um ihr Leben versteckten. Frauen salbten den Leichnam und hielten die Totenwache, und es waren Frauen, denen Jesus nach der Auferstehung zuerst erschien. Wie ist es nur möglich, dass es nunmehr nur noch Männer sind, die kirchliche Macht besitzen?«

Sina hatte ihrer ganzen Wut gegen diese von Kirchenmännern beherrschte Welt Luft gemacht. Sie bemerkte, dass Bruder Abbo sie mit offenem Mund anstarrte. Das brachte Sina in die Realität zurück.

»Verzeiht meine Aufgebrachtheit. Es seid nicht ihr, denen diese Worte gelten. Aber dies alles zu wissen und trotzdem Tag für Tag zu sehen, wie Abt Menko mit den Nonnen und Novizinnen umgeht, haben so viel Wut in mir angestaut. Dabei wollte ich eigentlich etwas anderes erzählen. Es ging ja nur um den Weg des Kelches. Er folgte also Joseph von Arimathia und Maria nach Burgund. Nach dem Tode Maria Magdalenas begann man, die weiblichen Priester zu verfolgen. Sie wurden verhaftet, mundtot gemacht, und bald schwand das Wissen um die Rolle der Frau in der Nachfolge Jesu. In Burgund verliert sich auch die Spur des Kelches. Tja, und Ihr, Tammo, habt ihn nun aus Spanien mitgebracht nach Friesland. Als ich ihn an mich nahm, war es wirklich mein einziges Bestreben, ihn Abt Menko aus den Händen zu reißen. Ihr kennt ihn nicht. Er ist ein Teufel. Er würde die Heiligkeit dieser Reliquie zu seinem eigenen Nutzen anwenden und den Menschen damit Schaden zufügen.«

Sina wandte sich an Bruder Abbo, und die Bitte um Verständnis lag in ihren Augen. »Wisst Ihr, was man dem Kelch alles zuspricht?«

Abbo nickte feierlich. Er streckt die Hände aus, und Sina übergab ihm das Gefäß. Immer noch ungläubig starrten seine Augen darauf. Ehrfürchtig berührte der Mönch das Innere der Schale.

»Man sagt«, seine Worte kamen zögerlich, »er soll ewiges Leben schenken, Erlösung von allen Sünden gewähren und jeglichen Hunger für immer stillen.« Seine Augen suchten Tammo. »Man sagt auch, dieser Kelch mache unbesiegbar. Deshalb streben so viele Herrscher nach ihm. Und wenn Abt Menko so ist, wie Ihr ihn schildert, Sina, dann würde er sicherlich sogar morden, um den Kelch zurückzubekommen.«

Sina seufzte tief und nickte. »Mit dieser Reliquie bringe ich uns alle in Gefahr, das ist mir nun klar geworden. Ich weiß nicht einmal mehr, welcher Wahnsinn mich dazu trieb, ihn zu nehmen. Morgen werde ich Euch verlassen. Ihr habt nichts mit dem Kelch und mit mir zu schaffen. Es muss mir irgendwie gelingen, ihn in gute Hände zu legen. Ich muss jemanden finden, der das Vermögen hat, ihn vor dem Abt zu schützen.«

Tammo, der bislang keine Gefühlsregung gezeigt hatte, schleuderte mit einer einzigen Bewegung den Rest seines Würzweines ins Feuer. Er sprang auf und durchmaß den Raum wie ein gefangener Tiger. »Welch ein Wahnsinn! Was ist das für ein Gefäß, das andere dazu bringt, um seinetwillen zu morden? Welchen Wert kann eine Reliquie haben, die mit Blut erkauft ist?« Er lachte freudlos auf. »Denselben Wert, den ein Glaube hat, der mit Blut erkauft ist. Im Namen der Kirche werden Taten begangen und Kriege geführt, die sinnloser nicht sein könnten. Ich glaube mittlerweile, alles Leid hat mit der Kirche zu tun. Sie selbst ist die größte Geißel der Menschheit. Ich weiß nicht mehr, was ich noch glauben soll, ob ich überhaupt noch an etwas glauben kann. Für den Kelch und für uns wäre es sicherlich das Beste, wir würden ihn vergraben. Niemand außer uns bräuchte davon zu wissen. Er wäre einfach verschwunden und wir befreit von seiner Anwesenheit.«

Bruder Abbo wiegte den Kopf von einer auf die andere Seite. »Gemach, mein Freund. Diese Reliquie hat sicherlich nicht umsonst den Weg zu uns gefunden. Sie kann Menschen dazu bringen, zueinander zu stehen, eine Gemeinschaft zu bilden. Denkt nur an das Bild des letzten Abendmahles Jesu. Er und seine Jünger, eine Einheit verbunden durch den Kelch.« Aufgeregt sprang Bruder Abbo hoch. »Bedenkt nur, was dieses Gefäß für Friesland bedeuten könnte. Das Blut Jesu eint die Menschen. Ihr wisst, welchen Wert Reliquien in der heutigen Zeit haben. Vielleicht wurde uns der Kelch geschickt, um Friesland zu einen. Wer ihn in den Händen hält, den verbindet ein unsichtbares Band mit den Mächten über uns. Wenn den Friesen eine solche Reliquie als Banner vorausgehen würde, dann wäre in meinen Augen eine Einigung der sieben Seelande unter einem Mann möglich. Unter dem Mann, der über den Kelch verfügt. Ihr könntet dieser Mann sein, Tammo!«

Tammo starrte den Mönch einen Moment fassungslos an. Dann warf er den Kopf zurück und lachte schallend. Sein Gelächter klang bitter. »Ich?! Mir würden die Friesen nicht einmal bis zur nächsten Kirche folgen. Ihr wisst, was die Leute über mich reden. Ein Dämon habe sich meiner bemächtigt. Ein Höllenhund hätte meine Seele entführt, und ich wäre jetzt an einem bösen Ort.« Er seufzte laut. »Das war ich auch bis vor kurzem. Und nun bin ich wieder in Friesland und weiß nicht warum. Blut ist vielleicht dicker als Wasser und Heimweh stärker als alles andere.«

Bruder Abbo legte ihm beruhigend eine Hand auf die Schulter. »Ich denke, Ihr habt noch eine Aufgabe hier in Friesland. Doch wenn Euch der Weg, den Ihr gehen müsst, noch nicht klar ist, dann kommt erst einmal mit nach Ihlow. Abt Egge ist ein feiner Mensch. Er wird einen Rat für Euch wissen, und vielleicht«, er legte einen Finger an die Nasenspitze und wandte sich Sina zu, »vielleicht sollten wir ihn auch einweihen bezüglich des Kelches. Der Abt des Klosters Ihlow wäre ein guter Hüter für ihn. Einen besseren Menschen gibt es nirgends. Er wäre auch ein passender Gegner für Abt Menko.«

Sina überlegte einen Moment und nickte dann zögernd. »Wenn Ihr den Abt für vertrauenswürdig haltet, dann scheint der Einfall gut zu sein.« Sie wandte sich voller Neugier an Tammo. »Warum halten die Menschen Euch für besessen? Mir kamt Ihr bislang nicht so vor.«

»Zum einen, weil ich das väterliche Erbe ausgeschlagen habe, um eine Bauerntochter zu heiraten. Zum anderen, weil ich nach ihrem Tod nicht an meines Vaters Seite zurückgekehrt bin, um als Sohn Freese Tammenas, eines Sechzehners, zu leben. Wer so dumm ist, kann nur vom Wahnsinn befallen sein. Außerdem bin ich von einem Tag auf den anderen verschwunden. Die Leute glaubten wohl, ein Dämon habe mich direkt in die Hölle entführt. Dabei hat mich dieser Dämon mitgenommen auf einen Kreuzzug!«

Sina starrte ihn mit großen Augen an. »Ihr seid Freese Tammenas Sohn?«

»Kennt Ihr meinen Vater?« Tammos fragender Blick streifte ihr betroffenes Gesicht.

»Nein«, Sina rang um Worte, »ich kenne ihn nicht. Ich meine, ich kannte ihn nicht. Im Herbst musste ich für den Abt einen Brief schreiben.« Sie sah ihm mitleidig ins Gesicht. »Es war ein Beileidsbrief an die Frau Eures Vaters.«

Mit einem erstickten Aufschrei reagierte der Mönch auf die Mitteilung. Tammo dagegen brauchte länger, bis er den Sinn ihrer Worte verstand. Dann jedoch blickte er Sina ungläubig an. Schließlich senkte Tammo den Kopf. Sein Atem ging schwer. Totenstille legte sich wie eine erstickende Decke über den Raum. Das Knacken der Holzscheite klang wie Donnerschläge. Tammo blickte wieder auf, und Sina sah, wie er abwehrend den Kopf zu schütteln begann. Zögernd nur und mit tonloser Stimme stellte er die Frage, die ihm auf der Seele brannte. Sina merkte, wie viel Mut sie ihn kostete.

»Ihr wollt damit sagen, dass mein Vater tot ist?«

Bedauern lag auf Sinas Gesicht. Sie nickte nur stumm. Als sie den gequälten Ausdruck in seinen Augen sah, kamen ihr die Tränen. »Es tut mir Leid, dass Ihr es nun durch mich erfahren musstet.«

Tammo öffnete den Mund und schloss ihn wieder. Eine kurze Zeit starrte er wie versteinert ins Feuer. Seine Hände schlossen sich zu Fäusten, um sich dann wieder zu öffnen. Tammo rang um seine Fassung, das merkte Sina.

»Wann ... wann und wie ist er gestorben?«

»Nicht im Kampf. Die Pocken haben ihn das Leben gekostet. Es war im September letzten Jahres.«

Tammo starrte immer noch ausdruckslos ins Feuer. »Was ist mit Frouwke, seiner Frau? Ihr spracht von einem Brief an sie.«

Sina nickte. »Die Seuche hat sie verschont, aber viele Männer Eures Vaters sind daran gestorben.«

Tammo schlug beide Hände vors Gesicht und saß lange regungslos da. Mit einem tiefen Seufzer erhob er sich schließlich und legte Holz nach. Vielleicht wollte er durch diese ganz alltägliche Handlung zeigen, dass er sich wieder in der Hand hatte. Sina jedoch spürte, dass unter dem Mantel der Gelassenheit ganz andere Gefühle schwelten. Der Mönch nötigte ihn, etwas zu trinken. Sina sah das Zittern seiner Hand, mit der er den Becher Wein entgegennahm.

Der Mönch legte seinem Freund eine Hand auf die Schulter. »Es macht die Trauer nicht leichter, aber es ruft den Schlaf. Trinkt, damit ihr Ruhe findet heute Nacht.«

In einem Zug stürzte Tammo den Wein herunter. Sina rang mit sich, ob Tammo noch mehr schlechte Nachrichten vertragen konnte. Aber wenn er der Sohn Freese Tammenas war, dann durfte sie es nicht für sich behalten.

»Es gibt da noch etwas. Die Lage im Regentschaftsbereich Eures Vaters ist sehr gespannt. Eine junge Novizin aus dem Mormerland erzählte, dass der Graf von Calvelage-Ravensberg einen Übergriff plant. Er will unbedingt seinen angeblichen Herrschaftsanspruch durchsetzten und hat versucht, sich diesbezüglich auf gütlichem Wege mit der Frau Eures Vaters zu einigen. Sie will jedoch das Mormerland nicht in gräfliche Hände legen. Die Menschen fürchten einen Krieg.«

Tammo blickte einige Zeit starr vor sich hin. Dann stellte er den Becher mit einer entschlossenen Bewegung auf den Tisch und fuhr sich mit beiden Händen durchs Haar.

»Ich muss Frouwke helfen im Kampf gegen den Grafen!« Er wandte sich mit bedauerndem Blick an Bruder Abbo. »Es tut mir Leid, mein Freund. Ich kann Euch leider nicht nach Ihlow begleiten. Frouwke hat mir vor langer Zeit ein Versprechen gegeben und sicherlich auch gehalten. Nun ist sie in Not und mit ihr auch das Kind, mein Halbbruder oder meine Halbschwester. Ich kann sie nicht im Stich lassen. Nehmt Sina mit Euch. Im Kloster Ihlow seid ihr alle, samt des Kelches, sicher.«

Bruder Abbo spülte den letzten Schluck seines Weines herunter. Er öffnete schon den Mund, um etwas zu sagen, doch Sina kam ihm zuvor.

»Ich werde mich nicht wieder hinter Klostermauern verkriechen. Ihr habt mir das Leben gerettet, und nun bin ich Euch etwas schuldig. Mag sein, dass ich Euch als eine Last erscheine, doch ich werde gehen, wohin auch Ihr geht, bis ich meine Schuld beglichen habe.«

Tammo machte eine abwehrende Handbewegung, doch Bruder Abbo unterstützte Sina. »Das Kloster kann noch etwas warten. Wir werden mit Euch gehen, ob Ihr wollt oder nicht. Ihr könnt die Euren nicht im Stich lassen, und wir können Euch nicht im Stich lassen. Wie habt Ihr es von Sinas Vater gelernt: ›Treulos ist, wer geht, wenn der Weg am dunkelsten ist‹. Vielleicht haben wir nun auch den Grund gefunden, der

Euch nach Friesland zurückgeführt hat. Ihr habt noch eine Aufgabe hier.«

Resigniert zuckte Tammo die Schultern. Dann jedoch legte sich ein erstes Lächeln auf seine Züge. »Was soll man nur tun gegen eine solch hartnäckige Bande?« Er legte eine Hand auf Sinas Schulter und die andere auf die des Mönches.

»Ihr solltet vielleicht ein Dankgebet zum Himmel schicken«, meinte Bruder Abbo verschmitzt.

Böse Träume sind wie Ratten, die an der Seele nagen

Tammo wälzte sich im Schlaf unruhig hin und her. Draußen kamen und gingen die Geräusche der Nacht, doch nicht sie waren es, die seinen Schlaf störten. Bruchstückhaft zogen Erinnerungen an ihm vorüber. Bilder, die wahllos auftauchten, um sich wieder in den Tiefen seiner Seele zu verlieren.

Tammo sah vor seinem inneren Auge das geöffnete Tor von St. Maria, durch das eine große Menge Fußvolk und einige Ritter zu Pferd eindrangen. Er hörte die Schreie der Menschen, deren Blut die Straßen rot färbte.

Tammo versuchte, sich gegen die dunklen Schatten zu wehren, doch vergeblich. Die gebrandschatzten Häuser, der Geruch nach Tod und Feuer verschwanden. Dafür entfesselte die Traumgewalt andere Bilder.

Zunächst wie durch einen Nebelschleier, dann immer deutlicher konnte er seine johlenden Kameraden ausmachen. Sie hatten sich ihrer Rüstungen entledigt und vergingen sich an einem Mädchen, kaum älter als sieben Jahre. Leblos wie eine Puppe und mit vor Entsetzen aufgerissenen Augen ließ das Kind alles über sich ergehen. Tammo sah, einem fernen Betrachter gleich, sich selbst, wie er die Waffe gegen seine Landsmänner richtete. Bei jedem Stoß des Dolches verspürte er Genugtuung.

Schemenhaft zogen weitere Erinnerungen an ihm vorbei. Deutlich hörte er das Läuten der Glocken und sah sich in einem Strom von schreienden und stoßenden Menschen, die zum Gotteshaus in der Mitte des Marktplatzes drängten. Es war, als ob er die Ereignisse eines anderen Lebens betrachtete. Tammo sah sich die Waffen die Treppenstufen der Kirche hinabschleudern. Dann zerriss das Leinenband des hölzernen Kreuzes, und Tammo hörte den dumpfen Klang, als das Zeichen der Kreuzfahrer auf dem kalten Steinboden des Gotteshauses zerbrach. Unwirklich war alles, wie umhüllt von Schleiern, und doch seltsam eindringlich. Tammo konnte jedes Detail erkennen. Deutlich drangen die Rufe der Kreuzfahrer an sein Ohr, die sich einen Weg durch die Kirche bahnten. »Gott will es«, schrien sie und erschlugen den Priester, der sich ihnen um Einhalt flehend in den Weg stellte. Die Kleidersäume der Ritter streiften durch die Blutlache und zogen rote Spuren, als sie wieder der Tür zustrebten. Das Gold der sakralen Gegenstände in ihren Händen hatte seinen Glanz verloren. Tammo sah sich hinter den Mördern aus der Kirche wanken. Barmherzig legte sich ein grauer Schleier über die blutüberströmte Gestalt des Priesters. Als der Schleier zerriss, sah Tammo, wie die Kreuzritter alle Bewohner der Stadt in die Kirche pferchten. »Tot den Ungläubigen, Gott kennt die Seinen«, riefen sie. Als die Glocke zu läuten aufhörte, wusste Tammo, das Gotteshaus hatte seine Stimme verloren. Er sah sich einen Weg bahnen zu den Anführern des Kreuzfahrerheeres, die Fackeln bereithielten. Spürte die Schmerzen, die wie Dolchstöße seinen Körper durchfuhren. Aus dem tiefen Dunkel seiner Seele stiegen andere Bilder ans Licht. Riekes Gesicht, die brennende Hütte, das Flammenmeer, und danach war da nur noch Schmerz. Ein fast unmenschlicher Schrei entfuhr ihm: »Nein, tut es nicht! Ihr könnt sie doch nicht bei lebendigem Leibe verbrennen! Mörder, ihr seid Mörder. Tut es nicht! Nein, nein ...«

Tammos Schrei verband Traum und Wirklichkeit. Er ließ Sina und Bruder Abbo erschrocken aus dem Schlaf fahren. Sina sprang auf. Sie versuchte, in der Dunkelheit den Weg zu Tammos Lager zu finden. Schneller, als sie es ihm zugetraut hätte, war Bruder Abbo an ihrer Seite. Er hatte eine Talglampe entzündet und beleuchtete die schweißüberströmte Gestalt Tammos. Dieser schien mit unsichtbaren Dämonen zu ringen. Bruder Abbo stellte die Lampe ab und ergriff seinen Freund bei den Schultern. Er schüttelte ihn. »Wacht auf. Um Christi willen, wacht auf!« Tammos Kopf flog hin und her.

Plötzlich seufzte Tammo, und ein Schauer durchlief seinen Körper. Er öffnete die Augen. Bruder Abbo fasste seine Handgelenke. »Mein Freund, kommt zu Euch. Es ist alles nur ein Traum. Ihr seid nicht mehr auf dem Kreuzzug. Hier ist kein Feuer. Ihr seid unter Freunden.« Mit der Talglampe leuchtete er Tammo ins Gesicht.

Sina hatte ein Tuch mit dem Wasser aus der Kalebasse getränkt und wischte ihm den Schweiß von der Stirn. In Tammos Augen spiegelte sich noch der Wahnsinn des Alptraumes. Nur langsam gelang es ihm, ruhiger zu werden. Er setzte sich auf und seufzte tief. Sein Hände fuhren mit einer müden Bewegung durch das lange Haar.

»Es wird mich nie mehr loslassen. Diese Schuld werde ich im Leben nicht sühnen können. Mein Gott, was haben wir nur getan?!« Verzweiflung sprach aus seinem Gesicht, das Sina im Schein der Lampe nur schemenhaft ausmachen konnte.

»Mein Freund, ich bin seit langer Zeit an Eurer Seite, doch über die Schrecken des Kreuzzuges haben wir nie gesprochen. Wollt Ihr uns nicht berichten, was Euch den Schlaf derart vergällt?« Besorgnis klang aus der Stimme des Mönchs.

»Ihr meint, ausgesprochene Grauen verlieren ihren Schrecken, und ausgesprochene Schuld erfährt Vergebung?« Tammos Stimme klang bitter.

Bruder Abbo umfasste seine Schultern. »Nein, aber wenn Ihr aussprecht, was Euch quält, dann bleibt es nicht mehr nur in Eurem Kopf. Es steht im Raum, wird fassbar und teilbar. Ihr könnt es mit uns, Euren Freunden, teilen. Und geteiltes Leid ist halbes Leid.«

Tammo ließ sich wieder aufs Lager sinken und verschränkte die Arme hinter den Kopf. Ein Seufzer entrang sich ihm. »Also gut, wenn auch Ihr Euch um den Schlaf bringen wollt, dann werde ich vom Kreuzzug berichten.«

»Erzählt zuerst, warum Ihr das Kreuz nahmt«, bat Sina und fühlte Tammos Augen auf sich gerichtet.

»Tja, was trieb mich dazu, am Kreuzzug teilzunehmen? Vielleicht ging ich, weil es in der Fremde nicht schlimmer sein konnte als in der Heimat. Vielleicht aber auch, weil Oliver von Xanten ein Mann war, der das schaffte, was mein Vater und Männer seines Schlages so lange vergeblich versucht hatten. Es gelang ihm, die Zerrissenheit der Friesen zu überwinden, weil er etwas hatte, weil es etwas gab, für das wir gemeinsam kämpfen konnten. Ein höheres Ziel, das die Bedürfnisse des Einzelnen nach Gut und Geld, Ansehen und Macht in den Schatten stellte. Alle Friesen, egal wer oder was sie waren, kämpften für die eine, wie ich meinte, gute Sache. Eine große Zahl bunt zusammengewürfelter Männer schloss sich ihm an. Es waren Bauern darunter in einfachen Kitteln, reiche Männer mit Bediensteten und Pferden, Kaufleute in kostbaren Roben, Handwerker, kampferprobte Krieger und schlecht bewaffnete Städter. Viele der Männer hatten alles veräußert, was sie besaßen, denn von Xanten predigte mit den Worten des Evangelisten Markus: ›Gehet hin, verkauft alles, was ihr habt, gebt es den Armen und ihr werdet einen Schatz im Himmelreich haben. Kommt nun und folgt mir!‹ Letztendlich waren wir alle Geblendete. Bauern in einem Schachspiel gieriger, blutrünstiger Spieler. Es ging nicht darum, die Ungläubigen zu bekehren oder belagerte christliche Stätten zu befreien. Es ging darum, neue Gebiete für die Schachspieler zu erobern, ihre Macht und ihr Geld zu mehren. Die Ungläubigen sollten nicht bekehrt, sondern beseitigt werden. Doch als ich dies erkannte, war es zu spät!«

Tammo schloss für einen Augenblick die Augen. Als er sie wieder öffnete, las Sina abgrundtiefes Bedauern darin.

»Wie groß war das Heer Olivers von Xanten?« Verhaltene Neugierde klang aus der Frage des Mönchs.

»Oliver von Xanten erreichte, dass nicht weniger als neunzig Koggen, mit einigen Tausend Männern aus ganz Friesland sowie Unmengen von Proviant und Kriegsgerät beladen, am 31. Mai 1217 die Anker lichteten.

Während der langen Reise freundete ich mich mit Eurem Vater an, Sina. Als das Heer in einem eintägigen Gewaltmarsch eine Wallfahrt zum Grab des heiligen Jakobus von Compostela unternahm, um Gottes Segen zu erbitten, kamen wir uns näher. Jakob lebte in Akkon, einer der Kreuzfahrerstädte, und trieb Handel mit Gewürzen. Begeistert berichtete er vom Leben in einer mir völlig fremden Welt, von Speisen, die ich nicht kannte, und Menschen, die er zu lieben schien. Mit leuchtenden Augen berichtete Jakob von Ärzten, die Rat für fast jede Krankheit wussten, und der Gelehrtheit der Ungläubigen. Später sagte er einmal: ›Ich war ein Abendländer und bin ein Orientale geworden.‹ Damals war ich jedoch noch befremdet von der Liebe, mit der er an seiner neuen Heimat und den Menschen hing. Hätte ich ihn nur schon früher verstanden! Er sprach niemals von Ungläubigen, die es zu bekehren galt. Für ihn waren die Sarazenen uns einen großen Schritt voraus. Er hatte ihre Denkweise übernommen. Einmal waren wir in einen Disput verstrickt. Es ging um die Frage, ob wirklich alle Menschen, die nichts von Gott wüssten, einst in der Hölle schmoren würden. Ich habe noch Jakobs Stimme im Ohr: ›Gott ist der Schöpfer allen Lebens. Warum glaubt Ihr, dass ihm ein Christ mehr wert ist als ein Heide? Seht Euch den ersten Menschen an, den Gott schuf – Adam, ein Heide. Elias, auch Noah, der in der Arche gerettet wurde – alles Heiden. Oder denkt an die Heiligen Drei Könige. Meint Ihr etwa, Gott habe sie verdammt, weil sie Heiden waren? Nein, der Dreieinige Gott nahm im Stall, in der Krippe, sogar Gaben von ihnen an. Alle Frauen, die Kinder gebären, bringen Heiden zur Welt. Wir alle waren ursprünglich Heiden. Glaubt Ihr, Gott liebt einen Neugeborenen erst im Augenblick seiner Taufe? Ihr fragt, wer in der Hölle schmoren wird. Die Antwort kann nur Gott geben. Ihm allein steht es zu, eine Entscheidung zu treffen über die Verdammnis eines Menschen. Und vergesst nicht, Gott hat selbst denen vergeben, die ihn ans Kreuz schlugen!‹

Wir hatten viele solcher Gespräche, und ich begann mich zu fragen, warum Jakob Wübbena in seine alte Heimat zurückgekehrt war und was ihn dazu trieb, diesen Kreuzzug zu unterstützen. Eine für Euren Vater gefährliche Frage, denn er war ein Widerständler. Aber das erfuhr ich erst später. Damals kannte ich ihn nur als wichtigen Berater des Grafen von Holland.

Ein Sturm zwang uns am 27. Juli 1217, den Hafen der Stadt St. Maria, die sich in sarazenischer Hand befand, anzulaufen. Während wir dort festsaßen und schmorten, kamen den Männern die wildesten Ideen. Ein Streit brach aus darüber, ob wir vielleicht die Wartezeit nutzen sollten, um die Stadt anzugreifen. Aber St. Maria war stark befestigt. Sie war von Türmen umgeben und einer Mauer, so dick, dass darauf zwei Männer ohne Gefahr nebeneinander reiten konnten.

Eines frühen Morgens saß ich vor den Mauern der Stadt und machte eine folgenschwere Beobachtung. Sie entschied über das Schicksal von St. Maria. Ich sah einen Mann, der sich mittels einer Strickleiter die Mauern herunterließ, um Hilfe zu holen. Hätte ich ihn laufen lassen, dann wären vielleicht sarazenische Truppen herangerückt und die Männer des Heeres verloren gewesen. Ich musste meine Beobachtung einfach melden. Aber mir war nicht wohl dabei und nicht klar, was ich damit auslöste.

Der Mann wurde geschnappt. Ich habe ihn nie wiedergesehen. Die Strickleiter hing noch über der Mauer. Sie diente mehreren meiner Landsleute als sicherer Weg in das Innere der Stadt. Die Kreuzfahrer öffneten die Tore von St. Maria und tränkten die Gassen mit Blut.«

Tammo machte eine kurze Pause. Er wusste nicht, wie viel Grausamkeit dem Mönch und Sina zuzumuten war. In groben Worten schilderte er dann, was ihm in so vielen Nächten den Schlaf raubte. Tammo schloss mit den Worten: »Was Ihr Euch auch erdenken könnt an Grausamkeiten, die Wirklichkeit übertrifft Eure schlimmsten Vorstellungen. Es war das Ausrotten einer Stadt, die keine Chance hatte. Innerhalb weniger Stunden wurde St. Maria dem Erdboden gleichgemacht. Nachdem alles Leben ausgelöscht war, verließen die Kreuzfahrer die Stadt. Sie bahnten sich ihren Weg über Leichen, marschierten gefühllos über Berge abgeschlagener Köpfe, Hände und Beine. Als die Schiffe mit dem Beutegut beladen waren, übergaben sie die Stadt den Flammen. Dieser leichte Sieg über St. Maria beflügelte die Kreuzfahrer. ›Gott ist mit uns‹, schrien sie. ›Wir sind Kinder der Jungfrau Maria.‹

Mein Widerwillen gegen das Vorgehen der Kreuzfahrer stieg ins Unermessliche. Ich rang schon mit der Entscheidung, mein Gelübde zu brechen und einfach nach Hause zurückzukehren, da sprach mich Euer Vater an, Sina. Ihm war mein verstörtes Verhalten aufgefallen, und durch ihn erfuhr ich auch, dass es Widerständler im Heer gab. Jakob Wübbena hatte die Aufgabe übernommen, die Menschen in den Städten, die als nächstes dem Heer zum Opfer fallen sollten, zu warnen. Durch sein Handeln wurde die Bevölkerung von Cadiz gerettet. Die Truppen fanden die Stadt verlassen vor. Er konnte jedoch nicht verhindern, dass diese in den Augen eines Abendländers phantastisch und fremd anmutende Stadt den Flammen zum Opfer fiel.« Tammo stöhnte. Das Entsetzen und die Trauer überkamen ihn wieder. »Wie schön Cadiz war! Wundervolle Obstgärten und Weinberge, Olivenhaine und Feigenhänge. Die maurischen Paläste in der Stadt, strahlend und aus edelstem Material erbaut. Solche Kunst haben unsere Handwerker nie erblickt. Und dann die Moschee, das Gotteshaus. Ihr könnt es Euch einfach nicht vorstellen, welche Pracht! Und nun ist alles dahin. Kein Stein blieb auf dem anderen. Erbarmungslos wurden Gärten und Pflanzen vernichtet und zuletzt alles den Flammen übergeben. Welch ein Wahnsinn!«

Tammo hielt einen Moment inne. Er holte einen Beutel hervor, und seine Hand fuhr suchend hinein. Dann hielt er triumphierend ein Geldstück in die Höhe und warf es Sina zu.

»Dies ist sicherlich nicht das einzige Beutestück, das in friesische Hände gefallen ist. Für mich ist es keine Beute, es ist eine

Mahnung. Eine Erinnerung daran, wozu Menschen fähig sind.«

Sina blickte staunend auf das Geldstück in ihrer Hand. Auf der einen Seite war ein Kreuz von Goldblech aufgelötet, auf der anderen wies eine Inschrift auf den Kalifen Abu-Jusuf-Jakub hin. Eine Öse zeigte, dass es mittels einer Nadel als Brosche getragen werden konnte.

»Was bedeutet das Kreuz auf der Vorderseite?«

Tammo lachte freudlos. »Eine vorsorgliche Bearbeitung seitens eines Schmiedes. Die Männer des Heeres wollten die Goldmünzen ohnedies nicht mit sich führen. Um die von der heidnischen Inschrift befürchtete Zauberwirkung zu verhindern, wurde den Münzen das Zeichen des Heils aufgelötet. Nun kann es getrost die Kleidung einer christlichen Dame schmücken.«

Sina blicke ihn ungläubig an. Das, was er schilderte, konnte sie sich nicht vorstellen. So viel Glaubensglut, so viel Hass auf andere Glaubensformen. So viel Angst.

Der Mönch nahm nun die Münze in seine Hand. Sie wog schwer und brachte seine Glaubenswelt ins Wanken. Lange starrte Bruder Abbo auf den Schmuck. Dann blickte er Tammo in die Augen. »Es geschieht vielleicht alles im Namen Gottes, aber nicht in seinem Auftrag. Gott ist die Liebe, Gott ist das Licht. Er ist im Sonnenstrahl und in der Kerze, die des Nachts brennt. Er ist in allem, was hell ist und leuchtet. Sein Weg ist die Sanftmut und nicht der Krieg.«

Tammo nickte. »Ihr mögt Recht haben. Aber wenn es nicht Gott war, wer oder was trieb dann die Kreuzfahrer an? Diese Frage stellte ich mir wieder und wieder. Und nicht nur mir kamen Zweifel. Die Gruppe um Jakob und mich wurde von Tag zu Tag größer. Nach der Zerstörung von Cadiz wollten einige Männer in die Heimat zurücksegeln. Die Anführer verwiesen auf ihr Gelübde und drohten ihnen mit dem Tod.

Doch nachdem im April des folgenden Jahres Radulf von Jerusalem die Stadt Damiata qualvoll aushungern ließ, gab es für mich kein Halten mehr. Auch Euer Vater strebte danach, das Heer zu verlassen. Seine auffälligen Bemühungen um eine friedliche Übernahme der Stadt waren nicht unbemerkt geblieben. Mit uns ergriffen viele Männer, allen voran Friesen, die Flucht. Selbst die Androhung des Papstes: ›Wer das Heer vorzeitig verlässt, den trifft Gottes Zorn. Er wird euer Tun strafen und Friesland mit einer Sündflut überziehen‹, konnte keinen mehr aufhalten.«

Tammo schwieg für einen Augenblick. Tiefe Falten gruben sich in seine Stirn. »Ich stehe wieder einmal vor den Scherben eines Traums. Mehr und mehr wird mir bewusst, dass es eigentlich nichts gibt, für das es sich zu kämpfen lohnt. Dass es bei jedem Kampf nur Verlierer geben kann! Vielleicht sollte ich meine Waffen gegen den Pflug tauschen oder mir eine Tonsur verpassen lassen. Was meint Ihr, Bruder Abbo, gäbe ich einen guten Mönch ab?«

Mit besorgten Augen blickte der Zisterzienser Tammo an. Er wusste sehr wohl, dass dieser seine wahren Gefühle hinter Spott verbarg.

»Doch bevor ich mich entscheide und vielleicht die Waffen strecke«, fuhr Tammo fort, »bleibt mir noch eins zu tun: Ich muss Frouwke helfen. Und wenn ich auf Euer beider Mithilfe zählen soll, dann müssen wir jetzt die letzten Stunden der Nacht nutzen, um Kraft zu sammeln. Habt Dank für Euer Zuhören. Bruder Abbo, Ihr hattet Recht. Es tut gut, böse Träume mit Freunden zu teilen.«

Nach diesen Worten wollte Tammo sich zur Wand drehen, doch Sina hielt ihn zurück.

»Wartet, einen Augenblick noch! Bitte erzählt, was auf dem Heimweg nach Friesland geschah. Mir wurde berichtet, mein Vater sei an einem Fieber gestorben. Ihr wart bei ihm in der Stunde seines Todes.«

Nur widerstrebend drehte sich Tammo zu Sina um. Die Erinnerung legte sich wie ein dunkler Schatten auf sein Gesicht. »Ja, ein Fieber raffte ihn dahin. Wäre er in Akkon gewesen, hätten ihm sicherlich die Muslime helfen können. Vielleicht tröstet es Euch, dass Jakob in Compostela starb. Er ahnte wohl seinen nahen Tod, denn es zog ihn unwiderstehlich zum Wallfahrtsort. ›Lasst uns noch einmal ein Gebet mit den Füßen sprechen und nach Compostela wandern‹, sagte er zu mir, ›dort wollen wir die Schrecken dieses grausamen Krieges beim heiligen Jakobus ablegen.‹ Ich konnte ihm den Wunsch nicht abschlagen. Außerdem wollte ich nicht ohne Jakob nach Friesland zurückkehren. Er war wie ein Vater für mich.

Am Wallfahrtsort dann erwischte ihn das Fieber. Ich glaube, der kranke Pilger, dessen wir uns annahmen, trug den Keim in sich. Es war der Mann, der Eurem Vater den Kelch überließ. Er hatte einen weiteren Weg hinter sich als wir. Sein Gebet mit den Füßen begann in Vézelay, in Frankreich. Im Fieberwahn erzählte der Kranke immer wieder von einer wunderschönen Kirche dort, die als Reliquie die Gebeine der Maria Magdalena beherberge. Woher der Kelch kam und warum er ihn mit nach Compostela nahm, haben wir nicht herausfinden können. Bei seinen Bemühungen, uns die wahre Bedeutung des Kelches zu erklären, starb der Fremde.« Tammo hielt inne, als ob er Kraft bräuchte für das nun Folgende. Gequält und nur zögernd kamen seine Worte: »Das Fieber des Pilgers trat nach nur kurzer Zeit auch bei Eurem Vater auf. Bruder Abbo schloss sich uns an und pflegte Jakob, doch wir konnten ihm nicht helfen. Fast wünschte ich danach, selbst am Fieber zu sterben, so nahe ging mir sein Tod. Am Leben hielt mich der letzte Wunsch Eures Vaters, den Kelch zu Euch nach Friesland zu bringen.«

Lange Zeit herrschte Stille, und Trauer lag über dem Raum. Sina empfand einen tiefen Schmerz darüber, dass sie diesen Mann, der Tammo so viel wert gewesen war, nicht besser gekannt hatte. Trotz ihrer Müdigkeit formten sich aber auch noch andere Gedanken in ihrem Kopf. Sie sah Maria Magdalena und Joseph von Arimathia. Die beiden flohen nach Frankreich, nach Vézelay. Dorthin brachten sie den Kelch, dort hatte Maria gewirkt. Und von dort aus hatte sich nun der Kelch auf die Reise begeben über Compostela nach Friesland. Was mochte der Sinn sein?

Bruder Abbo löschte nur zögernd das Licht. Sina und Tammo fielen sogleich erschöpft in den Schlaf. Den Mönch aber quälte die Angst um seinen Freund. Solange es etwas gab, für das Tammo kämpfen konnte, oder ihm etwas abverlangt wurde, solange rauschte das Blut des Lebens durch seine Adern. Doch was würde geschehen in der Stille danach?

IV

Bedrohungen

Nachts, wenn das Gute schläft
und die Dunkelheit ihren Schleier über alles wirft,
kämpft sich das Böse an die Spitze!

Die Verfolgung

Der Abt wischte sich den Schweiß von der Stirn. Das war ein hartes Stück Arbeit gewesen, doch es hatte ihm auch Lust bereitet. Nun wusste er endlich, wer den Kelch genommen hatte, und er wusste, mit wem die Diebin gegangen war!

Abt Menko schickte nach Bruder Ekkehard, dem Schatzmeister, und nach Bruder Martinus, dem Novizenmeister. Trotz der späten Stunde dauerte es nicht lange, bis die beiden Mönche zu ihm traten. Den Schatzmeister schien man aus dem Schlaf gerissen zu haben. Er konnte ein Gähnen kaum unterdrücken.

»Es tut mir Leid, Euren Schlaf zu stören«, der spöttische Blick des Abtes ruhte auf Bruder Ekkehard, der schuldbewusst errötete, »ich hatte erst jetzt Gelegenheit, einen Brief, den heute Morgen ein Bote brachte, zu lesen. Dringende Geschäfte zwingen mich, das Kloster zu verlassen. Wie lange ich fort sein werde, vermag ich nicht zu sagen. Es ist ja nicht das erste Mal, dass man mich unerwartet ruft. Ihr werdet Euch der Aufgaben, die sonst mir zufallen, annehmen.«

Der Schatzmeister konnte nicht verhindern, dass ihm ein erleichterter Seufzer über die Lippen kam. Das Kloster war wie von einer Last befreit, wenn der Abt nicht in den Gemäuern weilte. Auch der Novizenmeister war erleichtert. Er wusste nicht, warum, aber wenn der Abt zugegen war, dann legte sich ein Mantel von Bedrücktheit und Angst über seine Schüler. Bruder Menko maß beide Mönche mit einem missbilligenden Blick. Ihm entging ihre Erleichterung nicht, aber es gefiel ihm auch, dass die Klosterbewohner ihn fürchteten. Das Kloster Palmar besaß recht umfangreichen Grundbesitz. Abt Menko war oftmals in Angelegenheiten des Klosters unterwegs, doch noch öfter trieben ihn seine eigenen Belange auf die Wanderschaft.

Die beiden Mönche schickten sich an zu gehen, doch der Abt hielt sie zurück. »Ach ja, fast wäre es mir entfallen. Die Äbtissin lässt sich heute Nacht für die Gebetsstunde entschuldigen. Sie fühlt sich nicht wohl. Ich mache mir Sorgen. Habt morgen ein Auge auf sie, es scheint mir, als trage die Äbtissin eine schwere Last mit sich herum.« Mit einer Handbewegung entließ er nun die beiden Mönche.

Seufzend ließ sich der Abt am Tisch nieder. Er starrte in das Licht der Talgkerze, und Müdigkeit übermannte ihn. Es war eine satte, zufriedene Müdigkeit. Sie berauschte ihn wie guter Wein. Wieder hatte sich für ihn alles zum Besten gefügt.

Noch einmal liefen die letzten Stunden vor seinem inneren Auge ab. Sein Besuch bei der Äbtissin. Wie er sie knebelte, um die Angst- und Schmerzensschreie zu unterdrücken. Ihre gekreuzten und vor die Brust gebundenen Hände. Dann der Tanz seiner Peitsche auf ihrem Leib. Ihr Körper war der eines jungen Mädchens, und das Wissen um seine Unversehrtheit hatte das Peitschen zu einem Vergnügen gemacht. Sein Stöhnen war die Begleitmusik der Schläge. Er hatte der Äbtissin gezeigt, dass Lust und Schmerz durchaus ein und dasselbe sein konnten, und dafür gesorgt, dass es aussah, als habe sie sich selbst gegeißelt. Das war wichtig für den morgigen Tag. Immer wieder hatte er sie in die Kniekehlen getreten, bis sie schon vor ihm niedersank, wenn er nur zum Tritt ausholte. Er hatte sie gelehrt, was ihm gefiel! Als sie dann endlich willenlos vor ihm auf dem Boden lag, konnte er alles von ihr fordern.

Sie verriet ihm, dass Sina den Kelch genommen und auf einem Pferdekarren geflohen war. Mehr brauchte er nicht zu wissen.

Wie eine Marionette hatte die Äbtissin niedergeschrieben, was er ihr diktierte. Es war, als sei ihr Wille gebrochen, nachdem er ihren Körper in Besitz genommen hatte. Einen Abschiedsbrief, ein Geständnis hatte er der Äbtissin aufgezwungen. Sie gab in dem Schreiben zu, unnatürliche Beziehungen zu der Novizin Katharina gehabt und das Mädchen mittels vergifteten Weines umgebracht zu haben. Ihre Schuld habe sie dazu getrieben, ihrem Leben selbst ein Ende zu bereiten.

Die Äbtissin hatte sich nicht gewehrt, als er sie zum Fenster führte. Es war faszinierend für ihn zu beobachten, wie sie die Arme ausbreitete und sich nach seinem Stoß wie ein fliegender Engel mit einem fast erleichtert scheinenden Gesichtsausdruck fallen ließ. Seine Lust und die Schmerzen, die er anderen zufügte, konnten Menschen dazu bringen, dem Tod freudig entgegenzusehen. Welch eine Macht! Ganz neue Möglichkeiten taten sich vor ihm auf.

Die Novizin Katharina mit dem Wein zu vergiften, war ebenfalls ein Kinderspiel. Sie starb noch in derselben Stunde. Morgen früh würde man beide Frauen erst vermissen und dann finden. Der Abschiedsbrief würde alles erklären. Welch eine praktische Lösung. Nun gab es niemanden mehr im Kloster, der Kenntnis von der Existenz des Kelches hatte. Nur er allein – und so sollte es auch bleiben. Er würde sich diese Reliquie wiederholen!

Die Äbtissin hatte gesagt, Sina sei auf einem Karren geflohen. Abt Menko wusste, dass der Kreuzfahrer in Begleitung eines Mönches gewesen war, der einen Pferdekarren fuhr. Außer diesen beiden Männern hatte heute kein Fremder das Kloster besucht. Das Gedächtnis des Abtes war ausgezeichnet, und ihm war der Mönch gleich aufgefallen: der »Weinpanscher« des Klosters Ihlow. Im letzten Jahr hatte dort eine Versammlung stattgefunden. Abt Menkos Gaumen zog sich heute noch zusammen, wenn er an den Wein dachte. Das Getränk mochte sauer gewesen sein, aber das Wissen süß, da er nun um das Ziel des Pferdekarrens wusste. Der Mönch war sicherlich unterwegs zurück zum Kloster Ihlow.

Wenn er sich im Morgengrauen auf den Weg machte, dann würde es ihm vielleicht gelingen, die Reisenden noch einzuholen. Sie hatten sicherlich in einer der Wirtsstuben genächtigt. Er konnte nur hoffen, dass Sina noch bei den beiden Männern war. Ein heruntergekommener Kreuzfahrer zu Pferd und ein Zisterzienser mit einem Karren – dieses Gespann musste einfach auffallen. Abt Menko beschloss, sich als Pilger zu verkleiden. Einem Pilger gaben die Leute bereitwillig Auskunft.

Er würde sich den Kelch zurückholen – so oder so. Abt Menkos Hass auf Sina wuchs mit jeder Minute.

»Wie konnte sich dieses Nichts, dieser Staub unter meinen Füßen nur erdreisten, den Kelch zu nehmen? Die ihr zugedachte Strafe wird alles bisher Dagewesene in den Schatten stellen. Einem Dieb schlägt man die Hand ab. Sina wird weitaus Schlimmeres erleiden, ohne eine Gliedmaße zu verlieren«, dachte der Abt, und seine grausamen Gedanken überschlugen sich beinahe. Doch keine äußeren Makel durften zurückbleiben. Dies würde den Wert der Ware – und als solche sah er Sina – mindern. Der alte Freerk Heyenga wartete schließlich auf seine Braut.

Im ersten Licht des frühen Morgens verließ der Abt zu Pferd das Kloster. Kaum hatte er Palmar hinter sich gelassen, entledigte sich Bruder Menko der Mönchskutte. Darunter trug er die Tracht eines Pilgers, bestehend aus dem typischen Mantel, der Tasche, dem Pilgerstab und der seitlich getragenen Kalebasse für das Trinkwasser. Der Pilgerhut mit der Jakobsmuschel, dem Zeichen der Wallfahrt nach Compostela, verdeckte seine Tonsur.

Mit einer Salbe, die eine Spur Henna enthielt, rieb sich Bruder Menko das Gesicht ein. Es nahm die Farbe eines sonnengebräunten Pilgers an. Nichts deutete mehr darauf hin, dass er ein Mönch war. Ein unechter Bart und der tief heruntergezogene Hut verbargen sein Antlitz fast völlig.

Ein Pilger wollte er sein, und passend dazu legte sich Demut wie eine Maske auf sein Gesicht.

Ein Treffen

Das Glück war ihm hold – Abt Menko nahm dies als gutes Zeichen. Er hatte seine Mähre bis zur Erschöpfung geritten, doch der Lohn war die Entdeckung des Pferdekarrens gewesen. Seit einer Stunde beobachtete er die elende Hütte, vor der er stand.

Sina hatte sich am Bach gewaschen, und jetzt machte sie sich mit mehreren Kalebassen erneut auf den Weg zum Wasser. Tammo war davongeritten. Der Mönch musste noch in der Hütte sein. Die Sonne stand schon hoch am Himmel, und Abt Menko fragte sich, warum die drei nicht schon eher ihre Zelte abgebrochen hatten.

»Vielleicht hat der Kreuzfahrer die Kunst vieler neuer fleischlicher Genüsse mitgebracht und an der Novizin ausprobiert. Da kann die Nacht schon kurz werden«, dachte er und spürte ein Ziehen in seinen Lenden.

Dann wurden seine Gedanken abgelenkt. Der Mönch erschien und belud den Pferdekarren. Er sang dazu ein Lied über Wein, Weiber und den Frühling. Der Abt verzog spöttisch das Gesicht. Vielleicht hatte auch der Mönch Anteil an den nächtlichen Vergnügungen gehabt. Zuschauen konnte einem auch Genuss bringen. Der Zisterzienser verschwand wieder in der Hütte.

Diese Gelegenheit nutzte der Abt. Mit schnellen Schritten war er beim Pferdekarren. Seine gierigen Hände drängten die Töpfe und Behältnisse zur Seite. Er befühlte die Säcke, und ein triumphierender Ausdruck legte sich auf sein Gesicht, als er in einem die Konturen des Kelches ausmachen konnte. Schnell schulterte er den Sack und machte sich auf zu seinem Pferd.

Bevor der Abt jedoch das Pferd erreicht hatte, drang Sinas Stimme an sein Ohr. »Hilfe, Bruder Abbo, zu Hilfe, ein Dieb hat uns beraubt!«

Der Dieb schwang sich behände auf das Pferd und trieb es vorwärts. Ein Blick zurück zeigte ihm, dass Bruder Abbo mit erhobener Faust hinter ihm her schrie. In Sinas Gesicht spiegelte sich Entsetzen. Sie schien zu ahnen, was seine Beute war, und stürzte zum Wagen. Abt Menko musste sich zurückhalten, um nicht in Freudenschreie auszubrechen. Wie leicht es gewesen war! Lachend ließ er die fassungslose Sina und den an der Tür stehenden Mönch zurück. Das Pferd wieherte ängstlich unter seinem harten Griff.

Plötzlich brach ein Reiter seitlich aus dem Wald hervor. Der Abt stieß einen Fluch aus und rammte seinem Pferd die Stiefel in die Flanken. Näher und immer näher rückte der Reiter an ihn heran. Dann konnte der Abt plötzlich eine große Menge Fußvolk auf dem Weg ausmachen. Er preschte vorwärts, geradewegs auf die Menge zu, doch sie gingen nicht zur Seite. Sein Verfolger war ihm dicht auf den Fersen. Die Menschen vor ihm schrien. Sie warfen Steine und Sand in die Luft und fuchtelten wild mit den Armen. Das Pferd des Abtes scheute und warf seinen Reiter mit einem unwilligen Wiehern ab. Abt Menko fiel vor dem Fußvolk in den Staub. Sie umringten ihn.

Auch sein Verfolger hatte ihn nun eingeholt und saß ab. Erschrocken bemerkte Abt Menko, dass der Kreuzfahrer vor ihm stand. Der Klostervorsteher wartete auf ein Zeichen des Erkennens, doch zu seiner großen Erleichterung kam nichts dergleichen.

Wut sprach aus dem Gesicht seines Verfolgers. »Wie kommt Ihr dazu, die Habe meiner Freunde zu stehlen?«

Blitzschnell überlegte der Abt. Wie konnte er den Fremden zum Mitleid für ihn bewegen?

»Schande über mich«, hob er schließlich mit verstellter Stimme an und rang die Hände, »die Wallfahrt hat mich bitterarm nach Friesland zurückkehren lassen. Der Hunger trieb mich und machte einen Dieb aus mir. Ich bin der Versuchung erlegen. Bitte verzeiht mir, edler Herr, und lasst mich gehen! Ich schwöre, fortan niemals wieder den Pfad der Ehrlichkeit zu verlassen.« Noch tiefer beugte der vermeintliche Pilger seinen Kopf.

Tammo hob den Sack vom Boden auf und betrachtete angewidert, aber auch mitleidig den Mann, der sein Gesicht im Staub wälzte.

»Mein Freund hätte sicherlich seine Mahlzeit mit Euch geteilt. Hat die Wallfahrt Euch denn nichts gelehrt? Macht, dass Ihr mir aus den Augen kommt. Ich hasse Diebe!«

Wie ein Wiesel sprang der Abt auf. Den Hut tief ins Gesicht gezogen, schlug er sich in den Wald. Er konnte in einiger Entfernung sein Pferd ausmachen. Es war zum Glück so erschöpft vom nächtlichen Ritt, dass es sich leicht einfangen ließ.

Hinter einem hohen Busch blieb Abt Menko stehen und betrachtete die Szene vor seinen Augen. Der Fremde wandte sich den Wanderern zu, die das Pferd des Abtes aufgehalten hatten. Es waren allesamt einfache Bauern, doch der Kreuzfahrer schien sie zu kennen. Freudiges Staunen machte sich auf seinem Gesicht breit, und Abt Menko hörte ungläubig ihrem Gespräch zu.

»Ich hab´s ja gleich gesagt: ›Wenn das nicht Tammo ist, dann will ich in der Hölle schmoren‹«, schrie einer der Männer. »Und bei Gott, Ihr seid es!« Er schlug dem Kreuzfahrer auf die Schulter.

»Wir haben Euch schon als Verfolger zu Pferd erkannt und sind deshalb nicht vom ›rechten Pfad‹ gewichen,« fügte ein anderer hinzu.

Das Fußvolk umringte ihn, und der Kreuzfahrer schien nicht zu wissen, wen er zuerst begrüßen sollte. Er wandte sich dem Ältesten der Bauern zu und warf sich in dessen Arme.

»Jerlef, wie schön Euch zu sehen!«

Reihum begrüßte er die anderen Bauern.

Wortfetzen drangen an Abt Menkos Ohr. »Weert, alter Schmiedegeselle, Dirk, mein Freund, was macht das Vieh? Sönke, seid Ihr es wirklich? Als ich fortging, wuchs doch noch kein Flaum in Eurem Gesicht! Garrelt, welch eine Freude!«

Nachdem er jeden Einzelnen begrüßt hatte, breitete der Kreuzfahrer die Arme aus in einer Geste, die alle einschloss. »Bei Gott, haben sich alle Ayenwoldner, die nicht Greise, Frauen oder Kinder sind, auf Wanderschaft begeben?«

Die Gesichter der Männer wurden ernst. »Ihr wisst, ohne Not würden wir sicherlich nicht unsere Frauen und Kinder allein lassen. Und wie ungern wir unser Dorf verlassen, könnt Ihr Euch auch vorstellen. Doch wir haben eine Schuld einzulösen. Wir wollen dem Weib Eures Vaters unsere Hilfe anbieten. Sie allein hat uns die Freiheit und das Leben bewahrt. Nun ist ihre eigene Freiheit bedroht.«

Der Abt sah Kampfgeist in den Augen des Reiters aufblitzen. »Dann vereinen sich unsere Wege. Auch ich will Frouwke meine Hilfe anbieten. Doch nicht ich allein. Zwei Freunde begleiten mich. Kommt, ich stelle sie euch vor.«

Die Männer entschwanden den Blicken des Abtes, doch er hatte genug gehört. Frouwke, der Name sagte ihm etwas. Ihr unterstand ein Teil des Mormerlandes. Der Teil, auf den Graf von Calvelage-Ravensberg Anspruch erhob. Gedankenfetzen rauschten ihm durch den Sinn. Pläne tauchten vor seinem inneren Auge auf. Er sah einen zufriedenen Grafen, der Mormerland unter seine Knute hatte, und er sah den Kelch in seiner, Menkos, Hand. Und nicht nur den Kelch, er sah sich selbst machtvoll an der Seite gräflicher Herren. Vielleicht war es gut, dass er die Pläne des Kreuzfahrers kannte. Gegen den Grafen hatte dieser keine Chance. Dessen Heer war viel zu groß. Die Pocken hatten viele Krieger des Sechzehners dahingerafft, zuletzt auch ihn selbst. Und ein paar Bauern ohne Kampferfahrung, was konnten die schon bewirken?

Der Abt sah seine Chance. Er würde den Grafen warnen und den rechten Lohn dafür fordern!

Die Rückkehr

Voller Staunen betrachtete Sina aus der Ferne das mächtige, unantastbar wirkende Steinhaus. Dies also war Tammos Zuhause. Sie verstand nun auch, warum viele ihn für einen Narren hielten, als er es gegen die einfache Hütte eines Bauern tauschte. Gegen eine Hütte jener Männer, die Sina nun kennen gelernt hatte. Und sie gefielen ihr, diese Menschen aus Ayenwolde. Mit ihnen gemeinsam hatten sie sich auf den Weg nach Leer gemacht.

Sina liefen Schauer über den Rücken, wenn sie daran dachte, dass der Kelch fast in die Hände eines Diebes gefallen wäre. Wie gut, dass Tammo ein Stück vorausgeritten war, um den sichersten Weg auszukundschaften.

Tammos Worte rissen Sina aus ihren Gedanken. »Vielleicht sollte ich zuerst allein mit Frouwke reden, was meint Ihr, Jerlef?«

Dieser nickte ihm zu. »Ja, sprecht für Euch und für uns. Bietet dem Weib des Sechzehners unsere bescheidene Hilfe an. Wir werden uns später dann vor den Toren mit Euch treffen und die Antwort hören.«

Eile schien plötzlich von Tammo Besitz zu ergreifen. Wie gehetzt galoppierte er auf das Steinhaus zu. Die Bediensteten erkannten ihn und öffneten ohne ein Wort das Tor. Staunen lag auf ihren Gesichtern, und Tammo meinte, eine Spur von Freude wahrnehmen zu können.

»Freerk«, wies er einen der Wächter an, »meldet mich der Herrin, schnell!«

Während er ungeduldig wartete, streiften seine Blicke das Gemäuer. Alles schien unverändert, und doch lag über allem eine seltsame Spannung. Die Menschen schienen auf etwas zu warten und nicht zu wissen, ob dieses Etwas gut oder schlecht sein würde. Wie bei einem Unwetter, das sich ankündigte und die Blicke ängstlich gen Himmel zog.

Freerk kam zurück und wies Tammo an, ihm zu folgen. Nacheinander erklommen sie die Leitertreppe.

Im Wohnraum eilte Frouwke ihm schon mit ruhigen festen Schritten entgegen. Sie ergriff seine Hände. »Tammo, Ihr seid zurückgekehrt! Dem Himmel sei Dank!« Ihre Erleichterung war spürbar. »Meine Gebete sind wahrhaftig erhört worden. Nun seid Ihr endlich wieder da! So gibt es vielleicht doch noch Hoffnung für uns!«

Tammo blickte ihr ins Gesicht und dann auf seine Hände, die sie hielt. Mit einer raschen Bewegung zog er Frouwke in seine Arme. Obwohl Tammo sie kaum kannte, war Frouwke ihm so nah wie eine Schwester.

»Ihr heißt mich willkommen, wie ich es nicht erwartet habe. Viele Male überfiel mich die Angst vor der Heimkehr wie ein Alptraum, doch Ihr breitet die Arme aus. Habt Dank für Eure Großzügigkeit. Mein Weg führt mich hierher, weil ich Euch etwas schuldig bin. Ihr habt Wort gehalten, und den Menschen von Ayenwolde ist kein Leid geschehen. Doch nun seid Ihr, wie man berichtet, selbst bedroht und ohne den Schutz eines Mannes.«

Er holte tief Luft. Ein leichtes Zittern lag in Tammos Stimme. »Es tut mir Leid, dass mein Vater sterben musste. Mir tut es auch Leid, dass uns keine Zeit für eine Versöhnung blieb. Ich habe viele Fehler gemacht, doch nun bin ich hier, um Euch meine Hilfe anzubieten, meine Hilfe und die der Ayenwoldner vor den Toren Eures Hauses. Doch berichtet zuerst, was nach dem Tod meines Vaters geschah.«

Frouwke führte ihn zum Tisch, und sie ließen sich auf den Holzstühlen nieder. Tammo sah das Zittern der Hand, als sie den Wein einschenkte. Ihr Stimme aber war fest.

»Nach seinem Tod hatten die Männer keinen Anführer mehr. Viele waren wie er den Pocken erlegen. Die verbliebenen Krieger sind mir treu ergeben, aber sie brauchen jemanden, der sie führt im Kampf gegen den Grafen von Calvelage-Ravensberg.« Frouwke seufzte schwer. »Der Graf will nicht nur die Herrschaft meines Bereiches, er droht auch mir persönlich und meinem Kind, Eurem Halbbruder Klaas. Immer wieder schickt er Gunthar de Bahr als seinen Vertreter. Ich habe Angst vor de Bahr! Wenn der Graf seine Drohungen wahr macht, dann kommen schwere Zeiten auf die Menschen des Mormerlandes zu. Für ihn werden sie nicht mehr sein als Vieh, das er weidet. Vieh, das ihm zu geben hat, was er verlangt. Die freien Friesen wird er zu seinen Leibeigenen machen. Er wird sie ihres Stolzes berauben. Sagt, was ist ein Land ohne den Stolz seiner Menschen?« Verzweifelt rang sie die Hände. »Und ich kann nichts tun, um ihnen dieses Schicksal zu ersparen!«

Tammo schob seinen Stuhl zurück, stellte sich in die Fensternische und blickte hinaus. »Gibt es denn keine Hilfe von den Mächtigen Frieslands oder zumindest von den Richtern der anderen Landesteile des Mormerlands?«

Frouwke schüttelte müde den Kopf. »Eurem Vater zur Seite standen stets Sibold Eggen und Meint Gerds. Doch auch sie wurden Opfer der Pocken. Die verbliebenen Richter des Mormerlandes sind sich nur uneinig darüber, wer die Geschicke lenken soll, bis Klaas alt genug ist. Eine Bedrohung durch den Grafen wollen sie nicht wahrhaben. Dabei hat der König ihm ganz Mormerland als Lehen zugestanden.« Frouwke senkte den Kopf. »Sie verschließen einfach die Augen davor. Niemals zuvor ist es einem Grafen des Königs gelungen, seinen angeblichen Herrschaftsanspruch durchzusetzen. Wenn hier der Anfang gemacht wird, was kommt dann?«

Tammo wandte sich zu ihr um. »Kämpfe, immer nur Kämpfe um Land, um Macht und Geld. Verlierer sind die Menschen, für die dieses Land Heimat ist. Noch vor kurzem wollte ich meine Waffen einschmelzen, doch nun will ich mit Euch und den Menschen des Mormerlandes für ihre Heimat kämpfen.«

»Für ihre Heimat und Eure!« Frouwke hielt ihm den Becher entgegen. Tammo ergriff ihn mit einem entschlossenen Blick.

»Doch in all dem Elend gibt es doch einen Lichtblick. Zeigt mir meinen Halbbruder!«

Frouwke lachte, und Tammo wurde bewusst, dass er sie noch nie hatte lachen sehen.

»Ein Lichtblick, das ist er wahrlich. Und er sieht Euch ähnlich, Euch und Eurem Vater.« Für einen Moment verdunkelte sich ihr Blick wieder. »Klaas ist bei Ada und den anderen Frauen im Küchentrakt, folgt mir.«

Sie eilte entschlossen zum Ausgang, doch Freerk kam ihr aufgeregt gestikulierend entgegen. »Herrin, draußen steht Gunthar de Bahr und will Euch sprechen. Er lässt sich nicht abweisen.«

Bevor Frouwke sich noch äußern konnte, betrat hinter dem Bediensteten ein großer, dunkel gekleideter Mann den Raum. Seine Haltung war arrogant, und seine Aufmachung entsprach der neusten Mode. Er trug schenkelhohe Lederstiefel und eine lange dunkle Wolljacke mit Zinnknöpfen. Die weiße Krause des Leinenhemdes unterstrich noch seine dunklen, herben Züge. Alles an diesem Mann zeugte von Geld und Macht. Er war eine einschüchternde Persönlichkeit. Wut sprach aus seinem Gesicht. Der Mund war ein schmaler Strich, die blauen, kalten Augen blitzten vor Zorn.

»Da hat er Recht. Ich lasse mich nicht abweisen. Und von wem auch? Von einer Frau, die auf meine Gnade angewiesen ist, schon lange nicht. Seid gegrüßt, holde Herrin des Steinhauses.« Sein Ton war geringschätzig, und er hatte Frouwke bewusst »Herrin des Steinhauses« genannt. Als Herr des Mormerlandes betrachtete er den Grafen von Calvelage-Ravensberg.

Tammo in seinen abgerissenen Kleidern nicht beachtend, ging der Fremde auf Frouwke zu. Diese wich instinktiv zurück.

»Gunthar de Bahr, was führt Euch zu mir, das nicht warten kann?«

Tammo verbarg sich weiter in der Fensternische, aber Gunthar de Bahr beobachtete ohnehin nur die Frau vor ihm.

»Habt Ihr Euch mein Angebot überlegt? Es ist sehr großzügig und das letzte, welches ich Euch mache! Ihr und Euer Kind könnt den Wohnsitz behalten. Auch die Bediensteten lasse ich

Euch. Dazu bekommt Ihr jährlich einen bestimmten Betrag. Dafür gewährt Ihr mir freie Hand in Eurem Regierungsbereich. Was sagt Ihr dazu?«

Frouwke lachte freudlos auf. »Glaubt Ihr wirklich, Euer Angebot sei es wert, darüber nachzudenken? Glaubt Ihr wirklich, ich würde die Menschen freiwillig Eurer Willkür und Unterdrückung aussetzen? Niemals werde ich den Vertrag unterzeichnen!«

Belustigt hatte der Graf ihrem Ausbruch zugehört. Er kam ihr ganz nahe. »Es wird Euch nichts anderes übrig bleiben. Ihr seid zu schwach, um gegen mich und meine Männer zu kämpfen. Ihr braucht einfach jemanden, der wieder für Recht und Ordnung sorgt. Es braucht neue Gesetze und Männer, die sie durchsetzen.«

»Recht und Ordnung«, Frouwke schnaubte, »das sind für Euch doch Fremdworte. Ihr kennt nur Euer eigenes Recht. Nennt Ihr Dörfer verbrennen und Widersacher ermorden Recht und Ordnung? Setzt Ihr so Eure neuen Gesetze durch?«

Wütend fasste der Graf sie am Arm. »Es steht Euch nicht zu, mein Handeln in Frage zu stellen. Ihr habt nun die Möglichkeit, mein Angebot anzunehmen oder abzulehnen. Lehnt Ihr ab, dann werde ich Euch von hier vertreiben. Denkt an Euren Sohn, holde Herrin!« Ein drohender Ton schwang in seinen Worten mit.

Frouwke entwand dem Grafen ihren Arm und sah ihm ins Gesicht. »Bei ihm sind meine Gedanken stets. Was soll ich ihm erzählen, wenn er erwachsen ist? Dass ich die mir anvertrauten Menschen verschachert habe an einen Schurken, nur damit er im väterlichen Steinhaus ein gutes Leben führen kann? Dass andere Menschen für mich weniger wert waren als er und ich sie deshalb einfach sterben ließ durch Euch? Wenn nur ein wenig von mir in ihm steckt, dann würde er mich dafür hassen!«

Der Mann des Grafen schien zu begreifen, dass Frouwke den Handel nicht eingehen würde. Nachdenklich betrachtete er sie. In ihrem Zorn strahlte Frouwke eine Lebendigkeit aus, die man sonst an ihr nicht kannte. Ihre blitzenden Augen und der Anmut ihrer schlanken Gestalt schienen Gunthar de Bahr herauszufordern.

»Vielleicht, meine Liebe, gibt es einen anderen Weg.«

Er trat näher an sie heran und berührte Frouwkes Wange. Unwillkürlich machte Tammo einen Schritt auf die beiden zu, doch da ließ der Graf die Hand wieder sinken.

»Wir beide könnten gemeinsam die Geschicke Eures Landes bestimmen. Ihr an meiner Seite, wie würde Euch das gefallen?«

Angewidert trat Frouwke einen Schritt zurück. »Niemals mache ich gemeinsame Sache mit Euch!«

Brüsk wandte sich der Graf um. Seine Stimme klang kalt. »Ich fordere Euch hiermit auf, den Vertrag zu unterzeichnen und mir Euren Teil des Landes zu übergeben. Tut Ihr dies nicht, dann seid Ihr ab sofort vogelfrei und des Landes verwiesen.«

Frouwke starrte auf seinen Rücken. Müdigkeit sprach aus ihrer Stimme. »Ich kann Euch nichts geben, was mir nicht gehört. Aber vielleicht solltet Ihr mit dem Mann sprechen, der mehr als ich das Recht hat, über dieses Land und was mit den Menschen geschieht, zu entscheiden. Darf ich Euch den Sohn meines verstorbenen Gatten, Tammo Freesena, vorstellen?«

Mit einem unterdrückten Laut wandte sich Gunthar de Bahr zu Tammo um. Dieser schaute ihn herausfordernd an. Ungläubigkeit malte sich auf de Bahrs Gesicht, und Erkennen spiegelte sich in seinem Blick. Seine Hand fuhr zur Schulter. An manchen Tagen schmerzte die Narbe immer noch, die Tammo ihm beigebracht hatte. Er hasste diesen hochmütigen Sohn eines Sechzehners dafür! Doch dann zeigte sich Triumph in seinen Augen. Höhnisch schaute er seinem Feind ins Gesicht.

»Man erzählt sich, Ihr wäret tot. Ein böser Dämon soll von Euch Besitz ergriffen haben. Wollt Ihr etwa gegen mich kämpfen?« Gunthar de Bahr maß Tammo mit einem herablassenden Blick. Abfällig betrachtete er die Kleidung seines Gegenübers und rümpfte demonstrativ die Nase. »Sagt, wer wird schon einem Irren folgen? Die Männer Eures Vaters sicherlich nicht!«

»Es mag sein, dass ein Dämon von mir Besitz ergriffen hatte. Ihr mögt Recht haben. Doch ich habe die Höllenbestie abgeschüttelt und bin wieder zurückgekehrt. Sagt man nicht: ›Die durch das Höllenfeuer gingen sind unbesiegbar?‹ Fürchtet Ihr Euch nicht vor einem Mann, der die Hölle erlebt hat? Ich könnte Euch Qualen bereiten, die Ihr Euch nicht einmal vorstellen könnt!« Drohend trat Tammo näher an seinen Feind heran.

»Versucht es nur! Es wird Euch nicht gelingen, mich und meine Männer zu vertreiben. Das Mormerland wird nur der Anfang sein.« Mit dieser Drohung verließ Gunthar de Bahr fast fluchtartig den Raum.

Tammo wandte sich an Frouwke, die wie erstarrt vor ihm stand. Er umfasste ihre Schultern und zog sie tröstend in seine Arme. »Habt keine Angst. Ich bin nun hier und werde Euch helfen. Ihr habt mir vor langer Zeit ein Versprechen gegeben und es gehalten. Nun gebe ich Euch mein Wort darauf, dass ich nicht eher ruhen werde, bis der Graf und seine Männer aus Eurem Land vertrieben sind.«

Frouwke lehnte ihren Kopf für einen Moment gegen seine starke Brust. Nur langsam wichen das Zittern und die Angst. Ein müdes Lächeln legte sich auf ihre Züge. »Ihr vertreibt sie nicht aus meinem Land. Es ist Euer Land, Tammo!«

Ruhe vor dem Sturm

Bruder Abbo und die Männer aus Ayenwolde saßen im Küchenhaus und ließen es sich gut gehen. Die Bediensteten brachten Bier in Tonkrügen und Weizenbrote mit kaltem Braten. Der herrliche Geruch des noch warmen Brotes umwehte die Männer. Auch ein Bettler, dem man an einem kalten Tag in Januar eine Mahlzeit nicht abschlug, hatte sich zu ihnen gesellt.

Der kleine Klaas saß auf dem Schoß des grauhaarigen Jerlef. Die Männer neckten ihn, bis er vor Freude jauchzte. Klaas war ein fröhliches Kind, so spontan, so geradeheraus und zudem ein echter Wildfang. Verstellung schien seinem Wesen fremd zu sein. Wenn er wütend wurde, dann war er es durch und durch. Und wenn er glücklich war, gab es auch da keine Grenzen. Klaas war aber auch sprunghaft. Er konnte vor Glück strahlen, wenn ihm etwas gefiel, doch kaum einen Moment später böse werden und vor Wut toben.

»Tja, dieses Kerlchen hat eben Temperament«, befand Jerlef und kitzelte den Kleinen unter dem Kinn.

»Die Weiber werden sich um ihn reißen, wenn er größer ist«, brummte Bruder Abbo. »Seht Euch nur diese blauen Augen und das lockige helle Haar an.« Dann wandte sich der Mönch dem Gerstensaft zu. »Dieses Bier kann sich mit unserem Klostergebräu messen«, befand er anerkennend. Man merkte, dass es ihm schmeckte, denn er trank schon den dritten Krug.

»Bruder Mönch«, sprach ihn der Landstreicher mit lauerndem Blick an, »Euer Kloster ist doch gar nicht so weit entfernt von der alten Stätte Upstalsboom. Dort, bei diesem alten Hügelgrab, treffen sich doch regelmäßig die Mächtigen Frieslands, um Rat zu halten. Mein Ohm wusste Geschichten aus uralter Zeit zu erzählen, von heidnischen Riten, die dort stattfanden, und vom Teufel, der als fliegender Drache den Platz besuchte. Er hatte einen gewaltigen, Feuer speienden Rachen, eine große Zunge und riesige Augen. Seine Zähne waren spitz und blitzten gefährlich. Er hatte Schweinsohren, und sein Körper war mit Borsten bedeckt. Diejenigen, die sich gut mit ihm standen, denen warf er Würste und Eier durch den Rauchabzug. Die Menschen hatten solche Angst vor ihm, dass sie jährlich einen Tribut entrichteten, damit er den Feldern keinen Schaden durch Hagel oder Misswuchs zufügte. Sie brachten Erntegaben zum Upstalsboomhügel. Des Nachts flog dann der Teufel mit einem Schiff durch die Luft und sammelte die Gaben ein.«

Er beugte sich mit geheimnisvollem Blick zu den anderen vor. »Dies geschah nicht nur beim Upstalsboom in Aurich, oh nein, man huldigte dem Teufel an allen alten Hügelgrabstätten. Auch hier in Leer beim Plytenberg.«

Die Männer aus Ayenwolde lauschten ihm gebannt. Auch die Bediensteten hatten in ihrer Arbeit innegehalten und hingen atemlos an seinen Lippen.

»Hört, was passiert, wenn man den Teufel verärgert! Mein Ohm wusste von diesem großen Unglück zu berichten. Einmal seien Helfer des Teufels, ein Mann und eine Frau, aus dem Himmelsschiff gestürzt. Stellt euch das nur vor! Dem Teufel wahrlich von der Schippe gefallen! Man fand sie in der Nähe des Hügels. Ihr fragt euch nun sicherlich, wie sie aussahen und was man mit ihnen tat.« Die Hände des Bettlers fuhren zu seinem Kopf. »Hörner trugen sie und Schwänze. Und ihre Körper waren von oben bis unten behaart. Die Menschen bekamen Angst. Diese Kreaturen waren eine Bedrohung für alle. Was würdet ihr mit ihnen tun?«

Sein neugieriger Blick streifte die Menschen um ihn herum. Beklommenheit stand in den Gesichtern vieler, und einige Frauen hatten furchtsam die Hände vor den Mund geschlagen.

Sich der Aufmerksamkeit aller bewusst, fuhr der Bettler genüsslich fort. »Die Menschen damals brachen ihnen die Beine und warfen sie in einen tiefen Brunnen. Dazu schmissen sie einige Wölfe. Aber, was sage ich euch, am nächsten Tag war der Brunnen leer. Kein Wolf und keine Knochen waren mehr darin. Bange Furcht erfasste die Menschen. Was würde nun geschehen? Diejenigen, die Hand an des Teufels Helfer gelegt hatten, fand man verkohlt auf ihren Strohsäcken. Verkohlt, sage ich euch, obwohl kein Feuer in ihren Hütten brannte. Im Winter kam eine große Hungersnot über die Gegend. Drei Jahre lang verschmähte der Teufel die Gaben auf dem Grabhügel, und drei lange Jahre trugen die Felder keine Früchte. So zeigte sich die Wut des Teufels. Wer sich den Zorn des Bösen zuzieht, der ist verloren!« Er wandte sich nun mit listigem Blick an Bruder Abbo. »Also, Mönchlein, sagt, huldigen die Menschen ihm immer noch beim Upstalsboom?«

Ohne die Miene zu verziehen, hatte Bruder Abbo den Ausführungen des Mannes gelauscht. Er ließ sich Zeit und nahm noch einen genussvollen Zug aus seinem Krug, bevor er antwortete. »Von einem Teufelstribut weiß ich nichts. Vielleicht huldigen die Menschen ihm tatsächlich noch. Uns wurde berichtet, dass viele Bauern in der Herbstzeit Früchte zum Upstalsboom bringen. Allerdings sagen sie, dies geschähe als Zeichen des Dankes an Gott für die reichliche Ernte des Sommers. Über Nacht verschwinden dann diese Früchte stets auf wundersame Weise. Vielleicht holt sie ja gar der Teufel, doch seltsam ist, dass die Armen und Alten viel weniger hungrig erscheinen in den Tagen nach dem Erntedank.«

Er maß die Menschen um sich herum mit einem verächtlichen Blick. »Sagt, in welcher Zeit leben wir eigentlich? Haben die Missionare euch nichts beigebracht?! Sagt nicht, dass ihr solchen Unsinn für bare Münze nehmt! Dann glaubt ihr an Albernheiten, die sich in früheren Zeiten nicht mal ein Heide aufbinden ließ!« Bruder Abbo verdrehte die Augen und blickte nach oben. »Oh Herr, nehmt die Dummheit von den Eurigen.« Sein fragender Blick streifte seine Zuhörer. »Ihr seid doch Christen, oder? Sagt nicht, ihr glaubt an die Wirksamkeit von heidnischen Totenopfern, Losdeutereien, Wahrsagereien und Amuletten?«

Manch einer der Angesprochenen wich seinen Augen aus. Viele trugen ein Amulett bei sich, versteckt natürlich, gegen Krankheit oder den bösen Blick. Es konnte ja nicht schaden! Und, war es nicht gleich, wer ihnen half, Gott oder der Teufel?

Mit ernstem Blick ergriff nun einer der Ayenwoldner das Wort. »Werter Bruder Abbo, sagt mir, was bedeutet der Bogen aus bunten Farben, der aus unerklärlichen Gründen ab und zu am Himmel steht? Vom Vater auf den Sohn wird erzählt, dass Engel auf ihm tanzen. Stellt man sich in den Regen und blickt auf den bunten Bogen, so soll dies gegen Krankheiten helfen.«

Bruder Abbo blickte in die erwartungsvolle Runde. »Ihr kennt doch alle die Geschichte von der Sintflut?« Die Zuhörer nickten. »Der Regenbogen ist ein Zeichen Gottes der Versöhnung mit uns Menschen. Es steht geschrieben, dass der Allmächtige nach der Sintflut zu Noah sprach: ›Ich will hinfort nicht mehr die Erde verfluchen um der Menschen willen. Und ich will hinfort nicht mehr schlagen alles, was da lebt, wie ich getan habe. Solange die Erde steht, soll nicht aufhören Saat und Ernte, Frost und Hitze, Sommer und Winter, Tag und Nacht. Meinen Bogen habe ich in die Wolken gesetzt, der soll ein Zeichen sein des Bundes zwischen mir und euch und allem lebendigen Getier auf ewig. Und wenn es kommt, dass ich Wetterwolken über die Erde führe, so soll man meinen Bogen sehen in den Wolken.‹ Ob der Regen während eines Regenbogens gesünder macht als anderer Regen, möchte ich bezweifeln.«

Bei sich dachte der Mönch, dass es so manch einem verdreckten Bauern sicherlich nicht schaden könnte, eine Weile im Regen zu stehen – ob mit oder ohne Bogen! Er blickte nachdenklich in seinen Bierkrug. Es gab noch so viel Teufels- und Aberglaube unter dem einfachen Volk. Um ihn zu verscheuchen, bedurfte es vieler bunter Kirchenmalereien und Geschichten in einer Sprache, die sie verstanden. Der Glaube musste lebendig werden, sichtbar und spürbar. Es brauchte Geschichten zum Mitfühlen und Märtyrer zum Mitleiden. Nur wenn die Menschen sich in den Geschichten der Bibel wiederfanden, würde der christliche Glaube auch Zugang zu ihren Herzen finden. Bruder Abbo seufzte tief und nahm einen neuen Krug Bier.

Der Bettler zog nun wieder die Aufmerksamkeit aller auf sich. »Man sagt, das üble abergläubische Denken macht selbst vor den Kreuzzüglern nicht halt. Ihre Schwerter, mit denen sie das Grab Christi befreien wollten, rieben sie mit dem Blut der getöteten Ungläubigen ein in dem Glauben, dadurch unbesiegbar zu sein.«

Tammo kam herein und setzte sich neben den Bettler. Er hatte dessen letzte Worte gehört und nickte nun. »Was Ihr sagt, entspricht der Wahrheit. Doch diese rot glänzenden Waffen waren nicht mehr oder weniger nützlich. Der Wahn der Unbesiegbarkeit begann allerdings schon viel früher. Vor dem Aufbruch in das Heilige Land kauften sich viele Kreuzfahrer mit Zauberzeichen versehene Pergamentblättchen. ›Teufel, helft mir. Leib und Seele gebe ich Euch‹, stand darauf. Das mit ›Leib und Seele‹ galt aber nur, wenn die Käufer innerhalb der nächsten 24 Stunden starben. Viele waren guter Hoffnung, dass sie noch einen Tag und eine Nacht weiterleben würden. Sie schluckten das Pergament und meinten, nun unverwundbar zu sein.«

Erwartungsvolle Blicke ruhten auf Tammo.

»Und«, fragte einer der Ayenwoldner, »waren sie es?«

»Unverwundbar meint Ihr?« Tammo warf den Kopf zurück und lachte. »Nein! Geholfen haben diese Zauberzettel nur dem Schreiberling. Er verdiente viel Geld an der Dummheit der Kreuzzügler. Übel wurde ihnen außerdem noch vom Genuss des Pergaments.«

Bruder Abbo seufzte. »Da hört ihr es. Betet lieber die Heiligen an. Sie sind Gott nahe.« Doch dann zuckte sein Mundwinkel. »Aber wie soll ich es dem einfachen Volk verdenken, wenn diese Teufeleien sogar in den eigenen Reihen um sich greifen. Da hatte doch Bruder Egge, mein Vater Abt, im letzten Jahr über einen Priester zu richten, der, um gestohlenes Kirchengut aufzuspüren, einen Wahrsager befragte. Stellt euch das nur vor: Ein Mann Gottes wendet sich an einen Mann finsterer Mächte, um heilige Gerätschaften wiederzufinden! Ein gerechtes Urteil zu fällen, fiel Abt Egge schwer. Er bedachte dessen gute Absicht und enthob den Mann für ein Jahr seines Amtes.«

Neugierig beugte sich der Bettler vor. »Und, konnte der Wahrsager wenigstens sehen, wo sich das Kirchengut befand?«

Bruder Abbo bedachte ihn mit einem vernichtenden Blick. Dann sah er das verräterische Grinsen auf dem Gesicht seines Gegenübers. Er hob den Krug hoch und prostete dem Bettler zu. »Auf die Friesenapostel! Möge ihre Arbeit dereinst Früchte tragen!«

Sina trat mit einem Gruß herein. Die Ayenwoldner begrüßten sie wie eine lang vermisste Verwandte. »Oh«, rief Edo, ein großer grobschlächtiger Bauer, verwundert, »welch eine Augenweide Ihr seid. Solch ein Novizinnengewand birgt doch so manche Überraschung!«

Der Bettler stand auf und machte eine übertrieben elegante Verbeugung vor Sina. »Welch liebliche Erscheinung in diesen finsteren Tagen. Solltet Ihr jemals ohne Gönner sein, dann nehmt mich!« Er schickte sich an, vor Sina auf die Knie zu sinken. Edo konnte ihn gerade noch auffangen.

Während Sina hell auflachte, maßen die anderen Männer kopfschüttelnd den Habenichts mit ungläubigen Blicken.

Sina hatte ihre derbe Tracht gegen einen Rock und eine Bluse von Frouwke getauscht. Fasziniert strichen ihre Hände über den feinen Stoff. Ein seliges Lächeln lag auf ihrem Gesicht. Sie hatte fast vergessen, wie es war, keine kratzenden Wollstoffe zu tragen. »Nicht wahr«, rief sie den Männern zu, »es steht mir?!« Sina setzte sich Tammo gegenüber und schaute ihm erwartungsvoll ins Gesicht. Ihre Blicke trafen sich.

Tammo starrte ihr einen Moment lang in die Augen, dann nahm er ihre äußere Erscheinung in sich auf. Es war ihm, als sähe er sie zum ersten Mal. Sina trug einen schlichten weinroten Rock. Er war ihr zu groß, doch sie hatte ihn geschickt mit einem Gürtel hochgebunden. Die Bluse aus weißem Leinen, deren tiefer Ausschnitt ein buntes Tuch verdeckte, passte ausgezeichnet. Sinas frisch gewaschenes Haar kräuselte sich in wilden Locken bis über die Schultern. Tammo sprach kein Wort, doch wie eine Blume die Biene, so schien Sina ihn zu locken. Er neigte sich weit über den Tisch und sog den frischen Duft ein, der ihr entströmte. Sein Blick blieb an ihrem Mund hängen. Trugbilder überkamen ihn und Sehnsucht. Der Wunsch, diesen Mund zu küssen, seine Finger in den wilden schwarzen Locken zu vergraben, das Tuch zu lösen und …

Mit einem Ruck befreite sich Tammo aus dem Bann und verzog verärgert das Gesicht. Wie konnte dieses Kind ihn nur dazu bringen, sich wie ein dummer verliebter Junge zu benehmen? Es musste daran liegen, dass ihn so lange kein Weib verwöhnt hatte. Er zwang sich zu der Überzeugung, das jede andere ihm die gleichen Reize bieten konnte wie sie. Es kostete seinen Preis, aber dafür würde er sich zu nichts verpflichten. Er würde als freier Mann kommen und auch als freier Mann wieder gehen können. Es gelang ihm nur mit Mühe, den Blick von Sina abzuwenden.

Diese verzog schmollend den Mund. Ihr war Tammos Verzauberung nicht entgangen, und sie verstand den bitterbösen Blick nicht, mit dem er nun ins Feuer starrte.

»Holla«, rief der Bettler, »das Weib hat ihre Wahl schon getroffen. Und wieder einmal hat unsereins das Nachsehen. Nichts als Ungerechtigkeit auf Gottes Erde. Mann«, er schlug Tammo auffordernd gegen die Schulter, »das wird sicherlich eine stürmische Nacht. Nach solch langer Enthaltsamkeit hinter Klostermauern hat die Maid viel nachzuholen.«

Tammo ging nicht auf den neckenden Ton des Bettlers und das auffordernde Gelächter der anderen ein.

»Das Weib ist ledig und los«, knurrte er schließlich, »sie ist weder mein noch Euer.« Er stand auf und ging zur Tür. Sein Krug mit Bier blieb halbleer auf dem Tisch stehen.

»Oh, schenkt mir Eure Gunst, ich weise Euch nicht zurück.« Mit einer übertriebenen Geste griff sich der Bettler ans Herz.

Sina schoss die Röte ins Gesicht. Sie verstand nicht, was Tammo so erbost hatte. Mit einem Satz sprang sie auf und rannte ihm hinterher. Bei den Pferdeställen holte sie ihn schwer atmend ein. Tammo öffnete die Tür, und Sina folgte ihm.

»Halt, so wartet doch! Was habe ich getan, dass Ihr so zornig seid?« Sina baute sich vor ihm auf.

»Ich bin nicht zornig, ich will nur, dass Ihr mich in Ruhe lasst.« Tammos Stimme klang ablehnend, und seine Miene war verschlossen.

»Ein Wort von Euch, eine freundliche Geste hätte mir genügt – mehr wollte ich nicht!«

Tammo blickte ihr finster ins Gesicht. »Das glaube ich Euch nicht. Wer mich so ansieht wie Ihr, der will auch was von mir!«

Tammo wollte sich abwenden, doch Sina hielt ihn zurück. Sie ergriff seinen Arm. »Und wenn es so wäre, Tammo, was ist schlimm daran? Sagt, wie muss ein Weib aussehen und was muss sie tragen, um Euch zu gefallen?«

Tammo schüttelte ihre Hand ab. »Es gibt nur eine Sorte Weiber, denen es gelingen könnte, mir zu gefallen, und Ihr gehört nicht dazu!« Mit seinen kalten Worten wollte er sie bewusst verletzen.

Sina zuckte für einen Augenblick zurück. Dann aber gewann ihr Wissen die Oberhand, dass sie diesem Mann nicht gleichgültig war. Sina wusste einfach, dass sie ihm gefiel. Sie trat einen Schritt auf Tammo zu. Sein Körper zog sie magisch an, und der herbe, männliche Geruch weckte ein Verlangen nach etwas, das sie kaum verstand. Sie wollte ihm nahe sein, ganz nahe. So war es immer, wenn sie in seine Nähe kam.

»Tammo ...« Sein Name auf ihren Lippen war wie ein Flehen. Sie konnte der Versuchung nicht widerstehen, ihn noch einmal am Arm zu berühren.

Tammo seufzte resigniert. Er legte seine Hand auf die ihre. Seine Stimme klang müde. »Was habt Ihr eigentlich mit mir vor, Sina? Warum lauft Ihr hinter mir her und beansprucht meine Aufmerksamkeit? Was seht Ihr in mir? Ich bin kein Held in schimmernder Rüstung. Ich bin nur ein einfacher Mann. Ein Mensch mit Fehlern und Schwächen.«

Ihre Lippen zitterten. »Das weiß ich doch«, sagte sie, »darf ich nicht trotzdem Gefühle für Euch haben? Seid Ihr wirklich so unempfänglich ihnen gegenüber, dass sie Euch lästig sind?«

»Gefühle!«, wiederholte er grimmig. »Was wisst Ihr schon davon? Welche Art von Gefühlen kann ich in Euch erwecken?«

»Das wisst Ihr genau! Sagt nicht, dass Euch entgangen ist, wie sehr es uns zueinander zieht.« Sina wollte sich nicht noch weiter erniedrigen. Sie befreite ihre Hand und sah ihn trotzig an, ohne zu zeigen, wie verletzt sie war. »Ihr wollt mich nur nicht verstehen, das ist es. Mein ganzes Leben hatte ich Leute um mich herum, die mich nicht verstanden. Als ich Euch begegnete, habe ich geglaubt, Ihr wärt anders. Ein Trugschluss. Ihr seid kalt und gefühllos.«

Mit hängendem Kopf stand Sina vor ihm. Sie kämpfte gegen die aufsteigenden Tränen. Ihre Hartnäckigkeit schien ihm lästig zu sein.

Tammo packte Sina bei den Schultern. »Warum könnt Ihr mich nicht einfach in Ruhe lassen? Sagt, was wisst Ihr schon von mir?« Seine Stimme war zornig. »Und was wisst Ihr von Gefühlen? Ihr bildet Euch vielleicht ein, ich sei Eure große Liebe, doch in Wirklichkeit hungert Ihr nach sinnlichen Erfahrungen! Ihr wollt doch nur Eure neu entdeckten Reize ausprobieren.«

Als ob dieser Gedanke eine wahnsinnige Wut in Tammo entfachte, zog er sie mit einer groben Geste näher. Sina machte einen erfolglosen Versuch, sich zu befreien, doch seine Arme zogen sie nur noch enger an ihn heran. Tammo schien seine Selbstbeherrschung zu verlieren.

»Was möchtet Ihr erproben? Was wünscht Ihr Euch? Dies hier vielleicht?« Tammo drehte Sinas Gesicht zu sich herum und presste seinen Mund auf den ihren. Sein Kuss war fest und besitzergreifend und so verführerisch, dass sich ihre Lippen wie von selbst öffneten. Tammo wollte sich von ihr lösen, doch Sina war nicht mehr Herrin ihrer Sinne. Ihre Hände um seinen Hals schlingend, schmiegte sie sich dicht an ihn. Fluchend versuchte Tammo, sie zurückzustoßen, doch Sina drängte sich nur umso enger an seinen Körper. Tammo gab den Widerstand auf, und sein Mund legte sich seufzend auf ihren. Freude durchflutete Sina, als sie merkte, wie sein Körper ihr antwortete. Ungeduldig löste Tammo das Tuch von ihren Schultern. »Sina ...« Seine Stimme klang rau und sehnsüchtig. Er neigte den Kopf, und sie fühlte die Liebkosungen seiner Lippen auf ihrem Nacken. Zuerst noch zögernd, doch dann immer drängender liebkosten seine Hände ihre Haut.

Sinas Atem ging schneller, und sie wünschte, Tammo möge niemals aufhören. Fast wie von selbst schoben sich ihre Hände unter sein Hemd. Das Berühren seiner nackten Haut ließ einen zufriedenen Seufzer über ihre Lippen kommen. Sie erforschte seinen Körper.

Als ihre Finger zärtlich über eine lange Narbe fuhren, hielt Tammo wie erstarrt in seinen Bewegungen inne. Es war, als habe das Berühren dieser alten Wunde eine Schranke zwischen ihnen aufgerichtet. Die Narbe erinnerte Tammo an all die schmerzlichen Erfahrungen, die eine Bindung mit sich bringen konnte. Ohne ihren Protest zu beachten, schob er Sina abrupt von sich. Es kostete ihn mehr Kraft, als er wahrhaben wollte. Tammo drückte Sina gegen die Wand und hielt sie auf Armeslänge von sich entfernt. Schwer atmend schauten sie sich an. Ratlosigkeit lag in Sinas Blick. Für einen Augenblick glitt ein Ausdruck des Bedauerns über Tammos Gesicht, doch dann wurde er von Selbstverachtung abgelöst. Es musste ihm einfach gelingen, dieses Weib auf Abstand zu halten!

Tammo legte einen kalten Unterton in seine Stimme. »Nun, seid Ihr zufrieden? Das war es doch, was Ihr wolltet! Ein Beweis, dass Eure Reize jeden Mann verrückt machen können. Ich selbst bin nicht unempfänglich dafür, wie Ihr unschwer gemerkt habt. Im Gegenteil, ich wollte Euch berühren. Ich würde gerne noch ganz andere Dinge mit Euch tun, doch«, bei diesen Worten schaute Tammo zu Boden, »wenn eine Hure hier wäre und mich so reizte, dann wäre sie genauso gut dafür!«

Sina riss sich von ihm los und rannte zur Tür. Obwohl sie wusste, dass Tammo gelogen hatte, liefen ihr Tränen die Wangen hinunter.

Tammos Vorschlag

Die Abenddämmerung brach allmählich herein. Der würzige Duft gebratenen Fleisches erfüllte die Luft. Der lange Holztisch bog sich förmlich unter den Speisen, und ein Feuer im Kamin gab dem Raum heimelige Wärme. Doch weder die Wärme noch das gute Essen trugen zur Lockerung der Stimmung bei. Der Küchenmeister hatte sein Bestes gegeben, aber nur Bruder Abbo wurde dem gerecht. Den anderen fehlte es an Appetit.

Frouwke hatte den Ayenwoldnern angeboten, mit ihnen zu essen, doch nur Jerlef als ihr Vertreter war der Einladung gefolgt. Die anderen zogen es vor, mit den Bediensteten zu speisen. Fredlef, Befehlshaber der Mormerländer Krieger, und Elto, dem die Bediensteten unterstanden, teilten die Speisen mit Frouwke, Sina, Tammo und Bruder Abbo.

Der kleine Klaas lief im Raum umher und brachte alle mit seiner schier unerschöpflichen Energie zur Verzweiflung. Es gelang ihm kaum, einen Augenblick ruhig am Tisch sitzen zu bleiben. Er umarmte einen nach dem anderen und holte sich von jedem einen guten Bissen. Klaas redete viel, aber es vermochte noch niemand so recht zu verstehen, was er meinte. Als der kleine Bursche zu gähnen anfing, verstand Frouwke ihn allerdings gut und schickte nach der alten Ada, die das Kind zu Bett brachte.

Niemand war glücklicher als Ada, dass Tammo den Weg zurück zur elterlichen Burg gefunden hatte. Ihre strahlenden Augen hingen auch jetzt an ihm.

Fredlef dagegen beobachtete Tammo misstrauisch. Zu tief saß noch die Erinnerung an den Zwist zwischen ihm und seinem Vater in den Köpfen der Männer. Sie vertrauten Tammo nicht. Manche hatten sogar Angst vor diesem Fremden, der nicht mehr der draufgängerische junge Mann zu sein schien, als der er gegangen war. Kam Tammo nicht vielleicht doch vom Teufel geschickt zurück? Man erzählte sich wunderliche Geschichten über ihn. Er solle dem Dämon des Wahnsinns verfallen sein, der Freude und Gefühle aus dem Kopf fraß und nur sabbernde Kreaturen zurückließ. Doch Fredlef sah es mit eigenen Augen: Wahnsinnig war Tammo nicht. Sorgenvoll und tief in Gedanken versunken saß dieser ihm gegenüber.

Sina war darauf bedacht, nicht zu oft zu Tammo herüberzustarren. Er schien durch sie hindurchzublicken, und diese Missachtung schmerzte ebenso wie seine Worte am Nachmittag. Wie ein verletztes Tier hatte Sina in den letzten Stunden die Einsamkeit gesucht. Ihr war klar geworden, dass sie Tammo trotz seiner Ablehnung bedingungslos liebte. Eine Liebe, die nicht erwidert werden sollte. »So leicht werde ich nicht aufgeben«, schwor sich Sina in diesem Augenblick, und ihr Kampfgeist erwachte. »Tammo mag seine Gefühle für mich noch so sehr verleugnen, es wird mir irgendwie gelingen, seine Mauer der Ablehnung zu durchbrechen.«

Trotz der gespannten Atmosphäre fühlte Sina sich unter den Menschen, die sie umgaben, so wohl wie lange nicht mehr. Bruder Abbo, die Männer aus Ayenwolde und sogar Frouwke, deren etwas steife, würdevolle Art Sina eigentlich fremd war, gaben ihr das Gefühl, Teil einer Gemeinschaft zu sein. Es war ein gutes Gefühl!

»Esst, Sina, wer weiß, wann wir wieder so etwas Gutes bekommen.« Bruder Abbo reichte ihr das Schneidebrett und goss aus einem Messingkrug, dessen Deckel ein menschliches Gesicht zierte, Würzwein in Sinas Becher. »Ich habe schon schlechteren Wein getrunken.« Andächtig nahm er einen Schluck und ließ ihn im Mund kreisen. »Er ist natürlich mit viel Honig gesüßt. Ich schmecke Ingwer, Nelken und Zimt heraus.« Anerkennend nickte der Mönch Frouwke zu und machte eine entsprechende Bemerkung.

Sina hatte nur wenig Interesse am Geschmack des Würzweins. Sie konnte nicht verhindern, dass ihr Blick immer wieder zu Tammo schweifte. Dieser aß nur wenig und starrte angespannt ins Feuer. Er hatte sich stundenlang den Kopf darüber zerbrochen, wie der Bedrohung de Bahrs zu begegnen sei. Seufzend nahm Tammo schließlich einen langen Zug aus seinem Becher und erhob sich. Die Gespräche ringsum verstummten.

Tammo stützte sich mit beiden Händen auf den Holztisch. »Frouwke, wenn es Euch genehm ist, so habe ich einen Vorschlag zu machen.« Diese nickte ihm aufmunternd zu.

»Ihr alle wisst, Gunthar de Bahr wird wiederkommen, und er wird nicht allein sein. Gegen ihn und seine Männer haben wir keine Chance. Es bleibt uns meines Erachtens nur eine Möglichkeit: Wir müssen den Schein wahren und uns auf eine Belagerung einstellen. Die Angreifer werden sowohl Frouwke als auch mich hier vermuten. In Wirklichkeit werden aber nur die Krieger meines Vaters unter Eurem Befehl, Fredlef, und die Männer von Ayenwolde hier die Stellung halten. Ich selbst mache mich auf den Weg und reite schnellstmöglich zum Kloster Ihlow. Mein Plan ist es, Abt Egge dazu zu bringen, eine außerordentliche Zusammenkunft der führenden Vertreter aller Seelande anzuberaumen. Er hat das Recht und die Möglichkeit dazu. Abt Egge verwahrt im Kloster Ihlow die Siegel der sieben Seelande, und ihm vertrauen alle Mitglieder des Landesfriedensbundes. Wem, wenn nicht ihm, könnte es gelingen, die Friesen zu einem gemeinsamen Kampf zu bewegen? Darauf zu hoffen, ist das Einzige, das uns bleibt!« Tammo blickte den Männern ins Gesicht. »Wir müssen ein für alle Mal den auswärtigen Grafen zeigen, wer Herr in Friesland ist. Dies kann uns nur gemeinsam gelingen. Nehmt Ihr meinen Vorschlag an, oder hat jemand eine bessere Idee?«

Für einen Augenblick herrschte Schweigen.

Dann nickte Bruder Abbo, dessen Kinn vom genossenen Braten glänzte, ihm zu. »Ich habe mich mit Tammo besprochen. Die beiden Frauen, das Kind und meine Wenigkeit werden ihm unauffällig und auf Umwegen folgen. So Gott will, erreichen auch wir unbeschadet das Kloster. Dort werden wir sicher sein. Ihr wisst ja, im Kloster haben weltliche Rechte keine Geltung. Jedem Verfolgten wird Sicherheit an Leib und Leben gewährt. Ein Jahr und einen Tag dürfen selbst Verbrecher und Verräter dort unangetastet verweilen.«

Bruder Abbos Worte trafen Sina bis ins Mark. Sie starrte Tammo fassungslos an. Ihre Wege würden sich trennen! Sinas Gedanken drehten sich im Kreis. Sie wollte um alles in der Welt an Tammos Seite bleiben.

Die Männer am Tisch wurden von anderen Sorgen geplagt. Fredlef erhob sich von seinem Platz. Unschlüssigkeit lag in seinem Blick. Er schaute zuerst Tammo an und dann Frouwke.

»Bei allem Respekt, Herrin, wer sagt uns denn, dass der Sohn des Sechzehners nach Hilfe für uns strebt? Meine Männer und ich wissen nicht, ob wir ihm trauen können.« Er wandte sich nun direkt an Tammo. »Bislang merkte man nicht viel davon, dass Ihr Verantwortung für Euren Bezirk des Mormerlandes übernehmen wolltet. Wer garantiert uns, dass Ihr nicht Eure eigene Haut rettet, während wir hier wie die Ratten im Loch verrecken?«

Sina sah, wie die Zornesader an Tammos Hals anschwoll. Er holte zu einer hitzigen Erwiderung aus, doch dann verließ ihn die Wut. Er muss Fredlef Recht geben. Es war den Männern nicht zu verdenken, dass sie ihm misstrauten.

Frouwke stand auf und legte Tammo eine Hand auf die Schulter. »Ich sage Euch, Ihr könnt diesem Mann trauen. Ich selbst würde mein Leben in seine Hände legen.«

Sina merkte es an Fredlefs Mienenspiel: Er war immer noch nicht überzeugt. Ganz plötzlich fuhr ihr ein Geistesblitz durch den Kopf. Zögernd, aber dann mit immer größerem Nachdruck kamen ihre Worte: »Es gibt da etwas, Fredlef, was Euch vielleicht überzeugen wird.«

Der Heerführer sah sie skeptisch an. Mit einem Satz sprang Sina auf und eilte in die Ecke des Raumes, in der sich ihre Habe befand. Sie zog den Kelch hervor und stellte ihn auf den Tisch. Obwohl keiner der Männer die Bedeutung des Kelches kannte, zog er ihre Blicke magisch auf sich. Der Feuerschein tauchte ihn in ein mystisches Licht. Es war, als ob ein überirdisches Glänzen das Gefäß umgab wie einen Heiligenschein. Der Raum schien nicht mehr derselbe zu sein. Die Menschen fühlten neuen Mut in ihre Herzen einziehen. Mehr noch, als es die Sonne je vermochte, schien die Wärme des Gefäßes sie zu durchdringen.

Sina erklärte die Bedeutung des Kelches, und niemand zweifelte an ihren Worten. Zu deutlich sprach das Gefäß selbst zu ihnen.

Sina wandte sich an Fredlef: »Dies ist mein Kelch. Lasst mich und das Gefäß mit Tammo nach Ihlow ziehen. Ich werde dafür sorgen, dass der Sohn des Sechzehners Euch nicht enttäuscht. Mit dem Kelch an ihrer Seite wird es Abt Egge und Tammo gelingen, die Abgeordneten der Seelande davon zu überzeugen, den Kampf gegen fremde Herrschaft aufzunehmen und das Mormerland zu unterstützen, dessen bin ich mir sicher.«

Tammo starrte sie an wie eine Wahnsinnige. Mit erhobenem Kopf trotzte Sina seinem Blick.

Bevor Tammo zu einer Erwiderung ausholen konnte, wandte sich Fredlef an ihn: »Wenn Ihr in Begleitung dieser Frau und des Kelches geht, dann vertrauen wir Euch!«

Tammo öffnete den Mund, um Fredlef zu widersprechen, doch Bruder Abbo warf ihm einen warnenden Blick zu. Tammo fluchte lautlos vor sich hin. Sina spürte seine Wut, die ihr galt, fast körperlich.

»Wenn Blicke töten könnten«, dachte sie, »dann würde ich auf der Stelle umfallen. Welchem Mann würde es schon gefallen, von einer Frau zu etwas gezwungen zu werden?«

Schließlich gab Tammo auf. »Nun gut, so soll es sein. Aber ich warne Euch«, seine Worte galten Sina, »ich werde reiten wie der Wind, und es ist an Euch, mir zu folgen.«

Erleichterung durchflutete Sina wie ein warmer Strom. Sie hatte es geschafft, ihre Wege würden sich nicht trennen!

Einzig Fredlef war es aufgefallen, dass Frouwke noch kein Wort gesprochen hatte. »Herrin, was sagt Ihr zu diesem Vorschlag?«

Frouwkes Augen hingen an dem Kelch auf dem Tisch. Es war, als hielte sie Zwiesprache mit ihm. Dann erhob sie sich langsam wie unter großen Schmerzen. »Ich weiß nicht, was richtig ist, und ich habe Angst. Uns bleiben zwei Möglichkeiten: Entweder wir ergeben uns in die Skaverei, oder wir kämpfen für die Freiheit. Den Kampf werden wir teuer bezahlen müssen. Dies ist ein heiliges Gefäß, das spüre ich. Doch mir ist nicht klar, ob Gott uns wohlgesonnen ist. Denn wenn nicht, dann wäre auch dieser Kelch gegen uns.«

Ungläubige Blicke trafen Frouwke. Bruder Abbo schaute sie wissend an. »Herrin, was quält Euch? Warum glaubt Ihr, Gott habe sich von Euch«, er blickte in die Runde, »von uns allen abgewandt?«

Frouwkes Blick schweifte in die Ferne. Zögernd und voller Selbstanklage kamen ihre Worte. »Manchmal ist mir, als ob Gott uns Demut lehren will. Wir haben diese Festung aus Stein gebaut, dabei stehen nur ihm und seinen Gotteshäusern Steine zu. So war es zumindest noch zu Zeiten meines Vaters. Wie sicher wähnten wir uns all die Jahre und wurden hochmütig. Nun zeigt Gott uns, was menschliche Festungen wirklich wert sind. Wie steht es in den Weissagungen des Obadja geschrieben: ›Der Hochmut eures Herzens hat euch betrogen, weil ihr in den Felsklüften wohnt, in euren hohen Schlössern und sprecht in euren Herzen: Wer will uns zu Boden stoßen? Aber wenn ihr auch in die Höhe flöget wie ein Adler und bautet euer Nest zwischen den Sternen, so will ich euch dennoch von dort herunterstürzen, spricht der Herr.‹ Wir haben Gott versucht. Vielleicht ist diese Bedrohung seine Antwort, und wir sollten uns gleich ergeben.« Lange starrte Frouwke auf ihre gefalteten Hände, und bedrückende Stille senkte sich über die Menschen. »Aber«, Frouwke wandte sich an Bruder Abbo, »sagt, wenn Gott das will, warum regt sich dann Widerstand in meinem Herzen?«

Bruder Abbo nahm ihre gefalteten Hände zwischen die seinen. »Ihr fragt nach dem, was Gott will, und wünscht Euch ein sichtbares Zeichen von ihm. Sind nicht Euer Widerstand und der Kelch Antwort genug?«

Lange Zeit starrte Frouwke auf den Kelch, doch dann breitete sich langsam ein Lächeln auf ihrem Gesicht aus. »Ihr habt Recht, mein Freund. Gott spricht in meinem Herzen zu mir und lässt mich den Weg erkennen. Manchmal müssen Kriege geführt werden, um Frieden und Freiheit zu gewinnen!« Energisch ergriff Frouwke einen Becher Wein und prostete den anderen zu. »Friesen sind wir nicht, weil wir Häuser aus Stein haben, Friesen sind wir, weil wir frei sind. Dafür lasst uns kämpfen!«

Einer nach dem anderen stand auf und hob seinen Becher der Herrin entgegen.

Fredlef sprach aus, was alle dachten: »Lieber in Freiheit sterben, als unter grausamer Knechtschaft leben!«

Die Niedergeschlagenheit der letzten Stunden wich der Erleichterung und dem Tatendrang. Die Bediensteten begannen, die Speisen abzuräumen, und Fredlef besprach mit Tammo die Verteidigungsmöglichkeiten. Nahrung und Wasser waren zur Genüge vorhanden. Es würde ihnen gelingen, sich für eine gewisse Dauer im Steinhaus zu verschanzen. Die Zeit, bis die Truppen des Grafen anrücken würden, sollte dazu genutzt werden, die Männer von Ayenwolde zu Kriegern auszubilden. Man würde Boten in die Dörfer schicken, um weitere Männer zur Verteidigung anzuwerben. Ernst, aber gelassen unterstützte Jerlef den Plan.

Elto, der Vorsteher der Bediensteten, sprach nur wenig. Dieser Mann gefiel Sina nicht. Hatte er bis vor kurzem immer wieder lüsterne Blicke in Frouwkes Richtung geworfen, so maß er nun mit berechnenden Augen den Kelch. Wieder und wieder glitt sein zweifelnder Blick zu dem Gefäß in der Mitte des Tisches. Sina hätte gerne die Gedanken des Mannes gelesen. Für einen Augenblick zeigten sich Habgier und ein Anflug von Schadenfreude auf seinem Gesicht. Wem wünschte er Schlechtes, fragte Sina sich, was gefiel ihm nicht, hier, unter Frouwkes freundlicher und gerechter Hand? Als Elto sich dem Kelch raubtierartig näherte, schlug Sina ein Tuch um das Gefäß und verwahrte es wieder in ihrem Gepäck. Eltos Augen folgten ihr. Sina beschloss, den Kelch heute Nacht bei sich zu behalten. Sie war froh, als Elto kurz darauf den Raum verließ.

Die anderen Männer folgten ihm, einer nach dem anderen, um ihre Schlafplätze aufzusuchen. Morgen würde ein anstrengender Tag werden. Sina und Tammo wollten in aller Frühe losreiten. Frouwke versorgte sie mit Lebensmitteln und guten Ratschlägen. Sie und ihr Sohn würden im Laufe des Tages mit Bruder Abbos Pferdekarren folgen und auf verschlungenen Wegen Richtung Ihlow reiten.

Tammo hatte Sina bislang wie Luft behandelt, doch als nun auch Frouwke gegangen war und sie beide allein im

Raum zurückblieben, spürte sie seine Wut fast körperlich. Schließlich, Sina wollte gerade aufstehen und gehen, brach sie sich Bahn.

»Bleibt, wir beide sind noch nicht fertig miteinander! Wie könnt Ihr es wagen, Euch mir aufzuhalsen?« Tammos Augen sprühten Funken.

Sina blieb ganz ruhig. »Ihr solltet mir dankbar sein. Ohne mein Eingreifen hätten die Männer Euch nicht ziehen lassen. Außerdem ist es Schicksal, dass ich an Eurer Seite bin, wie ich schon im Wald sagte.«

Höhnisches Gelächter war die Antwort. »Schicksal! Ihr allein habt doch dafür gesorgt. Was wollt Ihr eigentlich von mir? Ich will weder Euch noch Eure Liebe oder das, was Ihr dafür haltet.« Tammos Stimme klang gequält. »Warum lasst Ihr mich nicht einfach in Ruhe?«

Sina schaute ihm eindringlich in die Augen. »Ich kann Euch nicht in Ruhe lassen. Wir beide sind füreinander bestimmt, auch wenn Ihr es nicht wahrhaben wollt!«

»Sina ...«, Tammo versuchte, wieder Herr seiner Gefühle zu werden. Er stellte sich ans Fenster und blickte zum Mond auf, ohne ihn wahrzunehmen. »Ich habe genug Probleme, auch ohne Eure Mädchenträume. Ihr macht Euch da etwas vor! Ich kann und will Euch nichts geben. Werft Euch mir nicht an den Hals wie eine Hure.«

Seine harten Worte trieben ihr die Röte ins Gesicht. Doch der dumpfe Schmerz verwandelte sich schnell in Wut. Wie konnte er es wagen?

»Ihr seid ein Feigling und ein Lügner. Heute Nachmittag sprach Euer Körper ganz andere Worte als Euer Mund jetzt. Warum gebt Ihr nicht zu, dass uns sehr wohl etwas verbindet? Nennt es, wie Ihr wollt! Ich nenne es Liebe, und dagegen kann sich niemand wehren – auch Ihr nicht!«

Tammo lachte, und es war ein böses und verletzendes Lachen. »Liebe! Was weiß eine Novizin schon von Liebe? Davon, was sie einem antun kann?« Seine Worten waren scharf wie ein Schwert. »Nichts wisst Ihr davon, gar nichts. Glaubt Ihr, mir läge etwas an Eurer Liebe? Sie ist mir«, er schnippte mit den Fingern, »so viel wert!«

»Ihr lügt!« Sina zwang Tammo, sich umzudrehen. »Schaut mir in die Augen, und dann sagt noch einmal, dass ich Euch gleichgültig bin.« Sina wollte ihm die Arme um den Hals legen, doch Tammo ergriff ihre Handgelenke und hielt sie fest.

»Sina«, seine Stimme klang traurig, »ich habe das wahre Leben kennen gelernt und bin kein Träumer mehr – und Liebe ist nur ein vergänglicher Traum. Was, glaubt Ihr, geschieht, wenn einem der Mensch, den man liebt, genommen wird? Ein Teil von Euch stirbt mit ihm, und nur eine leere Hülle bleibt zurück. Niemals wieder darf es einen solchen Schmerz für mich geben! Deshalb lasse ich es nicht zu, dass Ihr mir zu nahe kommt. Vielleicht tun Euch meine Worte heute weh, doch der Schmerz wird vergehen.«

»Brüstet Euch nur ständig mit Euren schlechten Erfahrungen«, wie Pfeile schleuderte Sina ihm ihre Worte entgegen, »als seien sie besondere Verdienste. Ich habe Eure Bitterkeit satt. Was Ihr erlebt habt, hat nichts mit uns zu tun. Wir können einen neuen Anfang machen. Tammo, ich liebe Euch.«

Ohne ein Wort der Erwiderung wandte Tammo sich um und ging zur Tür.

Verzweiflung ergriff Besitz von Sina. Es wollte ihr nicht gelingen, ihm die kalte Maske vom Gesicht zu reißen. Tränen verschleierten ihren Blick, doch dann überkam Sina eine wilde, unbändige Wut. »Ihr verlogener Schuft! Versucht nur, Euren Gefühlen zu entfliehen – es wird Euch nicht gelingen.«

Tammo wandte sich zu ihr um, und Sina erschrak über die kalte Wut, die aus seinen Augen sprach. Sie begann zu ahnen, welche Wirkung er auf einen Feind haben mochte.

»Ich will Euch nicht lieben, verdammt noch mal! Was soll ich noch tun, damit Ihr das begreift?«

Tammo packte Sina bei den Schultern und schüttelte sie, bis sich der Raum vor ihren Augen drehte. Er schrie sie an, doch seine Worte drangen nicht mehr zu ihr durch. Mit einem

Seufzer und einem Anflug von Triumph sank Sina in eine Ohnmacht. Sie hatte es geschafft, die kalte Rüstung zu durchdringen!

Langsam, ganz langsam drang Tammos keuchende Stimme an ihr Ohr. »Mein Gott, Sina! Was habe ich nur getan! Bitte, bitte kommt wieder zu Euch!«

Sina spürte ein kühles Tuch auf ihrer Stirn. Sie schlug die Augen auf, und erleichtert atmete Tammo auf. Er wiegte sie in seinen Armen wie ein Kind.

»Gott sei Dank, Ihr seid wieder da! Reizt mich bitte nie wieder bis zur Weißglut. Ihr habt gesehen, was dann passiert!«

Mit leuchtenden Augen blickte sie zu ihm auf. »Es hat mir nur gezeigt, dass ich Euch nicht gleichgültig bin. Und nun«, wisperte Sina, »sagt, dass Ihr ein Lügner seid. Sagt, dass Ihr mich liebt, gesteht!«

Tammos Worte klangen gequält. »Ich kann es nicht leugnen, es verbindet uns etwas. Doch gerade deshalb will ich Euch nicht in meiner Nähe haben.« Mit einer verzweifelten Geste fuhr er sich durchs Haar. »Vielleicht stimmt es sogar, dass mein Herz Euch lieben will, doch ich werde es nicht zulassen. Mein Verstand wird stärker sein, er schützt mich.«

Tammo atmete tief durch, und eine Maske der Ausdruckslosigkeit legte sich über sein Gesicht. Angst überkam Sina. Sie merkte, dass er sich wieder mehr und mehr von ihr entfernte.

»Vor wem schützt Euch der Verstand? Vor mir etwa?«

»Er beschützt mich vor uns beiden. Ich will Euch nicht lieben!« Brüsk wandte sich Tammo von Sina ab. »Ich bin gezwungen, Euch mitzunehmen. Ihr werdet an meiner Seite reiten, doch zu mehr bin ich nicht bereit!«

Sina seufzte tief. Sie schaute ihn nur an und senkte dann den Kopf. Ihre Worte waren kaum zu verstehen. »Tammo, lasst mich Euch helfen. Meine Liebe kann Eure inneren Wunden heilen.« Sie hob den Kopf und schaute ihm prüfend ins Gesicht.

Tammo schüttelte den Kopf. »Sina, wollen wir nicht versuchen, einfach Freunde zu sein, zumindest für die Zeit unserer gemeinsamen Reise? Lasst uns das Geschehene vergessen.« Er streckte ihr die Hand entgegen.

Sina ergriff sie, doch sie vermied es, Tammo in die Augen zu schauen. Einfach nur Freunde sein – das würde ihr schwerlich gelingen. Doch wenn das der Preis war, um bei ihm zu bleiben, dann wollte sie es versuchen.

»Geht nun, der morgige Tag wird anstrengend.« Tammos Ton war hart.

Verschreckt blickte Sina in seine Augen. Sie waren kalt wie Eis. Sina wusste, dass Tammos Verstand wieder die Oberhand gewonnen hatte. Sie begann, seine kühle, abweisende Maske zu fürchten.

Aufbruch

Sina und Tammo hatten sich im ersten Tageslicht auf den Weg gemacht. Nun war es auch für Frouwke an der Zeit, Abschied zu nehmen. Wie niemals zuvor spürte sie, dass dieses Haus und die Menschen, die darin lebten, ihr zur Heimat geworden waren. Sie liebte auch die Landschaft, in die das Steinhaus eingebettet war. Das Land, so flach und scheinbar gleichförmig, nur unterbrochen von Bäumen und einigen Seen, in denen sich die vorüberziehenden Wolken spiegelten. Und doch war Friesland voller Gegensätze, wie die Menschen, die hier lebten. Der ungebrochen lebhafte Wind umspielte das Meer mit dem Marschland, das gefährliche Moor und die sandige Geest im Landesinneren. Über allem der lichte, von Wolken durchzogene Himmel. Das Land schien rau zu sein und spröde. Doch wenn man ihm sein Herz öffnete, dann offenbarte es eine ganz eigene ursprüngliche Schönheit. Eine Schönheit, die nichts forderte und doch so viel zu geben hatte.

»Steigt auf«, rief Bruder Abbo und riss Frouwke aus ihren Gedanken. Er achtete darauf, dass sie und Klaas gut eingepackt waren. Seine behutsamen Hände streichelten das Kind und hüllten es in eine warme Decke. Es war noch früh am Morgen, und ein kalter Wind biss ihnen in die Wangen. Die wohlwollenden Blicke, mit denen der Mönch sie und den Kleinen umgab, vermittelten Frouwke das Gefühl, geborgen zu sein trotz der Gefahr, in der sie schwebten.

Der Mönch schwang sich auf den Kutschbock und fuhr los. Frouwke saß neben Bruder Abbo. Klaas hatten sie in die Mitte genommen. Stolz lugte sein kleines Gesicht aus einem Berg von Decken hervor, und mit aufmunternden Rufen trieb er das Pferd an.

Bruder Abbo legte den Kopf schief und betrachtete Frouwke mit einem nachdenklichen Blick. »Sollen wir von Ihlow aus Boten zu Euren Eltern oder Geschwistern schicken, damit sie wissen, dass Ihr und das Kind in Sicherheit seid?«

Frouwke seufzte. »Das wird nicht nötig sein. Ich habe weder Eltern noch Geschwister. Meine Mutter starb bei meiner Geburt, und so wuchs ich behütet, ja fast schon versteckt im Hause meines Vaters auf. Er nahm sich keine neue Gemahlin. Mein Vater war Kaufmann, und ich übernahm die Buchführung – es hatte mir von jeher Freude bereitet, mit Zahlen umzugehen. Natürlich erfuhr niemand etwas davon. Vater lehrte mich alles, was er wusste.« Sie warf dem dicken Mönch einen verschmitzten Blick zu. »Neben lesen und schreiben kann ich sogar das Schwert besser führen als manch ein Mann – aber, behaltet das für Euch. Frauen, die kämpfen können, wer will schon davon hören? Selbst meinem Gatten wurde diese Ungeheuerlichkeit verschwiegen. Es hätte den Brautpreis gemindert. Derweil Freese Tammena um meine Hand anhielt, träumte ich noch von einem Prinzen, der mich auf sein Pferd nehmen und in sein Königreich entführen würde. Freese Tammena entführte mich, mit Einwilligung meines Vaters, in sein Steinhaus. Lange dauerte es, bis ich heimisch wurde, hier im kalten Friesland. Doch wer einmal Wurzeln geschlagen hat, der möchte niemals wieder fort. Und so geht es mir jetzt. Wohin sollte ich auch gehen? Mein Vater starb kurz nach meiner Vermählung, beruhigt in dem Wissen, mich gut untergebracht zu haben. Sein Besitz wurde verkauft.«

Frouwke seufzte, und der Mönch runzelte die Stirn. »Euch stand also auch niemand zur Seite nach dem Tode Freese Tammenas. Wie seid Ihr nur mit allem fertig geworden, allein in einem Euch noch fremden Land?«

Frouwke lächelte, doch dann wurde sie wieder ernst. »Ganz so fremd war es mir schon damals nicht mehr. Aber Ihr habt Recht, ich stand allein da, und es war nicht einfach. Nach dem Tod meines Gatten änderte sich alles für mich. Als die Schrecken der grausamen Krankheit hinter uns lagen, trug ich von einem Tag auf den anderen plötzlich die Verantwortung für viele Menschen. Dazu kam die Sorge um meinen kleinen Sohn, der nun keinen Vater mehr hatte. Das Leben musste weitergehen, mit all seinen Alltäglichkeiten. Ich musste entscheiden, was auf den Tisch gebracht werden sollte und ob Vieh schlachtreif war. Der Garten wollte gepflegt, Heilpflanzen und Kräuter gegen Krankheiten gesammelt und getrocknet werden. Dazu das abendliche Spinnen und Weben. Was wir nicht an Kleidung selbst herstellen konnten, musste zugekauft werden. Und hatte mich sonst die Haushaltung schon voll in Anspruch genommen, so blieben nun auch noch die Aufgaben meines Gatten an mir hängen. Es galt zu kontrollieren, was an Vorräten von den Bauern einging und was von fahrenden Händlern oder auf dem Markt zugekauft werden musste. Ich pflegte die Handelsbeziehungen meines Mannes weiter, und es gab Ärger mit den Geschäftspartnern, die nichts mit einer Frau zu tun haben wollten. Ich verbrachte ganze Nächte damit, in meines Gatten Handelsbüchern zu lesen. Welche Waren sollten mit den Koggen nach England und Flandern befördert werden? Mir fehlte die Erfahrung eines Freese Tammena, und so entschied ich mich oft falsch. Mir fiel es nun auch zu, mich um die Finanzen zu kümmern, und zum ersten Mal wurde mir bewusst, wie mächtig Freese Tammena gewesen war. Er ging zeitlebens mit dieser Macht unbekümmert um. Ich vermochte das nicht. Bauern, die ihre Abgaben nicht leisten konnten und gute Gründe nannten, denen erließ ich die Zahlung. Es fiel mir schwer, Entscheidungen über Recht und Unrecht zu treffen und körperliche Strafen zu verhängen. Da ich, außer dem Geistlichen, fast als Einzige des Schreibens mächtig bin, war es an mir, Urkunden über Schenkungen, Erbschaftsangelegenheiten, Vermählungen, Urteile oder andere wichtige Geschäfte auszustellen. Je mehr Verantwortung ich übernahm, desto mehr bürdeten die Menschen mir noch zusätzlich auf. Sie gewöhnten es sich an, mich bei Krankheiten um Rat zu fragen. Ich saß am Bett Sterbender und Gebärender, denn bis der Priester kam, war es oft zu spät. Ich will mich nicht beklagen. Es ist gut, wenn die Menschen mir vertrauen. Und was mir als Frau möglich ist, das will ich gerne tun. Doch gegen die Bedrohung durch den auswärtigen Grafen kann ich nichts ausrichten. Das Schwert mag sicher in meiner Hand liegen, doch ich bin keine Kriegerin!«

Frouwkes Gesicht verdunkelte sich. Trotz der vielen Aufgaben hatte sie sich hinter den starken Mauern des Steinhauses immer geborgen gefühlt. Und nun war selbst das Steinhaus kein sicherer Hort mehr.

»Wohin sollen Klaas und ich gehen, wenn es Tammo nicht gelingt, meine Heimat zu bewahren? Es gibt kein anderes Zuhause mehr für mich.«

Müde ließ sie den Kopf sinken, und für einen Augenblick überrollte Frouwke eine Welle der Hoffnungslosigkeit.

Bruder Abbo beruhigte sie. »Tammo wird versuchen, die Gefahr aufzuhalten. Fasst Mut, holde Herrin, noch ist nicht aller Tage Abend. Und nun liegt auch die Verantwortung nicht mehr allein auf Euren Schultern.«

Frouwke hob den Kopf. Der Mönch hatte Recht. So leicht ließ sie den Mut nicht sinken. Tammo war zurückgekehrt und hatte versprochen, die Feinde aus dem Land zu jagen. Bruder Abbo würde sie und Klaas in ein sicheres Versteck bringen, und letztendlich hatte selbst Gott seine Hilfe angeboten, indem er den Kelch schickte.

Klaas machte nun mit munteren Schreien wieder auf sich aufmerksam. Für ihn war diese Fahrt ein Abenteuer. Der

Mönch, dessen Kutte ihm zuerst Furcht eingeflößt hatte, gewann schnell sein Herz.

»Gerade Kinder liebe ich besonders«, hatte Bruder Abbo zu Frouwke gesagt, »sie sind reinen Herzens und damit Gott näher als wir. Manchmal ist es, als ob die Kinder mich in ihre Obhut nehmen und nicht ich sie in meine. Sie beachten jeden Grashalm, jeden Baum und jede Blume. Kinder hören dem Singen der Vögel noch zu. Sie beurteilen die Menschen nicht nach Ansehen und Macht. Von Kindern kann ich immer wieder aufs Neue etwas lernen. Sie loben Gott, indem auch das Kleinste seiner Schöpfung ihnen nicht entgeht.«

Frouwke glaubte ihm seine Zuneigung, denn an dem Mönch war weder Falschheit noch Eigennutz. Mit seiner unbeschwerten Herzlichkeit gelang es Bruder Abbo, alle Menschen für sich einzunehmen. Klaas liebte ihn jetzt schon und schien gerne eine Weile allein mit dem Mönch fahren zu wollen. So kletterte Frouwke in den Wagen.

Sie schob die Plane zur Seite und erhaschte einen letzten Blick auf das Steinhaus, in dem sie so lange zu Hause gewesen war. Ein Gefühl von Trauer ergriff ihr Herz. Würde sie es wiedersehen, und wenn ja, was mochte von ihrer Heimat übrig bleiben nach einem Angriff der Truppen des Grafen?

Tief in Gedanken versunken, bemerkte sie kaum den Jakobspilger, der auf das Steinhaus zueilte. Frouwke maß diesem Wanderer keine Bedeutung zu. Sie ahnte nichts von dem Bösen, das mit ihm Einzug hielt.

Der Handel

Gunthar de Bahr war unter falschem Namen in einem der vielen Gasthöfe, die am Heerweg lagen, abgestiegen. Die Wut brannte in ihm wie Feuer. Morgen würde er dem Grafen von Calvelage-Ravensberg Mitteilung machen, und dann Gnade den Mormerländern Gott! Das Wissen, gegen den Mann zu kämpfen, dem er vor zwei Jahren unterlegen gewesen war, spornte de Bahr an. Diesmal würde er Sieger bleiben. Viel zu lange schon ließ sich der Graf die Frechheiten dieses gemeinen Bauernvolkes gefallen. Wenn er die Macht des Grafen hätte, wären die Friesen längst unterjocht! Sie waren wie Geschmeiß, das sich immer wieder erhob.

Gunthar de Bahr ließ sich seine Abendmahlzeit in die Kammer bringen. Eine dralle Schankmaid brachte auf einem Holzbrett Brot und Fleisch, dazu einen Krug Bier. Sie kokettierte mit ihm, und er sah die Gier in ihren Augen. Sie galt dem, was er verkörperte: Geld und Macht.

»Werter Herr«, sie beugte sich tief zu ihm herab, »ich bringe Euch gleich noch etwas Suppe. Solltet Ihr später noch etwas brauchen«, gekonnt öffnete sie mit einer einzigen Handbewegung ihr Gewand und ließ keinen Zweifel daran, wonach es ihm später gelüsten könnte, »dann verlangt nach Märthe.« Sie schaute ihm direkt ins Gesicht und ließ ihre Zunge ganz langsam über die Lippen gleiten. Gunthar de Bahr sah ihr nach, als sie mit schwingenden Hüften zur Tür ging. Seine Laune besserte sich etwas. Vielleicht fand dieser erbärmliche Tag doch noch ein genüssliches Ende.

Märthe brachte die Suppe, und de Bahr verzog verächtlich den Mund, als er bemerkte, dass sie den Löffel mit der Höhlung nach unten ablegte, damit der Teufel sich nicht hineinsetzen konnte. »Na, da wird uns ja zumindest der Teufel heute Nacht nicht stören.«

Während sie den Tisch deckte, erforschte Gunthar de Bahrs Hand aufreizend langsam die Kehrseite der Schankmaid.

»Werter Herr, unten wartet ein Mann auf Euch. Ein Jakobspilger, der Euch, wie er sagt, eine wichtige Nachricht überbringen will. Soll ich ihn wieder fortschicken?« Märthe wand sich stöhnend unter Gunthar de Bahrs Hand und drängte sich dicht an ihn.

»Wir werden später noch Zeit haben. Lasst ihn kommen, während ich mein Mahl einnehme.« Mit einem Klaps schickte er Märthe fort.

Sie summte vor sich hin. Dieser Abend versprach einträglich zu werden. Außerdem war der Herr von angenehmem Äußeren. Er roch auch besser als die Reisenden, denen Märthe sonst ihre Aufwartung machte.

Gunthar de Bahr zerbrach sich den Kopf darüber, was dieser Mann unten in der Schankstube mit ihm zu tun haben könnte. Da klopfte es auch schon an der Tür, und auf sein Geheiß trat der Jakobspilger ein.

Gunthar de Bahr schaute ihm neugierig ins Gesicht. »Man sagte mir, Ihr hättet eine Nachricht für mich? Ich hoffe, sie ist wichtig genug, mir die Zeit zu stehlen. Es könnte sonst ungemütlich für Euch werden.«

Der Pilger schaute sich nach allen Seiten um und kam dann flüsternd näher. »Ich habe keine Nachricht, sondern bin hier, um Euch ein Geschäft vorzuschlagen, einen Handel.«

De Bahr maß ihn mit einem verächtlichen Blick. »Was für ein Handel soll das sein? Wollt Ihr mir vielleicht eine Reliquie aus Compostela anbieten? Mir liegt nichts an dem Horten alter Knochen und Haare. Da habt Ihr Euch den Falschen ausgesucht. Schert Euch fort!« Er wandte sich wieder seiner Mahlzeit zu.

»Es ist keine Reliquie, die ich anzubieten habe. Ich weiß etwas, das Euch nützlich sein könnte. Mir wurde gesagt, Ihr hättet gestern der Witwe des Sechzehners, Frouwke Tammena, einen Besuch abgestattet. Nun«, der Pilger machte eine wohl überlegte Pause, »ich selbst komme auch von dort, und ich weiß, was Ihr vorhabt.«

De Bahr stand auf und kam drohend auf ihn zu. »Wollt Ihr mir ins Gewissen reden? Schicken die Friesen jetzt schon Pilger, um ihren vermeintlichen Freiheitsanspruch durchzusetzen? Glaubt nicht, Eure Jakobsmuschel könnte mich davon abhalten, kurzen Prozess mit Euch zu machen. Schert Euch fort, bevor ich es mir anders überlege.« Er packte den Pilger beim Kragen und stieß ihn mit einer heftigen Bewegung Richtung Tür. Dieser konnte sich gerade noch vor einem Sturz retten.

Wut kochte im Inneren des Abtes im Pilgermantel. Wut darüber, wie ein Mann wie Gunthar de Bahr mit ihm umging. Doch er konnte, er durfte sich nicht zu erkennen geben. Seine Stimme sprühte Gift, als er sich noch einmal umwandte. »Ihr hättet mich ausreden lassen sollen, dann wüsstet Ihr jetzt, was ich anzubieten habe. Man sagt, Ihr wollt Jagd machen auf einen Freund aus alten Tagen.« Der Abt betonte das Wort »Freund«, als ob es sich dabei um ein besonders hässliches Insekt handelte. »Doch es scheint Euch ja nicht zu interessieren, wo sich dieser spezielle Freund und die Herrin des Steinhauses samt ihrem Sohn zur Stunde aufhalten.«

»Bleibt!«, mit einem einzigen Wort hielt de Bahr den Mann zurück. »Was wollt Ihr damit sagen? Das ganze Geschmeiß verschanzt sich im Wehrturm des Steinhauses, das ist doch klar.«

Der Abt beugte sich zu ihm vor. Er genoss diesen winzigen Triumph, Gunthar de Bahr aus der Ruhe gebracht zu haben. Seine Stimme war leise und ganz ruhig. »Ja glaubt Ihr denn, ein Mann wie Tammo Freesena verkriecht sich einfach wie ein waidwundes Tier hinter Mauern oder hinter den Röcken eines Weibes?«

Gunthar de Bahr wischte sich die Finger an einem Leinentuch ab und kam auf den Pilger zu. »Sprecht also, was wisst Ihr?«

Der Pilger schloss die Tür. »Nun, mein Wissen hat seinen Preis!« Etwas Lauerndes, Abschätzendes lag in seinem Blick.

»Nennt mir den Preis. Wie viel wollt Ihr?«

Gunthar de Bahr griff nach seiner Börse, doch der Pilger hielt ihn zurück.

»Mein Wissen kann man nicht kaufen. Ich sprach von einem Handel. Hört denn also: Meine Pilgerreise nach Compostela geschah im Auftrag eines reichen Mannes. Die Pilgerreise zum heiligen Jakobus war ihm als Buße auferlegt worden. Gegen einträgliche Bezahlung versprach ich, für ihn zu gehen und zudem einen Kelch, ein recht gewöhnliches Kirchengerät«, er machte eine wegwerfende Handbewegung, »in Compostela segnen zu lassen. Das Gefäß sollte als Beweis seiner Buße einer

Kirche gestiftet werden. Dieser Kelch nun wurde mir auf der Heimreise gestohlen, und der Dieb war jener Mann, nach dessen Blut es Euch verlangt. Tammo Freesena nahm den Kelch an sich, und nun komme ich nicht zu meinem Lohn.« Der Pilger beugte sich zu Gunthar de Bahr vor, und seine Augen funkelten gefährlich. »Wenn Ihr versprecht, mir den Kelch zu beschaffen, dann werde ich Euch erzählen, wo sich Eure Feinde aufhalten und was sie vorhaben.«

Die beiden Männer maßen sich mit Blicken, als ob sie einen Zweikampf ausfochten. Dann jedoch war de Bahr zu einer Entscheidung gelangt. Mit einer einladenden Handbewegung forderte er den Pilger auf, sich zu setzen.

»Ich werde Euch den Kelch besorgen. Nun sprecht endlich, was wisst Ihr?«

Und mit triumphierendem Blitzen in den Augen berichtete der Abt im Pilgermantel, was ihm Elto, der Vorsteher der Bediensteten, verraten hatte.

V

Lichtblicke

Tempora mutantur,
homines pejorantur.
Qui veritatem dicit,
caput perdit.
Qui, quod vult, dicit,
quod non vult saepius audit.
(Mittelalterliche Inschrift in der Kirche St. Barbara in Strackholt. Die Inschrift ist heute nicht mehr vorhanden.)

Die Zeiten ändern sich,
die Menschen verschlechtern sich.
Wer die Wahrheit sagt,
verliert den Kopf.
Wer redet, was er will,
muss oft hören, was er nicht will.

Unterwegs

Tammo hatte nicht übertrieben, er ritt, als sei der Teufel hinter ihm her, und schaute sich nicht ein Mal nach Sina um. Zuerst nahm er den Weg entlang der Leda. Dieser war zeitweilig so schmal, dass sie nur hintereinander reiten konnten. Später dann gelangten sie auf die breite Heerstraße. Die Straße wurde nie angelegt, sondern folgte uralten Pfaden auf dem Kamm der trockenen Geest und mied dabei die nassen, gefährlichen Moor- und Marschgebiete. Bohlenwege führten über feuchte Niederungen. Die Heerstraße verband die Städte miteinander, und ihr Weg führte immer ans Meer.

An diesem kalten Wintermorgen begegneten sie nur wenigen Reisenden. Die Menschen verbrachten ihre Stunden lieber am wärmenden Feuer. Sina wusste nicht, wie viel Zeit seit ihrem Aufbruch vergangen war. Es kam ihr vor, als ritten sie schon seit einer Ewigkeit. Ihr Atem ging schwer, doch sie zwang sich dazu, mit Tammo Schritt zu halten. Sina hatte sich geschworen, ihm keinen Grund zu liefern, der seine Vorbehalte ihr gegenüber rechtfertigen würde. Doch gerade darauf schien Tammo es abgesehen zu haben. Er machte weder eine Rast, noch bot er ihr Gelegenheit zu essen und zu trinken. Sina spürte jeden Knochen im Leib, und sie sehnte sich nach einem Schluck Wasser. Sie seufzte, und das Herz wurde ihr schwer. Trübe Gedanken zogen durch ihren Sinn, grau und schwer wie der Himmel über ihnen. In der Nacht hatte es geschneit. Die Luft war jetzt etwas wärmer als am Morgen und der Schnee geschmolzen, doch Sina wusste, dass die Wärme nur von kurzer Dauer war. Der Winter umklammerte immer noch alles Leben mit eisigen Klauen. Der Atem der Pferde dampfte. Sträucher und kleinere Bäume säumten den Weg. Ab und zu reckte ein Baum seine kahlen Äste drohend, wie mahnend erhobene Zeigefinger, gen Himmel. Hin und wieder streifte der Heerweg einen der vielen kleinen Landseen. Kinder vergnügten sich dort auf dem Eis. Unter ihre Holzschuhe hatten sie Kufen aus Tierknochen gebunden, und sie stießen sich mit langen Stöcken ab. Die Jungen machten sich einen Spaß daraus, ihre Stöcke wie Lanzen unter die Arme zu nehmen und wie im Zweikampf aufeinander zuzuschlittern. Das laute Gejohle der Kinder durchbrach für einen Moment die lähmende Stille des Winters.

Sina versuchte sich zu orientieren. Immer wieder kamen sie an Kirchen vorbei. Einige waren aus Holz gebaut, andere dagegen leuchteten in einem farbenprächtigen roten Gewand aus Backstein, dem neuen Baumaterial der Mönche. Sina versuchte anfangs, anhand der Kirchen die Ortschaften auszumachen. Bald jedoch verschwendete sie keine Gedanken mehr daran, wo sie waren oder ob sich die Beschaffenheit des Weges änderte. Es galt nur noch mitzuhalten. Sie bemerkte verzweifelt, dass es wieder angefangen hatte zu schneien. Zuerst fegten nur kleine Kristallflocken durch die Luft. Sie schienen durch alle Kleidungsschichten zu dringen. Dann jedoch wurde aus dem spielerischen Treiben des Windes ein mächtiger Sturm. Es fiel Sina immer schwerer, Tammo in diesem Schneetreiben nicht aus den Augen zu verlieren. Der Schnee wehte ihr nun direkt ins Gesicht. Er fiel dichter und dichter. Ihr Gesicht schmerzte vor Kälte, und die Füße fühlten sich an wie Eisblöcke.

»Wir müssen anhalten!«, schrie Tammo ihr plötzlich zu. »Ich weiß nicht, ob wir uns noch auf dem Heerweg befinden. Mir kommt es so vor, als ob ich eine falsche Abzweigung gewählt hätte. Wir werden den Weg zur nächsten Ortschaft nehmen.«

Sie saßen ab und kämpften sich durch den Sturm und das Schneetreiben. Es ging nur mühsam voran. Endlich stießen sie auf einen schmalen Pfad. Er führte zu einer kleinen Ortschaft. Die Häuser aus Holz oder Flechtwerk gruppierten sich locker um eine Kirche aus Backstein.

»Wo sind wir hier?« Der Wind riss Sina die Worte fast von den Lippen.

»Ich glaube, es hat uns nach Strackholt verschlagen. Ich habe wohl in der Nähe von Bagband eine falsche Abzweigung genommen. Wir werden hier rasten müssen, bis der Sturm nachlässt. Den Pferden wird eine Pause gut tun.«

»Mir auch«, dachte Sina, verbiss es sich aber, ihre Gedanken auszusprechen.

Tammo seufzte tief. »Ich glaube, mein Vorhaben, den Weg durchs Moor zu nehmen, kann ich buchstäblich in den Wind schreiben. Wir werden wohl, wenn überhaupt, der breiten Heerstraße folgen müssen.«

»Wie mag es Bruder Abbo, Frouwke und Klaas ergehen«, dachte Sina. »Hoffentlich haben sie eine Unterkunft gefunden.«

Sich gegen den Wind stemmend, zogen sie ihre Pferde auf das Dorf zu. Wie ausgestorben lag die Ortschaft vor ihnen. Der Winter schien alles Leben ausgesaugt zu haben. Sina bemerkte einen Mann, der sich bemühte, die aufgewehte Tür eines Stalls zu schließen. Er grüßte freundlich und blickte ihnen fragend entgegen.

»Sind wir in Strackholt?« Tammo musste schreien, damit der Alte ihn verstand. Dieser antwortete mit einem Kopfnicken.

»Gibt es eine Möglichkeit, hier Unterkunft zu finden?«

Der Alte nickte wieder und wies in die entsprechende Richtung. Das Gasthaus lag direkt neben der Kirche.

Während Tammo die Pferde in einen an die Schankstube grenzenden Stall führte, betrachtete Sina staunend das Gotteshaus und den Glockenturm. Die wirbelnden Schneeflocken ließen beide Gebäude unwirklich erscheinen. Die tänzerische Leichtigkeit der Flocken stand in krassem Gegensatz zu der machtvollen Wehrhaftigkeit von Kirche und Turm. Sina lehnte sich für einen Augenblick gegen die festen Mauern der Giebelseite des Glockenturms. Viele Gotteshäuser auf der Geest und auf moorigem Boden hatten freistehende Türme. Die von den Glocken ausgehenden Schwingungen konnten so besser abgefangen und Schaden für die Kirchen vermieden werden.

Sina wandte ihre Aufmerksamkeit nun dem Gotteshaus zu. Es war eine eher schlichte Kirche mit einem halbrunden, am Ende des Kirchenschiffes angebauten Altarraum, der Apsis.

Tammo kam zurück und war äußerst ungehalten. »Wir können zwar unsere Pferde für einige Zeit unterstellen, doch die Gaststube hat im Winter eigentlich nicht geöffnet. Man sagte mir, die ganze Familie sei gerade beim Bad und wolle nicht gestört werden.«

Sina seufzte tief. Sie konnte sich diese Zeremonie gut vorstellen. Ein Familienmitglied nach dem anderen würde ins Wasser steigen, vom Vater bis zum kleinsten Kind. Das konnte dauern.

Tammo schien seinen Humor wiedergefunden zu haben. »Wenn wir nicht so lange im Schnee stehen bleiben wollen, dann bleiben uns der Stall oder die Kirche. Was wünscht Ihr Euch? Die Schlichtheit, in der Gottes Sohn zur Welt kam, oder die Nachbildung des Himmlischen Jerusalem?«

Sina musste lachen. Er hatte nicht ganz unrecht. Die Strackholter Kirche mutete schlicht an, doch manche Gotteshäuser wollten scheinbar tatsächlich mit der himmlischen Herrlichkeit konkurrieren. Als ob sie die Menschen locken wollten, zeigten die Kirchen ihnen schon als Abglanz, welche Pracht und Herrlichkeit sie im himmlischen Reich erwartete. Wer konnte dem widerstehen?

»Lasst uns in die Kirche gehen, dort riecht es vielleicht angenehmer.«

Sina öffnete die Tür des Gotteshauses, und sie traten ein. Hier war es nicht viel wärmer als draußen, und Tammo ging noch einmal zum Stall, um die Vorräte und warme Decken zu holen. Der Kelch befand sich nicht mehr beim Gepäck. Sina trug ihn, nach dem versuchten Diebstahl, nun immer bei sich. Beruhigt fühlte sie die Konturen des Gefäßes an ihrem Rücken. Durch die Fenster drang nur wenig Licht herein. Die Wandflächen im Kircheninneren waren hell und schlicht gestaltet. Einige zierliche Ranken und florale Malereien schmückten sie. Sina konnte Weinreben ausmachen, wie sie in fast allen Gotteshäusern zu finden waren. Sie hätte sich gerne einen Moment hingesetzt, doch es gab kein Gestühl. Fröstelnd schlug Sina die Arme um den Körper. Es war kalt in diesem Gemäuer.

Das Kircheninnere war in drei Joche mit Kuppelgewölben gegliedert. Im Chorbogen, der den Apsisraum vom Kirchenschiff trennte, stand ein Taufbecken aus Sandstein, groß genug, um einen Täufling gänzlich unterzutauchen. Wieder waren es Weinranken, die das Becken schmückten. Es wurde von vier Löwen in Kauerstellung gehalten.

Mit ungläubigem Blick starrte Sina auf die Löwen. Sie wandte sich an Tammo, der gerade die Kirchentür öffnete und eintrat. »Was meint Ihr, ob den Priestern bewusst war, dass diese Löwen einem alten heidnischen Abwehrzauber entstammen?«

Erstaunt hob Tammo eine Augenbraue. »Seid Ihr Euch dessen sicher?«

Sina nickte. »Was tun diese Löwen nur in einer christlichen Kirche?«

Nachdenklich ruhte Tammos Blick auf dem Taufbecken. »Vielleicht benutzte man diese bekannten Symbole, um für die Menschen den Übergang zum neuen Glauben leichter zu machen? Nimmt man nicht viel eher etwas an, wenn einem die Dinge vertraut sind?«

Nachdenklich nickte Sina. »Was mögen die Friesen damals empfunden haben, als ihnen plötzlich ein neuer Glaube aufgezwungen wurde, als die alten Wahrheiten nichts mehr galten? Ist es nicht so, als ob einem der Boden unter den Füßen weggerissen wird, wenn all das, was Generationen für wahr und richtig gehalten haben, nur noch Trug sein soll?«

»Ganz so einfach war und ist es ja nicht, die Friesen zu bekehren. Es gibt immer noch genügend Beweise, besonders in den Dörfern, dass die Menschen den alten Glauben über die neuen Lehren nicht vergessen haben.« Tammo breitete schwungvoll eine Decke auf dem Steinboden aus.

»Meine Frage ist vielleicht für eine Klosterschülerin ungeheuerlich, aber was meint Ihr«, Sina schaute Tammo ins Gesicht, »ist das Christentum wirklich die einzig wahre Art zu glauben?«

»Eine gefährliche Frage, die Ihr in einer christlichen Kirche stellt. Ich kann Euch keine Antwort darauf geben. Vor dem Kreuzzug hätte ich ja gesagt. Doch Euer Vater erzählte von der Klugheit der Sarazenen und von ihrem Glauben. Meint Ihr, die so genannten Ungläubigen wären dumm genug, dem ›falschen‹ Gott anzuhängen? Ist es nicht eher so, dass jedes Volk seinen eigenen Glauben hat, mit dem es versucht, dem Göttlichen näher zu kommen? Vielleicht sollten wir in einer stillen Stunde den Abt des Klosters Ihlow befragen. Bruder Abbo sagt, der Klostervorsteher habe sich Jahr um Jahr über solche Fragen Gedanken gemacht und sie in der Stille vor Gott gebracht.«

Tammo wandte sich ihrem Gepäck zu. Er wies einladend auf die ausgebreitete Decke, und Sina ließ sich mit einem Seufzer darauf nieder. Schweigend reichte Tammo Sina die Kalebasse mit Wasser. Sie trank gierig. Er reichte Sina auch ein Stück vom Brotlaib. Ihre Hände berührten sich, und Tammo zuckte zurück, als ob er sich verbrannt hätte. Wie eine versteinerte Maske wirkte sein Gesicht nun wieder auf Sina, so gequält, dass sie den Wunsch verspürte, mit ihren Händen die Sorgenfalten glatt zu streichen. Verzweifelt suchte sie nach einer unverfänglichen Frage, um Tammos Starre zu lösen und das lastende Schweigen zu brechen.

»Warum ist der Kirchenhügel von Strackholt eigentlich so flach? Sonst sind die Warfen doch meist sehr hoch, und die Kirchen scheinen förmlich über der Ortschaft zu schweben.«

Tammo überlegte eine Weile. »Tja, die hohen Warfen finden sich eher in Küstennähe. Sie wurden in den Zeiten, bevor es Deiche gab, aufgeschüttet, um die Kirchen vor den gewaltigen Fluten des Meeres zu schützen. Dieser Ort jedoch befindet sich weit entfernt vom Meer. Vielleicht bauten die Menschen diese Warf nicht zum Schutz, sondern als besonderes Zeichen der Höhe und Erhabenheit Gottes.«

Sina fiel wieder das alte heidnische Motiv des Löwen am Taufbecken ein. Vielleicht gab es ganz andere Gründe für die Errichtung dieses Gotteshauses auf dem Hügel. »Ihr wisst, ich habe in Büchern viel gelesen über die Zeit, in der die Friesen noch nicht bekehrt waren. In diesen alten Zeiten gab es Grabhügel, uralte heilige Orte, wo unter freiem Himmel die Götter verehrt wurden. Auf den heiligen Warfen wurde auch Gericht gehalten, und es wurden öffentliche Angelegenheiten verhandelt. Vielleicht haben die Friesenapostel es schlau angefangen und, um den Menschen diese heiligen Orte nicht zu nehmen, darauf Kirchen bauen lassen. Vielleicht sogar aus dem Holz der heiligen Bäume, die auf diesen Warfen wuchsen.«

Tammo schaute in Sinas nachdenkliches Gesicht. Ein verschmitztes Lächeln erhellte sein Gesicht. »Vielleicht werden wir hier auch Wurzeln schlagen, wenn wir noch lange über solche Fragen nachdenken.« Sina spürte seine Ungeduld. »Wir müssen eigentlich noch heute weiterreiten. Betet, dass der Sturm nachlässt und der Heerweg begehbar ist.«

Nach geraumer Zeit erschien der Wirt in der Kirchentür und forderte seine Gäste auf, in die Gaststube zu kommen. Sina hätte jubeln mögen. Es gab heiße Suppe und warmen Würzwein. Niemals zuvor hatte ihr eine Mahlzeit besser geschmeckt. Während Tammo und Sina aßen, unterhielt der redselige Wirt sie mit Geschichten über die Schutzpatronin der Kirche, der heiligen Barbara. Es schien, als habe er sie persönlich gekannt.

Dann, als ob er nun genug habe von seine Gästen, wies der Wirt nach draußen. »Es hat aufgehört zu schneien.«

Und wirklich schien es so, als habe das Wetter sie nur narren wollen. Der Himmel klarte auf, und der Sturm verabschiedete sich so schnell, wie er gekommen war.

»Wenn wir uns beeilen, können wir das Kloster noch vor Einbruch der Dunkelheit erreichen.« Tammo zahlte dem Wirt die Auslagen und holte schnell die Pferde aus dem Stall.

Der Wirt gab ihnen gute Ratschläge. »Bleibt nur immer auf dem Weg, den Ihr gekommen seid. Er führt Euch direkt wieder der Heerstraße zu.«

Seufzend saß Sina auf. Tammo war ein Stück weit vor ihr. Sie ließen die Ortschaft hinter sich und hatten bald wieder den Weg zur Heerstraße erreicht. Schweigend ritten sie durch die winterliche Landschaft. Die Farbe des Himmels sagte Sina, dass sich bald die Dämmerung ankündigen würde. Tammo ritt, so schnell es die Verwehungen auf dem Weg zuließen. Hin und wieder mussten sie absteigen und die Pferde durch Schneedünen führen. Sina hörte den klagenden Ruf der Dohlen. Es schien, als suchten sie schon in den hohen Eichen ihr Nachtlager auf. Dann, ganz langsam, senkte sich die Abenddämmerung wie ein schwarzes Tuch über das stille Land. Sina empfand sie als unheimlich, unberechenbar und bedrohlich. Sie fragte sich, wie lange der Ritt noch dauern würde. Nach kurzer Zeit konnte Sina kaum noch Tammos Pferd vor sich ausmachen.

Sie atmete erleichtert auf, als Tammo endlich den Heerweg verließ mit den Worten: »Wir haben es bald geschafft. Ich glaube, diese Abzweigung führt direkt zur Klosteranlage!«

Adalbert

Frouwke zitterte immer noch. Sie wusste nicht, ob vor Kälte oder vor Angst. Dieser Schneesturm hatte sie das Fürchten gelehrt. Klaas war erschöpft in einen tiefen Schlaf gefallen. Frouwke betrachtete seine roten Wangen. Ruhig atmend lag der kleine Bursche auf einem Strohsack. Frouwke beruhigte sich. Alles war gut, hier waren sie sicher!

Bruder Abbo, der sich um das Pferd und den Karren gekümmert hatte, kam zurück. Auf seinen Wink hin folgte ihm Frouwke ins Nebenzimmer.

Bruder Abbo klopfte sich den Schnee von seinem wollenen Mantel. »Puh, in meinem ganzen Leben bin ich noch nicht in einen derartigen Schneesturm geraten. Was für ein Glück, dass wir gerade in der Nähe der Ortschaft Timmel waren!«

Der Mönch hatte sich für eine Reise auf den verzweigten Wegen abseits der Heerstraße entschieden. Es war ihm sicherer erschienen. Er kannte diese Gegend wie kein Zweiter, und der Gedanke, vielleicht hier bei den Laienbrüdern des Vorwerks Timmel zu nächtigen, war ihm nicht erst im Schneesturm gekommen. Als sie die auf einem Geestrücken liegende Ortschaft erreichten, baute der Schnee schon dichte weiße Wände vor ihnen auf, die jegliche Sicht nahmen.

Selbst jetzt noch fuhr dem Mönch ein Schauer über den Rücken, wenn er an den Augenblick der Panik dachte, in dem er glaubte, jegliche Orientierung verloren zu haben. Mit einem tiefen Seufzer ließ er sich neben Frouwke auf einer Bank nieder.

»Fast hätte ich die Abzweigung zum Vorwerk verpasst! In diesem Schneetreiben war selbst von der Timmeler Kirche, die auf einem Hügel liegt, nichts mehr zu erkennen. Wie gut, dass mich mein Orientierungssinn nicht verlassen hat. An der Weggabelung war ich mir dann wieder sicher.«

»Ihr redet, als wäre dieser Ort ein Zuhause für Euch.« Frouwke schaute Bruder Abbo neugierig an. Sie hatte im Sturm völlig die Orientierung verloren. »Wo sind wir hier eigentlich?«

»Ihr befindet Euch in der Grangie Timmel, einem Vorwerk des Klosters Ihlow.«

Bevor Frouwke weitere Fragen stellen konnte, ging die Tür auf, und zehn bärtige Männer in einfachen Kutten aus grobem Stoff traten ein. An ihren strahlenden Gesichtern sah man, dass sie sich sehr freuten, Bruder Abbo begrüßen zu können. Frouwke begegneten sie mit scheuer Zurückhaltung. So einfach wie die Kleidung der Männer war auch der Raum ausgestattet, in dem sie sich befanden: schmucklose Wände, einfache Bänke und grob gezimmerte Tische. An diesen ließen sich die Männer nun nieder.

Wieder öffnete sich die Tür. Herein trat diesmal ein Mann mittleren Alters ohne Bart. Er war klein und dürr. Die Natur hatte es nicht gerade gut mit ihm gemeint. Eine spitze Hakennase und ein vorstehendes Kinn prägten sein Gesicht, und er war gänzlich kahl. Doch die kleinen, vor Neugierde und Übermut blitzenden Augen wogen alle Nachteile auf. Das Zucken der Mundwinkel zeugte von einer ordentlichen Portion Humor. Frouwke mochte ihn sofort.

»Na, da hat Euch ja ein ordentlicher Sturm hierher geweht.« Der Kahlköpfige schlug Bruder Abbo auf die Schulter. »Wie gut, dass Ihr nicht ganz so leicht des Windes Beute werdet!« Er lachte und tätschelte den feisten Bauch des Mönches, der sich unter dessen Kutte abzeichnete. »Mir scheint, mein Freund, Ihr habt auf der Pilgerreise nicht schlecht gelebt!«

Die anderen Männer stimmten in sein wohlwollendes Gelächter ein.

Bruder Abbo wedelte seine Hand weg wie eine lästige Fliege. »Was erdreistet Ihr Euch, Hungerhaken, der Ihr seid!« Der Mönch musterte die dürre Gestalt mit einem mitleidigen Blick und strich sich liebevoll über seinen runden Leib. »Einen in Gott ruhenden Menschen erkennt man an seinem wohlgenährten Äußeren!«

»Na, Ihr ruht ja wohl eher in Wein und Bier! Gottes ist der Geist, nicht der Leib. Der Geist ist für die Ewigkeit gemacht. Ich habe mich schon des Öfteren gefragt, wie Ihr die Fastenzeit übersteht!« Der Dürre machte ein betont mitleidiges Gesicht. Dann jedoch erhellte sich seine Miene. »Man sagt, Kloster Ihlow sei in der Zeit Eurer Abwesenheit noch reicher geworden – wohl weil es Euch nicht verköstigen musste!«

Bruder Abbo warf dem Dürren einen vernichtenden Blick zu und wies mit dem Zeigefinger auf dessen Haupt. »Bei Euch finden ja nicht einmal die Läuse ihr Auskommen. Außerdem wird Abt Egge froh sein, dass ich wieder da bin. Ihm fehlt sicherlich schon mein Würzwein.«

Der Glatzköpfige beugte sich neugierig zu ihm vor. »Da Ihr davon sprecht, eines würde ich zu gerne wissen: Wie ist es Euch gelungen, den Abt für Euren Würzwein zu erwärmen? Nach den Regeln des Bernhard von Clairvaux ist uns Zisterziensern doch der Genuss von Wein untersagt!«

Einer der Männer machte ein wissendes Gesicht: »Gesteht, Ihr habt versucht, den Wein zu verkaufen. Niemand wollte den sauren Aufguss nehmen, und so mussten ihn Eure Klosterbrüder selbst trinken!«

Sprachlos vor Empörung starrte Bruder Abbo den dreisten Kerl an. Dann schüttelte er den Kopf. »Mein Wein ist nicht für den Genuss gedacht, jedenfalls nicht nur – er ist ein Heilmittel!«

Die Männer antworteten mit Gelächter.

»Jawohl, ein Heilmittel.« Bekräftigend nickte Bruder Abbo. »Wir haben anfänglich den Wein nur gegen Krankheiten eingesetzt.«

»Und Ihr habt wohl vorher jeweils reichlich gekostet, ob die Heilkraft ausreichend sei – daher Euer feister Bauch«, entgegnete der Kahlköpfige.

Bruder Abbo warf ihm einen wütenden Blick zu. »Mein Wein ist wirklich ein Heilmittel! Wir setzen ihn bei verschiedenen Gebrechen ein. Und er zeigt gute Wirkung! Vorletztes Jahr im Winter erfroren etlichen Brüdern verschiedene Gliedmaßen.« Bruder Abbo warf einen Blick in die Runde. »Abt Egge verordnete daraufhin jedem Mönch einen Becher Würzwein vor dem Einschlafen. Und, was soll ich Euch sagen – es hat gewirkt! Selbst die Schlafstörungen einiger Mitbrüder verschwanden auf wundersame Weise. Seit dieser Zeit ist mein Wein eine Kostbarkeit im Kloster.« Er warf sich in die Brust. »Der Abt wird froh sein, dass ich wieder da bin. Er weiß, was er an mir hat!«

»Ja«, flüsterte sein Gegenüber Frouwke mit einem gewissen Unterton zu, »das weiß er. Ich hoffe, mein Freund hat Euch nicht sämtliche Scheunen und Fässer geleert? Man raunt ja allerorten, dass weder Wein noch Brot vor ihm sicher sind und er es außerhalb des Klosters mit den Grundregeln unseres Ordens, nach denen weder Eier noch Fett, weder Fleisch noch Milch erlaubt sind, nicht so genau nimmt.«

»Also hört mal!« Empört schlug Bruder Abbo mit der Faust auf den Tisch. »Verehrter Freund Adalbert, Ihr habt wirklich nicht an Höflichkeit gewonnen seit meinem letzten Besuch. Mäßigt Euch in Gegenwart eines hochwohlgeborenen Weibes mit solchen verlogenen Äußerungen. Wenn wir Zisterzienser harte körperliche Arbeit verrichten – und als solche betrachte ich eine Pilgerreise – dann ist der Genuss von Fleisch sehr wohl erlaubt.« Er wandte sich mit bittender Miene an Frouwke. »Verzeiht die Plumpheit dieses einfachen Mannes. Er weiß es nicht besser. Darf ich Euch Adalbert, den …«, er machte eine wohl überlegte Pause, »den Frommen«, dröhnendes Gelächter war die Antwort, »vorstellen. Er leitet die Arbeit der Laienbrüder hier im Vorwerk Timmel.«

»Adalbert, der Fromme«, äffte der Angesprochene ihn nach, »mein Beiname in Eurer Vorstellung müsste das Wort ›Arbeit‹

beinhalten: Adalbert, der Arbeitende, wäre die richtige Bezeichnung. Das Frommsein überlasse ich meinen lieben Mitbrüdern in Christo im Kloster Ihlow. Wir arbeiten hier, sorgen für reichliche Ernten und fettes Vieh, während die ›besseren‹ Mönche im Kloster vom ›Ora et labora‹, dem ›Beten und Arbeiten‹, eher das ›Ora‹ übernehmen.«

Mit einem verschmitzten Gesichtsausdruck neigte er den Kopf leicht zu Frouwke. Sie nickte ihm mit einem verständnislosen Blick zu.

Bruder Abbo holte aus zu erklären. »Wie Ihr sicherlich wisst, besteht die Gemeinschaft der Zisterzienser aus Mönchen und Laienbrüdern. Letztere werden auch ›Konverse‹ genannt. Wir alle verrichten unseren Dienst nach den Regeln des Benedikt von Nursia. Oberster Grundsatz ist natürlich das ›Ora et labora‹. Dies bedeutet für uns einen dreifachen Dienst. Zum einen den Gottesdienst, dann die geistigen Lesungen und nicht zu vergessen die Hand- und Feldarbeit. Wegen der vielen Gottesdienste können wir Mönche die von den Statuten vorgeschriebene Selbstversorgung kaum allein leisten. Lediglich die Gartenarbeit in der Nähe des Klosters und«, er klopfte sich auf die Schulter, »die Weinlese wird von uns vorgenommen. Für die anderen körperlichen Arbeiten wurden Laienbrüder in den Dienst des Klosters aufgenommen. Einigen«, sein Blick streifte den glatzköpfigen Adalbert, »ist diese Aufteilung ein Dorn im Auge.«

»Jawohl, ein Dorn«, pflichtete dieser ihm bei, »lesen und schreiben habe ich nicht gelernt, aber mein Kopf funktioniert einwandfrei, und die Ohren aufsperren kann ich allemal. Es ist mir unverständlich, warum die Mönche etwas Besseres sein sollen als wir! Stellt Euch vor, sie nennen uns den ›zweiten Konvent‹. Wir sind Mönche zweiter Klasse, ›Illiterati‹, also ›ungebildet‹! Weder dürfen wir Bücher besitzen, noch mehr als die nötigsten Gebete kennen. Nur das Glaubensbekenntnis, das Vaterunser und den ein oder anderen Psalm gesteht man uns zu. Um auch äußerlich als Konverse erkennbar zu sein, müssen wir Bärte tragen.« Er machte eine kurze Pause, um Atem zu holen.

Einer der Männer rief: »Nur unserem lieben Adalbert hat die Natur den Bartwuchs verwehrt. So ist seine Aufmüpfigkeit auch gleich im Äußeren zu erkennen.«

Ungehalten schimpfte Adalbert. »Aufmüpfigkeit! Man *kann* doch nur aufmüpfig sein gegen diese Ungerechtigkeit. Im Kloster hatte ich diese Zweitrangigkeit beständig vor Augen und kam mir vor wie ein Aussätziger. Wir aßen getrennt von den Mönchen, wir hatten unseren eigenen Schlafbereich, sogar unsere eigene Eingangspforte. Nur für das Arbeiten waren wir gut genug. Selbst in der Klosterkirche, unter den Augen des Allmächtigen, trennte eine Chorschranke das Gotteshaus in den Bereich für Mönche und den Bereich für Konverse. Könnt Ihr raten, welcher Teil des Gotteshauses mit Gestühl versehen war?«

Frouwke nickte, und in ihrem Blick lag Verständnis für seinen Unmut.

Bitterkeit schwang in der Stimme des Laienbruders mit. »Sagt selbst, was ist davon zu halten? Kommen wir bei Gott vielleicht auch an zweiter Stelle? Macht er auch Unterschiede? Ich habe versucht, Bruder Egge von der Gleichheit vor dem Herrn zu überzeugen, doch er konnte nicht gegen die geltenden Vorschriften handeln. Das Fass zum Überlaufen brachte die neue Regelung vom Mutterkloster, dass wir Laienbrüder das Stiefelwerk der Mönche aufzutragen hätten. Gegen diese unwürdige Behandlung lehnten wir uns auf. Ich war der Anführer der ›Stiefelrevolte‹.« Etwas wie Stolz schlich sich in seine Stimme. »Es brachte uns tatsächlich neue Stiefel ein, mir aber auch diese wertvolle Aufgabe der Leitung der Grangie Timmel. Man wollte mich wohl ›aus dem Weg räumen‹.«

Sein zynischer Tonfall verwirrte Frouwke etwas, doch sie merkte auch, dass Adalbert gerne hier im Vorwerk tätig war. Und nicht nur er, auch die anderen Männer wirkten sehr zufrieden.

Einer der Laienbrüder klopfte ihm beschwichtigend auf die Schulter. »Ihr könnt reden, bis Euch die Zähne herausfallen und revoltieren bis zum Jüngsten Tag – eine Gleichstellung von Mönchen und Konversen wird es nicht geben.«

»Wir sind jedenfalls froh, dass der Zisterzienserorden einen Unterschied macht und Ihr unser Grangienmeister seid«, rief einer der jüngeren Männer.

Auch Bruder Abbo versuchte, seinen Freund zu beruhigen. »Ihr wisst, wie sehr Abt Egge Euch mag und Euren scharfen Verstand schätzt. Nicht umsonst leitet Ihr die Grangie Timmel mit allen Vollmachten in Rechtsgeschäften, im Grundstücks- und Geldverkehr!«

Noch immer aufgebracht, grummelte Adalbert vor sich hin.

Frouwke fror an den Händen. Sie faltete sie und blies hinein. Einer der älteren Laienbrüder ergriff eine Hand.

»Ihr redet und redet, während dieses junge Weib hier erfriert und verhungert. Johann«, seine Augen suchten einen Konversen mit prächtigem Vollbart, »waltet Eures Amtes als Küchenmeister und tragt eine warme Suppe auf!«

Frouwke beteuerte, dass es so schlimm nicht sei, doch Johann entfernte sich schon eilig und kam kurze Zeit später mit heißer Suppe zurück, für die vor allen Dingen Bruder Abbo dankbar war. Die anderen Männer machten sich wieder an ihre Arbeit, und nur Adalbert blieb bei Frouwke und Bruder Abbo.

Frouwke musterte ihn neugierig. »Sagt, was hat Euch dazu gebracht, dem Kloster als Laienbruder beizutreten?«

Lange war es still. »Tja, wie kommt ein Zwerg wie ich als Arbeitstier ins Kloster? Richtiger wäre wohl die Frage: Was brachte meine Eltern dazu, mich dem Kloster zu schenken? Vielleicht die Aussicht, ein Maul weniger stopfen zu müssen. Ich war nie besonders kräftig, eher kränklich und zu körperlicher Arbeit schwerlich zu gebrauchen. Also war es kein großer Verlust, mich wegzuschicken. Vielleicht war ich in ihren Augen der Preis für einen Platz im Himmelreich? Mag sein, dass es andere Gründe gab. Schon als kleiner Junge sah ich aus wie dem Teufel von der Schippe gefallen. Ein kindlicher Greis, verhutzelt, klein und kahlköpfig. Und wo ist der beste Platz, um sich gegen jede Teufelei zu wehren? Natürlich in der Nähe Gottes, in einem Kloster. So brachten sie mich, die Teufelsbrut, zum damaligen Abt. Er muss an Sehschwäche gelitten haben, dass er mich nahm. Vielleicht übermannte ihn auch ein Anflug von Mitleid und Mildtätigkeit.«

Bruder Abbo unterbrach ihn. »Es mag sein, dass Ihr nicht die Kräfte Goliaths besitzt, aber dafür die Schlauheit Davids!«

»Doch was bringt mir meine Klugheit? Ich darf ja meinen Kopf nicht benutzen, wie Ihr wisst. Doch genug der Reden über mich alten, aufmüpfigen Esel.« Adalbert war erstaunlich ernst geworden. »Kommen wir zu Euch beiden. Warum seid ihr mit diesem kleinen Kind zu solch unwirtlicher Zeit unterwegs?«

Für einen Augenblick war es still geworden, fast zu still. Dann fing Bruder Abbo an zu erzählen. Nur vom Kelch sprach er nicht. Adalbert hörte aufmerksam und mit einem hellwachen Blick zu. Frouwke glaubte, ein wissendes Aufblitzen in seinen Augen wahrzunehmen.

»Seltsam! Ihr seid auf dem Weg nach Ihlow, und auch ich werde mich morgen dorthin begeben müssen. Eigenartige Dinge gehen vor.«

Fragend schaute Bruder Abbo ihn an. Der Kahlköpfige starrte einen Augenblick zu Boden, dann holte er tief Luft. »Ihr wisst doch, was Abt Egge von dem hält, was der blinde Dodert sieht?«

Bruder Abbo nickte zögernd, und Adalbert klärte Frouwke auf. »Dodert ist einer der Laienbrüder hier. Er lebt auf eigenen Wunsch im Vorwerk des Klosters Ihlow. In seiner Kindheit verlor er das Augenlicht, und seit dieser Zeit überkommen ihn manchmal seltsame Ahnungen. ›Anflüge von Wissen um das, was sein wird‹, nennt er es selbst. ›Die Welt ist mir dunkel, doch das Licht himmlischer Geister umkleidet mich und schärft meinen Blick zu dem eines Adlers, der heute schon sieht, was er morgen fressen will.‹ Dodert spricht nicht mit Stolz von seiner Fähigkeit. Manchmal lastet sie auf ihm, doch er sieht sie als eine Gabe Gottes, und sie hilft ihm, seine Blindheit zu ertragen.«

»Er muss ein besonderer Mensch sein«, Bruder Abbos Finger zeichneten gedankenverloren Muster auf den Tisch, »ich kenne den Alten zwar nicht, doch der Abt hält große Stücke auf ihn. Hat er nicht schon einmal einen Brand vorausgesehen, und nur, weil Abt Egge ihm vertraute, konnten viele Klosterbrüder gerettet werden? Es heißt außerdem«, jetzt wisperte der Mönch nur noch, »dass den alten Dodert ein Band mit dem Allmächtigen verbindet. Er sei Gottes Ohr, sagt man!«

Adalbert schüttelte den Kopf. »Er ist alt, blind und feinfühlig, mehr nicht. Aber, ›wenn man lange genug lauscht, dann spricht die Stille zu einem‹, sagt Dodert. Und nun hat sie wieder zu ihm gesprochen. Wer weiß, vielleicht ist es sogar Gott, der zu ihm spricht.«

»Und was hat er vernommen?« Neugierde blitzte aus Bruder Abbos Augen.

Adalbert seufzte tief. »Dodert ist völlig aufgelöst. Er redet seit zwei Tagen nur noch von Wasser, von Unmengen von Wasser, die die Deiche überfluten werden.«

Geringschätzig tat Bruder Abbo die Worte ab. »Die Deiche kann das Wasser nicht mehr überfluten. Es gab zu keiner Zeit solch hohen Schutz wie in den heutigen Tagen. Ein goldener Ring umgibt ganz Friesland, und das Meer hat keine Macht mehr über uns. Dodert muss sich irren. Dann droht schon eher Gefahr von den auswärtigen Grafen, die sich ihre vermeintlichen Rechte mit Gewalt nehmen wollen!«

»Von denen sprach Dodert auch«, ließ sich Adalbert vernehmen, »von Rittern, von Männern in Rüstungen, die Friesland bedrohen. Und dann noch von einem Gefäß. Ein Weinkelch oder etwas Ähnliches soll das sein, gefüllt mit Blut. Und hört nur seine Worte, die ich dem Abt übermitteln soll: ›Wenn die Friesen sich unter dem Kelch nicht einen, dann werden weder Deich noch Schwert die Freiheit bewahren können!‹ Was sagt ihr dazu?«

Bei den letzten Worten seines Gegenübers hatte sich Bruder Abbo kerzengerade aufgerichtet. Frouwke und er starrten sich an, und das Blut schoss ihnen ins Gesicht. Wie konnte der blinde alte Mann von dem Kelch wissen?

Lange war es still, und die Augen Adalberts glitten fragend von Bruder Abbo zu Frouwke. Diese blickte den Grangienmeister abschätzend an. Dann begann sie zu erzählen. Vom Kelch und von Tammo Freesena.

Die Augen Adalberts wurden immer größer. »Glaubt ihr, die Anführer der friesischen Seelande werden dem Sohn des Sechzehners folgen?«

»Vielleicht nicht so ohne weiteres, aber Abt Egge, auf den werden sie hören!« Bruder Abbo war nachdenklich geworden. »Ihr glaubt Doderts Worten, dass eine Sturmflut kommen wird, die die Deiche überflutet?!«

Adalbert nickte.

»Was, meint Ihr, bezweckt Gott damit? Will er uns seine Macht zeigen?«

Der Kahlköpfige schüttelte langsam den Kopf. »Vielleicht ist es eine Probe. Eine Aufforderung zum gemeinsamen Kampf gegen die Fluten. Ist das Meer nicht der Feind der Friesen seit Alters her? Wenn wir das Wasser besiegen – und das sollten wir –, welcher Feind könnte uns dann noch schrecken? Vielleicht will Gott uns daran erinnern, dass wir gemeinsam stark sind!«

»Hoffentlich fassen auch die anderen Vertreter der Seelande die Sturmflut als Aufforderung zum Kampf gegen den Grafen auf.« Bruder Abbos Blick war zweifelnd. »Das sind ja wahrlich düstere Aussichten. Ein Gutes haben die Vorhersagen des alten Dodert aber dann doch!«

Fragend schaute Adalbert den Mönch an. »Na, dass Ihr uns nach Ihlow begleitet.«

Rachegelüste

Gunthar de Bahr war von Vorfreude erfüllt. Er stieß dem Pferd unsanft seine Stiefel in die Flanken. Der Augenblick der Rache würde kommen! Er war ganz nah!

Wut erfasste ihn, wenn er an die Mitteilung des Pilgers dachte. Da hatten Tammo Freesena und Frouwke, dieses kleine Miststück, doch tatsächlich versucht, ihn zu überlisten. Das war diesem Hurensohn einmal gelungen, doch ein zweites Mal würde es nicht geben.

Gunthar de Bahr stieß ein wütendes Gebrüll aus, das seine Männer zusammenfahren ließ. Ihre Arbeit war das Töten, und dafür wurden sie bezahlt. Doch selbst der geldgierigste Söldner bekam es mit der Angst zu tun, wenn Gunthar de Bahr, ihr Anführer, vor Wut zitterte.

»Ich werde meinen Widersacher ins Jenseits befördern«, dachte de Bahr, »und sein Leiden vor dem Tod wird meine Rache sein für die Schmach der Niederlage im Kampf gegen das Bauernpack und für den Schwerthieb. Das liebe Weib lasse ich zusehen, wie Tammo Freesena stirbt. An ihrer Todesangst werde ich mich weiden. Bevor sie ihm folgt, kann Frouwke mir auf jede erdenkliche Weise zu Willen sein – so lange, bis diese Hure nur noch ein Stück Fleisch ist!«

Der Gedanke daran besserte Gunthar de Bahrs Laune. Während de Bahr sich seinen Rachegelüsten hingab, folgte der Jakobspilger den Kriegern wie ein Schatten. Nun holte er auf, bis sein Pferd neben dem des Anführers trabte.

»Was ist eigentlich Euer Plan? Wollt Ihr einen Zusammenschluss aller Seelande verhindern und die Mächtigen Frieslands in Eure Gewalt bringen? Wenn die Führer der Seelande sich zu einem Treffen bereit finden, wenn alle hohen Häupter versammelt sind, dann hättet Ihr mit einem Streich jede Menge Geiseln, und der Graf könnte seine Herrschaftsgewalt ohne Probleme durchsetzen. Was haltet Ihr von diesem Vorschlag?«

»Vergesst ihn«, knurrte Gunthar de Bahr und schüttelte ablehnend den Kopf. »Wisst Ihr, was passiert, wenn wir die Mächtigen gefangen nehmen? Wir hätten ganz Friesland gegen uns. Das ist nicht mein Plan.«

Gunthar de Bahr wog für einen Moment ab, ob dem Pilger zu trauen war. Dann jedoch zuckte er die Schultern. Dieser Judas von Friese hatte, ob es ihm bewusst war oder nicht, sein Volk verraten. Er war zum Überläufer geworden. Warum sollte er ihm den Plan vorenthalten?

»Nein, wir werden nicht das ganze Pack gegen uns aufbringen – sie sollen sich gegenseitig zerfleischen. Das tun diese Wilden doch eh so gerne. Warum nicht auch ein bisschen für uns?«

Verständnislos sah der Pilger de Bahr an.

»Ihr wisst doch, die Friesen sind uneinig. Jeder pocht auf sein Recht, und niemand ist bereit, eine Hand breit davon abzuweichen. Sie halten nur schwerlich Frieden untereinander. Das machen wir uns zunutze. Wenn Tammo Freesena oder auch Abt Egge die seeländischen Richter zu einem Treffen bewegen kann, dann werde ich einer der Gäste sein – natürlich ohne Einladung. Irgendwie wird es mir gelingen, den Zeitpunkt des Treffens herauszubekommen. Und ich werde den Seelanden einen Vorschlag unterbreiten, einen Vorschlag, den sie annehmen werden!«

»Wie könnt Ihr Euch dessen so sicher sein?« Zweifel zeigten sich im Gesicht des Abtes, dessen wahre Identität der Pilgermantel verbarg.

»Ich bin mir sicher, weil ich dieses Geschmeiß kenne. Irgendwie gehört ja auch Ihr dazu. Sperrt nun also Eure Ohren auf, und lasst hören, was Eure Antwort auf mein Angebot wäre.«

Der Abt hatte die Beleidigung nicht als solche verstanden. Er war der mächtige Abt Menko und nicht irgendein einfacher Friese. Für ihn galten ganz andere Maßstäbe – nur, dass Gunthar de Bahr dies nicht wusste. Neugierig beugte dieser sich zu ihm herüber.

»Stellt Euch ein Fladenbrot vor, in zwanzig Teile geschnitten. Ein Teil davon ist Euer. Die anderen sind vergeben, doch im Grunde neidet jeder dem anderen sein Stück Brot. Alle zwanzig Besitzer sind beisammen, und begehrlich wandern die Blicke von Brotstück zu Brotstück. Zu gerne würde jeder mehr Brot sein eigen nennen. Und nun kommt eines Tages ein Fremder namens Hunger daher und sagt: ›Ich bin ein mächtiger Feind.‹ Er droht allen zwanzig Brotbesitzern: ›Wenn es mir beliebt, dann könnte ich das ganze Brot verspeisen, und es bliebe euch nichts. Doch mein zweiter Name ist Bescheidenheit, und so gebe ich mich mit nur einem Stück zufrieden. Ihr dürft sogar wählen, welches das sein soll. Gebt mir also freiwillig ein Stück Brot, so werde ich euch die anderen lassen.‹ Was würdet Ihr tun?«

»Keine Frage«, der Abt im Gewand des Pilgers legte die Stirn in Falten, »ich würde dem Hunger ein Stück abgeben. Natürlich nicht mein eigenes. Vielleicht das kleinste Stück, oder das, dessen Besitzer am schwächsten ist. Vielleicht würde ich mich mit den anderen heimlich verbünden, und wir könnten dem Schwächling das Brot wegnehmen und es dem Hunger geben. Ja, so würde ich es machen. Alles andere wäre Dummheit.«

»Seht Ihr«, Gunthar de Bahr nickte zufrieden, »genauso wird es laufen. Die Friesen mögen wild und barbarisch sein, aber auf keinen Fall dumm. Doch sie kennen den Hunger nicht. Er wird sich nur kurze Zeit mit einem Stück zufrieden geben. Der Hunger ist unersättlich, und ein an wilde Barbaren gegebenes Wort gilt wenig.« Der Anführer blickte dem Pilger eindringlich ins Gesicht. »Ich werde der Hunger sein!«

Abt Menko nickte nachdenklich. Die Männer des Grafen würden es also nicht zum Kampf kommen lassen. Eigentlich schade, Blutvergießen – aus sicherer Entfernung beobachtet –, darauf hatte er sich schon gefreut. Todesschreie und auf Hunderten von Gesichtern die Zeichen unbändiger Angst. Eine Orgie aus Leid und Schmerz, aus Blut und Tränen. Welch ein Augen- und Ohrenschmaus würde ihm entgehen! Nun gut. Solange dieses milde Handeln ihm den Kelch einbrachte, konnte er nicht klagen.

Der Plan schien wohl überlegt zu sein, und doch wollte er dem Abt nicht so recht schmecken. Lange zerbrach er sich den Kopf darüber, was es war, das ihn störte. Dann wusste er es. Der Plan war zu einfach. So leicht konnte es nicht sein. Die Friesen würden den Verrat wittern. Was, wenn der Plan schief ging? Wie sollte er sich absichern, absichern nach beiden Seiten, damit der Kelch auf jeden Fall in seine Hände fiel?

Als habe er dessen Gedanken erraten, wandte sich Gunthar de Bahr nun wieder seinem Begleiter zu. »Sollten sich die Friesen wider Erwarten anders entscheiden, dann bleibt uns immer noch der Kampf gegen das Mormerland. Wir haben immer noch diesen Gesindevorsteher Frouwke Tammenas, Elto, als Verbündeten. Es wird ein Leichtes sein, das Steinhaus zu stürmen. Und fällt dieses Zeichen der Macht in unsere Hände, dann ergibt sich das einfache Volk freiwillig.« Mit gerunzelter Stirn fragte er den Pilger: »Ist Elto auch wirklich vertrauenswürdig? Was habt Ihr ihm versprochen für den Verrat?«

Der Abt lachte lüstern, und seine Augen blitzten verschlagen auf. Er hatte genügend Erfahrung, um einen Mann wie den Gesindevorsteher zum Verrat zu bewegen. »Der Verstand von Elto, diesem Hurenbock, befindet sich in der Nähe seines Gesäßes. Es verlangt ihn nach der holden Herrin, und dies nicht erst seit dem Tod ihres Gatten. Ihr wisst, was ungestilltes Verlangen aus Männern machen kann. Geifernde, sabbernde Kreaturen, die nur noch an das Eine denken. Ich habe ihm ein Bild gemalt.« Der Abt machte eine bedeutungsschwere Pause. »Die holde Herrin des Steinhauses liegt völlig nackt auf dem großen Küchentisch, und was meint Ihr, wer befindet sich zwischen ihren Schenkeln?«

Gunthar de Bahr schnaubte, doch ein Hauch von Bewunderung lag auf seinem Gesicht. »Im Bildermalen seid Ihr gut, Pilgerlein. Ihr spielt mit den Gelüsten anderer wie ein Meister auf seiner Harfe. Dabei hatte ich dieses Luder von Weib eigentlich für etwas anderes vorgesehen. Aber, warum soll nicht zuerst Elto seinen Spaß haben? Natürlich nur, wenn wir seine Dienste in Anspruch genommen haben. Und wisst Ihr, was wir danach mit Frouwke und Tammo tun werden?«

Gunthar de Bahr ließ sich mit blitzenden Augen über die Qualen aus, die seine Feinde erleiden sollten. Und es erwies sich, dass er im Bildermalen zumindest genauso gut war wie der Pilger.

Abt Egge

Tammo war aufgebracht. Mit großen, ungeduldigen Schritten durchmaß er das Arbeitszimmer des Abtes. Dann stützte er beide Hände auf den Tisch, an dem dieser saß.

»Ich glaube das einfach nicht! Ihr bittet Euch Bedenkzeit aus?« Tammo spie das Wort förmlich auf den Tisch. »Müsst Ihr etwa noch überlegen, ob ein Angriff des Mormerlandes Grund genug ist für ein Treffen der Mächtigen Frieslands? Die Männer des Grafen sind wahrscheinlich schon auf dem Weg, um zu morden, und Ihr bittet um Bedenkzeit! Weshalb, glaubt Ihr, sind wir geritten, als sei der Teufel hinter uns her? Vielleicht, um pünktlich zum Abendessen in Ihlow zu sein?« Er lachte bitter auf und wandte sich mit geballten Fäusten ab. »Ich hätte auf meine innere Stimme und nicht auf Bruder Abbo hören sollen. Hat mich nicht schon der Kreuzzug gelehrt, dass Kirchenmänner nur handeln, wenn es dem eigenen Vorteil dient?«

Tammo trat auf die Wand zu und schlug mit beiden Fäusten dagegen. »Ausgeliefert sind wir Euch, Vater Abt!« Das Wort »Vater« hatte einen höhnischen Klang. »Ich sehe doch, wie Eure Blicke an dem Kelch hängen. Er scheint ja wichtiger zu sein als alle Friesen zusammen. Vielleicht wollt Ihr Euch gar heute Nacht mit ihm aus dem Staub machen?«

Sina erhob sich nun auch. »Tammo, beruhigt Euch.« Sie machte einen Schritt auf ihn zu. »Abt Egge wird wissen, was er tut.«

Tammo drehte sich zu ihr um und hob abwehrend die Hände.

»Mein Freund«, auch Abt Egges Stimme klang besänftigend, »gebt mir nur eine Nacht Zeit. Ich werde unsere Sorgen vor

Gott bringen, und indem ich das tue, handele ich schon – allerdings auf meine Weise. Seid gewiss, morgen nach dem Mittagsmahl stehe ich Euch Rede und Antwort.«

»Ja«, Tammo nickte enttäuscht, »reden, das können alle Gottesmänner sehr gut. Sie reden und reden, während die Menschen bluten.« Müde schüttelte er den Kopf. »Aber, was soll ich tun?! Wir sind auf Euch angewiesen. Ihr als Einziger könnt alle seeländischen Richter zusammenbringen. Ich erkenne nun, dass die eigentliche Macht Frieslands weder in den Händen fremder Herrscher noch in denen des Volkes liegt. Die eigentliche Macht über die Einheit und somit die Freiheit Frieslands liegt in den Händen der Kirche, in Euren Händen, Abt Egge!« Eindringlich schaute er nun dem Klostervorsteher ins Gesicht. »Karl der Große hat uns die Freiheit geschenkt, auch dafür, dass wir dem alten heidnischen Glauben abgeschworen haben. Doch mehr und mehr drängt sich mir die Frage auf, ob wir nicht als Heiden viel freier und unabhängiger waren. Denn die Freiheit von Knechtschaft tauschten wir gegen das Joch der Gottesmänner ein. Männer wie Ihr! In Euren Händen liegt nun das Geschick vieler Menschen. Ihr wollt Euch bedenken? Dann tut es, aber tut es schnell, damit Eure Entscheidung noch nützen kann!« Mit diesen Worten stürzte Tammo aus dem Raum und warf die Tür krachend hinter sich zu.

Sina seufzte tief und sah den Abt an. Von seiner äußeren Erscheinung war sie zunächst enttäuscht gewesen. Abt Egge war ein dürrer, sehr alter Mann von hohem Wuchs. Er schien schief gewachsen, wie ein Baum, der Jahr um Jahr dem Wind getrotzt hatte. Sein Nacken war gebeugt, vielleicht vom vielen Beten, und tausend Falten durchzogen sein Gesicht. Ein edles Gesicht, mit einem scharf geschnittenen Kinn. Die breite Stirn zeugte von Intelligenz. Die Augen des alten Abtes hatten die strahlend blaue Farbe eines Sommerhimmels und blickten hellwach und aufmerksam in ihre. Seine Stimme war kraftvoll und von einer Wärme, die das Herz erreichte. Dieser Mann mochte ein Greis sein, doch sein Herz war noch jung und seine Seele immer auf der Suche nach der Wahrheit hinter allem.

»Dieser Tammo Freesena ist ein aufbrausender Mensch«, sagte Abt Egge nun seufzend, »doch er kennt mich nicht. Nichts liegt mir mehr am Herzen als das Wohl der Friesen.« Sein Blick fiel auf den Kelch. »Und er bedenkt nicht, was mir mit dieser Reliquie aufgebürdet wird. Den Kelch zu hüten hat genauso etwas mit Macht zu tun, wie Hüter der Schlüssel von Friesland zu sein. Dieses Gefäß wird meine Schultern noch mehr beugen.« Müde erhob sich der Abt. »Doch Gott lädt uns nur Lasten auf, die wir auch zu tragen vermögen – das muss mir als Trost genügen.«

Er warf Sina einen prüfenden Blick zu. »Ihr wisst, dass ich nur das Beste für Friesland will, nicht wahr?« Sina nickte. »Und«, fuhr er fort, »vorschnelles Handeln hat schon manch Gutes vereitelt. Ich brauche diese eine Nacht zum Nachdenken und, um mit Gott zu sprechen. Wenn überall tiefste Stille herrscht, ist das Gebet freier, reiner, und mir scheint es, als ob ich dann Gott näher bin.«

Sina maß den Abt mit einem kurzen Blick. »Ihr wart nicht überrascht darüber, dass wir eine solch wertvolle Reliquie mit uns führen. Ist Euch vielleicht sogar bekannt, warum der Kelch nach Friesland gekommen ist?«

Der Abt schüttelte den Kopf. »Es geschieht viel in diesen Tagen. Doch Ihr könnt gewiss sein, alles hat seine Erklärung, nur wir durchschauen nicht immer den Sinn dahinter. Dieses Gefäß ist nicht zu unterschätzen und mag uns als Mittel zum Zweck dienen. Doch ich bin kein Mann, der sein Herz an Reliquien hängt. Längst dienen die Knochen und Haare Heiliger als Handelsware, und bei vielen weiß man nicht, ob sie echt sind. Wagenladungen von Brennholz bringt man mit den Splittern vom Kreuze Christi zusammen. Wiewohl, dieser Kelch ist sicherlich das, was er zu sein scheint. Ein Gefäß, das mit heiligem Blut gefüllt war. Doch bedenkt, so wertvoll dieser Kelch auch ist, er ist nur etwas Irdisches und das Blut Christi längst verwischt. Wenn wir das Göttliche in Gefäßen suchen, dann ist unsere Suche noch nicht zu Ende. Wahre Göttlichkeit kann jeder Mensch nur in sich selbst finden. Denn ein Funke Gottes steckt in jedem von uns. Wir müssen ihm nur Platz lassen, um zu leuchten. Erst wenn in tiefster Stille die Seele zu Euch spricht, dann seid Ihr zu Hause.«

Seufzend kam der Abt auf Sina zu, die ihm seinen Gehstab reichte. Neben ihm wirkte ihre zarte, kleine Gestalt wie die eines Kindes.

Und die Ängstlichkeit eines Kindes klang auch aus ihrer Frage. »Werdet Ihr einen Boten zum Kloster Palmar schicken und verraten, dass ich hier bin?«

Abt Egge blickte ihr lange in die Augen. »Ihr kennt doch sicherlich das Gleichnis vom Hirten und dem verlorenen Schaf?« Sina nickte und auf dem Gesicht des Zisterziensers breitete sich ein schelmisches Lächeln aus. »Nun, so ähnlich ist es doch auch mit Euch und Abt Menko. Und ist etwa in der Geschichte jemand gekommen und hat dem Hirten gesagt, wo sein Schäfchen zu finden sei?«

Sina schüttelte dankbar lächelnd den Kopf.

Abt Egge wehrte ihre Dankbarkeit mit der Hand ab. »Lasst gut sein. Eilt lieber unserem aufbrausenden Freund hinterher, bevor er vor Wut noch das ganze Kloster mit seinen Fäusten zerschmettert!«

Im Kloster Ihlow

Die Glocke zur Terz rief alle Klosterbewohner zur gemeinsamen Messe in die Kirche. Am Abend zuvor, in der Dunkelheit, hatte Sina nur schemenhaft die äußeren Umrisse des Klosters erkennen können. Nun nötigte ihr das Innere der riesigen Kirche schon Respekt ab. Im Raum dominierten die hoch aufsteigenden Gewölbe. Sie wurden getragen von weit vortretenden, getreppten Wandvorlagen und mächtigen Pfeilern. Die Ausstattung der Kirche war eher schlicht gehalten. Außer einigen glasierten Steinen im Mauerwerk war das Gotteshaus schmucklos.

Sina schaute sich mit kindlichem Staunen um. Tammo, der mit versteinerter Miene vor sich hin starrte, stand gemeinsam mit ihr und den Laienbrüdern des Zisterzienserklosters hinter einem Lettner, der den so genannten Mönchschor von ihnen trennte.

Sina maß Tammo mit einem scheuen Blick. »Er hat sich noch nicht wieder beruhigt«, dachte sie. Ihre unterschiedliche Meinung über Abt Egge warf eine tiefe Kluft zwischen ihnen auf. Tammo verhielt sich ihr gegenüber wie ein Fremder, als habe es nie Momente gegeben, in denen sie einander nahe waren. Die Wut schien jegliche andere Empfindung ausgelöscht zu haben. Wut und Ohnmacht konnten stumm machen, das wusste Sina nur zu gut. Wut und Ohnmacht hatte sie im Kloster Palmar oft genug erlebt.

Seufzend lauschte Sina dem liturgischen Gesang der Mönche. Singen durften sie, doch sprechen nur bei bestimmten Gelegenheiten. Ansonsten verständigten sie sich mittels einer Zeichensprache. Für den Klostervorsteher und die Laienbrüder dagegen galten diese Regeln nur eingeschränkt.

Nach der Terz erbot sich einer von ihnen, Tammo und Sina im Kloster herumzuführen. »Man nennt mich ›Rotfuchs‹, und ihr braucht nicht zu fragen, warum!«

Nein, das brauchten sie wirklich nicht. Ein prächtiger rotblonder Bart zierte das Gesicht des noch jungen Mannes, dem sie nun folgten. Er war groß und muskulös. Die Schwielen an seinen Händen zeugten von schwerer körperlicher Arbeit. Dem »Rotfuchs« schien es Freude zu bereiten, ihnen das Kloster zu zeigen. Er pfiff eine Melodie vor sich hin. Selbst Tammos finsterer Blick tat seiner Fröhlichkeit keinen Abbruch. Der Laienbruder führte sie zunächst in den Chor der Klosterkirche.

»Eigentlich haben nur die Mönche Zutritt, doch es gibt hier einen ganz besonderen Schmuck, den wir Laienbrüder gefertigt haben«, Stolz klang aus seiner Stimme, »und den müsst ihr einfach sehen!«

Sina schaute sich suchend um. Dann blieb ihr Blick an einem besonderen Reliquiar haften. Staunend blickte sie auf eine schwarz schimmernde Kugel, die von Goldbändern gehalten auf einem verzierten Fuß stand. Oben auf der Kugel thronte eine Bergkristallfigur.

Aufgeregt wandte Sina sich an den Rotfuchs. »So etwas Ungewöhnliches habe ich noch nie gesehen!«

Der Laienbruder warf sich in die Brust, als hätte er selbst dieses Schmuckstück gefertigt. Seine Augen blitzten. »Hier seht ihr ein Kokosnussreliquiar vor euch. Es beherbergt siebenundvierzig Reliquien, darunter eine Partikel des Kreuzes Christi.« Nun senkte der Rotfuchs die Stimme, als habe er ein besonderes Geheimnis preiszugeben. »Die Krönung aber befindet sich in der Kristallfigur, dem Lamm, oben auf dem Reliquiar.« Er hielt einen Moment inne, um sich an den erwartungsvollen Gesichtern von Sina und Tammo zu weiden. »Das Lamm enthält Tropfen des Blutes Christi! Nun sagt selbst, ist dieses Reliquiar nicht besonders heilsmächtig?« Und etwas wie Neid klang aus seiner Stimme, als er sagte: »Müssen nicht die Mönche als Hüter dieses Gefäßes Gott näher sein als wir hinter dem Lettner?«

Sina nickte zögernd, ohne seine letzten Worte überhaupt wahrgenommen zu haben. Ihr Blick hing wie gebannt an der Bergkristallfigur.

»Tammo,« flüsterte sie aufgeregt und zupfte an seinem Gewand, »schaut Euch die Figur genau an. Was fällt Euch auf?«

Ihr erregter Tonfall riss Tammo aus seiner Lethargie. Zuerst missmutig, dann aber zunehmend neugierig beugte er sich zu dem Reliquiar vor und betrachtete es. Lange hing sein Blick an dem Kristallgebilde. Dann zog er erkennend eine Augenbraue hoch. »Ich sehe, was Ihr meint. Die Figur hat eine ungewöhnliche Haltung für ein Lamm. Sie wirkt irgendwie zu hoheitsvoll, zu erhaben und kein bisschen demütig.«

»Richtig.« Sina wirbelte zu ihm herum. »Wisst Ihr, was ich glaube? Dieses Lamm ist in Wahrheit gar kein Lamm. Es ist der Körper eines Löwen, und nur der Kopf wurde verändert und zu dem eines Lammes gemacht. Die Haltung allerdings konnte nicht verändert werden, ohne den Kristall zu zerstören. Hier haben wir eine heidnische Kristallfigur in einer Klosterkirche. Nicht nur in Strackholt finden sich Spuren des alten Glaubens.«

Der Rotfuchs hatte ihnen einigermaßen erstaunt zugehört. Das Gespräch nicht richtig deutend, schaltete er sich ein. »Ja, der Löwe mag Herrscher unter den Tieren sein, doch das Lamm ist unser König. Doch genug der Ehre nun dem Reliquiar, es ist nicht der eigentliche Grund, weswegen ich euch hergeführt habe.«

Suchend blickte sich Sina nach weiteren Schätzen um. In dem halbrunden Chorabschluss standen auf einem mit wundervollen Schnitzarbeiten versehenen Tisch goldene Kirchengeräte.

»Lasst euch nicht vom Goldgefunkel blenden. Richtet eure Blicke ausnahmsweise nicht gen Himmel, sondern zu Boden. Habt ihr jemals ein solch wundervolles Fliesenwerk gesehen?«

Zufrieden nahm der Laienbruder das Staunen auf den Gesichtern von Sina und Tammo wahr. Den Boden des Chores schmückten bunte Fliesen, die reliefartig mit Ornamenten und Pflanzenmotiven verziert waren.

Selbst Tammo konnte sich dem Zauber nicht entziehen. Er ging in die Knie und fuhr bewundernd die Linien eines verschlungenen Kreises nach. Verwunderung klang aus seiner Stimme. »Niemals zuvor sah ich solch eine Pracht. Wie ist es nur möglich, diese Muster und ein so intensives Farbenspiel zu schaffen?«

»Es ist gar nicht so schwer. Ich selbst habe daran mitgearbeitet. Man muss nur die Technik kennen. Sie kommt aus Frankreich. Vom dortigen Ursprungskloster der Zisterzienser ist sie uns überliefert worden. Zum Glück finden sich hier alle Voraussetzungen, um die Fliesen selbst herzustellen. Wir haben nicht nur unser Kloster damit geschmückt, sondern handeln auch mit diesen Buntfliesen. Die Nachfrage ist groß.« Stolz sprach aus den Worten des Rotfuchses.

Sina betrachtete ihn neugierig. Er war eher ein Mann der Tat denn des Wortes. »Wann kamt Ihr in dieses Kloster?«

»Gleich nach der Fertigstellung fand ich, als einer der ersten Laienbrüder des Doppelklosters Meerhusen, hier Aufnahme«, gab der Rotbärtige bereitwillig Auskunft. »Den Stamm allerdings bildeten, wie bei jedem Zisterzienserkloster, der Abt und elf Mönche, diese Zahl in Anlehnung an Jesus und seine elf Jünger. Das Kloster Ihlow wurde eigentlich gebaut, um die Mönche von Meerhusen aufzunehmen. Aber auch viele Laienbrüder fanden hier ein neues Zuhause. Die Nonnen des ehemaligen Doppelklosters leben immer noch dort. Das ist der eigentlich Nachteil des Zisterzienserordens: sie dulden keine Doppelklöster. Dabei haben wir uns in Meerhusen immer so gut ergänzt. Es geht nichts über eine weibliche Hand in der Krankenpflege, und wo körperlich schwere Arbeit anstand, waren wir Männer immer zur Stelle. Doch«, er zuckte die Achseln, »man kann nicht alles haben. Ich fühle mich hier im Kloster mittlerweile zu Hause. Abt Egge ist ein besonderer Mensch, der einem das Gefühl gibt, wichtig und wertvoll zu sein. Und wer wäre das nicht gerne? Vielleicht vertrauen ihm deshalb so viele Väter ihre Söhne an. Die meisten Bauern aus den umliegenden Dörfern haben zwei oder mehr Söhne. Da nur der jeweils älteste den Hof übernehmen kann, kommen viele als Laienbrüder zu uns ins Kloster. So ist die Gemeinschaft innerhalb kürzester Zeit gewachsen.«

»Wie steht es mit Euch, Rotfuchs? Seid Ihr aus freien Stücken ins Kloster gegangen?« Sina schaute ihn fragend an, während sie sich bemühte, seinen weit ausholenden Schritten zu folgen.

Der Laienbruder tat einen tiefen Seufzer. »Ich hatte wenig mitzureden damals. Mein Vater erfüllte ein Versprechen – deshalb kam ich ins Kloster. Es hatte mit Abraham zu tun, der gebot: ›Jeder Zehnt ist etwas Heiliges für den Herrn.‹ Am Tag meiner Geburt stand meine Mutter an der Schwelle des Todes. Vater schwor in der Stunde größter Verzweiflung, mich, das zehnte Kind, dem Kloster zu weihen, wenn sein geliebtes Weib diese Geburt überstünde. So wie einst Abraham, dem Gott beistand und ihm alle seine Feinde auslieferte, den Zehnten von allem dem Herrn gab. Ob nun dieser Schwur das Leben meiner Mutter rettete, wird ungewiss bleiben. Als es an der Zeit war, wurde ich dem Kloster geschenkt. Tja, und nun arbeite ich schon viele Jahre im Dienste Gottes. Ich liebe meine Arbeit, mag meine Mitbrüder und habe keine Not um das, was ich essen und trinken soll. Aber besonders liebe ich dieses Gotteshaus hier zwischen den Bäumen.«

Draußen angekommen, ließ die kalte Luft Sina frösteln. In Klöstern war es nie warm, aber hier, außerhalb der Mauern, drang eisige Kälte durch alle Kleider. Das Schneetreiben des gestrige Tages war einem kalten, frostklaren Wetter gewichen. Der Rotfuchs ließ sie anhalten, und Sina drehte sich um. Wie erstarrt standen Bäume und Sträucher, und inmitten dieser weiß angehauchten Landschaft erhob sich das mächtige, von Gräben und Wällen umgebene Kloster. In seinem leuchtenden ziegelroten Kleid erschien es Sina wie eine Zauberblume, gebettet auf weißen Samt. Niemals zuvor hatte Sina ein solch mächtiges Bauwerk gesehen. Der dreischiffige Ziegelsteinbau bestand aus einem Lang- und einem Querhaus. Das mittlere Schiff, das Hauptschiff mit dem halbrunden Chor, war höher als die Seitenschiffe. Die Kirche trug, wie alle Gotteshäuser der Zisterzienser, einen Dachreiter anstelle eines Turmes.

Sina wandte sich mit staunenden Augen an den Rotfuchs. »Es ist unvorstellbar, dass dieses Kloster von Menschenhand geschaffen wurde. Es scheint eher zum Himmel denn zur Erde zu gehören. Niemals zuvor habe ich etwas Erhabeneres gesehen.« Sie zog Tammo am Arm. »Ihr habt mir von der Schönheit von Cadiz mit seinen maurischen Palästen erzählt. Sie können nicht schöner sein als dieses Kloster. Ein göttlicher roter Edelstein inmitten dieser irdischen Welt!«

Der Laienbruder erfreute sich an Sinas Begeisterung. Auch Tammo konnte sich dem Zauber der Verzückung auf Sinas Gesicht kaum entziehen. Seine Augen schienen magisch angezogen. Die Ausführungen des Rotfuchses über das Backsteinbrennen erreichten ihn nicht mehr. In all der Enttäuschung über die Falschheit von Kirchenmännern schienen einzig Sinas Gefühle ihm wirklich und wahrhaftig zu sein. Ihre kindliche Begeisterung war, ebenso wie die bedingungslose Liebe zu ihm, bar jeder Verstellung. Tammos Blick galt nicht mehr dem kalten roten Edelstein, sondern der warmherzigen Frau an seiner Seite. Ihre zartgliedrige, fremdartige Schönheit mit den rabenschwarzen Locken bot einen reizvollen Kontrast zu dem reinen Weiß um sie herum. Tammos Blick suchte ihre Augen, und er verlor sich in deren Tiefe, bis er glaubte zu schweben. So wie ihn bisweilen die Sterne des nächtlichen Himmels anzogen und in ihren Bann schlugen, lockten ihn diese Augen, bis er sich bedingungslos fallen ließ in dieses schwarze Meer. Raum und Zeit verschmolzen miteinander zur Bedeutungslosigkeit. Es gab nur noch sie und ihn und die Tiefe ihrer Augen. Die verlogene Welt verschwand ins Nichts, so als ob eine Hülle aus Nähe, Wärme und Sinnlichkeit sie beide umgab, die alles andere ausschloss. Tammo spürte die Tiefe ihrer Gefühle. Zu wissen, dass sie ihm galten, war fast mehr als er ertragen konnte. Wärme stieg in ihm auf und eine brennende Sehnsucht. Eine Sehnsucht, die ihn vergessen ließ, wer er war und was er geschworen hatte. Wie unter Zwang hoben sich seine Hände und umschlossen Sinas Gesicht. Er zog sie zu sich heran, doch ehe er dem Zauber ihrer Augen gänzlich erlag, holte ihn ein Räuspern des Laienbruders in die Gegenwart zurück. Für einen Augenblick standen beide reglos. Dann schlug Tammo die Augen nieder und wich von Sina zurück, als ob ihre Nähe ihn verbrennen könnte. Ausdruckslosigkeit legte sich wieder auf sein Gesicht, und er schaute auf seine Hände, als wären sie Feinde, die ihn hintergangen hatten. Sina holte tief Luft. Sie fühlte sich wie nach einem langen, aussichtslosen Kampf.

Der Rotfuchs streifte beide mit einem verstohlenen Blick. Ein fragender Ausdruck lag auf seinem Gesicht, doch dann schien er sich eines anderen zu besinnen. Mit erneutem Pfeifen nahm er Sina beim Arm, und als habe es keine Unterbrechung gegeben, fuhr der Laienbruder mit dem Rundgang fort. Er zeigte ihnen die Nebenbauten des Gotteshauses und die Wirtschaftgebäude. Die mit Stroh ummantelten Bienenkörbe trugen weiße Mützen aus Schnee.

Sina fiel es schwer, in die Realität zurückzukehren. Sie ließ sich, tief in Gedanken versunken, vom Rotfuchs mitziehen. Ihr Blick streifte immer wieder Tammos Gestalt.

Dieser wich ihrem fragenden Blick aus. Er wandte sich statt dessen dem Rotfuchs zu und erzählte: »So lange Zeit war dieses Kloster eine Baustelle. Selbst als ich vor zwei Jahren hier war, schien kein Ende der Bauzeit in Sicht zu sein. Und nun ist alles fertig. Die Kirche kann schnell sein – wenn es ihr gefällt.« Ein ironischer Ton hatte sich in seine Worte geschlichen.

»Ihr habt Recht!« Der Rotfuchs breitete die Arme aus. »Es ist noch nicht lange her, da war dies hier eine riesige Baustelle. Die Menschen kamen von nah und fern, um zu sehen, wie unter der segnenden Hand des Herrn die ›Scola Dei‹, die ›Gottesschule‹ nach einem eigens für sie entworfenen Bauplan gen Himmel wuchs. Ihr Länge beträgt 68 Meter, und das Querschiff ist ganze 35 Meter breit!« Stolz klang aus seiner Stimme.

Während der Erklärungen des Rotbärtigen hatten sich ein Reiter und ein Pferdekarren dem Kloster genähert. Jetzt drangen zänkische Stimmen an ihre Ohren. Eine davon gehörte Bruder Abbo, wie Sina voller Freude feststellte. Und nun konnte sie ihn auch erkennen – er saß auf dem Kutschbock und stritt mit dem Reiter, der neben ihm her ritt. Dieser sah aus wie der Teufel persönlich. Doch beim Näherkommen konnte Sina einen Blick auf sein Gesicht werfen, und der Schreck wich der Neugierde. Dieser Mann war sicher nicht der Teufel. Aber eine spitze Zunge schien er zu haben. Sie konnte jedenfalls Bruder Abbo offensichtlich in Rage bringen.

»Was wollt Ihr mit den Worten ›Der Wein frisst das Hirn‹ sagen? Etwa, dass ich ein Dummkopf bin, der seinen Verstand versoffen hat? Auf meinem Kopf, da wächst wenigstens noch was, jawohl, und nur, wo was drauf ist, das ist auch was drin!«, empörte Bruder Abbo sich gerade.

»Hah, mein Verstand kann es mit dem eines Gelehrten aufnehmen, während das einzig Geleerte bei Euch die Weinfässer sind!«, schrie der Reiter ihm zu.

»Ach, Ihr messt Euren Verstand also täglich mit Gelehrten? Wohl mit den Schafen, um die Ihr Euch in Timmel hauptsächlich kümmert? Ansonsten verirrt sich doch ein Gelehrter so selten zur Grangie wie ein Fisch aufs Land!«

Die beiden Streithähne hielten direkt vor dem Rotfuchs, und Bruder Abbos Begleiter sprang vom Pferd. Er umarmte den Laienbruder stürmisch.

Freude zog über dessen Gesicht und er streckte dem Fremden einen seiner mit blanken Stiefeln versehenen Füße entgegen. »Welch eine Freude, Euch wieder einmal hier in Ihlow begrüßen zu können!«

Der Ankömmling wies mit einem verschmitzten Lächeln auf Bruder Abbo. »Und nicht nur mich! Hier bringe ich Euch einen reumütigen Pilger zurück. Reinen Herzens und bar jeder Sünde, glatt wie ein Schaf nach dem Scheren.«

Bruder Abbo hob drohend die Faust in seine Richtung. »Und hier bringe ich Euch den Schafhirten von Timmel zurück. Haltet Euch fern von ihm, er riecht säuerlich wie ein vernachlässigter Säugling.«

Der Rotfuchs schnüffelte übertrieben laut. »Stimmt«, urteilte er grinsend, »so froh ich auch bin, Euch zu sehen, hättet Ihr die Güte, Eure Kutte vor dem Essen zu wechseln?«

»Es wird nichts nützen«, Bruder Abbo setzte eine betrübte Miene auf, »dieser Geruch ist meinem Freund in Fleisch und Blut übergegangen, seit er die Wolle der Schafe in einer Mischung aus Wasser und Urin schrubbt, um diese zu entfetten.«

»Ich stinke nicht!« Aufgebracht blickte der Fremde in Bruder Abbos Richtung. »Vielleicht ist diese Mischung aus Wasser und Urin auch nötig, um ein Schandmaul wie das Eurige damit zu entfetten. Sie frisst auch nicht so viel Hirn wie Euer Würzwein!«

Der Rotbart klopfte dem aufgebrachten Fremden beschwichtigend auf die Schulter. »Es war ein Scherz. Ihr habt die Frische eines lauen Frühlingslüftchens. Und Euer Schädel hat den sauberen Glanz eines polierten Apfels. Außerdem vernehme ich mit Freude, dass Euer Mundwerk in der Grangie Timmel nicht gelitten hat.«

Bruder Abbo lachte zustimmend.

Mit einem Anflug von Ernst wandte sich der rotbärtige Laienbruder an den Fremden. »Wir haben uns schon Sorgen gemacht, dass es ja unsere Füße waren, die Euch auf den Weg gebracht haben.«

»Ich sag's Euch nur im Geheimen«, der Angesprochene beugte sich zu ihm vor, »mir gefällt es dort ebenso gut wie hier. Ich mag die Arbeit, auch wenn wir es größtenteils mit Schafen zu tun haben.«

»Genug der Worte«, ein anhaltendes Knurren kam aus Bruder Abbos Bauch. »Ich hätte jetzt liebend gern etwas Warmes für den Magen.«

Als ob ihm erst jetzt die Anwesenheit von Sina und Tammo bewusst wurde, stieg Bruder Abbo ächzend vom Kutschbock und schloss beide in seine Arme.

»Bin ich froh, Euch wohlbehalten hier wiederzusehen! Darf ich Euch übrigens meinen Freund Adalbert vorstellen?«

Dieser betrachtete Sina und Tammo neugierig. »Der Würzweinmischer hat schon viel von Euch erzählt.«

Wie auf ein Zeichen kletterten nun auch Frouwke und Klaas aus dem Wagen. Sie stießen begeisterte Rufe aus, als sie Sina und Tammo sahen. »Da hätten wir doch fast die Ankunft im Kloster verpasst. Und das nur wegen der Wolle in den Ohren.«

Auf die befremdeten Blicke hin, wies Frouwke schmunzelnd auf Bruder Abbo und seinen Begleiter. »Wir konnten das Gestreite der beiden nicht mehr ertragen und haben uns die Ohren verstopft.« Auch der kleine Klaas zog nun einige Wollfetzen hervor.

»Wir streiten doch nicht«, aufgebracht wies Bruder Abbo den Vorwurf von sich, »das sind gelehrte Auseinandersetzungen unter Freunden.«

Frouwke legte ihm besänftigend beide Hände auf die Schultern. »Es war nicht ernst gemeint! Bei dem kalten Wind schien es mir ratsam, dem Kleinen Wolle in die Ohren zu stopfen. Er hielt es für ein Spiel und verstopfte mir auch die Ohren.«

Klaas hielt nun ein anderes Spiel für kurzweiliger. Tammo hatte sich den Kleinen auf die Schultern gesetzt, und wie ein Reiter trieb Klaas ihn an. Bruder Abbo und die Frauen folgten ihnen langsameren Schrittes.

»Was ich für einen Hunger hab!« Wieder knurrte der Magen des Mönchs.

»Tja, da hat wohl auch die Pilgerreise nicht geholfen.« Seufzend eilte Adalbert ihm in den Speisesaal nach. »Das Erste, wonach mein Freund im Kloster verlangt, ist ein gutes Essen. Er hat nicht umsonst den Ruf, ein Vielfraß zu sein!«

Der Rotbärtige kam hinter ihm her. »Ach, gebt es doch zu. Wir würden unseren Bruder Abbo gar nicht anders haben wollen! In der Zeit seiner Pilgerschaft wurde er so manches Mal vermisst. Und mit ›Mal‹ meine ich in diesem Fall keine Mahlzeit!«

Adalbert grinste. »Ihr habt Recht. Dieser Mönch hat einen großen Magen und ein großes Herz. Und gerade deshalb lieben wir ihn!«

Tischsitten

Nach der Sext saßen die Gäste mit den Glaubensbrüdern im Refektorium, dem Speisesaal, schweigend beim Essen. Die Mönche bedienten sich der Zeichensprache, wenn sie etwas brauchten. Bruder Bernhard, der Bibliothekar, formte einen Kreis mit Daumen und Zeigefinger – und schon reichte man ihm das Brot. Ein anderer Mönch rieb die Hände aneinander und erhielt prompt ein Stück Käse.

Abt Egge saß nachdenklich am Tisch und aß kaum etwas. Voller Sorge dachte er über das nach, was Adalbert ihm berichtet hatte. Bruder Abbo dagegen schmeckte es. Seine schmatzenden Laute drangen sogar bis ans Kopfende der Tafel. Es störte den Mönch, der während des Essens aus der Bibel las. Abt Egge, der sich noch vor einer Stunde begeistert über seine Rückkehr gezeigt hatte, warf Bruder Abbo immer wieder missbilligende Blicke zu, doch der Mönch schien sie nicht zu bemerken.

Adalbert stieß ihn unter dem Tisch mit dem Fuß an. »Ihr grunzt beim Essen wie ein Schwein, mein lieber Abbo!«, flüsterte er. »Muss ein Laienbruder Euch erst wieder Sitte und Anstand in Erinnerung rufen? Wie sagt die liebe Mechthild: ›Nagt nicht die Knochen wie ein Hund und hängt die Nase nicht in den Bierkrug wie ein Schwein seinen Rüssel in den Trog.‹ Aber vor allen Dingen«, Adalbert hob den Zeigefinger mahnend in die Höhe, »›Schmatzt nicht wie ein gemästetes Schwein!‹ Habt Ihr die Tischregeln der werten Äbtissin des Klosters Meerhusen auf Eurer Pilgerreise vergessen?«

Bruder Abbo blickte kaum hoch und gab nur einen knurrenden Laut von sich.

»Habt Ihr doch? Wie schade!« Adalbert seufzte tief. »Dabei hat die Äbtissin sie uns doch auf ihre unnachahmlich nette Art nahegebracht.«

Er wandte sich in gespielter Verstörung an Sina. »Da verstößt unser lieber Vater Abt eigens aus Gründen der Zucht und Ordnung gegen die Klosterregeln, lässt ein weibliches Wesen in unsere Nähe, damit sie uns Manieren beibringt, und mein Freund Abbo hat nicht mehr als ein Knurren dafür übrig.«

»Weibliches Wesen, pah!« Auf Bruder Abbos Gesicht zeigte sich Ablehnung. »Soweit ich mich erinnere, kann sich eine Kuh in ihrer Weiblichkeit mit der Äbtissin messen. Groß, dick und mit viel Euter, dazu noch Hörner auf der Stirn, um in Bedarfsfall uns Männer aufzuspießen. Hört mir auf mit Mechthild, der Äbtissin!« Er machte eine wegwerfende

Handbewegung. »Und ihre guten Sitten kann sie auch behalten.«

Neugierig mischte sich Sina ein. »Wer ist denn diese Mechthild?«

»Tja«, Adalbert kratzte sich am Kopf, »sie ist Äbtissin des Kloster Meerhusen. Es ist, wie Ihr vielleicht wisst, mit Zisterziensernonnen besetzt. Weil Mechthild viele der hier lebenden Brüder kennt, durfte sie uns auf ihren vielfachen und mit Nachdruck vorgetragenen Wunsch ihre ›Tischregeln‹ beibringen.« Adalbert wisperte in Sinas Ohr: »Dabei braucht man ja eigentlich nur Bruder Abbo beim Essen zu beobachten, um zu wissen, wie es nicht richtig ist.« Er räusperte sich und ignorierte einen warnenden Blick Abbos. »Also, die Äbtissin vertritt die Ansicht, die Triebhaftigkeit hinter Klostermauern rührt daher, dass die Mönche und Nonnen sich nicht einmal beim Essen und Trinken zu beherrschen wissen. Dem will sie mit ihren Anstandsregeln abhelfen.«

»Wer es schafft, Mechthilds Regeln alle zu befolgen, dem werden auch seine Gelüste keine Probleme mehr bereiten«, schnaubte Bruder Abbo.

»Nun spannt mich nicht länger auf die Folter«, Sina zog Adalbert am Arm, »was sind das für Regeln?«

»Beispielsweise: ›Stochert bei Tisch nicht mit einem Messer in den Zähnen‹, ›Spuckt nicht in eine Speise, um Euch dieselbe zu sichern‹ oder ›Greift nicht mit den Pranken in die Schüsseln und sucht Euch die besten Brocken heraus.‹«

Der Laienbruder setzte sich betont aufrecht hin. »Dann gibt es natürlich noch Regeln für die Haltung: ›Legt weder Ellenbogen noch Füße auf den Tisch, sondern sitzt aufrecht an demselben. Raubt nichts vom Brett Eures Nachbarn und pustet nicht in den Becher wie ein Koch in die Kohle‹. Bruder Abbo«, er stieß seinen Nachbarn in die Seite, »an diese müsst Ihr Euch doch noch erinnern, er hat uns doch solche Freude bereitet: ›Lasst nicht üble Winde fahren, welche die Luft verpesten.‹«

Sina schlug die Hände vor den Mund, um nicht laut zu lachen.

Nun wurde Bruder Abbo munter. »Ihr habt gut reden vom Einhalten der Mechthild'schen Regeln. Seht Euch nur selbst an«, raunte er Adalbert zu, »da sitzt Ihr also höchst unzüchtig neben einem weiblichen Wesen. Was würde Mechthild davon halten? Erinnert Euch: ›Haltet Eure Zucht im Auge und lasst Euch nicht neben einem Weibe nieder.‹ Auch sagte sie: ›Wo Ihr auch seid, sprecht nicht viel. Und was Ihr sagt, soll geistiger Natur und lehrreich sein. Und wenn ein anderer trinkt, so haltet Euch stille.‹« Bruder Abbo hob auffordernd seinen Krug, um ihn an die Lippen zu setzen. »Also denn, werter Freund, folgt den Ratschlägen Mechthilds!«

Der Mönch, der aus der Bibel las, blickte vorwurfsvoll in ihre Richtung. Abt Egge erhob sich und trat auf Sina, Adalbert und Bruder Abbo zu. Er setzte eine strenge Miene auf, aber Sina sah, wie seine Mundwinkel zuckten.

»Wie sagt die liebe Mechthild auch: ›Schweiget beim Essen! Bittet mit den entsprechenden Gesten und schlagt Eurem Tischnachbarn nicht den Ellenbogen in die Seite.‹ Und dann lehrte sie uns noch: ›Bei allem, was Ihr auch tut, behaltet stets die Zunge im Mund, auf dass Euch dieselbe nicht vertrocknet und abfällt.‹ Wenn Bruder Abbo die Tischregeln auffrischen muss, so mögt Ihr, lieber Adalbert, Eurer Zunge ein wenig Ruhe gönnen, auf dass sie Euch nicht abfalle.« Er wandte sich um, beugte sich dann aber noch einmal mit verschmitztem Gesicht zu Sina vor. »Und das wäre doch wahrlich schade, oder?«

Die blutige Botschaft

Endlich war die Mittagsruhe vorbei. Einige blasse Wintersonnenstrahlen brachen sich Bahn durch die Fenster des Klosters. Sie vermochten allerdings nicht, die Gemüter von Sina und Tammo zu erhellen. So froh Sina auch war, Bruder Abbo und Frouwke wiederzusehen, so sehr Tammo sich auch an seinem kleinen Halbbruder erfreute, die Frage, zu welchem

Entschluss Abt Egge gekommen war, lastete schwer. In bedrücktem Schweigen machten Sina und Tammo sich auf den Weg zum Kapitelsaal, dem Versammlungsraum der Mönche.

Abt Egge erwartete sie schon. Er saß auf einem erhöhten Sitz am Ende eines langen Tisches. Die Bescheidenheit des Raumes schien sich auf dem Gesicht des Abtes widerzuspiegeln. Ruhig blickte er ihnen entgegen. Zu Sinas freudiger Überraschung waren auch Frouwke, Adalbert und Bruder Abbo anwesend.

»Mir scheint, Ihr fünf seid Verbündete. Adalberts Nachrichten sind auf wundersame Weise verflochten mit den Eurigen, deshalb hielt ich es für richtig, ihn, Bruder Abbo und Frouwke ebenfalls einzuladen.«

Der Klostervorsteher hieß Tammo und Sina Platz nehmen und kam ohne Umschweife auf den Grund ihres Treffens zu sprechen. »Ihr alle erwartet eine Entscheidung von mir. Wenn ich Euer Anliegen des gemeinsamen Kampfes gegen den Grafen von Calvelage-Ravensberg vor die seeländischen Richter bringe, dann muss ich diesen Kampf auch vor mir selbst verantworten können. Eigentlich verachte ich Kriege. Doch manchmal müssen sie geführt werden, um den Frieden zu gewinnen, und in diesem Fall, um die Freiheit nicht zu verlieren. Deshalb habe ich mich dafür entschieden, den Richtern diesen Kampf ans Herz zu legen.«

Erleichtert stieß Frouwke die Luft aus. Sina beugte sich vor und ergriff die Hände des Abtes. Der Blick Bruder Abbos galt nicht dem Klostervorsteher. Er war auf Tammo gerichtet. Dieser hatte mit gesenktem Kopf zugehört. Seine Hände spielten nervös mit dem Schreibkiel des Abtes. Mit einem lauten Knacken zerbrach der Gänsekiel.

Langsam hob Tammo den Kopf und blanke Wut lag auf seinem Gesicht. »Wie gütig von Euch, einzusehen, dass ein Kampf unerlässlich ist. Wie überaus gütig. Und wie lange wollt Ihr nun noch damit warten, diese Einsicht den seeländischen Richtern zu Gehör zu bringen? Man sagt, Ihr wärt ein Engel auf Erden, doch mir schein, Ihr gebraucht Eure Flügel nur zu Eurem eigenen Nutzen und so, wie es Euch gefällt.«

»Tammo«, Abt Egge seufzte, »Ihr glaubt, dass ich ein Mann der Falschheit bin. Aber ich denke und handle niemals berechnend, für mich zählt eine innere Wahrheit – und diese lebe ich auch. Ich brauche Zeit, um Entscheidungen in Übereinstimmung mit mir und mit Gott zu treffen. Nur dann kann ich auch zu meinem Wort stehen. Ich muss mir sicher sein, dass es richtig ist, was ich tue.

Es tut mir Leid, dass ich Euch gestern enttäuschen musste. Ihr seid ein mutiger Mann, unerschrocken im Bestehen von Gefahren. Ihr handelt spontan und so, wie es Euer Herz befiehlt. Und Ihr seid ganz frei von Angst um Euer Leben. Das erfordert Mut. Doch es braucht auch Mut, andere zu enttäuschen, so wie ich es gestern tat. Und es braucht Mut, Entscheidungen zu treffen, weit reichende Entscheidungen. Menschen werden vielleicht durch meine Entscheidung umkommen. Kinder werden ihre Väter verlieren, Frauen ihre Männer – das muss ich verantworten können. Doch mir scheint, Euer Anliegen wird nicht nur von meinen Händen getragen. Oder sollte es Willkür des Schicksals sein, dass schon für übermorgen ein Upstalsboomtreffen anberaumt ist?«

Mit ungläubigem Gesicht starrte Tammo den Abt an. »Was sagt Ihr da? Ein Treffen der seeländischen Richter ist schon anberaumt?«

»Ja. Der Grund ist ein seit langem bestehender Streit zwischen den Östringern und den Wangerländern. Wir wollen gemeinsam versuchen, ihn zu beenden. Der Wille ist auf beiden Seiten da. Schon vor zehn Tagen brachte man mir Pergament, Feder und Tinte, und ich schrieb an alle seeländischen Richter. Die versiegelte Nachricht wurde von jeweils zwei Boten zu Pferde überbracht. Bis auf Johannes und Botho, zwei unserer Laienbrüder, sind alle Kuriere wieder mit Zusagen seitens der Richter zurückgekehrt.«

Mit aufgerissenen Augen starrte Tammo den Abt an. »Ihr wollt damit sagen, dass wir schon übermorgen unser Anliegen vor den Rat bringen können?«

»Richtig, so ist es. Gestern war mir noch nicht klar, ob ich Euch Hoffnungen machen sollte. Doch nun steht die Entscheidung fest. Wir werden mit aller Kraft versuchen, die Friesen zum gemeinsamen Kampf zu bewegen. Und ihre Entscheidung wird eine spontane sein müssen. Wenn ich die seeländischen Richter zusammenrufe, dann teile ich ihnen die Gründe für unser Treffen mit. Sie sollen sich nicht nur Gedanken machen können, es bleibt den Richtern sogar Zeit genug, die anderen Sechzehner des Landes um Rat zu fragen. So sind die Entscheidungen jeweils getragen von allen Richtern Frieslands. Doch in Eurem Falle wäre dies nicht so. Es stellte sich mir gestern die Frage, ob ich Euer Anliegen ohne Vorankündigung vor den Rat bringen kann, und wenn ja, ob ohne die Zustimmung aller Richter Frieslands überhaupt eine Entscheidung möglich sein wird. Doch in der Nacht wurden meine Augen geöffnet. Nun weiß ich, was zu tun ist. Wo es um die Freiheit geht, braucht kein Richter befragt werden, da kann es nur eine Antwort geben! So habe ich Euer Anliegen als zweiten Punkt mit auf die Liste gesetzt.«

Tammo hielt mit beiden Händen seinen Kopf umfasst. Dann erhob er sich, trat einen Schritt auf den Abt zu und streckte diesem reumütig die Rechte entgegen. »Ich habe Euch Unrecht getan. Könnt Ihr mir mein ungebührliches Verhalten verzeihen?«

Abt Egge ergriff die ausgestreckte Hand und nickte. »Es gibt nichts zu verzeihen. Mein Handeln war nur schwer nachvollziehbar für einen Mann der Tat wie Euch. Doch straft Euch nicht mit Vorwürfen. Lasst uns lieber die Zeit nutzen und überlegen, wie die Richter Frieslands vom gemeinsamen Vorgehen gegen den Grafen von Calvelage-Ravensberg überzeugt werden können.«

»Wer vertritt eigentlich das Mormerland?« Frouwke blickte den Abt fragend an. »Mein verstorbener Gatte war der seeländische Richter. Hätte nicht dann auch mich eine Nachricht erreichen müssen?«

»Mein liebes Kind«, der alte Abt machte ein um Vergebung bittendes Gesicht, »Ihr wisst doch, die Häupter Frieslands dulden keine Frauen bei ihren Treffen. Daher habe ich als Vertreter für das Mormerland Hero Eggen um Teilnahme gebeten. Er ist ja der Vertreter Eures verstobenen Mannes und war immer dessen rechte Hand.«

Frouwke senkte den Kopf. »Hero Eggen«, ihre Stimme klang betrübt, »musste es gerade er sein? Hero Eggen ist nicht der richtige Mann dafür. Allezeit folgte er meinem Gatten wie ein Schoßhündchen und konnte keinerlei eigene Entscheidungen treffen. Zweimal habe ich ihn gebeten, uns beizustehen – ohne Erfolg. Hero Eggen wird einem gemeinsamen Kampf gegen den Grafen sicherlich nicht zustimmen. Er wählt stets den leichtesten Weg.«

Frouwke seufzte und das Herz wurde ihr schwer. Schon jetzt drohte eine Welle von Mutlosigkeit sie zu überrollen. Wenn alle seeländischen Richter waren wie Hero Eggen, dann gab es keine Hoffnung auf Hilfe.

»Mir ist ein Gedanke gekommen«, ergriff Bruder Abbo das Wort. »Könnten wir nicht die Richter mit Hilfe des Kelches überzeugen, der auf so wundersame Weise seinen Weg zu uns gefunden hat? Tammo, lasst den Kelch die Waffe Eurer Überzeugungskraft sein. Er besitzt große Macht. Geht mit ihm dem Sieg entgegen. Wenn diese Reliquie auf der Seite der Friesen steht, wer wird sich dann noch gegen sie stellen können?!«

Tammo schüttelte den Kopf. »Ich möchte nicht den Kelch dazu gebrauchen. Schlechte Erfahrungen haben mich gelehrt, die Hoffnung nicht in Dinge der Kirche zu setzen. Wenn die Friesen nicht aus vollem Herzen, sondern nur um einer Reliquie willen in den Kampf ziehen, dann kehre ich lieber ohne Krieger zurück.«

»Ich glaube, dieser Kelch ist kein Werkzeug für den Krieg.« Sina blickte in die Runde. »Er ist ein Friedensstifter, ein Friedensbringer für alle Menschen. Man vermag mit ihm keinen Reichtum anzuhäufen, nicht Herrschaft und Macht über andere zu erlangen oder Eroberungen vorzunehmen. Die Aufgabe des Kelches ist, jedem das zu geben was er gerade braucht, sei es geistlicher oder weltlicher Art. Er spricht das Gute in den Menschen an und lässt es offenbar werden. Vielleicht sollten wir ihn mitnehmen zum Treffen. Einfach damit seine Anwesenheit die Männer stärkt und sie eine Entscheidung treffen lässt, die aus dem Herzen kommt und nicht unbedingt vom Verstand.«

»So soll es sein.« Abt Egge erhob sich. »Wir werden den Kelch mitnehmen, aber versuchen, die Männer mit der Kraft unserer Worte zu überzeugen. Und nicht nur der Kelch soll uns begleiten, ich möchte, dass auch ihr Frauen uns begleitet.« Abt Egge betrachtete Frouwkes verzagtes Gesicht mit einem weichen, mitfühlenden Blick. »Verzweifelt nicht, mein Kind. Verzweiflung ist nur etwas für jene, die das Ende unverrückbar vor Augen haben. Mag sein, dass Dinge geschehen, die wir nicht erwarten. Nicht alles steht in unserer Macht. Und ...«

Ein lautes Klopfen unterbrach den Abt. Ohne eine Aufforderung abzuwarten, stürzte einer der Mönche herein. Etwas Außergewöhnliches musste passiert sein, denn der Klosterbruder brach sein Schweigen.

»Kommt schnell! Die beiden Kuriere, Johannes und Botho, sind schwer verletzt zurückgekehrt. Botho haben wir den heilenden Händen des Rotfuchses anvertraut, doch Johannes will sich nicht eher behandeln lassen, bis er mit Euch gesprochen hat.«

So flink, wie es ihm kaum zuzutrauen war, eilte der Abt dem Mönch hinterher. Sina und Tammo folgten ihm.

Zwei Laienbrüder halfen gerade einem Reiter vom Pferd. Er schien kaum mehr Kraft zum Atmen zu haben und hing förmlich in den Armen der Helfer. Sie legten den Mann auf eine Trage und brachten ihn ins Haus. Schweiß tropfte ihm von der Stirn und seine Zähne schlugen aufeinander. In wilder Panik fuhren seine Augen suchend in der Runde umher. »Abt Egge«, sein Atem ging schwer, »wo seid Ihr?«

»Hier bin ich, mein Sohn. Was ist nur geschehen?« Abt Egge sank vor ihm in die Knie. Der Bote war arg zugerichtet.

Erschaudernd bemerkte Sina, dass Blut in kleinen Rinnsalen den Steinboden netzte. Abt Egge legte dem Verletzten einen Arm um die Schultern.

Für einen Augenblick schloss der Bote, wie um Kraft zu sammeln, die Augen. »Vater Abt«, seine Stimme war nur noch ein Flüstern, »... sie haben uns auf dem Heimweg überwältigt ... der arme Botho ... ist halbtot. Drei Männer waren es, einer davon ein Jakobspilger.«

Der Kurier hielt einen Augenblick inne, und Bruder Egge runzelte ungläubig die Stirn.

»Ein Jakobspilger? Seid Ihr Euch dessen sicher?«

Der Bote nickte. »Ja. Er war der Grausamste von allen.« Gequält schloss der Verletzte die Augen. Dann holte er tief Luft und fuhr entschlossen fort: »Sie schleppten uns zu einem Zelt. Mich knebelten sie, doch Botho ...«, mit einem schluchzenden Laut brach er für einen Moment ab, »ihn haben sie vor meinen Augen gefoltert. Mit dem Brandeisen taten sie es, bis er verriet, wo wir das Antwortschreiben des saterländischen Richters versteckt hatten. Ort und Zeitpunkt des Treffens der Friesenführer waren darin genannt. Mit Schlägen zwangen die Peiniger mich, der Folterung Bothos zuzusehen. ›Gleich werden wir unseren Spaß mit Euch haben‹, schrien sie, und einer zog mich an den Haaren, bis ich Botho ganz nahe war. Ich sah hin, immerzu sah ich hin, doch meine Hände lösten nach und nach den Knoten von der Schlinge, und so konnte ich, als sich alle an den schrecklichen Qualen Bothos weideten, fliehen. Es gelang mir, mich auf mein Pferd zu schwingen. Sie jagten mir nach. Der Weg bis Ihlow, er war noch lang und ihre Pferde ausgeruht. Ihre Pfeile trafen mich, und nur mit knapper Not konnte ich ihnen entkommen. Ich suchte mir eine Höhle als Versteck. Immer wieder übermannte mich der Schlaf. Dann jedoch nahm ich allen Mut zusammen und suchte nach Botho. Ich konnte ihn einfach nicht zurücklassen. Meine Furcht war unnötig. Die Männer waren alle fort. Botho hatten sie halbtot zurückgelassen. Unter Aufbringung aller Kräfte legte ich ihn vor mir aufs Pferd. Und nun haben wir es doch noch bis zum Kloster geschafft – dem Herrn sei Dank!« Voller Angst riss er den Abt am Ärmel. »Seid wachsam! Der Pilger, er ist der Schlimmste von allen.

Seine Augen, sie sind wie tote Seen, und ich glaube, er hat keine Seele. Er ist der Teufel, uns von Gott geschickt für all unser Versagen!«

Abt Egge schüttelte beruhigend den Kopf und wiegte den Verletzten in seinen Armen. »Nein, Johannes, nein. Gott liebt uns Menschen. Dieser Pilger, wenn Ihr Euch denn nicht irrt, ist nur ein Mensch, der vom rechten Weg abgekommen ist. Denn jedem von uns steht offen, welcher Bahn er folgt. Wir sind keine Marionetten an Bändern. Jeder kann selbst entscheiden, ob er den guten oder den bösen Teil in sich groß werden lässt. Und wer das Böse wählt, der verschließt die Kammer in sich, die Gott heißt. Doch nun genug vom Pilger, wir werden Euch jetzt zu Jakobus, unserem Rotfuchs, bringen, damit er Eure Wunden heile.«

Der Rotfuchs kam ihnen schon entgegen. Er beugte sich mit erschüttertem Gesicht zum Abt vor. »Botho wurde wirklich unmenschlich gequält. Sein Körper ist mit den Spuren der Folter und Misshandlungen übersät. Peitschen und glühende Eisen haben tiefe Kerben in die Haut getrieben, und immer noch rinnt Blut aus vielen Wunden. Die Füße sind nur noch ein Stück geschundenes Fleisch, und ich mag mir nicht vorstellen, wie das verursacht worden ist.«

»Rotfuchs, tut Euer Bestes! Wenn Ihr den beiden nicht helfen könnt, dann gibt es keine Hilfe.« Schwer stützte sich der Abt auf Bruder Abbos Arm. Und nur dieser verstand die leise gemurmelten Worte des Klostervorstehers: »Ich verwünsche, ich verfluche die Männer solcher Taten. Mögen Ihre Seelen dereinst in der Hölle schmoren.« Der Abt deutete den staunenden Seitenblick Bruder Abbos richtig. »Ihr wundert Euch über meine Worte. Ich hasse Gewalt und Menschen, die sich am Leid anderer ergötzen. Und es wird noch lange dauern, bis ich um Vergebung für diese Kreaturen beten kann.«

Einer der Laienbrüder folgte ihnen. Er streckte dem Abt ein Schriftstück entgegen. »Dies hab ich in der Kleidung Bothos gefunden. Es ist an Euch adressiert.«

Das Schreiben war mit Blutflecken übersät. Abt Egge zuckte zusammen, als er sie bemerkte. Er brach das Siegel und wurde leichenblass.

»Hört, was hier steht: ›Habt Dank für die Einladung zum Upstalsboom-Treffen. Die Boten haben uns Freude bereitet. Das Mormerland wird uns auch bald so viel Freude schenken. Plant einen Gast mehr bei Eurem Treffen ein. Und keine Angst – es wird sich nur um einen Freundschaftsbesuch handeln.‹« Abt Egge hob den Kopf. »Die Nachricht ist unterzeichnet mit ›Gunthar de Bahr‹.«

Frouwke schrie auf und rang die Hände.

Tammo trat auf den Abt zu. »Was werdet Ihr jetzt tun? Das Treffen absagen?«

Der Klostervorsteher schüttelte den Kopf. »Nein. Wenn dieser Wahnsinnige einen Angriff geplant hätte, wüssten wir nichts von seinem Vorhaben. Um den Zeitpunkt für das Treffen herauszufinden, hätte es keiner Folter bedurft. Eigentlich sind die Zusammenkünfte kein Geheimnis. Da so viele Menschen davon wissen, gibt es immer eine undichte Stelle. Viele der seeländischen Richter verbinden unsere Treffen auch mit Besuchen bei Verwandten und Freunden in der näheren Umgebung. Nein, unser Freund plant keinen Überfall auf die Friesenführer. Die mutigsten und mächtigsten Männer Frieslands werden sich beim Upstalsboom treffen, und hinter ihnen stehen nicht nur ihre Krieger, hinter ihnen steht unser ganzes Volk. So dumm kann niemand sein, dass er sich mit ganz Friesland anlegt. Ich glaube, die Absicht der Folter war, uns das Fürchten zu lehren. Ja, Gunthar de Bahr und seine Helfer wollten uns einschüchtern. Es wird etwas geschehen beim Upstalsboom, und wir sollen erkennen, wie gefährlich unser Gegner ist – seine Grausamkeit gilt als Maßstab. Vielleicht war diese unmenschliche Folter auch als Warnung gedacht. Ein kleiner Vorgeschmack auf das, was passieren wird, wenn wir uns gegen den ungebetenen Gast und sein Anliegen stellen.«

Abt Egge richtete sich auf und streckte das Kinn vor. Sina sah ein gefährliches Glitzern in seinen Augen. Und plötzlich wusste sie, dass dieser Mann kein ungefährlicher Gegner war.

»Kommt, lasst uns gehen.« Der Klostervorsteher straffte die Schultern. »Lasst uns gehen und einen Plan entwerfen. Nach dem, was heute geschehen ist, werde ich bis zum letzten Atemzug für einen gemeinsamen Kampf gegen diese Bestien eintreten. Es muss uns einfach gelingen, die seeländischen Richter davon zu überzeugen, dass der Graf nicht allein das Mormerland bedroht, sondern die Freiheit aller Friesen!«

Antworten

Es war Abend, und Sina brachte dem Abt einen großen Becher Würzwein. Bruder Abbo hatte ihn dem Klostervorsteher aufgenötigt mit den Worten: »Euer Gesicht ist grau vor Sorge. Ihr arbeitet viel zu viel. Trinkt meinen Wein als Medizin, und lasst die Vigilien und die Laudes heute Nacht ausfallen.«

Abt Egge griff nun dankbar nach dem dampfenden Becher und wärmte seine Hände daran. Der würzige Duft des Weins füllte anheimelnd den Raum. Mit einem Blick auf Sina erhob sich der Abt, nahm einen zweiten Becher aus einer Wandnische und teilte den Wein mit ihr. »Auch Ihr seid sorgenvoll, mein Kind. Trinkt einen Becher mit mir, und schlaft dann wohl.«

Sina sah sich aufmerksam im Arbeitszimmer des Mönchs um. Der Raum war schlicht ausgestattet, wie alles in diesem Kloster: einige Stühle und ein grob gezimmerter Tisch, an einer Wand stand ein Schreibpult. Zwei Kerzen brannten auf dem Holztisch, an dem der Abt saß. Sie hatte ihn wohl beim Schreiben gestört.

»Ich bereite die Friedensurkunde vor. Im günstigsten Fall werden die Wangerländer und die Östringer sie übermorgen unterschreiben. Im Übrigen denke ich über ein gemeinsames Siegel aller Seelande nach. Wenn wir vereint streiten wollen, dann braucht es auch ein gemeinsames Zeichen. Das Bild des Siegels müsste die Größe Frieslands, unseren Stolz auf die Freiheit, zum Ausdruck bringen. Und es muss ersichtlich sein, dass diese Größe von Gott gegeben ist und dass er uns schützt. Was haltet Ihr davon, wenn die Muttergottes ihre Hand über den Friedensbund hält? Sie ist die Schutzpatronin unseres Klosters.«

»Mir ist Maria fern.« Sina schlang fröstelnd die Arme um den Körper. Abt Egge zeigte einladend auf einen Stuhl und reichte ihr eine Wolldecke. Sina legte die Stirn in Falten. »Aber sie wird in allen Seelanden verehrt. Maria ist die ›Himmelskönigin‹ und all das, was wir irdischen Frauen niemals sein können.« Ein bitterer Ton hatte sich in ihre Stimme geschlichen. »Sie wird verehrt, und wir gelten wenig – auch bei den seeländischen Richtern. Sagt, ist es nicht eigentlich ein Widerspruch? Die Friesen wollen keine Frauen beim Upstalsboomtreffen, und doch soll es nun ein weibliches Wesen sein, das sie eint und ihre Freiheit verteidigt.«

Sinas Blick folgte dem aufsteigenden Dampf des Würzweins. Plötzlich kam ihr ein Gedanke, und ihre Augen blitzten. Sie beugte sich zum Abt vor. »Ja doch, ich bin dafür, dass es Marias schützende Hand sein soll. Mag sie mir auch fremd sein, so ist sie doch eine Frau und steht für alle Friesinnen.«

Abt Egge nahm einen langen Schluck aus seinem Becher. Er maß Sina mit einem wachen Blick. »Ihr seid eine gute Hilfe. Ein weibliches Wesen also zum Schutz. Für den Kampf braucht es gerüstete friesische Krieger zu beiden Seiten der Himmelskönigin. Und natürlich darf das Jesuskind nicht fehlen. Es ist am besten auf dem Arm seiner Mutter aufgehoben. Zu ihren Füßen, im Staub vor beiden kniend, ein Geistlicher, der das Himmel und Erde verbindende Zeichen trägt, das Kreuz.«

Die Augen des alten Abtes leuchteten. Er sprang auf, und aufgeregt wie ein Kind blieb er vor Sina stehen. »Dazu eine Umschrift, die besagt, dass mit diesem Zeichen ganz Friesland seine Zusagen erfüllen wird.«

»Ja, sehr gut.« Sina nickte dem Abt zu. »Wahrlich, solch ein Siegel wäre einem Königreich angemessen.«

Abt Egge nickte. »Friesland ist zwar kein Königreich, denn niemand befehligt uns, aber Friesland ist ein Reich der Freiheit. Nur wenn wir Friesen einander dienen, uns gegenseitig helfen und den Frieden wahren, wird dieses Reich bestehen bleiben. Das gemeinsame Siegel könnte eine Hilfe sein.«

Sina hörte die Zweifel in seiner Stimme. Zu oft hatte er schon Zwist und Kampf erlebt. Fehden wie jene, die nun bei dem anstehenden Treffen geschlichtet werden sollte.

»Abt Egge, seit wann ist es an Euch, eine Vermittlerrolle zwischen den Seelanden auszuüben?« Sinas Frage hatte mehr den Grund, noch bleiben zu können. Sie kuschelte sich tief in die warme Decke.

Abt Egge legte seinen Kopf auf die Seite. »Schon damals in Meerhusen nahm ich diese Aufgabe wahr. Tja, und es kommt wohl nicht von ungefähr, dass unser Kloster in der Nähe des Upstalsboom liegt. Die Friesen haben es selbst so gewollt. Nur wenige Richter können lesen und schreiben, wohl aber wir Mönche. Vom hiesigen Kloster werden viele Verwaltungsaufgaben für die Seelande wahrgenommen, fast alle. Aber«, sein listiger Blick streifte Sina, »Ihr bleibt doch nicht so lange bei einem alten Mann, um mit ihm über die Aufgaben des Klosters zu sprechen – hab ich Recht?«

Sina nickte und kam sich etwas töricht vor, weil sie so leicht zu durchschauen war. »Es gibt da etwas, das ich Euch fragen wollte.« Nun, da es so weit war, fiel es ihr schwer, die richtigen Worte zu finden. Sina starrte auf den Holztisch, und das Licht der Kerzen warf bizarre Muster. Sie zögerte. Es fehlte ihr nicht an Mut zu fragen, doch sie fürchtete die Antwort. Was, wenn der Abt nicht der war, für den sie ihn hielt? Ihre Frage, oder vielmehr ihre Sicht der Dinge, war gefährlich. Doch dann gab sie sich einen Ruck und hob den Kopf. »Gestern hörte ich Euch vom göttlichen Funken in jedem von uns sprechen. Das brachte mich auf den Gedanken, dass Ihr vielleicht die Antwort auf eine Frage wisst, die ich mir schon lange stelle.«

Im Blick des alten Abtes lag Zurückhaltung. »Ich bin nicht allwissend, mein Kind, und auf einige Fragen gibt es keine Antwort. Auf andere Fragen gibt es viele Antworten, und dann gibt es noch Fragen, auf die jeder Mensch für sich seine Antwort finden muss. Nun denn, erlöst mich von der Neugierde und fragt!«

Sie blickten einander tief in die Augen. Die Wärme der blauen Augen des Abtes ließ Sina alle Furcht vergessen. »Es gibt ein Geheimnis des Lebens, dem jeder Mensch irgendwann einmal auf die Spur kommen möchte. Es ist die uralte Frage nach dem Wohin und Woher. Die Frage nach der Berechtigung unseres Daseins, dem Sinn des Lebens. Sie scheint eng verbunden mit der Frage nach dem rechten Glauben. Ihr spracht gestern davon, dass wahre Göttlichkeit in jedem von uns zu finden ist. Was ist wahre Göttlichkeit, welches ist die rechte Art zu glauben? Je mehr ich darüber nachdenke, desto schwerer fällt es mir, eine Antwort zu finden.

Auf unserer Reise hierher nach Ihlow hat mir Tammo viel über den Glauben der Menschen des Morgenlandes erzählt. Ein Glaube, den selbst mein Vater nicht für abwegig hielt, da er die Orientalen als klug einschätzte. Ganz anders hingegen unser Glaube an die Dreieinigkeit des einen Gottes. Bevor das Christentum Einzug hielt, glaubten die Menschen an viele Götter. Ich habe darüber gelesen. Abt Menko hält die Heiden für barbarische Dummköpfe, doch mir scheint ihre Philosophie sehr klug. Es gab viele Götter und viele Wege, und wohin der Weg jedes einzelnen Menschen führte, stand nicht fest. Jeder folgte seiner Bahn, und jeder eingeschlagene Weg war ein ganz persönlicher. Lange dachte ich darüber nach. Ist es nicht auch so, dass der Glaube an viele Götter erst zu der Idee des einen, alleinigen Gottes führte? Im alten Glauben gab es einen Gott, der ein Wesen jenseits allen Vorstellungsvermögens war. Dieses göttliche Wesen zeigte sich in vielen Gestalten. Und doch erreichte keine dieser Gestalten die Erhabenheit des einen Gottes. Und nun frage ich Euch: Ist unser Glaube der einzige, der wahrhaftige Weg? Gibt es nicht vielleicht viele Wege, für jeden Menschen einen eigenen, der ihn zu Gott führt, und liegt nicht in der Suche nach dem jeweils richtigen der Sinn unseres Lebens?«

Mit erstauntem Blick betrachtete der Klostervorstehers das Mädchen. Er schwieg lange und seufzte dann tief. »Ihr stellt Fragen, die ich als Abt des Klosters vielleicht anders beantworten müsste denn als Suchender, der ich bin. Mechthild würde mir raten, mich vor der Antwort zu drücken. ›Gibt ein Ratsuchender keine Ruhe, so bittet ihn, er möge einen weiseren Mann fragen, da Euch die Sache zu hoch sei. Lässt er dennoch nicht locker und stellt Fragen nach der Größe Eurer Seele, so fragt zurück, wie groß seine Weisheit sei. Stellt er die Gegenfrage, wie viele Seelen auf einem Holzscheit Platz finden, so sprecht: Ein Tor stellt mehr Fragen als zehn Weise an Antworten haben.‹« Abt Egge seufzte. »Doch Ihr seid kein Tor und Eure Frage ist nicht töricht. Es ist schwer, die richtige Antwort zu finden. Wir Menschen versuchen stets, Gott greifbar zu machen, ihn in eine Form zu pressen. Obwohl er doch geboten hat: ›Macht Euch kein Bild von mir.‹ Doch auf der Suche nach der Wahrheit versucht der Mensch, Gott fassbar zu machen. Wenn Gott Gestalt annähme, so denken wir, dann können wir ihn auch haben, begreifen, vereinnahmen. Dies ist das eigentliche Bestreben jeder Form des Glaubens. Man möchte Gott eine Gestalt geben, um ihm nahe zu kommen, sagen zu können: ›Glaubt dies, und ihr werdet bei Gott sein.‹ Doch so einfach ist das nicht. Gott ist größer als unser Vermögen, ihn uns vorzustellen. Jeder Glaubensversuch zeigt nur einen winzigen Teil des Allmächtigen. Wir werden Gott nie haben können, und doch auf ewig zu ihm unterwegs sein.

Ich will versuchen, es mit einer Geschichte zu verdeutlichen: Es lebte einst ein Mann, der besaß einen Ring von unschätzbarem Wert. Der Mann wusste um die Einzigartigkeit des Ringes und beschloss, dass dieses Schmuckstück niemals sein Haus verlassen sollte. So verfügte er, dass der Ring immer vom Vater auf den meistgeliebten Sohn zu vererben sei. Ohne Ansehen der Geburt entschied fortan allein der Ring, wer das Haupt des Hauses war.

Eines Tages nun besaß ein Vater von drei Söhnen das Schmuckstück. Alle seine Kinder waren ihm gleich lieb und teuer. Er konnte sich nicht entscheiden, wer den Ring erben sollte und versprach ihn jedem der Söhne. Als seine Zeit zu Ende ging, ließ der Mann einen Goldschmied kommen. Dieser fertigte nach dem Muster des Ringes zwei weitere. Als der Künstler die Ringe zurückbrachte, konnte selbst der Vater keinen Unterschied ausmachen. Froh rief er seine Kinder und versicherte jedem einzelnen von ihnen, er sei im Besitz des einzigartigen Schmuckstücks. Kaum war der Vater gestorben, da beanspruchte jeder der Söhne, Haupt des Hauses zu sein. Man untersuchte die Ringe, doch das Original war nicht auszumachen.«

Der Abt schwieg für eine Weile und schaute Sina auffordernd an. Diese zuckte fragend die Schultern.

»Seht Ihr, genauso wenig lässt sich sagen, was die rechte Art zu glauben ist. Niemand vermochte die Ringe zu unterscheiden, die der Vater anfertigen ließ, damit sie nicht zu unterscheiden seien. So vermag auch niemand die rechte Antwort auf Eure Frage zu finden.«

»Aber Abt Egge«, Sina hob ratlos die Hände, »die verschiedenen Religionen gleichen sich nicht wie die Ringe.«

»Und doch gründen sie alle auf Geschichten. Alte überlieferte Geschichten, die man auf Treu und Glauben angenommen hat. Und wessen Treue, wessen Geschichten zieht man am wenigsten in Zweifel? Natürlich die seines eigenen Volkes. Was uns unsere Väter und Mütter weitergegeben haben, die uns lieben und von denen wir niemals getäuscht wurden, das glauben wir eher als das, was Fremde erzählen. Wer nennt seine Vorfahren Lügner? Wir glauben unseren Vätern, genauso wie die Orientalen den ihren. Doch wer kann wissen, welche Geschichte falsch ist?

Gewiss ist nur eines: Der Vater liebte seine Söhne – alle gleichermaßen. Und so lag es bei jedem einzelnen Sohn, die Liebe des Vaters in seinem Ring zu entdecken. Und das ist es auch, was allen Religionen innewohnt – die Liebe Gottes. Sie leuchtet durch alles und in allem, was er geschaffen hat – auch in uns selbst. Diese Liebe ist der göttliche Funke. Entdeckt die Liebe Gottes in Euch und Ihr kommt Gott nah – wes Geistes Kind auch immer Ihr seid.«

Sina legte die Hände an ihr warmes Gesicht. Die Hitze schien nicht allein vom Wein herzurühren. »Aber wie entdecke ich Gott in mir?«

»Das müsst Ihr selbst herausfinden. Und Ihr seid auf dem richtigen Weg, das sagt mir Eure Frage. Wisst Ihr, Sina, unser Leben gleicht einem Baum. Jedes Lebensjahr lässt einen neuen Jahresring wachsen, der den vorherigen umschließt. Das Gestern umschlossen vom Heute. Die Summe der Erinnerungen macht unser Leben aus. Das Wesen des Baumes aber steckt im Kern, im Ausgangpunkt, um den alles kreist. Unser Wesentliches liegt an der gleichen Stelle verborgen. Diesen Kern gilt es zu entdecken. Er ist der göttliche Funke in jedem von uns. Und die Begegnung der Seele mit Gott braucht weder Kirche noch Priester.«

Es klopfte an der Tür, und nur widerstrebend entriss sich Sina dem Zauber der Worte.

Adalbert trat ein. »Bruder Gottfried bat mich, Euch vor der Schlafenszeit aufzusuchen.«

»Richtig.« Abt Egge nickte. »Mein liebes Kind«, der Mönch wandte sich nun noch einmal an Sina, »verzagt nicht bei Eurer Suche, und wisset immer, dass der, den Ihr sucht, Euch schon längst gefunden hat.« Er schloss Sina in seine Arme. Diese wünschte beiden Männern einen guten Schlaf und verließ das Zimmer.

Der Abt wies dem Laienbruder einen Stuhl zu und blickte ihm besorgt ins Gesicht. »Adalbert, sagt, wie geht es Johannes und Botho?«

Die Miene des Laienbruders verfinsterte sich. »Schon besser. Der Rotfuchs sagt, sie werden es schaffen. Was mir Sorgen macht, ist nicht die körperliche Versehrtheit der beiden. Beim Rotfuchs sind ihre Wunden in den besten Händen. Mich quälen andere Ängste. Ich habe das Grauen in ihren Augen gesehen.«

Abt Egge seufzte tief. »Ihr sorgt Euch um die Seelen Eurer Freunde. Seid gewiss, auch diese Wunden werden heilen. Die Zeit wirft den Mantel des Vergessens über alles. Doch es werden Narben bleiben. Wie steht es mit Euren Narben, mein Freund? Verübelt Ihr es mir noch, dass ich Euch nach Timmel schickte?«

»Nein.« Adalbert schüttelte den Kopf. »Ihr habt Recht daran getan. Es gefällt mir gut dort. Nur manchmal empfinde ich es als ein wenig eintönig. Mir fehlt es an«, Adalbert tippte mit dem Finger an seine Schläfe, »Abwechslung geistiger Art. Ich kann es nicht erklären und vielleicht klingt es auch nach Hochmut, doch mir scheint, als ob Schafe hüten nicht alles ist, wofür ich geschaffen bin – wenn Ihr versteht, was ich meine. Ich möchte etwas bewegen, etwas vollbringen, bevor die kühle Erde mich bedeckt. Doch«, er zuckte die Schultern, »was sollte ein Laienbruder schon anderes bewegen als Heugabel und Sichel?«

Der Klostervorsteher beugte sich ganz nah zu dem Laienbruder vor. »Ihr könntet etwas bewegen, Adalbert.« Abrupt stand er auf. »Ihr könntet etwas für mich tun. Ich bin mir jedoch nicht sicher, ob ich Euch der Gefahr, die damit einhergeht, aussetzen darf. Vielleicht nehmt Ihr Schaden, an Leib oder Seele. Aber mein Gefühl sagt mir, dass es richtig ist, Euch diese Last aufzubürden.« Der Abt legte den Zeigefinger an die Nase. »Eines weiß ich gewiss: Die Begleitumstände werden Euch nicht schmecken.«

Aufgeregt ergriff der Laienbruder den Mönch beim Ärmel. »Sagt, was ich tun soll, und ich tu's. Mich schrecken weder körperliche Arbeit noch geistige Anstrengung. Lasst mich etwas bewegen!«

»Nun denn – so sei es! Also hört mir einen Augenblick schweigend zu. Ich habe beschlossen, Euch als meinen persönlichen Diener mit zum Upstalsboom-Treffen zu nehmen. Ihr könntet für mich das Gepäck tragen, meinen Holzschemel schleppen, auf die Siegel achten und mich bei den Mahlzeiten bedienen.«

Der Klostervorsteher sah die Zornesader am Hals des Laienbruders anschwellen und las Enttäuschung auf seinem Gesicht.

»Ihr macht Euch lustig über mich und meine Träume. Treibt Eure bösen Scherze mit wem Ihr wollt.« Adalbert schob abrupt den Stuhl zurück und wollte gehen, doch der Klostervorsteher hob beschwichtigend die Hand und hielt ihn zurück.

»Sachte, mein Freund. Beruhigt Euch, und lasst mich ausreden. Wie Ihr sicherlich wisst, brauche ich eigentlich keinen Stiefelputzer und Vorkoster. Und dies ist auch keine neue Methode, um Euch zu demütigen – mir reichen da die Vorgaben unseres Mutterklosters. Nein, diese dienenden Aufgaben an meiner Person sind nur Tarnung. Es braucht ja einen Grund, um Eure Anwesenheit zu erklären. Ihr werdet den Anschein erwecken, mein Diener zu sein, ein kleiner, unwichtiger Laienbruder. Doch in Wahrheit seid Ihr vielleicht der wichtigste Mann bei unserer Versammlung.«

Fragende Blicke trafen den Abt. Adalbert wartete auf Antworten. Und mit jedem Wort des Abtes wurden die Augen des Laienbruders größer. Ein erwartungsvoller Glanz lag darin.

Die Liebe erträgt alles

Sina konnte nicht schlafen. Eine innere Unruhe ließ sie im Zimmer auf und ab gehen. Was würde übermorgen geschehen, und was könnte das für sie bedeuten? Es mochte sein, dass die Friesen sich für einen Kampf begeistern ließen. Tammo würde sie vielleicht anführen. Frouwke ließ sich sicher nicht abhalten, an seiner Seite nach Hause zurückzukehren. Doch welche Gründe sollte *sie* nennen, um der Gefahr entgegenzureiten? Würde Frouwke sie vielleicht sogar bitten, bei dem kleinen Klaas im Kloster zu bleiben, und könnte sie diese Bitte abschlagen?

Selbst wenn die Friesen nicht in den Kampf zogen, wenn sie das Mormerland sich selbst überließen, auch dann würden Tammo und Frouwke zurückkehren – das wusste Sina.

Gequält dachte sie: »Die beiden wissen, wo ihr Platz im Leben ist. Doch wo soll ich meinen suchen?« Eigentlich war er an Tammos Seite, das sagte ihr Herz. Doch seines schien aus Eis zu sein. Er wollte sie nicht und würde sie am liebsten zum Mond schicken. Ein kleines bitteres Lächeln zeigte sich in ihren Mundwinkel.

»Sein Verstand will mich nicht«, verbesserte sie sich selbst. Bei der Besprechung gestern Mittag hatte er sie keines Blickes gewürdigt, doch dann, als die Boten verletzt zurückkamen, lag sein Arm fest um ihre Schultern. Und er hatte ihr Gesicht an seine Brust gedrückt, damit sie die Wunden der Männer nicht sah. Sina seufzte. »Tammos Instinkt weiß, was richtig ist, doch sein Verstand hält ihn gefangen.«

Am Morgen, draußen im Schnee, hatte ein seltsam verlorener Ausdruck auf seinem Gesicht gelegen. Für die Dauer eines Herzschlags war es Sina möglich gewesen, in Tammos Augen etwas von seiner Seelenqual zu lesen. Für den Bruchteil eines Augenblicks nur brachte ihre Liebe das Eis um sein Herz zum Schmelzen, doch genauso schnell hatte Tammo die Mauern wieder aufgebaut.

Sina seufzte. »Wo soll meine Liebe hinführen?«, dachte sie und lehnte den Kopf gegen die kalte Mauer. »Vielleicht ist es doch gut, dass sich unsere Weg trennen werden. Ich muss mich damit abfinden, dass es keine gemeinsame Zukunft gibt.« Doch allein der Gedanke, Tammo nicht mehr zu sehen, ließ die Trauer wie Feuer in Sina brennen. Plötzlich glaubte sie ersticken zu müssen.

Sina riss die Tür des Klosterzimmers auf und rannte hinaus. Fackeln beleuchteten spärlich den Gang. Sie lief mit weit ausholenden Schritten und geballten Fäusen. Sie suchte sich ein Fenster und presste die Hände fest gegen den kalten Stein des Gemäuers. Ihre Augen suchten den Mond, der ruhig am Himmel stand. Wie oft hatte er sie schon trösten müssen. Eine ganze Weile schaute sie ins Mondlicht. Wie silbrig-goldene Streifen schickte der Mond seine Strahlen in ihre Richtung, und Gelassenheit goss sich in ihr unruhiges Herz.

Sina holte tief Luft, und sie vermeinte die Worte zu hören: ›Die Liebe erträgt alles, sie glaubt alles, sie hofft alles, sie duldet alles.‹

Die Liebe hofft alles – das war es, was ihr blieb: Hoffnung. Hoffnung auf was? Auf ein Wunder? Das Wunder, dass sie Tammos Herz erreichen und das Eis schmelzen würde.

»So viel Schmerz«, flüsterte Sina, und ihre Augen suchten wieder den Mond. »Und nur, weil dieser starrsinnige Mann seinem Schicksal trotzen will. Ich weiß, dass wir füreinander bestimmt sind.«

Plötzlich war es ihr, als ob ein Mondstrahl sie sacht berührte. Ein sanftes Streicheln aus unendlicher Ferne.

»Niemand kann seiner Fügung entfliehen«, raunte eine Stimme in ihr.

Und zögerlich legte sich ein Lächeln auf Sinas Züge.

VI

Der seeländische Friedensbund

»Der Friesenstamm ist frei und keinem Herrn unterworfen. Um der Freiheit willen setzen die Friesen ihr Leben aufs Spiel und wählen lieber den Tod als die Knechtschaft!«
(Bartholomäus, ein englischer Mönch, 1240)

Gesegnet ist Friesland durch Fruchtbarkeit,
durch Volksmenge und vor allem
durch die Freiheit, dem unschätzbaren Gut
der Armen und Reichen.
(Abo Emo von Wittewierum, Anfang des 13. Jahrhunderts)

Die »Rote Maria«

Der Puls von Abt Menko ging schneller. Er konnte die Versammlung der Friesen kaum erwarten. Der Kelch war zum Greifen nahe. Gunthar de Bahr hatte ihm versprochen, dass er Tammo auf die ein oder andere Weise zur Herausgabe des Gefäßes zwingen würde. Das erwartungsvolle Funkeln in den Augen de Bahrs hatte ihn mehr als alles andere überzeugt. Die längste Zeit würde er den Pilgermantel nun getragen haben. Er lechzte danach, seine alte, würdevolle Position wieder einnehmen zu können.

Am Nachmittag hatten sie das Kloster Ihlow beobachtet. »Wir wollen doch sehen, ob unsere ›Boten‹ ihren Zweck erfüllen.« Abt Menko vermeinte wieder de Bahrs böses Lachen zu hören, das diesen Worten folgte.

Der Rückweg vom Kloster hatte sie zur Ortschaft Westerende und in diese heruntergekommene Gaststube geführt. Hurenhaus wäre wohl der geeignetere Ausdruck. Die Schenke konnte allein mit vier von solchen aufwarten. Obwohl es schon nach Mitternacht war, machte der Wirt keine Anstalten, die Schenke zu schließen. Und die anwesenden Männer schienen auch noch so einiges zu erwarten.

Verächtlich blickte sich der Abt um. Die Einrichtung war schäbig. Der Wirt mit den listigen Augen katzbuckelte um die Männer herum, und die Weiber waren für Geld zu jedem Spaß bereit.

Eine der Huren allerdings nahm nicht an diesen Spielchen teil. Sie lehnte an der Wand und maß die Männer mit abschätzenden Blicken. Immer öfter spürte der Abt ihre Augen auf sich ruhen. Er nahm einen großen Schluck von dem Selbstgebrannten, der vor ihm auf dem Holztisch stand. Gunthar de Bahr musterte die anderen drei Dirnen mit auffordernden Blicken, und Geld klimperte in seiner Hosentasche. Sie folgten ihm willig nach oben. Schönheiten waren die Weiber kaum. Sie hatten verlebte Gesichter, und einer Hure fehlten zwei Vorderzähne. Dies schien de Bahrs Vergnügen jedoch nicht zu mindern. Unmissverständliche Geräusche drangen bis in die Schankstube herunter.

Die anderen Männer schrien sich zotige Witze zu. Es ging um die vierte Dirne in der Schenke. »Wartet Ihr etwa noch auf den Märchenprinzen?«, fuhr einer der Männer sie an.

»Wir sind Euch wohl nicht gut genug«, meinte ein anderer.

Mehr aus einer Laune heraus oder vielleicht auch, weil er sich von ihr dazu aufgefordert fühlte, hob der Abt im Pilgermantel den Arm und bedeutete dem Weib, sich zu ihm zu setzen. Mit ruhigen, fast sinnlichen Bewegungen kam sie näher.

»Darauf habe ich gewartet.« Sie setzte sich neben ihn, und ihr Arm streifte den seinen. Abt Menko nahm wieder einen tiefen Schluck aus seinem Becher. Der Alkohol brannte in seiner Kehle, kreiste in seinem Schädel. Etwas verschwommen nahm er die Hure wahr. Der Alkoholspiegel schmeichelte ihr.

»Na, mein starker Held.« Die Dirne legte eine Hand auf seinen Oberschenkel. »Übernehmt Euch nicht mit dem Gebrannten. Zu viel ist nicht gut, wenn man noch etwas vorhat.« Ihre Hand fuhr höher und zeigte ihm deutlich, worum es sich dabei handeln könnte. »Ihr seid bewaffnet, wie ich sehe. Wie ungewöhnlich für einen Pilger.« Ihre Hand glitt hin und her. »Ich würde mich zu gerne noch an Eurem Dolch ergötzen. Oder fürchtet Ihr, dass ich Angst vor ihm bekomme?«

Die Hure hatte eine schmale Taille und schwere weiße Brüste. Das feuerrote Kleid gab mehr preis, als es verbarg. Das rote Haar passte eigentlich nicht zum Kleid, doch auf seltsame Weise verstärkte es noch die Sinnlichkeit dieses Weibes. Sie tat Verruchtes und war auch verrucht anzusehen. Ihre dunklen Augen glitzerten und ein aufdringlicher Blumenduft, vermengt mit dem Geruch eines willigen, heißen Körpers, entstieg ihrem Kleid.

»Wie ist Euer Name?«

Der Pilger musste sich konzentrieren, um die Worte deutlich auszusprechen.

»Nennt mich, wie Ihr wollt und ...«, ihr Gesicht kam dem seinen näher, »... nehmt mich, wie Ihr wollt. Sagt, welchen Namen findet Ihr passend für mich?« Die Dirne kam noch näher.

»Engel bestimmt nicht.« Der Pilger spürte ihre Hände. Sie waren überall. Schweiß brach ihm aus, und es war nicht mehr nur der Alkohol, der ihn benebelte. Er zögerte kurz und berührte dann mit der Rechten ihren Ausschnitt. Die Haut der Hure war weich, weicher als der teuerste Samtstoff des Orients.

»Traut Euch ruhig.« Sie zog das Kleid etwas nach unten.

Diese Dirne war nicht mehr jung. Aber sie war heißer als alle, die er jemals genommen hatte. Sie schien ihn wirklich zu wollen, das merkte er. Und das stachelte ihn an. Was würde ihr gefallen? Langsam schob sich seine Hand in den Ausschnitt des Kleides, und er drückte ihre Brust fest und immer fester. Sie stöhnte, und im Gegenzug verstärkte sich der Druck ihrer Hände. Die Hure lachte derb, und der Pilger sah die Gier nach mehr in ihren Augen.

»Dieses Weib ist mir ähnlich«, schoss es ihm durch den Kopf. Und der Abt unter seiner Verkleidung frohlockte. Die Aussicht, wie sehr er sie und sich selbst durch das Zufügen von Schmerzen in Wonne versetzen konnte, war fast mehr, als er ertragen konnte.

Er trank gierig von dem Branntwein. Ein dünner Rinnsal floss aus seinem Mund. Flink wie ein Wiesel beugte sich das Weib vor und begann mit einem herausfordernden Lächeln, den Schnaps von seinem Kinn zu lecken. Ihr Mund berührte den seinen, sie biss zu, und nun brauchte es nicht mehr die Kraft ihrer Hände, um ihn verrückt zu machen.

»Mehr?« Ihre schwarzen Augen lockten ihn. »Wollt Ihr mir nun Eure gefährliche Waffe zeigen?«

Sie küsste ihn wieder. Mit einer wilden Gier tat ihre Zunge Dinge, die seine Fantasie beflügelte und ihn keuchen ließen. Sie biss nochmals zu, und er schmeckte Blut auf den Lippen. Ihre Fingernägel rissen brennende Male in seine Haut. Eine schier unmenschliche Erregung überkam ihn. Dieses Weib schien dem Pilger wie eine verbotene Frucht. »So also hat Eva uns verraten«, ging es ihm durch den Sinn.

Plötzlich zog sie sich zurück. Er starrte auf ihre Brüste, die sich hoben und senkten. »Ich will Euch, verdammt noch mal. Wenn es sein muss, auch umsonst. Was ist nun? Oder habt Ihr Euch wie ein Mönch der Jungfrau Maria versprochen? Dann kommt zu mir, denn mein Name ist auch Maria. Man nennnt mich die ›Rote Maria‹.« Sie warf eine Blick in die Runde. »Ich will keinen von den anderen, nur Euch!«

Missbilligendes Gejohle machte sich breit. »Eine Hure, die wählerisch ist. Wo gibt's denn so was? Lasst es uns ihr zeigen. Sind wir nicht Manns genug? Wir können sie gemeinsam nehmen«, schrien die Männer.

»Überlasst das Weib dem Pilger«, de Bahr stand auf der Treppe, und seine laute Stimme übertönte die anderen. Er zog seine Hose zurecht. »Ich glaube, er hat es nötiger als ihr alle zusammen. Die Pilgerreise war lang und willige Weiber sicherlich rar gesät.«

Einige Männer murrten immer noch, doch hinter de Bahr erschienen nun die anderen Weiber und boten sich aufreizend an.

»Traut Euch«, de Bahrs Aufforderung galt dem Pilger. »Bei den Boten des Klosters habt Ihr weniger Zurückhaltung an den Tag gelegt.«

Die Erinnerung an bestimmte Foltermethoden stachelte die Begierde des Abtes noch an. Das Weib erhob sich von seinem Schoß und ging gurrend vor ihm her die Treppe hinauf. Auf seltsame Weise hatte der Abt das Gefühl, die Fäden des Spiels aus der Hand zu verlieren.

»Es ist ein Fehler, dies zu tun«, dachte er, doch die Regeln wurden nunmehr nur noch vom Fleisch und nicht vom Verstand bestimmt. Der Pilger fühlte sich wie eine überreife Frucht, und nur der Körper dieser Dirne würde ihn befreien können.

Er machte wirklich einen Fehler in dieser Nacht. Die überreife Frucht wurde nicht nur gepflückt, sie verlor sich im Herzen dieses Weibes. Der Teufel in Pilgergestalt hatte seine Meisterin gefunden.

Beim Upstalsboom

Es war später Vormittag. Dunkle Wolken zogen auf, und ein scharfer Wind brachte den Geruch von Regen mit sich. Sie waren auf dem Weg zum Upstalsboom-Treffen. Gemächlich ritten Sina und Frouwke nebeneinander her.

Sina hatte so lange gebettelt, bis Abt Egge ihr erlaubte, sie zum Treffen zu begleiten. »Vielleicht gibt Eure Anwesenheit

Frouwke Kraft und Rückhalt.« Abt Egge und Tammo führten die Gruppe von fünfzehn Reitern an. Adalbert bildete den Schluss.

Zehn seeländische Richter waren schon gestern Abend angekommen und hatten die Nacht im Kloster verbracht. Sina konnte sich nicht genug über die Tracht der Männer wundern. Über Kettenhemden und Beinpanzern trugen sie fremdartige Gewänder, deren Farben sich in ihren Rundschilden wiederfanden. Das Eigenartigste an der Tracht aber waren die bis zu den Knien reichenden Faltenröcke. Gürtel und silberne Nadeln hielten die Gewänder zusammen. Das Haar trugen die Sechzehner kurz und rund geschnitten. Die Männer schienen wie zum Kampf gerüstet. Alle führten Waffen bei sich: Speere, Rundschilde und eiserne Lanzen.

»Tja, man erkennt schon am Aussehen, dass die Friesen ein kämpferisches Volk sind«, hatte Bruder Abbo ihre Neugierde zu deuten gewusst. »Sie unterscheiden sich von allen anderen Menschen, die ich kennen gelernt habe. Seht Euch ihre Köpfe an. Die Sechzehner und ihre Krieger haben allesamt eine Tonsur. Sie halten es für sehr ehrenvoll, je vornehmer sie sind, desto stärker geschoren zu sein. Und, sagt selbst, schreckt nicht allein schon ihr Anblick einen Feind in die Flucht?«

Und so war es auch! Bei anderen Männern hätte Sina ein derartiges Auftreten für lächerlich gehalten, doch die Friesenführer trugen ihre Trachten mit einem Selbstbewusstsein, das keine Belustigung zuließ.

»Besitzt Ihr etwa auch einen solchen Rock?«, hatte Sina Tammo gefragt und mit dem Finger auf einen Friesen, der in Weinrot gekleidet war, gezeigt. Ihren Finger sanft nach unten ziehend, hatte Tammo den Kopf geschüttelt.

»Ich habe mich zum Ärger meines Vaters nie damit anfreunden können. Doch nun, da ich älter bin, ändert sich meine Meinung darüber. Warum sollen die Friesen nicht auch äußerlich zeigen, das sie etwas Besonderes, etwas ganz Eigenes sind und sich nicht einmal der Mode unterwerfen?«

Es waren ganz unterschiedliche Männer, die Aufnahme für eine Nacht begehrt hatten. Und doch war ihnen allen eines gemeinsam: der zielstrebige, entschlossene Blick und die Festigkeit ihrer Schritte. Diese Friesen waren Führer – und man sah es ihnen an. Die Farbenpracht ihrer Gewänder und die Erzählungen aus den verschiedenen Landesteilen hatten dem Kloster für ein paar Stunden eine eigenartige Lebendigkeit eingehaucht. Immer wieder waren Sina, Frouwke und der kleine Klaas mit neugierigen Blicken bedacht worden, doch Abt Egge hatte jede Frage im Keim erstickt.

Bruder Abbo hatte Frouwke auf einen der Männer aufmerksam gemacht, der diese den ganzen Abend nicht aus den Augen ließ. Es war ein hochgewachsener, kräftiger Friese mit frischer Gesichtsfarbe und schwarzem Haar.

»Da habt Ihr ohne Euer Dazutun die Aufmerksamkeit des Saterländer Richters auf Euch gelenkt. Seht nur den verschleierten Blick. Er kann kaum den Ausführungen des Mannes aus Westergo folgen und weiß morgen bestimmt nicht, was er heute Abend gegessen hat.«

Frouwke errötete und bat den Mönch zu schweigen. Doch Sina war es nicht entgangen, dass Frouwkes Blick den Saterländer immer wieder streifte.

Die Augen der Männer waren ihnen auch heute Morgen gefolgt, als sie sich mit Tammo, Abt Egge und Adalbert auf den Weg zum Upstalsboom-Treffen machten. Einigen der älteren Richter stand der Unmut ins Gesicht geschrieben. Sie hatten etwas verstimmt ihre Pferde bestiegen.

»Warum nimmt der Abt Weiber mit zum Treffen? Wozu soll das gut sein? Braucht es sie nun schon, um Frieden zu stiften?«, hörte Sina sie fragen. Doch Abt Egge hatte wohl die Ohren vor derartigen Äußerungen verschlossen.

Nun waren sie also alle auf dem Weg.

Es gab verschieden Möglichkeiten, um zum Treffpunkt zu gelangen. Man konnte von Emden aus mit dem Boot das Flüsschen Ehe hinauffahren oder zu Pferd über Land reiten, wie sie es taten.

Sina trug zwar einen warmen Umhang, doch die Kälte stahl sich unter den Saum des Mantels und ließ sie frösteln.

Frouwke schien es nicht besser zu gehen. »Es ist wirklich bitterkalt heute. Gut zu wissen, dass Klaas bei Bruder Abbo in den besten und auch sicherlich in den wärmsten Händen ist. Er hat sich nicht einmal nach mir umgeschaut, als wir fortgeritten sind.« Sie seufzte tief, und Sina merkte, dass es Frouwke schwer fiel, Klaas alleine zu lassen.

»Bruder Abbo wird ihn hüten wie seinen Augapfel. Wie stolz er gestern Abend war, als Abt Egge vor allen Gästen seinen Würzwein lobte.«

Frouwke nickte und lächelte. »Und nun wird er mit noch mehr Würzwein aufwarten müssen, denn heute Abend werden ja alle seeländischen Richter nach dem Treffen im Kloster erwartet, um dort die Urkunden zu unterzeichnen.« Schon am frühen Morgen hatte es gesummt wie in einem Bienenhaus, denn nur selten beherbergten die Klostermauern so viele Gäste.

Der Weg wurde breiter, und die beiden Frauen machten Platz, um Adalbert zwischen sich reiten zu lassen. Frouwke wunderte sich, dass Abt Egge gerade ihn als seinen Diener mitgenommen hatte. Und seine scheinbare Zufriedenheit mit dieser Aufgabe passte so gar nicht zu dem Bild, das sie sich von dem Laienbruder gemacht hatte. Frouwke blickte Adalbert neugierig an und stellte dann eine Frage, die ihr schon länger durch den Sinn ging. »Das Hauptanliegen des heutigen Treffens ist ja die Schlichtung der Fehde zwischen den Wangerländern und den Östringern. Wisst Ihr eigentlich mehr über die Ursache der Feindschaft zwischen ihnen?«

Adalbert kratzte sich am Kopf. »Ja, eigentlich ist das eine ganz vertrackte Geschichte. Wisst Ihr, es hat etwas mit einer Beerdigung, mit zu viel Gebranntem und einigen unglücklichen Umständen zu tun. Also, es war folgendermaßen: Vor vielleicht dreißig Jahren segnete ein Wangerländer namens Wange infolge eines körperlichen Leidens das Zeitliche. Zu dem Begräbnis kamen auch viele Verwandte aus dem Östringerland. Nachdem nun Wange mit allen ihm zustehenden Ehren unter die Erde gebracht worden war, wurden Bier, Wein und Weizenbrot gereicht und des Alten gebührend gedacht. Damit es ein ordentliches Fellversaufen sein möge, Ihr wisst ja, für wie wichtig die Menschen auf dem Lande dies erachten, nötigte das trauernde Weib die Gäste immer wieder dazu, einen Branntwein mit ihr zu trinken. Die Stimmung schlug um, und die ersten Gäste begannen, Loblieder auf den Verstorbenen zu singen. Ein Östringer mit Namen Hilderk der Wütige aber pries nicht nur Wange, sondern auch lautstark die Schönheit von dessen Tochter Hilke, die er anlässlich dieser Trauerfeier erstmals zu Gesicht bekommen hatte. Man sagt, er habe auf der Stelle sein Herz an sie verloren. Nach dem reichlichen Genuss von Branntwein fand Hilderk denn auch den Mut, sich ihr zu erklären.«

»Wollt Ihr damit sagen, er habe sich ihr am Tage der Beerdigung genähert? Das war aber reichlich ungeschickt von ihm«, unterbrach Sina Adalbert.

»Ungeschickt oder nicht, auch ein Wangerländer, Redeward de Buur, wetteiferte um die Gunst der holden Maid. Man sagt ja, der Genuss von Branntwein verklärt das Aussehen der Weiber und versüßt die Aussichten auf eine Vermählung.«

»Hah«, warf Sina ein, »man sagt auch, der Genuss von zu viel Branntwein macht aus Männern Dummköpfe.«

»Nun, wie dem auch sei«, fuhr Adalbert fort, »es entstand jedenfalls zwischen den beiden Verliebten ein Streit darüber, wem es nach der Trauerzeit zustünde, ihr den Hof zu machen. Für die Trauergäste Grund genug, einen Zweikampf zwischen Hilderk und Redeward zu befürchten. Schlägereien auf Beerdigungen, Kindstaufen oder Hochzeiten sind ja nichts Ungewöhnliches, wie Ihr sicherlich wisst.« Der Laienbruder neigte sich flüsternd zu den Frauen. »Man spricht ja sogar davon, ohne eine anständige Schlägerei fehle bei derartigen Feiern das Salz in der Suppe. Nachdem nun also die Wetten auf den Sieger abgeschlossen waren, wurde ein Kreis um beide gebildet.

Der Kampf entschied sich schon in der zweiten Runde. Die Faust des Wangerländers traf den Östringer mitten ins Gesicht. Dieser Schlag ließ Hilderk den Wütigen wie einen gefällten Baum zu Boden gehen. Unglücklicherweise schlug sein Kopf auf eine Baumwurzel auf und Blut bedeckte den Erdboden. Die Zuschauer machten ein großes Geschrei und leerten einen Krug mit Bier über den Gestürzten, doch der Östringer hatte im Augenblick des Aufschlages sein Leben ausgehaucht. So kam es, dass diese Trauerfeier der Anlass für eine folgende wurde und Hilke im Sommer des nächsten Jahres Redeward ehelichte. Tja, damit könnte diese Geschichte zu Ende sein, doch weit gefehlt. Die Verwandten Hilderks forderten das ihnen zustehende Wergeld für den Totschlag.«

»Wieso Totschlag«, unterbrach Frouwke ihn, »der Sturz des Östringers war doch mehr ein Unfall?«

»Tja, als Betroffener sieht man die Sache sicherlich anders. Für seine Hinterbliebenen war es eben Totschlag. Wie Ihr wisst, werden ja alle Straftaten durch Geldzahlungen geahndet außer drei Dingen: Bricht ein Friese in eine Kirche ein und zerstört die Heiligenbilder, so soll er durch Rädern bestraft werden. Holt ein Friese den ›hohen Helm‹ und den Ritter ins Land, so soll man ihn ins Nordmeer führen. Desgleichen, wenn ein Friese Kirche und Pfarrhof niederbrennt mit Mensch und Tier darin. Für den Totschlag des Östringers jedenfalls forderten die Hinterbliebenen durch Boten ein sehr hohes Wergeld. Redeward, nicht weniger aufbrausend als zu Lebzeiten sein Widersacher, packte der Zorn. ›Hilderk hat mich erst zu dem Kampf angestachelt‹, soll er geschrien haben. Redeward verweigerte die Zahlung und beschloss, seine Ansicht deutlich zu machen. Die Boten wurden ihrer Kleidung entledigt, verprügelt und nach Östringen zurückgeschickt. Diese Tat brachte die Östringer erst richtig in Zorn. Es kam zum offenen Kampf. Ein wild entschlossener Trupp junger Männer drang ins Wangerland ein. Felder wurden verwüstet, Häuser verbrannt, Vieh gestohlen und Menschen kamen zu Tode. Dieser Kampf zog weitere Auseinandersetzungen nach sich mit schweren Verlusten auf beiden Seiten. Tja, und bis zum heutigen Tage flackerte die alte Fehde immer wieder neu auf. Mittlerweile ist der wütige Redeward längst tot, und seine Nachfahren sind des Kampfes überdrüssig. Den Wangerländern geht es nicht anders. Nun ist es also an Abt Egge, die zerstrittenen Seelande miteinander zu versöhnen. Ich bin guter Hoffnung, dass es ihm gelingen wird. Die Friedensurkunde hat unser Klostervorsteher in weiser Voraussicht sicherlich schon bereit liegen. Und so steht dem Frieden eigentlich nichts mehr im Wege.«

»Das ist zu hoffen.« Sina wich geschickt dem Zweig eines Baumes aus. »Dann bleibt Tammo genügend Zeit, die Seelande für einen gemeinsamen Kampf zu gewinnen. Glaubt Ihr, dass er Erfolg haben wird?«

Adalbert wiegte den Kopf. »Ich weiß es nicht. Das größte Problem ist die Uneinigkeit der Friesen. Es bedarf einer Bedrohung, die alle betrifft, wie die durch das wilde Meer, damit die Friesen zusammenstehen. Ob Abt Egge oder Tammo die Männer von einer Bedrohung Gesamtfrieslands überzeugen können, ist fraglich. Doch ich habe das seltsames Gefühl, es wird bei dem Treffen etwas geschehen, das alles, was wir uns vorstellen können, ändert. Es gibt Dinge, die niemand planen kann.«

Der Weg wurde schmaler, und sie mussten hintereinander reiten. Der Wald, durch den sie nun kamen, war alt. Viele Stämme waren von grauer Farbe, und Schnee lag auf Moos und Flechten. Sie bahnten sich einen Weg zwischen den Bäumen hindurch. Die Pferde mussten etlichen Wurzeln ausweichen. Je tiefer sie in den Wald hineinkamen, desto höher und dichter schienen die Bäume zu sein. Kein Laut war zu hören außer dem Schnauben der Pferde.

Sina begann sich schon zu fragen, ob Abt Egge sie in die Irre geführt hatte, als sich der Wald plötzlich lichtete. Sie verließen das Dickickt, und eine kreisrunde, erhöhte Lichtung lag vor ihnen. Wie ein kahler Kopf ragte der Grabhügel, der nur von wenigen Bäumen bestanden war, aus dem Wald heraus. Sinas Blick wanderte zum Himmel. Die dunklen Wolken hatten sich verzogen und es war wärmer geworden. Der Himmel über ihnen war blau und klar. Sonnenstrahlen fielen auf Pfade, die aus allen Richtungen auf den Hügel hinaufführten.

Am Fuß der Anhöhe ließ Abt Egge die Reiter anhalten. Er nahm die Frauen beiseite. »Ihr wartet hier auf ein Zeichen von mir.«

Die seeländischen Richter hatten sich in einträchtigem Schweigen auf den Weg den Hügel hinauf gemacht. Abt Egge wandte sich Tammo zu. »Kommt, mein Sohn, dies ist Eure Stunde.«

Nur langsam und mit gemischten Gefühlen begleitete Tammo den Abt. Adalbert folgte in angemessenem Abstand mit einem Holzschemel in der Hand. Der Upstalsboom war dem Namen nach eigentlich nur Teil des gemeinsamen Weidegebietes einer Dorfgemeinschaft, mit einem besonderen Baum, einem ›Boom‹, in der Mitte.

Es gab sieben Wege, die hinaufführten. Sie näherten sich dem freien Platz in der Mitte des Grabhügels, und nun kamen ihnen Männer von allen Seiten entgegen. Sie legten einander jeweils die rechte Hand auf die rechte Schulter und grüßten mit den Worten: »Heil Euch, freier Friese!«

Während die Männer Abt Egge mit freudigen Mienen begegneten, trafen Tammo neugierige Blicke. Wie in einem gut eingeübten Theaterstück versammelten sie die Männer zu einem Kreis in der Mitte des Grabhügels. Eher unbewusst nahm Tammo wahr, dass der Platz von sieben hohen alten Eichen eingefasst wurde. Adalbert trat hinter einer der Eichen hervor, stellte den Holzschemel bereit, nahm den weißen Reisemantel des Abtes entgegen und entfernte sich wieder.

Der Abt begrüßte die Vertreter der Seelande. »Heil Euch allen, die Ihr meinem Ruf gefolgt seid! Nun sind wir wieder hier versammelt, um den Frieden, die Freiheit und die Gerechtigkeit in Friesland zu wahren. Diejenigen von Euch, die untereinander verfeindet sind, mögen ihre Feindschaft, sofern nicht für immer, so doch für die Zeit begraben, in der wir Brüder sein wollen.

Wir haben einen Kreis gebildet, einen Ring aus Vertretern der freien friesischen Lande. Und so wie ein Ring ohne Anfang und Ende ist, so soll auch keiner von uns der Erste oder der Letzte sein, keiner wichtiger oder machtvoller, alle gleich – das ist unser Bestreben. Indem wir einander dienen, werden wir frei.«

Wie auf ein Stichwort traten nun alle Männer mit gekreuzten und über den Kopf erhobenen Armen einen Schritt vor.

»Gemeinsam wollen wir streiten für Freiheit und Gerechtigkeit«, hörte Tammo den Chor der Männer um sich herum, und Schauer liefen über seinen Rücken. Zum ersten Mal überkam ihn die Vorstellung, dass es vielleicht doch möglich sein würde, Friesland zu einen. Tammo spürte den Ernst hinter den Worten der Männer. Dies schien keine abgedroschene Formel zu sein.

Abt Egge nahm auf dem Schemel Platz. »Wir wollen es halten wie immer. Wenn jemand das Wort ergreifen will, so möge er die Arme erheben und kreuzen, und ich werde ihn aufrufen. Dann kann er vortreten und sprechen.«

Das Zeichen der gekreuzten Arme – gestern noch hatten sie darüber gesprochen. »Wisst Ihr eigentlich, dass dieses Zeichen ein heidnisches ist?« Es war natürlich Sina gewesen, die dem Abt diese Frage stellte. Der Klostervorsteher hatte genickt. »Es ist aber nicht nur ein heidnisches Zeichen. Jesus starb, damit wir alle frei sind – so deuten die Christen das Kreuz. Das hoch erhobene Kreuz zur Ehre Gottes. Ich weiß natürlich, dass die Heiden mit dieser Geste nach uralter Sitte den Eichenbäumen huldigen, in welchen die Seelen der Götter auf Erden ihren Aufenthalt nehmen. Vielleicht befremdet es Euch, dass ich dieses Zeichen dulde. Doch dem Kampf für Freiheit und Gerechtigkeit darf kein Glaubenszwist im Wege stehen.«

Der Abt tat Recht daran, das sah Tammo nun. Er nahm viele verstohlene Blicke zu den Eichen, die den Platz umgaben, wahr. Wie eng verwoben doch alter und neuer Glaube war. Gestern noch ehrte man die Göttin Ostera beim ersten Frühlingsvollmond mit einem Feuer, das den Winter vertreiben und die Felder fruchtbar machen sollte. Das Feuer als Sinnbild der Sonne und des Lebens. Heute wurden an Ostern immer noch Feuer entzündet und Feuerräder mit Speichen in Kreuzform von den Grabhügeln gerollt.

Dieser Ort war gut gewählt, um Versammlungen abzuhalten. Unter freiem Himmel, so als ob der blaue Baldachin Zeuge all dessen sein sollte, was beschlossen wurde. Ein blauer Baldachin als Zeichen der Freiheit!

Mit halbem Ohr lauschte Tammo Berend, einem der Nachfahren Redewards, der die Vertreter der Seelande davon in Kenntnis setzte, dass sich das Östringerland einen nunmehr verbrieften Frieden mit den Wangerländern wünsche. Der seeländische Richter des Wangerlandes trat vor und unterstützte den Aufruf Berends. Nach nur kurzer Zeit waren sich alle Richter darüber einig, dass am heutigen Abend ein langer Streit dem Ende zugehen und der Friedensvertrag unterzeichnet werden sollte. Tammo sah viele gelöste Gesichter um sich herum.

»Das ging ja schnell«, ließ sich ein breitschultriger Hüne hören, »da bleibt uns noch genügend Zeit, die Aufträge unserer Weiber auszuführen. In Aurich ist Markttag, wollte ich damit sagen.« Die anderen Männer lachten gutmütig.

»So leicht kommt Ihr mir heute leider nicht davon«, ergriff Abt Egge nun wieder das Wort. »Zwei Punkte stehen noch zur Besprechung an, über die ich Euch leider nicht vorzeitig informieren konnte. Zum einen habe ich eine Warnung für Euch. Ihr kennt alle die besonderen Fähigkeiten des alten Dodert. Er sieht, so deute ich es zumindest, eine Sturmflut voraus.«

»Das schreckt uns nicht«, rief einer der Männer mit einer wegwerfenden Handbewegung. »Alle Küstenländer haben gemeinsam einen hohen Deich geschaffen, den goldenen Ring um Friesland. Da mag die Sturmflut getrost kommen.«

»Unterschätzt nicht die Macht des Wassers.« Abt Egges Stirn blieb gerunzelt. »Eine Macht, die vielleicht daher rührt, dass das Wasser immer schon da war, von Anbeginn an. Vor dem Licht, vor dem trockenen Land, vor dem Getier und den Pflanzen und lange vor uns Menschen. Gottes Geist schwebte über dem Wasser, und dann schuf er alles aus dessen geheimnisvollen Tiefen. Das Wasser ist ruhelos, unergründlich, voller Rätsel und Gewalt. Es scheint mir wie Gott selbst zu sein, manchmal grausam und unberechenbar, doch dann wieder klar und selbstlos, bereit, uns reinzuwaschen, zu erquicken und den Durst zu stillen. Ein Gleichnis des Lebens. Doch Dodert hat die dunkle Seite des Wassers vorausgesehen. Haltet die Augen offen. Kontrolliert die Deiche. Jeder Deich ist nur so gut wie seine schwächste Stelle. Und jeder Bund ist nur so gut wie das treue Zusammenstehen seiner Mitglieder. Und ob wir Friesen zusammenstehen, darum geht es bei dem nächsten Punkt. Ich habe Gäste mitgebracht, die sprechen sollen.«

Tammo fühlte die Anspannung in sich wachsen. Abt Egge gab Frouwke ein Zeichen, und sie kam langsam den Hügel hinauf.

Die Männer beobachteten es mit Murren. »Jetzt machen die Weiber nicht einmal mehr vor dem Upstalsboom halt«, ließ sich einer der Richter vernehmen.

Ein gedrungener Friese mit rötlichem Haar trat vor. »Wollt Ihr uns das wirklich zumuten, Abt Egge? Reicht es nicht, dass die Weiber schon im Ehegemach um den Sieg über uns kämpfen und den Anstand nicht wahren? Gott schuf mit Adam und Eva die Ehe. Er bestimmte, dass ein Weib dem Manne untertan sei. Doch in der heutigen Zeit nehmen die Frauensleut' sich sogar die Freiheit heraus, den Beischlaf zu verwehren. Man könnte meinen, sie seien vom Teufel besessen. Mit Zungen streiten sie gegen uns Männer, mit Zungen wie Schwerter des Satans. Sie kämpfen gegen uns, und wir schaffen es kaum, sie zu bändigen. Es wird noch so weit kommen, dass die Weibsbilder weit reichende Entscheidungen treffen und um den Frieden verhandeln. Man hört ja sogar schon von Frauen, die sich im Tuchhandel hervortun. In Köln lernen sie das Seidenmachergewerbe und arbeiten im Eisenimport. In Lübeck sind Frauen an Schiffen beteiligt, befrachten sie und treiben Handel bis nach Schweden. Wohin soll das noch führen? Wollen sie für Lohn arbeiten, und wir gebären unsere Söhne selbst? Werden sie bald gar auf Priesterstühlen sitzen? Schlimm geht es in der Welt zu. Die Weiber sollen lieber spinnen und den Hausstand in Ordnung halten. Mäßig und keusch, gehorsam, schweigsam und den Blick stets gesenkt – so stelle ich mir ein rechtes Weib vor. Und solch ein Weib hat nichts hier verloren!«

»Mäßigt Euch, Dooks aus dem Fivelgo. Dieses Weib hat das Recht hier zu stehen, und ich werde sie nicht nur hier stehen lassen, sondern ihr auch das Wort erteilen. Doch zunächst möchte ich den Mann zu meiner Rechten sprechen lassen.«

Abt Egge erteilte Tammo das Wort.

Tammo trat einen Schritt vor. »Ich bin Tammo Freesena und erbitte Eure Hilfe. Meine Heimat wird bedroht durch den Grafen von Calvelage-Ravensberg – Ihr habt sicherlich davon gehört. Ich fordere Euch auf, mich im Kampf gegen den Feind zu unterstützen.«

Gemurmel brandete auf, und Tammo las Ablehnung auf vielen Gesichtern. Einer der Männer kreuzte die Arme, und Abt Egge erteilte ihm das Wort.

»Freese Tammena ist tot. Wenn Ihr sein Sohn seid, dann fehlt es Euch an Berechtigung hier zu stehen. Freese hatte keinen Sohn mehr. Zu tief saß die Enttäuschung über Euch. Und wer sagt uns, dass seine Enttäuschung nicht gerechtfertigt war? Habe ich nicht Hero Eggen hier gesehen? Vertritt er nicht das Mormerland an Freeses Stelle? Außer ihm wäre allein die Witwe des Sechzehners berechtigt, im Name ihres kleines Sohnes für das Mormerland zu sprechen.«

Tammo fühlte sich gedemütigt wie ein gerügtes Kind. Zorn wallte in ihm auf und drohte ihn zu übermannen. Abt Egge legte eine Hand auf seine Schulter. Tammo konnte seine Gefühle nur mühsam unterdrücken.

»Ihr habt Recht. Vielleicht war ich jemand, über den man enttäuscht sein konnte. Vielleicht steht es mir nicht zu, das

Wort zu erheben. Ich bin nur der verstoßene Sohn Freese Tammenas. Doch es ist nicht mein Vater, es sind die Menschen, die der auswärtige Graf zu unterdrücken sucht. Für sie erhebe ich das Wort. Und wenn Ihr nicht auf meine Stimme hören wollt, vielleicht kann Euch die Witwe meines Vaters überzeugen. Sie steht hier, an meiner Seite.«

Er zeigte auf Frouwke, und diese trat nun mit gekreuzten Armen vor.

»Ich bin ein Weib und erhebe das Wort. Doch wenn es leichter für Euch ist, dann seht mich ruhig als Mund meines Sohnes an. Für ihn ersuche ich um Eure Hilfe, um Eure Unterstützung im Kampf gegen den Grafen von Calvelage-Ravensberg. Wir müssen gemeinsam seine Herrschaftsansprüche abwehren. Noch richtet er seine Begehrlichkeit ausschließlich auf das Mormerland. Doch dies wird nur der Anfang sein. Danach könnte es jeden von Euch treffen. Wenn Friesland oder Teile Frieslands auswärtigen Grafen in die Hände fallen, dann werden wir unsere Freiheit verlieren. Und nicht nur das: Man wird uns zwingen, Abgaben und Steuern zu leisten. Auch Euer Recht, auf keiner Heerfahrt weiter zu ziehen als ostwärts bis zur Weser, westwärts bis zum Flie und südwärts eine Tagesreise, wäre dahin. Wer soll dann unser Land vor dem nordischen Heer und dem wilden Meer schützen? Wir haben gemeinsam dem Wasser getrotz – lasst uns nun der Knechtschaft trotzen. Wir müssen die Bedrohung unserer Freiheit im Keim ersticken. Nur der König ist unser Herr, und nach ihm kommen schon wir, die Friesen. Wir nehmen uns das Recht, selbst Beschlüsse zu fassen, eigene Gesetze zu erlassen. Nach ihnen haben wir uns zu richten und nach sonst niemandem. Heißt es nicht: ›Wenn irgendein geistlicher oder weltlicher Fürst uns Friesen insgesamt oder einen von uns angreift, um uns unter das Joch der Knechtschaft zu zwingen, so werden wir alle gemeinsam mit der Waffe in der Hand unsere Freiheit verteidigen.‹ Ich bitte Euch, ich flehe Euch an: Tut es! Kämpft für mein Heimatland!«

Gemurmel entstand in der Menge. Viele Männer erbaten das Wort, doch plötzlich übertönte eine Stimme alle Unruhe.

»Hört nicht auf das Weib!« Alle Köpfe wandten sich dem Mann zu, der nun begleitet vom Diener des Ostergoer Richters den Berg hinaufkam. »Abt Egge«, der Ostergoer war verunsichert, »wir haben diesen Mann unweit des Versammlungsortes aufgegriffen. Er ist unbewaffnet und behauptet, Ihr erwartet ihn.«

Die Miene des Klostervorstehers war verschlossen. »Ich hatte gehofft, Ihr würdet nicht kommen, Gunthar de Bahr.« Abt Egge wandte sich den anderen Friesenführern zu. »Dieser Mann unterschreibt seine Briefe mit dem Blut Unschuldiger. Er versucht, die Rechte des Grafen von Calvelage-Ravensberg durchzusetzten.«

»So ist es.« Unaufgefordert trat Gunthar de Bahr in die Mitte des Kreises. Die Friesen blickten um sich, als ob sie auf weitere Feinde gefasst seien, und griffen nach ihren Waffen. Mit einer spöttischen Geste hob Gunthar de Bahr die Arme nach oben. »Ich komme allein und in friedlicher Absicht, um Euch einen Vorschlag des Grafen zu überbringen. Er erhebt Anspruch auf einen winzigen Teil Frieslands. Das verbriefte Recht dazu hat er. Es widerspricht ihm jedoch, dieses Recht mit Gewalt durchzusetzen. Wenn Ihr uns allerdings dazu zwingt«, sagte de Bahr mit gespielter Zerknirschtheit, »dann werden wir zu den Waffen greifen.« Mit schmeichelnder Stimme umwarb er nun die Friesen: »Seid vernünftig, gebt ihm das Mormerland, und Ihr werdet wieder Eure Ruhe haben.«

»Nehmt Ihr Euch nicht das Recht heraus, etwas zu verlangen, das freien Bauern gehört?« Frouwke funkelte ihren Widersacher zornig an. »Ihr wollt sie zu Leibeigenen machen. Das können wir nicht zulassen. Ihr und die Männer des Grafen seid nicht mehr als eine Bande von Halunken und sucht nur Euren eigenen Vorteil.«

»Eure Worte bringen Friesland den Krieg, holde Maid. Doch«, Beifall heischend blickte er in die Runde, »seit wann steht es denn einem Weib zu, Entscheidungen zu treffen? Sie hat da etwas falsch verstanden. Die Weiber sind ja nicht so ...«, er tippt sich an die Stirn, »… helle. Seht Ihr«, de Bahr wandte sich nun bewusst nur noch an die Richter, »der Graf, in dessen Auftrag ich hier stehe, möchte sich friedlich mit Euch einigen, mit Euch allen. Er fordert ja auch nicht viel, fast nichts. Wenn Ihr ihm das Mormerland überlasst, dann wird den anderen Seelanden nichts geschehen. Ihr wärt weiterhin frei«, er blickte in die Runde, »hättet Macht und Ansehen wie gehabt und würdet zudem Euer Leben behalten. Denn bei einem Kampf wäre dies nicht selbstverständlich. Graf Calvelage-Ravensberg ist ein reicher Mann. Und man kann mehr Männer für Geld anheuern, als es Friesen gibt!«

»Und doch wiegt ein freier Friese zehnmal mehr als ein bezahlter Söldner. Es ist wohl etwas anderes, ob man seine Heimat verteidigt oder für Lohn in den Kampf zieht.« Abt Egge blickte von einem zum anderen. »Wenn der Wunsch nach Freiheit in Euren Herzen wohnt, dann können wir siegen.«

»Tja«, de Bahr hob die Schultern und breitete die Arme aus, »es ist an Euch, was Ihr tun werdet. Ich verlasse diese Runde jetzt und werde mir morgen beim Kloster Ihlow Eure Antwort holen. Bedenkt gut, dass eine Verteidigung des Mormerlandes Euch den Krieg bringt!«

»Wenn das Mormerland Verteidigung nötig hat, dann seid Ihr ja doch ein Angreifer«, rief Frouwke ihm hasserfüllt zu.

»Ich bin nur hier, um die Ansprüche des Grafen zu regeln. Und die Richter wissen sicherlich, dass das Mormerland schwach ist, nun da Freese Tammena nicht mehr lebt. Es wäre doch regelrecht eine Erleichterung, die Verantwortung für Recht und Ordnung in unsere Hände zu legen. Das Mormerland für den Grafen und die Freiheit und den Frieden für Euch alle.« De Bahr wandte sich ab.

»Ich habe es schon einmal gesagt – Ihr könnt nicht mit etwas handeln, das Euch nicht gehört«, rief Frouwke ihm nach.

»Männer«, de Bahr drehte sich um und sprach zu den Richtern wie zu uneinsichtigen Kindern, »Männer, macht Euch den Grafen nicht zum Feind. Er hat die größere Macht.«

Damit verließ er die Anhöhe mit ruhigen Schritten, und ein aufgebrachtes Geraune setzte unter den Richtern ein.

Abt Egge erbat sich Ruhe. »Wir wollen für einen Augenblick schweigen. Jeder soll gut überlegen, was jetzt zu tun ist. Und jeder soll Gelegenheit haben, seine Meinung zu sagen. Wir werden dann später abstimmen.«

Eine Weile legte sich bedrücktes Schweigen über die Männer. Als ob auch er die Beklemmung spürte, hatte sich der klare Himmel zugezogen, und tief hängende Wolken verdeckten das Blau.

Ein noch junger Mann trat als Erster vor. »Es bedarf meines Erachtens keiner langen Überlegung. Gegen eine solche Kriegsmacht kommen wir nicht an.« Er schüttelte resigniert den Kopf. »Da ist es besser, andere Möglichkeiten zu suchen, andere Wege zu gehen.«

»Das meine ich auch. Was geht uns eigentlich das ferne Mormerland an? Nie in meinem Leben war ich dort. Geben wir doch dem Grafen dieses kleine Stück Land. Ihr, Weib des Sechzehners, könnt gerne Aufnahme und neue Heimat bei uns finden.« Der Richter aus dem Westergo neigte leicht den Kopf in Frouwkes Richtung.

»Ich soll meine Bauern sich selbst und diesen gierigen Halsabschneidern überlassen – niemals!« Frouwke schüttelte den Kopf. »Die Menschen meiner Heimat bedeuten mir so viel wie die Bauern des Westergo Euch. Und warum, denkt Ihr, haben sie Euch zu dem gemacht, der Ihr seid? Damit Ihr ihnen die Freiheit bewahrt! Und gilt dies nicht für alle Friesen? Sie vertrauen Euch Richtern. Soll dieser Rat nicht ganz Friesland, ohne Ausnahme, die Freiheit erhalten?«

»Es stimmt, wir wollen die Freiheit und den Frieden bewahren. Doch das Angebot des Grafen sichert uns Friesen doch den Frieden. Warum also kämpfen, warum streiten?« Der Mann aus dem Westergo war nicht überzeugt. »Lasst uns Frieden schließen – und das tut man nun einmal durch Verhandlungen.«

»Dieser Vorschlag bringt uns nicht den Frieden, er macht uns zu Sklaven.« Tammo sah aus, als würde er den Richter des Westergo am liebsten eigenhändig erwürgen.

Ein älterer Mann meldete sich mit bedächtiger Stimme zu Wort. »Ein Kampf könnte uns viel kosten. Wir haben Land und Häuser, Weib und Kinder und nicht zuletzt das eigene Leben zu verlieren. So leicht setzt man dies alles nicht für ein fernes Friesenland aufs Spiel.«

»Ihr habt viel zu verlieren«, Abt Egge nickte zustimmend, »aber glaubt Ihr denn, die Bauern des Mormerlandes hätten weniger zu verlieren? Und sie werden es verlieren, wenn der Graf sich ihrer bemächtigt. Zählen sie geringer als die Menschen Eures Seelandes? Gelten unsere Gesetze nicht für alle? Wie würde es Euch gefallen, wenn Vredewold, Euer Friesenland, einfach verschachert werden würde? Wir alle haben viel zu verlieren, das stimmt. Doch am schlimmsten wäre es, die Freiheit zu verlieren. Auch ohne all Euer Hab und Gut wärt Ihr als freie Männer reich.«

»Ich finde auch, ein Kampf hat keinen Sinn.« Der Richter des Rüstringerlandes, ein alter Mann mit zerfurchter Stirn, meldete sich zu Wort. »Wir vertrauen einander nicht genug, um gemeinsam kämpfen zu können. Im Geheimen wird einer den anderen verdächtigen, sich mit der Gegenseite zu verbünden. Noch gestern führten wir Krieg gegeneinander, und heute nun sollen wir ein Volk sein? Die Einheit Frieslands, wenn es denn eine geben soll, muss noch lange Zeit wachsen. Ich habe kein Vertrauen in eine gemeinsame Stärke.«

Tammo ballte die Hände zu Fäusten und stieß sie in die Luft wie gegen einen unsichtbaren Gegner. »Ihr seid Feiglinge, alle miteinander. Wenn ihr euch Friesen nennt, dann schäme ich mich, einer zu sein.«

»Wir sind keine Feiglinge.« Der Saterländer trat vor. »Doch Dertlef aus dem Rüstringerland hat Recht. Ein Kampf bei unserer inneren Zerstrittenheit wäre Wahnsinn. Es wäre nicht mutig, sondern dumm.«

Tammo schüttelte den Kopf. »Wenn wir uns jetzt nicht vereinen und gegen den Grafen kämpfen, dann werden wir niemals ein Land haben, das nur uns gehört, ein Land, in dem Frieden und Freiheit herrschen für alle Menschen.«

Der Saterländer legte Tammo die rechte Hand auf die Schulter. »Ihr habt Kraft in Euch, das sehe ich. Und wenn es den leisesten Hauch einer Möglichkeit für einen gemeinsamen Weg gäbe, dann würde ich Euch als einem guten Führer folgen.«

»Folgt mir und kämpft! Vertraut nicht den Worten de Bahrs. Er lügt. Dieser Mann erachtet die Friesen für nichts, und so wird er auch mit uns, mit Euch allen umgehen. Das Mormerland ist nur ein Anfang. Wenn wir jetzt aufgeben, unsere Freiheit aufgeben, dann war die Mühe vieler Jahre umsonst. Dann können wir unseren Kindern das teuerste Gut nicht mehr vererben. Was wir heute tun, prägt das Leben derer, die nach uns kommen. Es gibt Träume, die man sich – auch im Hinblick auf die Kinder – erfüllen muss. Wir alle haben hart gearbeitet für einen goldenen Ring um Friesland, der uns gegen das Meer schützt. Genauso hart müssen wir für unsere Freiheit kämpfen.«

»Für eine Freiheit, die nicht verbrieft ist«, ließ sich wieder der Mann aus dem Westergo hören. »Es existiert nichts Schriftliches, auf das wir pochen können. Nur das Wort Karls des Großen und die Erzählungen unserer Ahnen.«

Verzweifelt forderte nunmehr Frouwke das Wort. »Bitte hört mich noch einmal an! Ihr könnt jetzt nicht einfach nach Hause gehen und dem Grafen das Mormerland überlassen. Macht Euch nicht zum Judas an der friesischen Freiheit. Sie ist kein Gut, das man einfach wegwirft. Und alle Dinge, die etwas wert sind, haben ihren Preis. Nichts wird ohne Schweiß geerntet. So wie die Geburt eines Kindes, das Wichtigste im Leben einer Frau, mit Blut und Tränen bezahlt wird, so hat auch die Freiheit ihren Preis. Was ist sie Euch wert? Bedenkt die Antwort gut. Nicht, dass Ihr eines Tages auf Eurem Lager liegt und doch wünschtet, die Zeit zurückdrehen zu können.«

Abt Egge sah, wie sich die Männer wanden unter Frouwkes Worten. Er schaute in viele verunsicherte Gesichter. Doch er erfasste auch, dass sich die Friesen nicht würden überzeugen lassen. Für einen Augenblick drohte ihn Verzweiflung zu übermannen, doch dann fasste sich der Klostervorsteher wieder.

»Wir haben viele Meinungen gehört. Doch der Schöpfer wurde noch nicht um Rat gebeten. Ein Angriff auf Freiheit und Recht ist, in meinen Augen, Gotteslästerung. Freiheit ist die ureigenste Gabe des Einen an uns Menschen. Deshalb wollen wir nun die Nähe des Allmächtigen suchen, jeder auf seine Art, und uns in ihm versenken. Kniet nieder und beugt die Häupter.«

Nur zögernd folgten die Männer seiner Aufforderung. Mit seiner wohltönenden Stimme erflehte der Abt den Ratschluss Gottes für ihr Handeln.

»Vater, durch Jesus, den Erleuchteten, wissen wir, dass es nicht Recht ist, wenn die Fürsten ihre Völker niederhalten und Mächtige ihnen Gewalt antun. So soll es nicht unter uns Friesen sein. Wer unter uns groß ist, der sei des anderen Diener – so wie Jesus geboten hat. Doch nun will ein Feind uns zu Boden schlagen. Unser Geist ist in Ängsten. Furcht durchzieht uns, Furcht um Weib, Kinder und das eigene Leben. Was sollen wir tun? Wir gedenken früherer Zeiten, sinnen nach über die Taten und Werke, die geschrieben stehen, und erflehen göttlichen Rat. Unsere Seele dürstet danach wie dürres Land, auf dass wir nicht fehlgeleitet werden. Herr, wir bitten um Erhörung unseres Gebetes und die Führung auf den rechten Weg.«

Nach dem Gebet senkte sich Stille wie ein schwerer Mantel über die Männer und hüllte sie ein.

Die Lichtgestalt

Adalbert verbarg sich hinter einer der Eiche. Er tat dies nicht ohne Grund. Abt Egge hatte ihm am Abend den Kelch ausgehändigt. Es war ihrer beider Geheimnis, dass er, Adalbert, für kurze Zeit dessen Hüter sein sollte.

»Es kann kein Zufall sein, dass diese mächtige Reliquie den Weg zu uns gefunden hat. In meinem Inneren ist das sichere Wissen, dass wir dieses Gefäß mit zum Upstalsboom nehmen müssen.« Nachdenklich, fast beschwörend hatten sich die Hände des alten Abtes um die Schale aus Achat gelegt. »Adalbert, Ihr mögt mich für einen senilen alten Mann halten, aber ich glaube, dieser Kelch bestärkt das Gute in jedem Menschen. Bleibt mit ihm in der Nähe des Treffpunkts. Die Anwesenheit des Kelches mag sich vielleicht als nützlich erweisen und die Männer zur rechten Entscheidung bewegen.«

Mittlerweile zweifelte Adalbert an der Meinung des Abtes. Nichts hatte der Kelch bewirkt. Das Gefäß befand sich in einem Lederbeutel, und der Schalenrand verursachte Druckstellen auf seinem Rücken. »Tja«, dachte Adalbert, »auch das Ahnungsvermögen eines Abtes kann trügen.« Doch trotz allem, was er gehört hatte, fühlte sich der Laienbruder seltsam gelöst.

Während sein Blick auf den im Gebet versunkenen Männern ruhte, ging etwas Eigenartiges mit dem Laienbruder vor. Ihn durchströmte ein Gefühl unendlicher Leichtigkeit. Plötzlich war es ihm, als zöge etwas oder jemand seine Gedanken fort. Sie schwebten ins Nichts und mit ihnen alle Sorgen und Ängste. Es fiel ihm zunehmend schwer, den Worten des Abtes zu folgen, der immer noch den rechten Ratschluss Gottes erbat. Ein Rauschen füllte seine Ohren und dann seinen Kopf. Ein Rauschen, das von dunklen, tiefen Tönen abgelöst wurde. Adalbert vermeinte Nebel um sich zu spüren. Die menschliche Stimme schien sich weiter und immer weiter zu entfernen. Wie von einem fremden Willen gezogen, nahm der Laienbruder den Kelch aus seinem Lederbeutel. Mit einem Gefühl, als ob er selbst nur Beobachter sei, warf er sich den weißen Umhang des Abtes über die alte schäbige Kutte und bedeckte sein Haupt mit der Kapuze. Adalbert ergriff die Kalebasse mit Wein – eine Aufmerksamkeit Bruder Abbos – und füllte mit einer eigenartigen Zielstrebigkeit den Kelch. Wie ein Schlafwandler näherte er sich mit gesenktem Blick und langsamen, bedächtigen Schritten dem Versammlungsplatz. Wie eine Opfergabe trug der Laienbruder das Gefäß vor sich her. Der Kelch schien strahlendes Licht zu verströmen. Keinen Tropfen verschüttete Adalbert, und ihm war, als ob nicht er das Gefäß führte, sondern es ihn als Träger erwählt hatte.

Die Vertreter der Seelande verharrten immer noch kniend im stillen Gebet. Sie hielten die Köpfe tief gesenkt und bemerkten so das Herannahen des Laienbruders nicht. Dichter Nebel war aufgekommen, der alles in ein unwirkliches Grau hüllte.

Und unwirklich war auch, was dann geschah. Der Kelchträger trat in den Kreis der Männer. Immer noch bemerkten sie ihn nicht und nahmen nur einen eigentümlichen Geruch wahr, der dem Waldboden zu entströmen schien, ein satter, erdiger Geruch. Es war, als künde der Wald plötzlich, trotz winterlicher Kälte, von neu keimendem Leben. Dann plötzlich wurde dieser Geruch überdeckt, und alles Irdische entschwand. Eine Ahnung von Ewigkeit umwehte die Männer, und einer nach dem anderen erhob sich, wie von unsichtbaren Fäden gezogen. Das Licht fesselte ihre Blicke. Und jeder nahm etwas anderes wahr. Einige sahen einen Schatten, umgeben von weißem Nebel. Andere vermeinten einen Engel zu sehen und sprachen später von einem Klingen in der Luft. Wieder andere bemerkten eine schimmernde Gestalt. In aller Unwirklichkeit schien einzig der Kelch wahrhaft wirklich zu sein. Es war, als ob er schwebte. Und von der hellen, fast unsichtbaren Gestalt getragen, kam der Kelch zu jedem Einzelnen. Worte wurden zu ihnen gesprochen, doch die Männer wussten später nur noch um den Geschmack dessen, was sie tranken. Der Kelch schien nicht leer zu werden. Mit jedem Schluck durchströmte die Männer mehr und mehr ein Gefühl von Losgelöstsein, von absoluter Freiheit. Und jeder Einzelne, welcher Art seine Fessel auch immer gewesen war, fühlte sich für einen Augenblick absolut frei, reingewaschen auch von allem Übel, und selbst der Gebrechlichste spürte die Kraft eines Adlers in sich. Und ein Gedanke durchdrang sie alle: Dies war es, wofür sie kämpfen wollten, wofür sich jeder Kampf lohnte. Diese Freiheit, die für einen Augenblick Geschmack angenommen hatte!

So, wie sie gekommen war, verschwand die Gestalt wieder im Nebel. Den Männern war es, als erwachten sie aus einem Traum. Nur langsam lösten sie sich aus der Verzauberung. Ihre Gesichter trugen den Ausdruck erstaunter Verzückung.

»Was ist uns nur wiederfahren?« Die Stimme des Mannes aus dem Ostergo klang brüchig.

»Es ist etwas Heiliges gewesen, dessen bin ich gewiss. Ein Engel oder vielleicht gar Gott selbst ist zu uns getreten.« Dertlef aus Rüstringen sank in die Knie, als müsse er sie vor dieser überirdischen Macht beugen.

»Ich weiß nicht, was Ihr gesehen habt, aber mich hat ein helles Licht geblendet. Und dann gab es nur noch dieses Gefäß, das uns die Freiheit kosten ließ.« Erschüttert blickte der Mann aus dem Westergo von einem zum anderen.

»Ja, etwas Überirdisches hat auch mich berührt«, nickte der Friese neben ihm.

»Was mag das nur für ein Getränk in dem strahlenden Kelch gewesen sein?« Die Hand von Behrend, dem Östringer, fuhr an den Mund. »Niemals zuvor habe ich etwas Derartiges gekostet.«

»Das Getränk hat mich frei gemacht.« Ein blonder Friese aus dem Auricherland hob die Hände gen Himmel. »Niemals wieder wird mich etwas ganz gefangen nehmen können. In mir ist eine starke Sehnsucht, dass alle Menschen frei sein mögen.«

»Ja!« Der seeländische Richter des Saterlandes richtete seinen Blick, wie schon so oft, auf Frouwke. »Ich glaube, deshalb brachte die Gestalt im Licht den Kelch zu uns. Sie gab uns eine Vision von Freiheit. Eine Vision, um die wir alle gemeinsam ringen sollen. Dieser Bote Gottes, oder wie auch immer man ihn nennen soll, gab uns den Auftrag, um Mormerlands Freiheit zu kämpfen.«

Frouwke sah ihm fest in die Augen. »Nicht nur um die Freiheit meines Landes, um Freiheit für alle Friesen!«

Tammo sprach kein Wort. Er spürte dem nach, was geschehen war. Den Glauben an eine Macht, die alles leitet, hatte er auf dem Kreuzzug abgelegt wie einen zu eng gewordenen Gürtel, doch nun war er eines Besseren belehrt worden. Plötzlich wusste er, dass die Friesen jetzt zusammenstehen würden. Dieser Kelch, der mit ihm seinen Weg nach Friesland gefunden hatte, veränderte die Meinung der Männer. Schauer liefen Tammo über den Rücken. Er wankte zum nächsten Baum und sank daran herab. Er war das Werkzeug der Macht gewesen, die sich heute gezeigt hatte. Erst durch seine Mithilfe hatte das Gefäß, dieser Mittler zwischen Himmel und Erde, nach Friesland kommen können. Die Fäden waren nicht erst hier beim Upstalsboom gesponnen worden. Vor seinem inneren Auge sah er Sinas Bild, und er hörte ihre Stimme: »Ihr glaubt, es ist Zufall, der Euch hierhin oder dorthin führt? Ist es auch Zufall, dass wir uns trafen? ... Ich glaube an Bestimmung, an eine Macht, die unsere Schritte lenkt.«

Tammo stöhnte und legte beide Hände vor sein Gesicht. Demütig beugte er das Haupt und schloss für einen kurzen Moment die Augen. All sein Hochmut verlor sich im Nichts, und seine Vorsätze gerieten ins Wanken.

Frouwke stand stolz und mit erhobenem Kopf neben Abt Egge. Sie war von einer tiefen Dankbarkeit erfüllt. »Nun weiß ich, dass es der rechte Weg ist, den wir gehen. Und die anderen Friesen wissen auch, was zu tun ist!«

»Ja.« Abt Egge nickte. »Wir haben nach Gottes Ratschluss gefragt und er hat ihn uns mitgeteilt. Vielleicht sollten wir dieses Wissen für immer in unserem Herzen bewahren, dass Gott oft anders antwortet, als wir es erwarten.«

Mit diesen Worten stand er auf und löste sich aus dem Kreis. Ruhig, fast bedächtig schritt er den Hügel hinunter. Hinter einer dicken Eiche, den Kopf in die Hände gestützt, fand Abt Egge den, den er suchte. Sichtlich verstört und mit weit aufgerissenen Augen blickte Adalbert dem Abt entgegen. Dieser blieb einen Augenblick reglos vor ihm stehen, dann neigte er den Kopf.

»Mein lieber Freund, wie gut, dass ich Euch mitnahm. So wurde aus dem Teufelsbraten eine Gestalt des Lichts – oder irre ich mich?«

Adalbert erhob sich und rang die Hände. »Es geschah nicht aus eigenem Willen, das müsst Ihr mir einfach glauben. Ich wollte dies nicht tun!«

»Ich weiß, ich weiß.« Beschwichtigend legte der Klostervorsteher seinen Arm um den Laienbruder. »Es geschehen Dinge, die wir uns nicht erklären können. Und manchmal geschieht, was wir uns niemals träumen ließen. Was immer an diesem Tag nach dem Willen Gottes über Euch gekommen ist, nehmt es als Geschenk aus seiner Hand.« Der Abt hob den Blick gen Himmel. »Tja, und Ihr werdet nun Teil einer Legende sein. Ich höre schon die Kinder dieser Männer ihren Kindern erzählen: ›Wollt ihr die Geschichte hören, wie euer Großvater den Geschmack der Freiheit kostete?‹ Ihr, Adalbert, habt heute gewiss eine Eurer Aufgaben auf Erden erfüllt. Gott segne Euch, mein Sohn.«

Die Männer umarmten sich, und dann ließ der Abt Adalbert allein mit seinen Gedanken zurück. Wärme durchflutete den Laienbruder, und er wusste, das Gefühl der Nutzlosigkeit würde niemals wieder von ihm Besitz ergreifen.

Wege trennen sich

Gunthar de Bahr hatte seinen Augen nicht trauen wollen. Doch was zu sehen gewesen war, schien wirklicher als der Grashalm unter seinem Fuß. Ein Kelch, der sich aus dem Nebeldunst klar und deutlich abzeichnete. Was war das für ein Zauber, der dort wirkte? Ein alter heidnischer Brauch? De Bahr sträubten sich die Nackenhaare. Die Friesen waren Wilde, primitive Kreaturen – welcher Macht hatten sie sich bedient? Langsam und nur widerstrebend schüttelte er das Unbehagen ab. Gunthar de Bahr packte den neben ihm Kauernden am Mantel und zerrte ihn tiefer ins Unterholz. »Was ist dort oben auf dem Hügel geschehen?« Seine Stimme war nur ein Flüstern, doch sie schüchterte Abt Menko mehr ein, als Schreie es vermocht hätten.

Der Abt schüttelte beklommen den Kopf. »Ich weiß es nicht!«

»Der Kelch hat die Männer verwandelt!«

Kaum verständlich drangen Worte bis zu ihnen herüber, doch die Gesten der Friesen sagten alles.

Gunthar de Bahr fluchte leise. »Einen Besuch im Kloster kann ich mir wohl sparen. Mormerland wird sich nicht mehr wie eine reife Frucht pflücken lassen.« Am liebsten hätte de Bahr vor Wut geschrien, doch sie durften keine Aufmerksamkeit erregen.

Der Pilger starrte mit trockenem Mund zum Upstalsboom. Seine Gier nach dem Kelch, der solches vermochte, stieg ins Unermessliche.

Plötzlich schien Gunthar de Bahr etwas klar zu werden. Er packte den Pilger am Kragen und zischelte: »Ihr habt mich getäuscht, stimmt's? Diesen Kelch wolltet Ihr für Euch. Ein ›einfaches Kirchengerät‹«, äffte er die Worte des Abtes nach. »Es ist ein Kriegswerkzeug! Seht und hört nur, was er aus den Männer macht. Aus Schafen werden plötzlich Löwen, die ihre Freiheit verteidigen. Wie ist das möglich?«

»Ich weiß es nicht«, stammelte der Pilger. »Nichts, rein gar nichts, war mir von den besonderen Kräften des Kelches bekannt.« Er versuchte sein Gesicht vor de Bahr zu verbergen, damit dieser nicht die Gier darin las. Furcht stieg in ihm hoch. De Bahr fühlte sich getäuscht, und er würde seine Wut an jemandem auslassen – so gut kannte der Abt ihn schon.

»Ich glaube Euch nicht! Ihr wusstet davon. Nicht umsonst habt Ihr ohne zu zögern Euer Volk verraten. Sprecht, wer ist Euer Auftraggeber? Ein fremder Graf, der mit Hilfe dieser Waffe Friesland erobern will? Oder seid Ihr ein Abtrünniger, schicken Euch die Sarazenen? Hat Tammo Freesena ihnen den Kelch gestohlen?« De Bahr zog den Pilger nahe zu sich heran. »Ihr werdet mir jetzt die Wahrheit sagen, oder ...«

Abt Menko begann unter seinem Pilgermantel zu zittern. De Bahr war ihm körperlich überlegen und in seinem Zorn zu allem fähig. Das Zögern des Abtes falsch deutend, zwang de Bahr ihn auf Knie. »Ich werde Euch Unrat fressen lassen, Euch die Haut vom Leibe ziehen, wenn Ihr mir nicht sofort sagt, was das für ein Kelch ist.« De Bahrs Hände legten sich um die Kehle des Abtes und drückten zu. Abt Menko versuchte verzweifelt, die Hände seines Gegners vom Hals zu lösen. Plötzlich kam er wieder frei und sog gierig die Luft ein. Gunthar de Bahr hielt ihm ein Messer vor das Gesicht. »Sprecht endlich!«

»Das Gefäß kommt aus dem Morgenland.« Keuchend und wie ein Flüstern kamen die Worte über Abt Menkos Lippen. Übelkeit stieg in ihm auf. Übelkeit und ein großer Hass auf seinen Peiniger. Der Hass überdeckte selbst die Furcht. Niemals in seinem Leben war Abt Menko so erniedrigt worden. Stets hatte er die Fäden in den Händen gehalten. Dieser Hass gab ihm den Mut zu lügen.

»Tammo Freesena trug den Kelch bei sich, als er mir auf meiner Reise begegnete. Ihr wisst, ich bin nur ein einfacher Pilgerknecht, ein Streckenläufer, der gegen Bares Buße tut für andere. Mir fiel auf, dass Tammo Freesena Kampfeskraft für zehn hatte. Es musste Gründe dafür geben, und ich merkte schnell, dass es einen Zusammenhang gab zwischen dem Kelch und der scheinbaren Unbesiegbarkeit des Friesen.« Um die Aufmerksamkeit von sich abzulenken, brachte der Abt Gunthar de Bahr auf einen verlockenden Gedanken. »Ihr wärt der rechte Mann für solch ein Gefäß, stimmt's?« Abt Menko schmeichelte seinem Gegner und spielte mit dessen Gier nach Macht. Langsam gewann der Pilger wieder Boden unter den Füßen. Menschen mittels ihrer Gelüste zu lenken, darin war er unschlagbar. Sein Mund neigte sich zum Ohr de Bahrs. »Bedenkt, was sich Euch damit anbietet. Nehmt die Söldner des Grafen, und formt Eure eigenen Krieger daraus. Wandelt Ihren Sinn, dass sie für Euch kämpfen. Ihr allein könntet Herr über ganz Friesland sein.«

Listig schaute der Pilger de Bahr ins Gesicht. Dessen Messer senkte sich langsam. Erwartungsvolles Schweigen legte sich über die beiden Männer.

Worte drangen vom Upstalboom zu ihnen herüber. Abt Egge sprach mit lauter Stimme: »Kommt nun, wir werden gemeinsam nach Ihlow reiten. Die Frauen und meinen Diener habe ich vorausgeschickt, um uns anzukündigen. Eine warme Mahlzeit wartet auf Euch. Danach wollen wir unsere Einigkeit verbriefen und gemeinsam überlegen, wie dem Mormerland geholfen werden kann.«

Aus dem Augenwinkel sah der Pilger, dass die Friesen den Upstalsboom verließen. Vorsichtig versuchte er, Abstand zwischen sich und Gunthar de Bahr zu bringen, doch dies lenkte den Blick des Mannes wieder auf ihn.

»Ihr habt Recht.« Es glitzerte in seinen Augen. »Warum bin ich nicht selbst darauf gekommen? Ich werde mir diesen Zauberkelch holen. Mit ihm wäre ich mächtiger als der Graf, dem ich dienen soll.« Er wandte seine ganze Aufmerksamkeit nun wieder dem Pilger zu. »Doch, was mache ich mit Euch, der Ihr winselt wie ein Hund?« Er maß sein Gegenüber wie Ungeziefer. »Euch brauche ich nun nicht mehr! Es ist auch besser, einen Mitwisser weniger zu haben. Fahrt zur Hölle, wo Ihr hingehört.«

Mit diesen Worten ergriff de Bahr den Pilger beim Kragen und schleuderte ihn mit voller Wucht gegen eine der Eichen. Ein tief hängender Ast traf dessen Kopf. Abt Menko sank in sich zusammen und blieb reglos am Boden liegen. Gunthar de Bahr beugte sich nieder und wollte dem Pilger die Kehle durchschneiden, doch dann besann er sich. »Ich glaube, mein Messer braucht nicht beschmutzt zu werden«, murmelte er und stieß den vor ihm Liegenden mit einer Stiefelspitze an. Der Pilger rührte sich nicht. Seine Augen waren weit aufgerissen und blickten starr. Gunthar de Bahr drehte ihn auf den Rücken. Er fixierte den Schritt des Pilgers, holte aus und trat fest zu. Der Pilger zeigte keine Regung.

»Gut so!« De Bahr seufzte und zuckte die Achseln. »Ein Judas weniger auf dieser Welt.« Sein Blick wanderte zum Upstalsboom und richtete sich dann auf die Friesen. Sie standen bei ihren Pferden und waren zum Aufbruch bereit.

»So einfach speist man mich nicht ab. Sie sollen ihren Kampf haben, doch vielleicht verwandeln sich diese Wilden ohne ihre Zauberwaffe wieder in Feiglinge.« Eine steile Falte legte sich zwischen seine Augen. »Wie kann es mir gelingen, das Gefäß an mich zu bringen?« Er erhob sich, um dann wie angewurzelt stehenzubleiben. »Ja, das ist es!«, freudige Erregung klang aus seinen Worten. »Die Frauen, ich werde mir die Frauen holen und sie gegen den Kelch eintauschen!« Noch einmal glitten die Augen de Bahrs zurück zu der am Boden liegenden Gestalt. Dann wandte er sich zielstrebig um und schlug sich einen Weg durch das Dickicht. Er musste schnell handeln.

Der angeblich Tote blieb lange Zeit reglos liegen. Als kein Laut mehr zu vernehmen war, bewegte er sich. Hinter flackernden Augenlidern beobachtete Abt Menko, wie de Bahr, nur noch ein winziger Punkt zwischen den Bäumen, aufsaß und davonritt. Genugtuung breitete sich in ihm aus. Die Täuschung war ihm gelungen! Abt Menko hatte schon zu viele Tote gesehen, um nicht zu wissen, wie man sich leblos stellt. Sein flacher Atem hätte nicht einmal eine Feder zum Schweben gebracht.

Langsam nur gelang es dem Pilger sich zu erheben. Sein geschundener Körper schmerzte. Stöhnend legte er sich beide Hände an den Kopf. De Bahr hatte ihn übel zugerichtet. Dessen Stiefeltritt schickte Schmerzen wie Speerstiche durch seinen Körper. »Dieser Bastard! Das wird er mir büßen«, schwor er sich. Abt Menko straffte die Schultern und machte sich schwankend auf die Suche nach seinem Pferd. Immer wieder musste er, von Schmerzen gekrümmt, anhalten. Während einer dieser Attacken näherte sich ihm ein Mann. Abt Menko erkannte voller Schrecken den Klostervorsteher von Ihlow. Die Gefahr, dass er von ihm erkannt würde, war groß. Oft schon war Abt Menko Gast im Ihlower Kloster gewesen. Doch es war zu spät, er konnte der Begegnung nicht mehr ausweichen. Außerdem war ihm bewusst, dass er Hilfe brauchte. Schnell rieb er sich mit seinen schmutzigen Händen durchs Gesicht und zog den Hut tiefer.

»Wer seid Ihr?« Abt Egge kam mit neugierigem Blick näher. Dann, als er die Verletzungen gewahr wurde, klang Besorgnis aus seiner Stimme. »Was ist mit Euch geschehen?«

Der Pilger tat die Sorge mit einer Handbewegung ab und biss die Zähne zusammen. Es gab Wichtigeres als einen schmerzenden Körper. »Eine Wurzel hat sich mir in den Weg gestellt. Ich bin gestürzt. Ja, ja, man wird alt, und die Augen verlieren an Sehkraft, Herr. Ich bin nur ein armer Pilger auf dem Weg zurück nach Hause. Die längste Strecke liegt hinter mir, doch Hunger und dieser üble Sturz lassen mich matt werden. Sagt, werter Meister, seid Ihr nicht der Fürsprecher der Friesen? Ich kam gerade rechtzeitig, um Eure Worte des Friedens und der Freiheit zu vernehmen.«

»Ja«, erwiderte der Abt erfreut, »wir wollen gemeinsam zum Kloster Ihlow reiten. Freut Euch mit uns, denn Friesland wird nicht länger uneinig und zerrissen sein. Gott hat heute seine Hand auf den Bund der freien Friesen gelegt.«

Abt Egge fasste den Pilger am Arm und zog ihn mit sich zu den wartenden Männern. Für einen kurzen Moment konnte er einen Blick in die Augen des Pilgers werfen und zuckte zusammen. Etwas regte sich in ihm, eine Erinnerung. Worte stiegen in ihm auf. Johannes, der Bote, hatte sie gesprochen: »Seid wachsam! Der Pilger ist der schlimmste von allen. Seine Augen sind wie tote Seen.« Dieser Mann hatte tote Augen! Ein Schauer überlief den Klostervorsteher. Sein Blick streifte die Hände des Pilgers, als könne er erkennen, wozu diese fähig wären. Der Mann im Pilgermantel vermeinte Wut in den Augen des Klostervorstehers glimmen zu sehen, doch dann hatte Abt Egge sich gefasst. Er maß seinen Begleiter mit einem vorsichtigen Blick. »Nun, mein verletzter Freund, wohin seid Ihr unterwegs?«

»Nur noch nach Hause treibt es mich«, sagte der Pilger und versuchte, erleichtert zu klingen. »Ich habe meine Sünden beim heiligen Jakobus abgelegt und bin auf dem Weg nach Jever. In Friesland angekommen, schloss ich mich dem Gefolge eines Mannes namens Gunthar de Bahr an. Ihr wisst, es reist sich sicherer unter Männern, die Waffen tragen. Sie gewährten mir Geleit. Gegen gutes Geld, versteht sich.«

Misstrauisch unterbrach ihn der Abt. »Gunthar de Bahr, sagt Ihr? Schickt er Euch, um unsere Antwort zu hören?«

Der Pilger schüttelte den Kopf. »Nein! Ich bin keiner von denen, die für fremde Grafen nach neuem Besitz trachten. Erst hier beim Upstalsboom erkannte ich, was es für Männer waren, in deren Geleit ich Sicherheit suchte. Übrigens, nicht nur ich habe den Ausgang des Treffens beobachtet. Gunthar de Bahr sah, wie der Zauberkelch die Friesen in Krieger verwandelte. Seid gewarnt! Er trachtet nun nicht mehr danach, für seinen Herrn zu kämpfen, sondern will das Gefäß für sich selbst. Sagt«, der Pilger kam näher, und seine Stimme war nur noch ein Flüstern, »wer war es eigentlich, der den Kelch in den Kreis der Friesen trug? Man konnte die Gestalt nur schemenhaft erkennen. Sicherlich ein besonders mutiger und kampferprobter Friese, oder?«

Abt Egge nickte und dachte bei sich, dass man Adalbert getrost mutig nennen konnte. Bei dem Gedanken an den Laienbruder und die beiden Frauen durchzuckte ihn für einen winzigen Augenblick eine qualvolle Ahnung. Doch dann verflüchtigte sie sich wieder, und der Mönch schüttelte das Gefühl ab wie Tropfen eines Regenschauers. Die drei waren sicherlich schon wohlbehalten im Kloster Ihlow angekommen. Und was die Gelüste de Bahrs anging – nun, da die Friesen sich einig waren, hatte er keine Angst mehr vor diesem Mann.

»Ist der Kelchträger unter den Männern, die Euch ins Kloster folgen?« Mit zusammengekniffenen Augen blickte der Pilger zu dem Mann an seiner Seite auf.

»Das Gefäß ist in guten Händen.« Abt Egge schritt kräftig aus. Der Pilger missfiel ihm. Wie sollte er diesem Mann begegnen? Man wies einen Wanderer, der Hilfe begehrte, nicht von sich. »Wünscht Ihr die Gastfreundschaft des Klosters für einige Tage?« Eher widerstrebend kam das Angebot über seine Lippen.

Im Kopf des Pilgers schwirrten die Gedanken wie die Bienen um ihren Korb. Der Kelch war bei einem der Männer, in greifbarer Nähe also. Wenn das Gefäß nach Ihlow gebracht wurde, dann wollte er auch dorthin. Vielleicht würde es ihm gelingen, sich seiner zu bemächtigen. Welcher Mann mochte es sein, dem diese Reliquie anvertraut worden war? Seine Augen musterten die Friesen, denen sie sich nun näherten. »Ich nehme gerne Eure Gastfreundschaft an, um wieder auf die Beine zu kommen.« Wie um seine Worte zu unterstreichen, stützte der Pilger stöhnend seine Hände in die Hüften.

Abt Egge seufzte. »Dann kommt! Die Friesen kehren alle mit mir zum Kloster zurück.« Mit einem langen Blick maß er den Mann an seiner Seite, und seine Worte waren vieldeutig: »Ihr seid einen langen Weg gegangen, und ich vermag nicht zu sagen, wo Euer Ziel ist. Doch ich weiß wohl, wenn einem das Ziel nicht mehr schmeckt, dann kann man jederzeit umkehren. Das Kloster Ihlow ist ein guter Ort, um seine Wege neu zu überdenken.«

Wunden können Perlen sein

Tammo ritt mit Abt Egge voran. Sie hatten schon ein gutes Stück des Weges hinter sich gebracht, doch kein Wort kam über Tammos Lippen. Seine Kehle war wie zugeschnürt. Das Erlebnis beim Upstalsboom hatte ihn verändert. Er nahm es als das, was es war: ein Fingerzeig Gottes. Dieser Fingerzeig hatte nicht nur die Friesen berührt und sie die Freiheit schmecken lassen, er öffnete Tammos Herz für seine Liebe zu Sina und für seine Liebe zu Friesland. Sein Blick glitt zum Himmel, der so nahe schien, dass Tammo glaubte, ihn berühren zu können. Die dichte Wolkendecke glich einem schützenden Mantel, dessen Saum die Erde streifte. Karg, rau und urwüchsig war diese Landschaft. Sie schien geboren aus Wasser und Grün, geformt von der Macht des Windes. Tief sog Tammo die Eindrücke in sich auf. Gestern und Heute schienen miteinander verwoben. Und plötzlich wusste Tammo mit unverrückbarer Gewissheit, dass er nur hier leben wollte, dass er nur hier leben konnte. Dieses Land, selbst ein Sinnbild der Freiheit, war Teil von ihm, floss wie Blut durch seine Adern. Wie hatte er jemals glauben können, dass es Zufall war, der ihn nach Friesland zurückführte? Alles war Bestimmung! Und wenn Riekes Tod gewollt war und seine Reise als Kreuzfahrer ein Mittel zum Zweck, um den Kelch nach Friesland zu bringen, dann war auch die Begegnung mit Sina kein Zufall. Dann durfte, dann sollte er sie lieben.

Ein tiefer Seufzer entrang sich ihm, und er trieb sein Pferd zur Eile an.

Abt Egge warf ihm einen Seitenblick zu. »Junger Freund, Ihr seid sehr schweigsam und sehr ungeduldig. Es hat sich doch auf wunderbare Weise alles zum Guten gewandt, was betrübt Euch noch?«

»Ich habe einen großen Fehler gemacht, und die Einsicht kommt spät, vielleicht zu spät. Das treibt mich an.« Tammo blickte mit zusammengekniffenen Lippen starr geradeaus.

»Ist es wegen Sina?« Abt Egge warf ihm einen mitfühlenden Blick zu.

Tammo nickte.

»Sie liebt Euch, das ist unübersehbar. Sie ist eine Frau mit sehr tiefen Gefühlen. Nichts und niemand, nicht einmal Eure Ablehnung, wird an ihrer Liebe etwas ändern. Ihr mögt spät zur Einsicht gekommen sein, doch sie wird auf Euch warten. Auf Euch und Eure Liebe.«

»Warum, Abt Egge, warum macht Gott uns das so schwer?«, brach es aus Tammo heraus. »Er schickt uns Tod und Tränen, und daraus erwächst dann vielleicht doch noch das Glück. Warum ist das so?« Verzweiflung klang aus Tammos Worten, und er schilderte Abt Egge seine Qualen nach Riekes Tod und sein Versprechen, niemals wieder zu lieben.

Abt Egges Blick war voller Verständnis. »Wir beten, dass Gottes Wille geschehe, doch wenn er geschieht und der Tod Ernte hält, dann klagen wir. Ihr habt Euer Weib verloren und Gott schuldig gesprochen. Doch habt Ihr jemals bedacht, dass Rieke Euch nicht gehört hat? Der Mensch, den wir lieben, ist ein Geschenk Gottes an uns. Er teilt diesen Menschen mit uns. Doch wie alles im Leben ist die gemeinsame Zeit endlich, und wann sie zu Ende geht, liegt allein in Gottes Hand. Es ist wichtig, dies zu wissen, denn was einem nicht gehört, kann man nicht festhalten. Man hat keinen Anspruch darauf. Und wenn Gott den gemeinsamen Weg enden lässt, dann liegt auch darin ein Sinn, den wir vielleicht nicht gleich verstehen. Der Tod ist eine Herausforderung. Der Schmerz hat Euch wachsen lassen und zu dem gemacht, der Ihr jetzt seid. Er hat Euch Wege gehen lassen, die sonst nie die Eurigen gewesen wären. Und nur dadurch könnt Ihr heute das tun, was vonnöten ist.

Ich habe einmal eine weise Äbtissin sagen hören: ›Wunden können Perlen sein.‹ Und sie hat Recht. Aus dem Schmerz heraus brechen wir auf zu neuen Zielen, um vielleicht darin erst unsere Bestimmung zu entdecken. Ihr habt gegen das Unausweichliche kämpfen wollen. Doch wer dem trotzt, wer dem Unabwendbaren entgehen will, der glaubt auch, dass die Schneeflocken in den Himmel zurückfliegen können. Es gibt Dinge, die werden geschehen, und es liegt nicht in unserer Macht, sie zu ändern. Und es gibt Dinge, die ändern sich nur, wenn wir unsere Bestimmung annehmen. Das Rad dreht sich. Ihr könnt weder den Sommer halten, noch den Winter abwenden, und doch habt Ihr die Wahl, Gutes oder Schlechtes zu tun an jedem Eurer Tage. Einen Trost kann ich Euch geben: Gottes Hand behütet Euch auf jedem Weg.« Er sah Tammo lange an. »Und ich meine auf jedem. Auch auf dem dunkelsten. Ihr seid nicht allein Eurer Bestimmung ausgesetzt. Wenn Ihr darauf vertraut, dann wird jede Erfahrung Euch zu neuen Zielen führen. Dann liegt in allem ein verborgener Sinn. Denkt darüber nach, mein Sohn.« Er lächelte dem jungen Mann an seiner Seite zu. »Und glaubt mir, Sina wartet auf Euch!«

Gefangen

Die Männer ritten mit donnernden Hufen ihrer Beute hinterher. Gunthar de Bahr führte die Jagd an. Die drei Reiter vor ihnen schlugen den Weg zum Wald ein. De Bahr lachte grimmig auf und schrie seinen Männern zu: »Seht nur, die Hasen versuchen uns abzuschütteln. Sie wollen sich im Wald verstecken. Verdammt will ich sein, wenn ihnen das gelingt! Wir kreisen sie ein. Schnell, Ihr beiden«, er nickte zweien seiner Männer zu, »nehmt diesen Pfad. Er endet am Saum des Waldes.«

Der Wald war auch das Ziel der Verfolgten. Adalbert ritt voran. Der Wind fuhr unter die Kutte des Mönches und blähte sie auf. Er drehte sich um und rief den Frauen zu: »Springt von den Pferden, wenn wir dort sind, und versteckt Euch im Gebüsch.«

Sinas Hände zitterten so sehr, dass sie das Pferd kaum noch halten konnte, und jeder Atemzug brannte in ihrer Lunge. Sie kamen dem Wald nur langsam näher. Verzweifelt trieb sie ihr Pferd zur Eile an. Die Verfolger holten auf. Mehr und mehr verringerte sich der Abstand zwischen Jägern und Gejagten. Doch endlich lag der Wald zum Greifen nahe vor ihnen. Die Hoffnung auf Rettung spornte Sina an. Sie warf einen Blick zu Frouwke, die mit bleichem Gesicht hinter ihr ritt. Schon wollte sie erleichtert aufatmen, da brachen plötzlich zwei Reiter aus dem Gebüsch hervor und stellten sich ihnen in den Weg. Adalberts Pferd drohte sich aufzubäumen, und es gelang ihm erst im letzten Augenblick, es zu beruhigen. »Was soll das? Was wollt ihr von uns?« Die Stimme des Laienbruders verriet mehr Mut, als er tatsächlich hatte.

Eine Antwort blieben die Männer ihm schuldig. Es waren grobschlächtige Kerle in Kriegskleidung. Nun hatten auch die Verfolger sie erreicht, und Frouwke schrie auf, als sie Gunthar de Bahr erkannte. »Ihr also!«

»Ja ich, meine Liebe. Ich durfte einige Male als Gast bei Euch weilen. Wenn Ihr mich auch nur ungern beherbergt habt.

Lasst mich die Gastfreundschaft erwidern. Kommt nun und begleitet mich zu meiner bescheidenen Hütte in dieser Wildnis.«

»Freiwillig werde ich Euch nirgendwohin begleiten!« Frouwke spuckte vor ihm auf den Boden.

Gunthar de Bahrs Pferd kam näher heran, und mit einem harten Griff umfasste er Frouwkes Arm. »Ihr *werdet* mich begleiten. Wenn ich will, sogar in die Hölle!«

Er brüllte seinen Männern Befehle zu. Diese nahmen die drei Gefangenen in ihre Mitte. Lange ritten sie durch ein Dickicht voller Dornen und Ranken. Bald wusste Adalbert nicht mehr, wo sie waren. Sein Mantel zerriss, und er hörte die Schmerzenslaute der Frauen, wenn die Dornen wie Klauen in ihre Haut stachen. Es wurde dunkel, und dann endlich hielt der Zug an. Die Männer bedeuteten ihnen abzusteigen. Sie waren bei einem Zeltlager angekommen, in dessen Mitte ein großes Feuer brannte. Es roch nach gebratenem Fleisch.

»Herzlich willkommen«, höhnte Gunthar de Bahr und bedeutete ihnen abzusitzen. Er trat einen Schritt auf Frouwke zu und riss ihr das wollene Tuch vom Kopf. Mit einer groben Geste fasste er in ihr Haar und zog sie nahe zu sich heran. »Ich hatte solche Sehnsucht nach Euch, meine Liebe. Noch vor kurzer Zeit träumte ich von einer gemeinsamen Zukunft, doch Ihr erteilt Eure Gunst ja lieber dreckigen Friesen.«

»Lasst sie in Ruhe!« Adalbert baute sich mutig vor de Bahr auf, doch nichts hätte lächerlicher wirken können. Als habe er ihn erst jetzt bemerkt, wandte sich de Bahr an den Laienbruder. Er betrachtete den glatzköpfigen Mann vor ihm voller Verachtung. »Was haben wir denn hier für einen Waldzwerg?« Hohn klang in seiner Stimme. Die Männer de Bahrs bildeten johlend einen Kreis um ihn und die Gefangenen. »Schaut nur, ein gerupftes Huhn!«, schrie einer und zeigte auf den kahlen Kopf des Laienbruders.

»Ja, tatsächlich«, de Bahrs Augenbrauen fuhren in die Höhe, »wo sind nur Eure Federn, mein Freund? Oder seid Ihr ein besonders frommer Mönch, dass Euch die Tonsur nicht reichte?« Unvermittelt wurde seine Miene wieder ernst, und der grausame Zug um seinen Mund hätte Adalbert warnen sollen. »Also, wer seid Ihr? Die Leibwache dieser Weiber sicherlich nicht, oder?«

»Nein, kein Leibwächter, und wenn Ihr diese Kutte richtig deuten könnt«, Adalbert zerrte an seinem groben Umhang, »auch nicht der Liebhaber dieser beiden Frauen.«

Gunthar de Bahr maß ihn mit zusammengekniffenen Augen. Wollte dieser Giftzwerg sich über ihn lustig machen? Es schien der Kreatur an dem nötigen Respekt zu fehlen. »Ich habe nicht gefragt, wer Ihr zu sein wünscht«, Gunthar de Bahr holte aus und schlug Adalbert mit der Faust ins Gesicht, »ich habe gefragt, wer Ihr seid. Bekomme ich jetzt eine Antwort?«

Sina schrie auf und wollte dem Laienbruder zur Hilfe eilen, doch einer der Männer hielt sie fest. Die Wucht des Schlages hatte Adalbert in die Knie sinken lassen. Stöhnend kam er wieder hoch. Wut stand in seinem Gesicht geschrieben, und Sina meinte ihn mit den Zähnen knirschen zu hören.

»Ich bin Adalbert, ein Laienbruder des Zisterzienserklosters Ihlow.«

»Na bitte«, Beifall heischend blickte Gunthar de Bahr in die Runde, »einige flehen ja förmlich um Schläge, nicht wahr?!« Er wandte sich wieder an Adalbert. »Warum denn nicht gleich so. Vielleicht sollte ich Euch vorab ein wenig behilflich sein, damit Ihr beim nächsten Mal besser spurt. Zieht das Schuhwerk aus.« Adalbert blickte ihn verständnislos an. »Los, macht schon«, in der Stimme des Anführers lag Ungeduld. Adalbert entledigte sich seiner Stiefel und sah de Bahr misstrauisch an. »Die Wollsocken auch«, de Bahr nickte ihm auffordernd zu. Der Laienbruder fühlte, wie ihn eine tiefe Beklommenheit erfasste. Es war nicht nur Furcht, es war dieses Gefühl des Ausgeliefertseins, das ihn kaum mehr atmen ließ. Er verzog das Gesicht, als sein nackter Fuß den kalten Boden berührte.

Gunthar de Bahr blickte ihm in die Augen. Adalbert wollte den Blick senken, doch de Bahr ließ es nicht zu. »Schaut mich an! Ich liebe die wechselnden Ausdrücke auf dem Gesicht meiner Gäste, wenn ich ihnen Benehmen beibringe.«

Langsam setzte er seinen Stiefel auf Adalberts Fuß. Genüßlich verlagerte er sein Gewicht und weidete sich an Adalberts schmerzverzerrtem Gesicht.

»Nun hätte ich gerne immer gleich die richtige Antwort. Sonst werde ich mich von Eurem Fuß aus langsam hoch arbeiten – wenn Ihr versteht, was ich meine. Nicht nur meine Stiefel eignen sich hervorragend dafür, ich vermag auch mit Feuer umzugehen. Es gibt ganz hinreißende Werkzeuge, um jemanden zum Sprechen zu bringen. Erst kürzlich hat mir ein Pilger Unterricht erteilt. Und ich bin sehr lernfähig! Also – was hat ein Laienbruder beim Treffen dieser edlen Friesenhäupter«, er holte aus und spuckte Adalbert ins Gesicht, »der Hurensöhne Frieslands, meine ich, zu suchen?«

Nur mühsam kamen die Worte aus Adalberts Mund. »Ich bin der treue Diener von Abt Egge, dem Vorsteher des Klosters Ihlow. Wir drei sind vorausgeritten, um«, er stöhnte, und sein gequälter Blick fuhr zu den beiden Frauen, »im Kloster das baldige Eintreffen aller Friesenführer anzukündigen. Ein Festmahl sollte vorbereitet werden.«

»Friesenführer«, äffte de Bahr ihn nach. »Hundesöhne sind es!« Langsam umkreiste er den Laienbruder. »Ein Diener seid Ihr also, ein Fußabtreter und Speichellecker. Sagt, außer Euch muss noch ein Krieger, vielleicht als Leibwache des Abtes, mit zum Upstalsboom gekommen sein. Ein schwer bewaffneter Mann sicherlich. Nennt mir seinen Namen.« De Bahrs Augen funkelten drohend.

Trotz seines schmerzenden Fußes funktionierte Adalberts Verstand ausgezeichnet. »Es geht ihm um den Kelch«, dachte er. »De Bahr hat die Geschehnisse am Upstalsboom beobachtet, und nun vermutet er, dass die Reliquie von einem Krieger bewacht wird, einem Vertrauten des Abtes.«

Für einen Augenblick brannte wieder dieses warme Gefühl in ihm, dass er der Auserwählte, der Kelchträger war. Vielleicht machte ihn dieses Wissen mutig. »Ich könnte Euch den

Namen preisgeben und auch, wo sich das befindet, was Ihr Euch aneignen möchtet. Doch zuvor will ich, dass Ihr die Frauen gehen lasst.«

De Bahr schaute ihn an, als ob er den Verstand verloren hätte. Doch dann brach er in höhnisches Gelächter aus. »Was sagt Ihr dazu«, er wandte sich mit gespielter Ungläubigkeit an seine Männer, »diese kleine miese Kröte fordert etwas von mir. Dieser Kuttenträger schlägt mir einen Handel vor. Ich glaube«, er wandte sich nun an Adalbert, »ich glaube, Ihr habt nicht richtig zugehört.« Er brachte seinen Mund dicht an Adalberts Ohr und dann brüllte er, dass der Laienbruder zusammenzuckte: »Ich bestimme hier die Regeln, ich ganz allein. Und wenn Ihr etwas wisst, dann werdet Ihr es mir sagen – freiwillig oder unfreiwillig. Also, wie heißt der Leibwächter des Abtes?«

Adalbert hielt sich den dröhnenden Kopf. Sina trat vor und lenkte Gunthar de Bahrs Aufmerksamkeit von dem Laienbruder ab. »Ihr habt Recht, das was Ihr haben möchtet, wird gut bewacht.« Sie musste sich zwingen, ihren Blick nicht zu dem Leinensack gleiten zu lassen, der unbeachtet an Adalberts Pferd hing und das enthielt, was die Gier de Bahrs entfacht hatte. »Warum habt Ihr uns ergreifen lassen? Glaubt Ihr etwa, der Abt wäre so dumm, etwas derart Wichtiges gegen unser Leben zu tauschen? Die Begierde hat einen Narren aus Euch gemacht.« Sie wandte sich an die Männer de Bahrs. »Sagt, würdet Ihr Frauen oder einen unwichtigen Laienbruder wie ihn«, sie zeigte auf Adalbert, »gegen Geld oder Ländereien eintauschen?«

»Ich würde mein Weib lieber mit Kusshand für Bares hergeben!«, schrie einer der Männer. »Ein Weib ist wie das andere«, rief der Söldner, dem die Aufgabe zugefallen war, Frouwke festzuhalten. Er presste ihren Rücken gegen seine Brust, und nun fuhren die Hände des Mannes über Frouwkes Obergewand. »Sie unterscheiden sich nur in der Größe ihrer ...« Unter dem Lachen der Männer umfasste der Mann genießerisch ihre Brüste. Seine Kumpane johlten und feuerten ihn an.

Frouwke schrie und versuchte, sich aus der festen Umklammerung zu lösen. Sina und Adalbert wollten ihr helfen, doch grobe Hände hielten sie fest.

»Schluss jetzt!«, übertönte de Bahrs Stimme das Gegröle der Männer, und augenblicklich ließ der Söldner von Frouwke ab. Sie wäre fast gefallen, und ihr Atem ging schwer. »Ich brauche die Weiber unversehrt!«

»Was ist es eigentlich Wertvolles, das die Friesen besitzen?«, rief einer der Männer. »Ich dachte, wir sind hier in Friesland, um zu kämpfen. Wir wollen Blut sehen und Beute machen, aber keine Gefangenen. Es sei denn«, er leckte sich gierig die Lippen, »Ihr habt die Weiber zu unserem Vergnügen hierher schleppen lassen.«

»Männer«, de Bahrs Augen wanderten von einem Söldner zum nächsten, »geduldet euch noch kurze Zeit. Ihr könnt bald nach Herzenslust töten. Es gibt da etwas, das unsere Kraft ins Unermessliche steigen lassen wird, und das will ich haben. Diese Gefangenen sind der Pfand dafür. Deshalb«, seine Miene wurde eisig, »werdet ihr eure Gelüste im Zaum halten und die Weiber in Ruhe lassen.«

»Nach dem kahlköpfigen Waldschrat wird sich ja kaum jemand verzehren«, witzelte einer der Söldner. Die Männer schlugen sich auf die Schenkel.

»Los jetzt«, de Bahr hatte genug, »bringt die drei in ein Zelt und fesselt sie. Zwei von euch halten Wache. Martin,« er sprach den kleinsten und schmächtigsten der Männer an, »kommt mit! Ihr seid der schnellste Reiter und sollt mir als Bote dienen.« Er wandte sich noch einmal zu den Gefangenen um. »Mal sehen, ob Ihr dem Abt genug wert seid. Ansonsten werde ich zu anderen Mitteln greifen müssen. Vorerst gehört Ihr mir.«

Stolz hob Sina den Kopf. »Wir sind keines Menschen Eigentum, wir sind freie Friesen!«

»Oh ja«, de Bahr kam näher und musterte Sina abschätzig. »Euch hatte ich ganz vergessen. Ein Pilger hat mir ins Ohr geflüstert, dass Ihr das Liebchen meines Freundes Tammo Freesena seid. Wisst Ihr, wenn ich mit ihm fertig bin, dann wird es keine Aufgabe mehr für Euch geben.« De Bahrs Augen fuhren begehrlich über Sinas Körper. Sie hatte nicht den hohen Wuchs der meisten Friesinnen, doch gerade die Fremdartigkeit dieses Weibes übte einen besonderen Reiz auf ihn aus. »Ich habe Frouwke ein Angebot gemacht, und sie schlug es aus. Vielleicht seid Ihr klüger. Schlagt Euch auf die Seite des Stärkeren.« Gunthar de Bahr streckte Sina die Hand entgegen.

Verächtlich spuckte sie darauf. »Ihr müsst mir die Hand schon abhacken, damit ich sie Euch reiche.«

De Bahr ergriff in unbändiger Wut Sinas Arm und verdrehte ihn, bis sie aufschrie. »Wisst Ihr, meine Liebe, das ist gar keine schlechte Idee. Reizt mich noch länger, und ich werde es tun!«

Das Wissen des Pilgers

Müde, die Kleidung von der Reise verschmutzt, betrat Tammo das Kloster Ihlow. Er wollte das Gespäch mit Sina nicht hinausschieben, und so führte ihn der erste Weg zu Bruder Abbo in den Weinkeller, in dessen Gesellschaft er sie vermutete.

»Ah, da wartet eine durstige Kehle auf meinen wunderbaren Würzwein«, begrüßte ihn der Mönch und goss großzügig ein.

Dankbar ergriff Tammo den Becher. Begierig auf Neuigkeiten, konnte es der Mönch kaum abwarten, dass Tammo den Becher absetzte.

»Ich brauche Euch sicher nichts mehr zu erzählen, denn …«, fing Tammo an, doch der Mönch unterbrach ihn.

»Doch, erzählt! Wie ist es gelaufen am Upstalsboom?«

»Es sieht Adalbert und den Frauen gar nicht ähnlich, dass sie keinen Augenblick Zeit für Bruder Abbo gefunden haben«, dachte Tammo. »Seine Neugierde ist doch sprichwörtlich.« Er beschloss, den Mönch nicht länger auf die Folter zu spannen und berichtete von dem, was geschehen war.

»Sieh an, sieh an«, Bruder Abbo warf sich in die Brust, »mein Vorschlag, die Reliquie zu nutzen, war nicht der schlechteste. Ihr hattet Euch dagegen ausgesprochen, und nun hat der Kelch seinen eigenen Weg gefunden.«

»Und er hat mir die Augen für vieles geöffnet.« Tammo seufzte. Der neugierige Blick des Mönches traf ihn. »Lasst gut sein mit der Neugierde, Bruder Abbo. Es geht um etwas, das nur Sina und mich betrifft.«

»Ach, Ihr meint, ich weiß nicht, wie sehr sie auf ein Wort von Euch wartet?« Staunen lag in den Augen seines Gegenübers. »Wer nicht um die Gefühle dieses Mädels für Euch weiß, muss blind sein.« Der Mönch umfasste mit beiden Händen Tammos Schultern und zwang diesen, ihm in die Augen zu sehen. »Wenn Euch der Kelch die Augen geöffnet hat, dann hoffentlich in rechter Weise. Geht endlich zu Sina und macht sie glücklich. Doch zuvor«, er griff nach Tammos Krug, »solltet Ihr Euch noch etwas Mut antrinken.«

Tammo legte beide Hände um den Becher und genoss die Wärme des Weins. Er sehnte sich nach Sinas Anblick, doch er hatte Angst vor ihrer Antwort. Bruder Abbo versuchte, ihn aufzuheitern. Er warf Tammo einen neckenden Blick zu. »Bevor Ihr geht und vielleicht statt eines Schwätzchens mit mir lieber rote Lippen küsst, sagt mir eins: Ist Euch im Wald ein Frühlingskuss begegnet? Ihr wisst, ich sehne das Ende des Winters herbei.«

Tammo hob den Kopf und Ratlosigkeit lag in seinem Blick. »Ein Frühlingskuss, was soll das sein?«

»Ach«, Bruder Abbo stemmte beide Hände in die Hüften, »in welcher Klosterschule wart Ihr eigentlich? Jedes Dorfkind kennt ihn und weiß ein Lied davon zu singen.«

Tammo schüttelte den Kopf. »Ein Priester hat mir Unterricht erteilt. Er war alt, staubtrocken und gänzlich unmusikalisch. Das Wort ›Kuss‹ wäre nie über seine Lippen gekommen.«

»Was mögt Ihr noch alles verpasst haben?« Bruder Abbo schüttelte bedauernd den Kopf. »Der Frühlingskuss ist ein Rätsel. Hört zu und ratet.« Er baute sich vor einem der Fässer auf, legte eine Hand über die Augen und tat, als ob er nach etwas Ausschau hielte. Und dann hallte der Weinkeller wider vom tiefen Bass des Mönches:

»Was lugt denn dort nur aus dem Schnee?
Grüßt der Lenzen? Wächst der Klee?
Allen, die das Blümlein sehn,
deucht, ein Wunder ist gescheh'n.

Hat dies Pflänzchen sich verirrt?
Oder ist sein Sinn verwirrt?
Kämpft etwa das Glöcklein zart
wie David gegen Goliath?

Soll es gar die Sonne locken,
diese möge unerschrocken
schicken ihre warmen Strahlen
und die Erde grün bemalen?

Nein – das Glöcklein ist ein Gruß!
Mutter Erdes Frühlingskuss
an alle Menschenkinder:
›Gar bald vergeht der Winter!‹«

»Ach, diesen Kuss meint Ihr.« Tammo klopfte seinem Freund auf die Schulter. »Einen ganzen Strauß hätte ich Euch pflücken können. Unter fast jedem Baum streckten die Schneeglöckchen schon ihre Köpfe hervor.« Tammos Stimme wurde ernst. »Mein Freund, ich möchte, dass Ihr Klaas dieses Lied vorsingt. Singt ihm alle Lieder, die Kinder kennen sollten. Mir blieb vieles verwehrt, was ein Kinderleben ausmacht. Nun erzählt mir noch schnell, wie sich der Schlingel benommen hat, während wir weg waren?«

»Er benimmt sich, als gehöre ihm das Kloster mitsamt den Mönchen darin. Es fehlt nur noch, dass er meinen Weinkeller entdeckt und leer trinkt. Nichts und niemand ist vor ihm sicher, und zu keiner Zeit sind beim Essen so viele Worte gefallen wie jetzt, da Klaas mit am Tisch sitzt. Er ist ein rechter Wirbelwind, doch keiner kann ihm böse sein.«

»Mir scheint, mein kleiner Bruder hat uns nicht sonderlich vermisst. Ich freue mich auf den kleinen Wildfang. Doch zuvor habe ich noch etwas anderes zu erledigen.« Er hob die Hand zum Gruß. »Ihr wisst ja, was! Bis später dann, mein Freund.« Tammo erhob sich.

»Viel Glück!« Bruder Abbo zwinkerte ihm zu.

Tammo wandte sich noch einmal um. »Es wundert mich eigentlich, dass Sina Euch noch nicht aufgesucht hat. Sie, Frouwke und Adalbert müssen doch schon seit einer Weile wieder zurück sein.«

Bruder Abbo machte ein überraschtes Gesicht. »Weder Adalbert noch die Frauen sind vor Euch hier eingetroffen. Ihr seid der Erste vom Upstalsboom-Treffen, den ich zu Gesicht bekomme.«

Ungläubig musterte Tammo den Mönch. »Aber wir haben die drei doch vorausgeschickt.«

Die beiden Männer starrten sich an. Angst durchfuhr Tammo wie ein Schwert. Er löste sich aus der Erstarrung. »Wenn nicht hier im Kloster, wo sind die Frauen dann?«

»Und wo ist Adalbert?« Bruder Abbo schlug die Hände über den Kopf zusammen.

»Kommt!« Tammo lief dem Mönch voraus. Er rannte, zwei Stufen auf einmal nehmend, aus dem Keller und eilte zu den Räumen des Abtes. Schnaufend folgte ihm Bruder Abbo.

Sie hatten kaum die Tür aufgerissen, da überfielen sie schon die Worte des Abtes: »Tammo, Bruder Abbo, gut dass Ihr da seid. Die Frauen und Adalbert sind verschwunden.« Die Stimme des Klostervorstehers klang aufgeregt.

Tammo nickte. »Das haben wir auch gerade festgestellt. Wo können sie nur sein?« Das Knarren von Holz ließ Tammo herumfahren. Jetzt erst bemerkte er den Mann im Pilgermantel, der wie erstarrt auf einem der Stühle saß. »Wartet! Ich weiß vielleicht, wo die Frauen sind.« Den Worten des Fremden folgte ein Augenblick ungläubiger Stille.

Dann ergriff Tammo den Pilger ungeduldig am Ärmel. Seine Stimme war rau vor unterdrückter Erregung. »Wer seid Ihr, und was wisst Ihr?«

Immer noch regte sich der Pilger nicht. »Wer ich bin, tut eigentlich nichts zur Sache. Ich hörte einen Mann sagen: ›Ich werde die Frauen gegen den Kelch eintauschen.‹ Hilft Euch das weiter?«

Tammo riss den Mann hoch, der sich stöhnend die Seite hielt. »Verdammt, sprecht nicht in Rätseln. Welcher Mann sagte das?«

»Tammo«, der Abt beschwichtigte ihn, »dieser Pilger ist unser Gast, und er ist verletzt.«

»Und wenn er in seinem eigenen Blut läge, ich will wissen, wo die Frauen sind.« Tammos Stimme war leise und eiskalt. »Sofort!«

»Gunthar de Bahr hat sie, und ich kann Euch zu seinem Lager führen.« Mit einem Stöhnen kamen die Worte über die Lippen des Pilgers, dennoch lag in seiner Stimme Triumph. »Dafür verlange ich, dass Ihr de Bahr tötet. Und ich will noch etwas.« Er beugte sich zu Abt Egge vor. »Ich will den Kelch!«

Mit diesen Worten schüttelte der Mann Tammos Hände ab und riss sich den Pilgerhut vom Kopf. Abt Egge sank auf einen Stuhl. Tammo starrte den Mann entgeistert an.

»Abt Menko aus Palmar!«, riefen beide wie aus einem Mund.

Der Angriff

Einer der Männer schob die Plane beiseite, und fahles Morgenlicht drang in das Zelt. Kalter Wind wehte Sina ins Gesicht. Die Wolkendecke war dunkel wie dichter Rauch und schien unheilvoll drohend. So trüb wie das Wetter waren auch Sinas Gedanken. Sie schloss die Augen und gab sich dem Wunsch hin, dies alles möge nur ein böser Traum sein.

Gestern Abend hatte sie dem Gejohle der Männer gelauscht. Sie schienen keine Not zu leiden. Fleisch war über dem Feuer gebraten worden und zu trinken gab es auch genug.

De Bahr war im Zelt erschienen und hatte einen Becher auf sie geleert. »Auf den Tauschhandel. Betet, dass Ihr genug wert seid! Im ersten Morgengrauen werde ich einen Boten zum Kloster schicken.«

Lange hatten die Gefangenen sich leise unterhalten.

»Wenn de Bahr wüsste, dass der waffenstarke Krieger ein kahlköpfiger Gebetsknecht ist«, flüsterte Adalbert, »dann Gnade uns Gott. Hoffentlich durchsuchen die Männer nicht mein Gepäck. Wenn sie den Kelch entdecken, wird uns nichts mehr schützen.« Doch scheinbar interessierte sich niemand für den Leinenbeutel an Adalberts Pferd.

Lange hatte Sina nicht einschlafen können. Die Fesseln schnitten in die Handgelenke und die vielen Söldner vor dem Zelt machten ihr Angst. Adalbert hasste es, nichts tun zu können. In Gedanken erstach er einen der Männer nach dem anderen. Doch in der Nacht träumte der Laienbruder, er sei in Timmel, inmitten einer Herde Schafe, und er seufzte erleichtert im Schlaf.

Nun war die Nacht vorbei. Sina blickte nach draußen. Feuchtkalte Luft umspielte ihr Gesicht. Die zu ihrer Bewachung abgestellten Söldner trugen wärmende Umhänge und fluchten über ihre Aufgabe. Sina sah keinen Funken von Stolz in den Augen dieser Männer. Sie wurden für ihre Arbeit bezahlt. Eine Arbeit, die ihnen, wie jetzt, nicht immer gefiel.

»Selbst der geldgierigste Söldner ist nicht zu vergleichen mit einem zornigen Friesen«, dachte Sina. Sie hoffte auf den Zorn der Friesen, und diese Hoffnung schien berechtigt zu sein.

Eine aufgebrachte Stimme ließ Frouwke und Adalbert zum Ausgang des Zeltes stürzen. Die Lagerwache schrie in wilder Panik nach Gunthar de Bahr.

»Verflucht, was ist denn?« Ungehalten stürzte dieser aus seinem Zelt.

»Seht nur dort drüben!« Aufgeregt wies der Wachhabenden in Richtung des Wäldchens zur Rechten des Lagers. Fassungslosigkeit und eine Spur von Grauen klang aus der Stimme des Mannes. »Ich glaube, ein Heer von Schattenkriegern bedroht uns.« In den Erzählungen der Alten gab es Schattenkrieger, grundlos Niedergemetzelte, die aus dem Totenreich zurückkehrten, um ihre Mörder zu töten.

Gunthar de Bahrs missbilligender Blick musterte den Lagerwächter. »Seid Ihr betrunken, Mann? Wer glaubt denn an Schattenkrieger?« Er schüttelte den Kopf, doch als seine Augen dem Fingerzeig des Mannes folgten, wurde de Bahr blass. Ruckartig wandte er sich zum Lager, und seine gellende Stimme war wie ein Peitschenschlag: »Zu den Waffen, die Friesen kommen! Beeilt Euch, Männer!«

In kürzester Zeit standen die Söldner bereit. Sie umringten de Bahr, um seine Befehle entgegenzunehmen.

»Großer Gott«, stammelte einer von ihnen, und Sina konnte ihm nur beipflichten. In der Ferne, auf einer Lichtung, war ein kleines Heer Berittener zu sehen. Sinas gefesselte Hände fuhren zum Mund, um einen Aufschrei zu unterdrücken, als sie Tammo an der Spitze des Trupps ausmachte.

War Sina die Kleidung der Männer schon zuvor ungewöhnlich erschienen, so muteten die Friesen jetzt an wie Wesen aus grauer Vorzeit. Viele von ihnen hatten ihre Gesichter bemalt und trugen Kopfbedeckungen in Form wilder Fabeltiere. Nun verstand sie, warum der Wachhabende die Männer für Schattenkrieger gehalten hatte. Reglos standen die Friesen im Licht der aufgehenden Sonne. Etwas Animalisches haftete ihnen an. Es schien nur eines Wortes zu bedürfen, und aus diesen Männer würden Raubtiere. Sina sah die Furcht in den Augen der Männer de Bahrs. Die Friesen weckten Ängste in ihren Gegnern, Urängste und Erinnerungen an längst vergangene Grauen.

»Dämonen sind das«, flüsterte ein vor dem Zelt stehender Mann und bekreuzigte sich, als hätte er den Leibhaftigen vor sich.

»Teufelswesen«, schrie der Wachhabende, und Sina bemerkte das Zittern seiner Hand.

»Redet keinen Unsinn«, versuchte de Bahr, seine Männer zu beruhigen. »Die lächerlichen Kopfbedeckungen und etwas Farbe werden Euch doch nicht schrecken! Dies sind Wesen aus Fleisch und Blut. Ihr werdet es sehen, wenn das Blut dieser Männer den Boden tränkt. Wir werden ihnen die Farbe mit unseren Schwertern vom Gesicht kratzen.«

Sein Blick fiel auf das Zelt, in dem die Gefangenen waren. Ihm schien ein Gedanke gekommen zu sein. »Holt die Gefangenen raus. Die Wildkatze schnappe ich mir selbst. Fesselt den Kahlköpfigen und das Weib aus dem Mormerland aneinander und knebelt sie.«

Sina verkroch sich in den hintersten Winkel, doch Gunthar de Bahr riss die Plane zur Seite und zerrte sie an den Haaren heraus. Ihre Schreie lenkten die anderen Männer für einen Augenblick von den Friesen ab.

»Wir haben nicht nur unsere Schwerter, wir haben auch noch andere Waffen.« Er hielt Sina wie ein Schild vor sich und legte beide Hände um ihren Hals.

Sinas Augen suchten in der Ferne Tammos Gestalt. Sie hörte, wie er den Friesen etwas zuschrie. Die Antwort war ein Kriegsruf, der die Männer de Bahrs zusammenzucken ließ. Er ähnelte dem Geheul wilder Wölfe. Die Friesen hoben ihre Waffen und schwangen sie hoch über die Köpfe. Mit Tammo an ihrer Spitze stürmten sie auf ihren Pferden heran. Näher und immer näher kamen sie.

Während die Friesen sich unter den Söldnern ihre Gegner suchten, hielt Tammos Pferd direkt vor Gunthar de Bahr. Er sprang vom Pferd. »Lasst Sina los, oder ich mache Euch einen Kopf kürzer!«

»Einen Schritt näher, und ich bringe sie um.« Sina wand sich unter de Bahrs Griff wie eine Schlange. De Bahr fluchte, und seine Hände drückten zu. Sina hielt nun ganz still. Jeder Atemzug tat weh. Sie geriet in Panik. Ihr gefesselten Hände fuhren zum Hals, und verzweifelt versuchte sie, die Umklammerung zu lösen. Erstickte Laute drangen aus ihrem Mund. Der Griff löste sich etwas, und Sina schnappte nach Luft.

»Wie war das, mein Täubchen? Unangenehm, wenn man so langsam sein Leben aushaucht, nicht wahr?« Er wandte seine Aufmerksamkeit nun Tammo zu. »Vor langer Zeit habt Ihr *mich* gezwungen, einen Kampf zu beenden. Und nun ist es an *Euch*, Eure Krieger zurückzurufen. Tut es – sofort! Ansonsten erwürge ich Euer Liebchen.« Die Stimme de Bahrs war eiskalt.

Verzweiflung schlich sich in Sinas Herz. Wenn Tammo um ihres Lebens willen nachgab, dann war alles verloren. Ihr Herz schlug einen wilden Rhythmus, als sie die Angst in seinen Augen sah und die Antwort auf seinem Gesicht las. Ihre Blicke flehten ihn an, nicht nachzugeben. Ein Ruck ging durch seinen Körper, er hatte sich entschieden. De Bahr war sich seines Triumphes sicher. Er lockerte den Griff, mit dem er sie umklammert hielt. Diese Unachtsamkeit nutze Sina, um sich mit einem Ruck zu befreien. De Bahr schrie auf und wollte ihr nachsetzen, doch Tammos Schwert hielt ihn zurück. Sina ließ sich hinter de Bahr ins Gebüsch fallen. Röchelnd lag sie am Boden und rang nach Luft.

Unbändige Wut klang aus de Bahrs Stimme: »Diese kleine Raubkatze. Beim nächsten Mal werde ich sie gleich töten.«

»Es wird kein nächstes Mal geben«, entgegnete Tammo kalt. Er wies auf de Bahrs Waffe. »Jetzt könnt Ihr Euch nicht mehr hinter Weiberröcken verstecken. Zieht Euer Schwert und kämpft wie ein Mann.«

Sina liebte Tammo, doch das, was sie jetzt in seinem Gesicht las, machte ihr Angst. Sein Verstand schien auszusetzen. Seine Augen und Bewegungen waren die eines Raubtieres, das töten wollte. Unmenschliche Laute drangen aus seinem Mund, und de Bahr wich keuchend vor ihm zurück. Wie losgelöst von dem übrigen Geschehen nahm Sina nur den Zweikampf der Männer vor sich wahr. Der erbitterte Kampf zwischen Friesen und Söldnern, das Klirren der Waffen und die Schreie der Kämpfenden drangen wie durch einen dichten Nebel an ihr

Ohr. Sina vernahm sie, doch nichts davon erreichte sie wirklich. Sie sah nicht, dass immer mehr Krieger de Bahrs am Boden liegen blieben, hörte kaum die gellenden Todesschreie. Sina hatte nur Augen für Tammo und Gunthar de Bahr, die sich tänzelnd maßen.

»Macht Euch bereit zu sterben, Friese«, keuchte de Bahr, doch nur Tammos Augen antworteten ihm. Er wollte nicht reden, er wollte töten! Sein Schwert hieb mit furchtbarer Gewalt auf den Gegner ein und drängte ihn zurück. Tammo schien wie in Raserei verfallen. Für einen Augenblick sah es aus, als ob Gunthar de Bahr vor ihm flüchten wollte, doch dann parierte er Tammos Schwerthiebe mit verzweifelter Kraft. Wie ein grotesker Tanz schien Sina dieser Kampf, doch trotz der Grausamkeit, mit der er geführt wurde, ging eine seltsame Faszination von ihm aus. Es war ein Kampf auf Leben und Tod! Ein Hieb verletzte Tammo am Arm. Er taumelte rückwärts, und Blut floss aus der Wunde. Sina schrie auf. Als ob ihr eigener Schrei sie aus der Versteinerung gelöst hätte, sah sie erst jetzt die Leiche eines Söldners neben sich liegen. Erschrocken rückte Sina von dem Mann ab, doch dann streifte ihr Blick den Gurt des Mannes. Ein Dolch steckt darin. Sina näherte sich nur widerstrebend dem Söldner und zog die Waffe mit einem Ruck aus der Halterung. Vorsichtig durchtrennte sie ihre Fesseln, um sich dann wieder dem Kampf der Männer zuzuwenden.

Gunthar de Bahrs Gesicht war blutüberströmt und verzerrt vor Hass. Tammo schien in einen wahren Blutrausch verfallen zu sein. Sina hatte damit gerechnet, dass er Gunthar de Bahr unterlegen wäre, doch Tammo trieb seinen Gegner mit einem wahren Hagel wütender Schwerthiebe vor sich her. Mühsam nur gelang es de Bahr, dem wütenden Angriff Stand zu halten. Er taumelte rückwärts und fiel schließlich mit einem wütenden Schrei zu Boden. Seine Waffe fiel direkt vor Sina zu Boden. Sie konnte sich nicht überwinden, das Schwert zu ergreifen. Ein unmenschlicher Schrei entrang sich Tammo. Er hob seine Waffe hoch über dem Kopf und wollte zu einem letzten Schlag ausholen.

»Tut es nicht, Tammo!« Sinas Schrei hielt ihn zurück. »Tut es nicht! Morgen schon werdet Ihr Eure Tat bereuen. Es ist nicht der wahre Tammo Freese, der diesen Kampf führt!«

Tammo hob mit einem Ruck den Kopf. Die zum Schlag erhobene Hand erstarrte in ihrer Bewegung. Die an Wahnsinn grenzende Wut in seinen Augen verschwand. Er schüttelte den Blutrausch ab, wie ein nasser Hund die Regentropfen. Seine Augen suchten Sina. Derweil lag Gunthar de Bahr zitternd vor ihm und hielt den Atem an. Tammo sah auf ihn hinunter und fuhr sich dann mit einer müden Handbewegung durchs Haar. »Sie hat Recht, de Bahr. Ich habe genug sinnloses Blutvergießen für zwei Leben gesehen. Ich schenke Euch das Leben. Geht mir aus den Augen, und lasst Euch niemals wieder in Friesland blicken.«

Geschlagen und scheinbar demütig nickte Gunthar de Bahr. Er konnte sein Glück kaum fassen. Mühsam kam Gunthar de Bahr hoch, und sein Blick fiel erst auf Sina, die hinter ihm im Gebüsch kauerte, und dann auf sein Schwert. Ein Glitzern trat in de Bahrs Augen. Bevor Tammo seine Absicht erraten konnte, griff de Bahr mit einem triumphierenden Schrei nach der Waffe und riss Sina an sich. Sein hässliches Grinsen jagte ihr Schauer über den Rücken. Sinas Herz raste. Sie wehrte sich verzweifelt. De Bahr schlug ihr ins Gesicht, und unter Tammos fassungslosen Augen drückte er ihre Schultern herunter, bis sie vor ihm kniete.

»So, jetzt wird dieses hübsche Kind noch den Kopf neigen, und dann werden wir uns dereinst in der Hölle wiedersehen, Ihr zwei Euch sehr bald und ich später. Es sei denn, Ihr ruft Eure Männer zurück, Tammo Freesena! Was für ein Weichling seid Ihr eigentlich, dass es Euch nicht gelingt, einen Feind zur rechten Zeit zu töten?«

Sina spürte, wie ihr Körper anfing zu zittern. Doch dann fühlte sie etwas anderes – den Dolch des Söldners. Sina hatte ihn unter ihr Gewand geschoben. Vorsichtig ergriff sie die Waffen, und während noch das triumphierende Gelächter de Bahrs in ihren Ohren klang, rammte Sina den Dolch mit einem

Wutschrei und schier unmenschlicher Kraft in den Leib des Mannes, der sie hielt. Das Gelächter über ihr erstarb. Das Schwert fiel Gunthar de Bahr aus der Hand, und er sank in die Knie. Ein Ausdruck von Verblüffung lag auf seinem Gesicht. Mit den Händen hielt er sich den Leib, in dem noch der Dolch steckte. Er fasste die Waffe mit beiden Händen und versuchte, sie aus der Wunde zu ziehen. Blut quoll aus seinem Mund. Sein ungläubiger Blick traf Sina und wanderte dann zu Tammo.

Gunthar de Bahrs Worte waren kaum zu verstehen: »Tötet mich, Freesena, ich will nicht durch die Hand eines Weibes sterben.« Seine Augen flehten Tammo an, doch dieser rührte sich nur, um Sina an sich zu ziehen. Mit einem Ruck gelang es de Bahr schließlich, sich die Waffe aus dem Leib zu ziehen, um sie dann mit letzter Kraft durch die eigene Kehle zu jagen. Ein Gurgeln kam aus seinem Mund. Wie ein Sturzbach floss Blut aus der Halsader. De Bahr fiel vornüber und blieb reglos in einer immer größer werdenden Blutlache liegen.

Schaudernd barg Sina ihr Gesicht in Tammos Armen. Sie verspürte weder Mitleid noch Reue. Nur müde war Sina, unendlich müde. Wie nach einer langen Reise, die endlich zum Ziel geführt hatte.

Mit dem Tod Gunthar de Bahrs erlosch auch jeglicher Widerstand der verbliebenen Söldner. Die Friesen trieben sie zusammen, und Tammo maß die Männer mit abschätzigen Blicken.

»Wir schenken euch das Leben. Bedenkt, ob ihr es zukünftig für Lohn aufs Spiel setzen wollt. Mein Leben wäre mir zu schade dafür. Geht und richtet eurem Lohnherrn aus, dass wir Friesen jeden, der uns die Freiheit rauben will, aus dem Land prügeln werden.«

Die Söldner blickten Tammo ungläubig an. Dann jedoch saßen sie auf und stoben davon, als seien alle Teufel der Hölle hinter ihnen her.

Adalbert spuckte den Knebel aus und rieb sich die schmerzenden Handgelenke. »Bin ich froh, dass Gott mich mit Kahlköpfigkeit und nicht mit Stummheit geschlagen hat.« Sein besorgter Blick glitt von Sina zu Frouwke. Als er sah, dass es beiden gut ging, atmete der Laienbruder auf. »Viel Hilfe war ja von mir nicht zu erwarten. Wir Ihr wisst«, er wandte sich Tammo zu, »ist das Waffentragen uns Mönchen verboten. Vielleicht sollte ich dagegen aufbegehren.« Seine Stirn legte sich in Falten.

»Lasst es mit der Stiefelrevolte gut sein.« Tammo legte Adalbert eine Hand auf die Schulter. »Gegen dreißig Söldner hätte auch ein Messer nichts ausrichten können. Zumeist sind ja Worte Eure beste Waffe.«

Der Friese aus dem Saterland trat auf Frouwke zu, die neben den beiden Männern stand. Auch ihre Handgelenke schmerzten. Sanft umfasste der Schwarzhaarige sie mit seinen Händen. »Der Rotfuchs wird gewiss eine gute Salbe kennen.« Er schaute ihr tief in die Augen. »Ich danke Gott, dass nur Eure Handgelenke schmerzen. So sind meine Gebete erhört worden.«

Frouwke errötete und senkte den Blick. »Ihr habt für mich gebetet?«

»Ich habe für Euch gefleht! Ich habe Gott angefleht, Euer Leben zu schützen.« Zärtlich strichen seine Hände über ihre Haut.

»Warum?« Frouwke hielt ganz still unter seinen Berührungen.

»Schaut mich an«, forderte er sie auf, »seht mir in die Augen, und dann sagt, was Ihr darin lesen könnt.«

Ihre Blicke versenkten sich ineinander. Raum und Zeit schienen bedeutungslos und die Menschen um sie herum unwichtig.

»Ich kenne nicht einmal Euren Namen, und nun lasst Ihr mich Dinge lesen, die ich nicht auszusprechen wage.« Frouwkes Stimme zitterte.

Der Saterländer zog Frouwke an sich. »Mein Name ist Dirk, wenn Euch das wichtig ist. Doch mir ist wichtiger, ob die Botschaft in meinen Augen Euch gefallen hat.«

Frouwke nickte, und sie drückte sich eng an ihn. Die unterdrückte Leidenschaft in Dirks Stimme ließ sie erschauern.

»Niemals wieder möchte ich um jemanden solche Angst haben, wie ich sie seit gestern um Euch hatte. Ich werde nicht wieder von Eurer Seite weichen.« Der Mann aus dem Saterland umfasste Frouwkes Schultern.

»Habe ich auch noch etwas dazu zu sagen?« Frouwkes Augen strahlten.

»Nein, eigentlich nicht.« Dirk zog sie an sich und küsste sie.

»Schaut nur, Sina.« Tammos Kopf nickte in Frouwkes Richtung. Ein Lächeln lag auf seinem Gesicht. »Dirk aus dem Saterland hat sich gestern Abend ausgiebig mit Klaas beschäftigt. Er habe sich schon immer einen solchen Sohn gewünscht, hörte ich ihn sagen, aber vor allen Dinge fände er Gefallen an der dazugehörigen Mutter. Ich glaube, Frouwke hat ihr Glück gefunden.«

Sinas Herz wurde schwer. Sie freute sich für Frouwke, doch die Zweisamkeit der beiden Liebenden machte ihr die eigene Einsamkeit überdeutlich bewusst. Über ihr Gesicht zogen Schatten, und mit einer ruckartigen Bewegung wandte sie sich von Tammo ab. »Kommt, wir werden bald reiten.« In ihrer Stimme war ein Schluchzen zu hören.

Tammo wollte sie zurückhalten, doch Sina eilte fort, ohne sich umzuschauen.

Draußen waren etliche Männer damit beschäftigt, Gräber auszuheben. Viele Söldner hatten ihr Leben verloren. Die Friesen waren mit Verletzungen davongekommen, von denen einige nicht zu unterschätzen waren.

»Küssen könnt Ihr Euch später«, rief einer der Männer Dirk und Frouwke zu. Sein Gesicht mit dem verschmitzten Lächeln wurde unvermittelt ernst. »Es sind viele Männer hier, die des Rotfuchses bedürfen. Lasst uns reiten, rasch!«

Frouwke und Dirk rissen sich aus ihrer Verzauberung. »Ihr habt Recht«, rief der Saterländer, »küssen können wir uns noch ein Leben lang.« Mit Frouwke an seiner Hand trat er zu den Pferden, und bald ritten sie den Männern voran.

Tammo und Sina bildeten den Schluss. Beide waren tief in Gedanken versunken. Tammo zermarterte sich den Kopf darüber, wie er sich Sina erklären könnte. Wo war der richtige Ort dafür und wann der richtige Zeitpunkt?

Adalbert ritt vor ihnen. Er drehte sich um, und seine klugen Augen wanderten von Sina zu Tammo. »Manchmal kann ich in Gesichtern lesen. Ihr beide seid wie zwei Schafe, die eine grüne Weide finden und sich nicht zu fressen trauen. Wir Menschen machen es uns so schwer, und dabei sollten wir vielleicht einfach mehr auf die Heilige Schrift hören. Ich kenne da einen Vers, der ist wie für Euch geschaffen.«

Eher missbilligend sah Tammo den Laienbruder an, doch dieser ließ sich nicht beirren. »Hört, was schon der Prediger Salomo wusste: ›Zwei sind besser dran als nur einer; sie haben doch einen guten Lohn für ihre Mühe. Denn fallen sie, so hilft der eine dem anderen auf. Doch wehe dem Einzelnen, wenn er fällt und kein anderer da ist, ihm aufzuhelfen! Und liegen zwei beieinander, so haben sie es warm. Wie aber könnte einer allein warm werden? Und mag einer auch den Einzelnen überwältigen, so halten ihm doch die zweie stand.‹«

»Passt auf, dass Ihr in all Eurer Klugheit nicht vom Pferd fallt«, Tammos Stimme war tonlos. »Ihr kennt Weisheiten, für die ein Mönch wohl kaum Verwendung findet. Da geht es Euch wie Bruder Abbo, der auch am liebsten von Wein und Weibern singt. Reitet jetzt, damit Ihr den Anschluss nicht verliert. Sina und ich werden kurz rasten. Ich kenne den Weg zurück.«

Adalberts gutmütiges Gesicht strahlte. »Lasst Euch getrost Zeit beim Rasten«, sagte er mit wissendem Blick auf Tammo. Der Kahlköpfige tippte sich mit dem Finger an die Stirn und gab seinem Pferd die Sporen.

»Warum rasten wir? Wollt Ihr mir etwas zeigen?« Sina blickte sich suchend um.

»Nein. Steigt ab, ich habe Euch etwas zu sagen.« Tammo glitt vom Pferd, und Sina folgte ihm zu einer kleinen Lichtung. Sie lehnte sich gegen einen der Bäume. Ihre Augen blickten an ihm vorbei ins Leere.

»Ich weiß schon«, Bitterkeit lag in ihrer Stimme, »Ihr wollt mir klar machen, dass Adalberts Vers für uns nicht gelten kann. Ihr hadert mit Eurem Schicksal, und das wird Euch auffressen, Tammo. Doch es liegt scheinbar nicht in meiner Macht, dies zu ändern. Geht, geht und lasst mich zufrieden. Ihr vermeint frei zu sein, wenn Euer Herz nichts und niemanden liebt, doch in Wirklichkeit fesselt Ihr Euch selbst.«

»Sina«, Tammo stützte die Hände seitlich von ihr an den Baum, »ich habe mein Schicksal verflucht, ich habe Gott angeklagt, weil er mir alles genommen hat, aber ...«

Sina unterbrach ihn. »Ihr braucht mir Eure Beweggründe nicht noch einmal zu erklären. Geht einfach fort aus meinem Leben.« Tränen liefen über ihre Wangen.

Ein erstickter Laut kam aus Tammos Mund. Er beugte sich zu ihr hinunter und küsste die Tränen fort. Sina stieß ihn zurück, doch er umfasste mit beiden Händen ihr Gesicht.

Sinas Mund zitterte, sie konnte kaum sprechen. »Fasst mich nicht an, Tammo, bitte. Ich werde Euch immer lieben, doch jedes Mal, wenn Ihr mich zurückstoßt, stirbt ein Funke Stolz in mir.« Sina löste sich von ihm und schlug verzweifelt die Hände vor das Gesicht.

Im nächsten Augenblick riss Tammo sie in seine Arme. Er presste seinen Mund auf ihren und küsste sie mit einer solcher Leidenschaft, dass sie es wohl nie mehr in ihrem Leben vergessen würde. Im ersten Augenblick versuchte Sina sich ihm zu entwinden, doch Tammos Griff war so fest, dass sie schließlich ganz still in seinen Armen liegen blieb. Ihre Traurigkeit wich langsam einem wunderbaren Glücksgefühl. All ihre Ängste versanken in einem Taumel der Verzückung.

»Und wenn mein Stolz tausendmal stirbt«, dachte Sina, »dieser Augenblick ist es wert.« Sie schmiegte sich eng an Tammo.

Er blickte ihr tief in die Augen. »Ich werde Euch niemals wieder zurückstoßen. Beim Treffen am Upstalsboom ist etwas mit mir geschehen. Der Kelch hat mich von meinen Fesseln befreit. Und nun bin ich wirklich frei, frei, Euch zu lieben – wenn Ihr mich noch wollt.«

Den Hauch eines Augenblicks hatte er eine Verwundbarkeit an sich, die ihn noch anziehender machte. Sina atmete tief durch. Sie schloss die Augen und berauschte sich an Tammos Worten.

»Was glaubt Ihr denn?«, hauchte sie und presste sich eng an ihn. »Sagt, dass Ihr mich liebt. Sagt es noch einmal, Tammo, damit ich es fassen kann.«

»Ich liebe Euch, ich begehre Euch, ich brauche Euch. Ich möchte, dass Ihr jeden Tag und jede Nacht an meiner Seite seid. Ich liebe Eure tiefe Leidenschaft und besonders Eure kleinen Temperamentsausbrüche.«

Sina lag in seinen Armen und lauschte seiner zärtlichen Stimme. Dann hob sie den Kopf und blickte ihm ins Gesicht. Tammo neigte den Kopf und küsste sie. Dieser Kuss war so anders als alles, was sie je zuvor erlebt hatte. Er war so zärtlich, so voller Liebe, dass ihr Mund sich ihm wie von selbst öffnete. Tammo löste sich von ihr und genoss den Ausdruck hingebungsvoller Liebe auf Sinas Gesicht.

»Bitte hört nicht auf!« Sina klammerte sich an Tammo fest.

»Nein, das werde ich nicht«, Tammo lachte leise, »wir beide haben lange genug gelitten.« Seine Fingerspitzen fuhren über ihre Wangen und Lippen. »Ich habe Euch weh getan. Mein Gott, was habe ich alles zu Euch gesagt. Dabei habt Ihr mich gleich verhext. Erinnert Ihr Euch an unseren Ritt durch den Wald? Schon damals fühlte ich mich zu Euch hingezogen, wie eine Waldfee erschient Ihr mir mit Eurem schwarzen Haar, den dunklen Augen und den vor Kälte geröteten Wangen. Ich habe gegen meine Liebe gekämpft, ich Narr. Es war eine Qual, Euch bei mir zu haben, Euch täglich zu sehen und der Liebe nicht nachgeben zu können. Also vergrub ich mich in meine Bitterkeit und schob Euch von mir fort. So viel Dummheit – wie hat Eure Liebe das nur ausgehalten?«

»Euer Körper sprach andere Worte als Euer Mund. Das gab mir Hoffnung.« Sina streichelte sein Gesicht.

Tammo bettete sie bequemer in seinen Armen. »Hierher, in meine Arme gehört Ihr, und hier werdet Ihr immer bleiben.«

Lange standen sie so und hielten sich umfangen. Auch als Sina schon auf dem Pferd saß, ließ dieses Gefühl tiefer Zufriedenheit sie nicht los. Tammo liebte sie, und an seiner Seite war ihr Platz im Leben – wo auch immer das sein würde. Und alle ihre Träume wurden mit dieser Gewissheit Wirklichkeit.

Der Tausch

Wenn es etwas gab, das Sina in späterer Zeit immer mit der glücklichen Rückkehr zum Kloster in Verbindung brachte, dann waren es Schneeglöckchen. Sie blühten früh in diesem Jahr. Einen ganzen Strauß pflückte sie für Bruder Abbo. »Frühlingsküsse« nannte Tammo die Schneeglöckchen und forderte für jedes einen Kuss von Sina. Es verging eine lange Zeit, bis sie endlich im Kloster Ihlow ankamen. Abt Egge, Bruder Abbo und Adalbert hielten schon nach ihnen Ausschau.

Jetzt waren sie alle im Kapitelsaal versammelt. Sina musste lächeln, als ihr Blick auf Bruder Abbo fiel. Von seiner großen Hand gehalten, nahmen sich die Schneeglöckchen noch zarter aus.

»Welch ein Wunder in weißem Kleid.« Zärtlich, fast ehrfürchtig strich der Mönch über die Blütenblätter. Mit geschlossenen Augen nahm er den feinen süßlichen Duft tief in sich auf. »Nicht wahr, Adalbert«, er wandte sich an seinen Freund, »es riecht so gut wie ein Blumenmeer im Frühling.«

»Ihr übertreibt ein wenig«, erwiderte dieser trocken.

»Nein, gewiss nicht. Das Schneeglöckchen wäre würdig, ihren Duft für das Salböl des Mose zu spenden.« Bruder Abbo schnupperte geräuschvoll.

»Ihr wollt wohl mit ihnen eine Gespielin locken auf Eure alten Tage«, vermutete Adalbert.

Bruder Abbo fuhr ihm aufgebracht über den Mund: »Was fällt Euch denn ein?«

»Ich denke nur nach. Die Zutaten des heiligen Salböls, Myrrhe und Aloe, sind uns ja im Zusammenhang mit einer Ehebrecherin bekannt, die einen törichten Jüngling lockte. ›Ich habe mein Lager mit Myrrhe besprengt, mit Aloe und Zimt. Kommt, lasst uns kosen bis an den Morgen, und lasst uns die Liebe genießen‹, heißt es bei Salomo. Und weiter spricht er«, wandte sich Adalbert mit mahnendem Zeigefinger an Bruder Abbo, »›lasst Euer Herz nicht abweichen vom Weg, und irrt nicht ab auf Eurer Bahn.‹«

»Ach, hört mir doch auf mit Euren Verdächtigungen.« Bruder Abbo hob abwehrend die Hand. »Ihr habt keinen Sinn für die sanfte Lieblichkeit dieser Blume. Ich bin froh, wenn Ihr wieder bei Euren Schafen sitzt. Der Geruch passt besser zu Euch!«

»Ja, schimpft Ihr nur auf meine Schafe«, Adalberts Finger zeigte wissend auf Bruders Abbos Bein, »aber vor einigen Jahren, als eine offene Wunde Euch plagte, da war ihr Dung Euch gut genug.«

Der Mönch zog die Nase kraus. Er wandte sich Sina und Tammo zu. »Adalbert weiß ein Mittelchen, das alle offenen Wunden schließt. Er mengt Schimmelpilz mit frischem Schafdung und etwas Honig. Streicht man diese Masse auf eine Verletzung, dann schließt sich die Wunde sofort.« Flüsternd fuhr er fort: »Sie schließt sich vor Schreck. Ich sage Euch, es stinkt erbärmlich.«

Abt Egge nahm eine Schneeglöckchen aus Bruder Abbos Hand. »Ohne Euer Heilmittel herabsetzen zu wollen, Adalbert, ist mir dieses Schneeglöckchen im Augenblick doch lieber als Euer Schafdung«. Er hielt die Blume zum Licht der Kerze. »Einen ganz eigenen Zauber besitzt sie.« Er betrachtete das Schneeglöckchen wie ein besonderes Kleinod. »Das Schneeglöckchen steht für das Licht am Ende der Finsternis, für einen Neubeginn. Es will uns Kraft geben, damit wir nach einem langen, harten Winter die Dunkelheit und die Entbehrungen abschütteln und uns der Sonne entgegenstrecken. Diese Blume ist, wie alle Pflanzen, ein Sinnbild der Seele. Tief wurzelt sie in der Erde, und doch streben ihre Blätter und Blüten dem Himmel und dem Licht entgegen. So wie auch wir tief verwurzelt im Erdenleben sind und uns doch nach Gottes verzehren.«

»Ach, herrje.« Bruder Abbo warf einen betrübten Blick auf die Blumen in seiner Hand. »Mit so tief schürfenden Gedanken muss man euch Glöckchen begegnen, und ich habe mich immer nur an eurem Äußeren erfreut.«

»Und an der Aussicht auf den Frühling«, rief Tammo ihm zu. »Damit kommt Ihr dem Geheimnis dieser Pflanze schon sehr nahe.«

Es klopfte an der Tür.

»Und nun, Sina und Adalbert, werdet Ihr vielleicht einem Geheimnis nahe kommen«, seufzte Abt Egge und hieß den Klopfenden eintreten. Beim Anblick des Mannes, der ins Zimmer kam, trat Sina mit einem erstickten Laut einen Schritt zurück. Alte Ängste ergriffen Besitz von ihr, und für einen Augenblick fühlte sie sich zurückversetzt in das Kloster Palmar. Die Furcht löste sich erst auf, als Tammo seinen Arm beruhigend um ihre Schultern legte und sie eng an sich zog. Seine Nähe gab ihr Kraft und ein ganz neues Selbstbewusstsein.

»Wenn Ihr gekommen seid, um mich zurückzuholen, Abt Menko, dann war Euer Weg umsonst.« Ihre Worte kamen laut und deutlich.

Ein kaltes Lächeln umspielte Abt Menkos Züge. Sein Blick glitt von Sina zu Tammo. »Das Kloster Palmar braucht keine Huren. Gefallene Weiber hat es schon genug.«

Für einen Augenblick schien es, als wollte Tammo dem Abt von Palmar an die Kehle springen, doch dann zuckte er die Schultern. »Behaltet Euer Gift, weißer Teufel. Sina hat lange genug darunter gelitten. Niemals wieder werdet Ihr Gewalt über sie haben.«

Abt Egge hatte dem Wortwechsel schweigend gelauscht, doch nun mischte er sich ein. »Ja, ich glaube, Abt Menko braucht nicht vorgestellt zu werden. Ihr kennt ihn alle. Seit gestern weilt er als Gast in unserem Kloster. Und«, er wandte sich an Abt Menko, »wir sind es gewohnt, höflich miteinander umzugehen. Also, mäßigt Eure Worte. Bedenkt, das, was Ihr begehrt, gehört Sina. Sie hat zu entscheiden, ob Ihr es auch bekommt.«

»Ich kenne Euch, Abt Egge.« Der Mann aus Palmar lächelte satanisch. »Ihr habt mir etwas versprochen, und niemals würde ein Mann wie Ihr sein Versprechen brechen. Es wird Euch schon gelingen, das Weib zu überzeugen. Ich kenne einige gute Methoden, doch mir scheint, Ihr gebraucht andere.«

Abt Egge seufzte. Er wandte sich fast entschuldigend an Sina: »Abt Menko hat Recht. Ich breche nur ungern mein Wort. Und gestern schien mir Euer Leben wichtiger als ein irdisches Gut. Unseren Gast verlangt es nach dem Kelch. Er verriet uns dafür, wohin Gunthar de Bahr Euch verschleppt hatte.« Beschwörend sprach er weiter: »Wir beide, Ihr und ich, haben uns einmal über den Wert irdischer Dinge unterhalten, erinnert Ihr Euch?« Sina nickte. »Seht Ihr, mein Kind, ich glaube der Kelch hat seine Aufgabe hier in Friesland erfüllt. Lasst ihn ziehen.«

»Aber«, Unentschlossenheit lag in Sinas Stimme, »dürfen wir den Kelch fortgeben, auch wenn die Gefahr besteht, dass er für Böses benutzt wird.« Sie warf einen Seitenblick auf Abt Menko.

»Glaubt Ihr, der Kelch lässt das zu? Habt Vertrauen in ihn!«

Einen Augenblick herrschte Stille im Raum. Alle Augen hingen erwartungsvoll an Sina.

»Nun gut«, sie hatte sich durchgerungen, »Ihr könnt den Kelch haben.« Ihr Blick ruhte mit Selbstvertrauen auf Abt Menko. »Doch ich verlange etwas dafür. Wisst Ihr, wenn man mich fragen würde, was Ihr am Besten könnt außer quälen, dann wäre meine Antwort: fälschen – habe ich Recht?«

In Abt Menkos Gesicht regte sich nichts, nur seine Augen waren lauernd auf Sina gerichtet. Sie las die Verschlagenheit darin. Triumph stieg in ihr auf. »Wie viele Schenkungen habt Ihr so in Euren Besitz gebracht? Ich fand Urkunden, vordatiert und unterschrieben von Menschen, die noch lebten. Es gab viele, die Euch hassten, und doch, wundersamer Weise, gelangte das Kloster Palmar kurze Zeit nach deren Tod zu neuen Besitztümern. Ihr seid ein Meisterfälscher! Und nun hört genau zu! Ihr wisst, dass Karl der Große den Friesen die Freiheit versprochen hat. Sein Wort haben die Friesen, doch sein Siegel nicht. Oder«, Sinas langer beredter Blick traf Abt Menko, »oder wisst Ihr vielleicht von einer solchen Urkunde?«

»Gesetzt den Fall, ich besäße, wonach Euch verlangt, woher auch immer ...«, zäh wie Honig tropften die Worte aus Abt Menkos Mund.

»Gesetzt den Fall, Ihr besäßet solch eine Urkunde«, nahm Sina den Faden auf, »dann, und nur dann, wäre der Kelch Euer!« Sie trat ganz nah an den Abt heran und beugte sich zu seinem Ohr vor. »Verbrieft uns den Frieden!«

Die Finger des Abtes krallten sich in Sinas Schultern. »Ich hasse es, mir von Weibern etwas vorschreiben zu lassen«, zischte er ihr zu. »Und Euer Mut dazu zeigt, dass Ihr meine Peitsche nicht oft genug gespürt habt. Leider lässt sich das nicht mehr ändern. Ich will den Kelch! Ihr habt den Preis genannt, so gebt mir Pergament und Schreibfeder, ein Tintenfass und einige ruhige Stunden.«

Langsam und erleichtert stieß Sina den angehaltenen Atem aus. Die Augen der anderen ruhten ungläubig auf Abt Menko. Mit einem Ruck stand Abt Egge auf und ging zur Tür. Weit hielt er sie auf.

»Ich gebe Euch, was Ihr braucht. Kommt und folgt mir, bevor ich zu lange über das, was wir tun wollen, nachdenke.« Er verließ mit Abt Menko fast fluchtartig den Raum.

Die Fälschung

Es missfiel ihm, dass er den Friesen zur Freiheit verhelfen musste. Aber er hatte keine andere Wahl. Bruder Egges Worte waren Abt Menko noch im Ohr, und sie steigerten seine Wut.

»Ihr bringt ja nur ein gegebenes Wort zu Papier. Betrachtet es als Korrektur eines Missstandes, das Nachholen eines Versäumnisses.« Beim Gedanken daran, dass ein Weib ihn zu diesem Schritt gezwungen hatte, verfinsterte sich Abt Menkos Gesicht noch mehr. »Dieses Miststück«, dachte er, und seine Hand zitterte. Er legte die Feder beiseite und lehnte sich seufzend zurück. Seine Lider senkten sich. Bilder stiegen vor ihm auf. Die Rote Maria, wie sie sich ihm unverhüllt darbot. Ihre Lippen lockten ihn. Langsam erhob sie sich, trat auf ihn zu, und ihre langen Fingernägeln zeichneten brennende Male auf seiner Haut. Abt Menkos Atem ging schneller. Seine Hände glitten an sich hinab, doch dann holte ihn die Wirklichkeit wieder ein. Er musste sich dazu zwingen, seine Aufmerksamkeit auf das Pergament vor ihm auf dem Tisch zu lenken. Der Kelch und die Rote Maria waren alles, wonach es ihn verlangte. Doch zunächst galt es, den Preis dafür zu zahlen.

Abt Menko atmete tief ein. Fälschungen gingen ihm eigentlich leicht von der Hand. Dutzende hatte er schon erstellt. Doch es war etwas anderes, ob man die Handschrift eines Bauernkaufmanns oder die eines Herrschers fälschte, ob man sich ein Landstück aneignete oder den Friesen die Freiheit verbriefte. Und niemals zuvor hatte er eine Urkunde erstellt, deren Ausstellungsdatum so weit zurücklag. Besorgt glitten seine Augen über das Eingangsprotokoll, in dem der Name des Ausstellers genannt wurde. Es war ihm recht gut gelungen. Die ungewohnte Handschrift Karls des Großen forderte höchste Konzentration. Je länger er schrieb, desto schwieriger wurde es, die gestochen scharfe Schrift nachzuahmen. Bei der Formulierung des Rechtsinhalts fragte sich Abt Menko, wie Karl der Große sich damals ausgedrückt haben mochte? Schließlich wählte er eindeutige Worte. Kaum jemand war des Lateinischen mächtig, und unpassende Formulierungen würden nicht weiter auffallen. Abt Menko bemerkte das Zittern seiner Hand. Diese Fälschung war sein Meisterstück und forderte all sein Geschick. Trotz der Kälte stand ihm der Schweiß auf der Stirn. Bei den letzten Worten schien es, als ob bei den Rundungen einiger Buchstaben seine eigene Handschrift durchschimmerte. Fluchend beugte er sich tiefer über das Pergament. Schweißtropfen rollten ihm die Schläfe entlang, und Abt Menko schob erschrocken die Urkunde zur Seite. Nur jetzt nicht noch durch einen Schweißtropfen alles ruinieren. Die Tinte durfte sich nicht verfärben. Er wischte sich über die Stirn. Bald würde es geschafft sein. Vorsichtig setzte er das Ausstellungsdatum an den unteren Rand der Urkunde. Nun fehlten noch die Unterschrift des Notars und das Monogramm Karls des Großen. Bei der Wahl desjenigen, der die Urkunde beglaubigt hatte, würde er seine Phantasie spielen lassen müssen. Abt Menko griff wieder zur Schreibfeder und fälschte gekonnt das Monogramm – dies war eine seiner leichtesten Übungen. Schließlich lehnte er sich aufatmend zurück. Seine Augen glitten prüfend über die Urkunde. Das Schriftstück sah ehrwürdig und alt aus – anders als heutige Urkunden und doch ihnen irgendwie ähnlich. Zufrieden griff Abt Menko nach dem heißen Wachs. Das Siegel hatte er schon vorbereitet. Es war nach einem Original zurechtgeschnitten. Abt Menko tröpfelte heißes Wachs auf das Pergament und drückte das Siegel hinein. Sein Blendwerk war vollendet! Trotz der Tatsache, dass er sie gegen seinen Willen gefertigt hatte, verspürte der Abt, wie ein zufriedener Schauer ihn überlief. Durch seine Hände übte ein verstorbener Herrscher seinen Willen aus. Er vermochte es, im Namen Karls des Großen Macht auszuüben. Und in diesem Augenblick durchfuhr ihn ein Gedanke. Heute hatte er den Friesen die Freiheit verbrieft. Aber ein Herrscher konnte seine Meinung ändern. Morgen schon würde er eine weitere Urkunde späteren Datums aufsetzen, die den Friesen diese Freiheit wieder nahm. Passende Worte formten sich in seinem Kopf. Abt Menko frohlockte. Nun schmeckte der Preis für den Kelch nicht mehr so bitter.

Vor der Tür waren jetzt Stimmen zu hören. Es klopfte und Abt Egge, Tammo und Sina betraten den Raum. Der Klostervorsteher vermochte den triumphierenden Blick auf Abt Menkos Gesicht nicht zu deuten. Dieser trat mit hasserfülltem Blick auf Sina zu. »Hier habt Ihr den Wisch.« Abt Egge nahm das Schriftstück aus ihren Händen und studierte es lange und gründlich. Schließlich hob er den Blick, und ein Hauch von Fassungslosigkeit lag auf seinem Gesicht. »Wenn ich Euch nicht selbst die Feder gereicht hätte, dann würde ich glauben, dies wäre wahrhaftig ein Schreiben Karl des Großen.«

»Niemand fälscht so gut wie ich«, warf sich Abt Menko in die Brust. »Doch nun genug der Worte«, unwirsch trat er näher an Sina heran, »ich verlange meinen Lohn, sofort!« Gierig streckte er die Hände aus.

Nur widerstrebend holte Sina das Gefäß aus dem Leinenbeutel. Ehrfürchtig, fast liebevoll strichen ihre Hände über den Kelch. Tammo trat an ihre Seite, und ihre Augen trafen sich über das Gefäß hinweg. »Er ist die letzte Erinnerung an meinen Vater.« Nun wo der Augenblick des Abschieds gekommen war, zögerte Sina.

»Dieses Gefäß hat mich zu Euch geführt«, Tammos Hände schlossen sich um die ihren, »es hat meinem Leben einen neuen Sinn gegeben. Wir brauchen diesen Kelch nicht mehr. Lasst ihn ziehen, Sina.«

»Ihr habt Recht.« Zögernd überreichte sie Abt Menko die Reliquie. Mit einem erstickten Laut riss er das Gefäß an sich. Sina wartete darauf, dass der Kelch selbst sich den Händen des gierigen Abtes verwehren würde, doch nichts geschah.

Abt Menkos feste Umklammerung ließ seine Fingerkuppen weiß werden. »Mit diesem Kelch werde ich der mächtigste Mann Frieslands sein.« Triumphierend hielt er den Kelch zum Licht der Kerze und weidete sich an dessen Anblick. »Ich verschwinde jetzt von hier. Aber seid gewarnt«, Abt Menkos Augen lagen auf dem Klostervorsteher, »eine verfängliche Äußerung über mich, und ich werde ohne zu zögern die Fälschung der Freiheitsurkunde aufdecken.« Mit langen Schritten verließ er den Raum.

Sina wartete, doch ein Gefühl der Erleichterung über Abt Menkos Abreise wollte sich nicht einstellen. Eine Weile blieb es still. Dann räusperte Sina sich. »Seltsam, dass so gar nichts von dem Zauber des Kelches zu spüren war. Er schien mir plötzlich nur noch ein ganz gewöhnliches Kirchengerät zu sein.«

Tammo schloss sie in die Arme. »Nicht nur Abt Menko kann täuschen. Ich habe mit eigenen Augen gesehen, was der Kelch vermag. Und jetzt«, Tammo forderte die anderen beiden durch einen Wink auf, ihm zu folgen, »möchte ich mit eigenen Augen sehen, wie Abt Menko das Kloster verlässt.«

Sie eilten hinaus und kamen gerade rechtzeitig. Der Mann aus Palmar schwang sich auf sein Pferd. Schaudernd erkannte Sina die Peitsche in der Rechten des Abtes. »Ob er sie bei seinem Pferd einsetzt?«, ging es ihr durch den Sinn.

Doch Abt Menko hatte andere Pläne mit der Peitsche. Sein vernichtender Blick traf den Klostervorsteher von Ihlow. »Ihr seid Hüter der Schlüssel von Friesland. Nein«, verbesserte er sich, »Ihr hütet Friesland. Doch bald wird man dessen Wert nur noch an dieser Reliquie messen. Dann werde ich es sein, der als wichtigster Mann Frieslands die Zügel in der Hand hält. Und, ich sage es noch einmal, steht mir nicht im Wege, oder Ihr werdet es bereuen!«

»Ihr sitzt mächtig hoch auf Eurem Ross«, rief ihm Tammo zu, »doch es kommt der Tag, an dem Euch jemand herunterholen wird.«

Abt Egges abwehrende Handbewegung brachte ihn zum Schweigen. »Es steht mir nicht zu, Abt Menko, Euch zu richten. Die Schatten dessen, was Ihr tut, sind Eure ständigen Begleiter. Keine schlechte Tat kann zurückgenommen werden. Könnt Ihr mit Euren Schatten leben?«

»Verdammter alter Bastard, was erdreistet Ihr Euch?« Abt Menko hob die Peitsche und zog sie mit einem heftigen Schlag durch das Gesicht des Klostervorstehers. Abt Egge schrie auf und hielt sich die Wange. Wieder sauste die Peitsche, doch jetzt sprangen Sina, Tammo und der Klostervorsteher zurück.

»Dies war mein Abschiedsgruß!« Mit einem höhnischen Lachen ritt Abt Menko wie der Teufel davon.

Abt Egge stöhnte. Blut sickerte aus der Wunde. Sina und Tammo brachten ihn zum Rotfuchs. »Dieser Teufel«, sagte

Tammo mit geballten Fäusten. »Was meint Ihr, soll ich ihm hinterherjagen?«

Abt Egge schüttelte den Kopf. »Nein, ich denke Abt Menko reitet jetzt seinem Schicksal entgegen – wie auch immer es aussehen mag.«

Der Rotfuchs schlug die Hände über dem Kopf zusammen. »Und solch einem Mann haben wir Gastfreundschaft gewährt!« Rasch und sorgfältig versorgte er die Wunde. Abt Egge ließ alles ruhig über sich ergehen.

Sina setzte sich zur Rechten des Klostervorstehers und schüttelte den Kopf. »In uns steckt eine unbändige Wut auf Abt Menko. Doch Ihr habt kein böses Wort für ihn.«

Abt Egge maß sie von der Seite. »Ich wusste schon länger, dass dieser Mann vom rechten Weg abgewichen ist. Wisst Ihr, mein Kind, manchmal frage ich mich, was einen Menschen veranlasst, gut oder böse zu handeln. Was macht ihn zu dem, der er ist? Ein weiser Mann hat einmal gesagt, das Leben gleiche einem großen wollenen Webtuch. Wir alle verweben unsere Fäden darin. An einigen Stellen ist der Stoff fadenscheinig, manchmal sogar geflickt. Manche Fäden sind leuchtend, andere eher grau. Einige ziehen sich locker durch das Tuch, andere sind so steif, dass sich der Stoff wölbt. Fehler im Wolltuch des Lebens entschuldigt man gerne mit schlechtem Handwerkszeug oder billigem Material. Es mag manchmal stimmen, doch oft ist nur fehlende Kraft oder fehlender Mut die Ursache. Doch auch wenn wir den festen Willen haben, unser Stück des Tuches in leuchtenden Farben und mit einem festen Faden zu weben, wird der Teil nicht fehlerfrei sein. Wir sind die Webmeister unseres Lebens, doch es ist nicht allein an uns, ob die Arbeit gelingt – und niemand ist vollkommen. Vielleicht ist das Reißen unseres Fadens gewollt, nur damit ihn ein anderer wieder festknoten kann. Und vielleicht ist das Webtuch auch nur schön, weil es nicht gleichmäßig ist. Nur leuchtende Farben sind langweilig, nur grau ist trist. Wer am Webtuch des Lebens arbeitet, wird Schwarz und Weiß kennen lernen, Gut und Böse. Wenn es das Böse nicht gäbe, wie könnte dann das Gute sich behaupten? Wenn es keine Schurken gäbe, dann wäre auch für Helden kein Platz. Abt Menkos Fäden haben die unsrigen gekreuzt. Er bringt dunkle Farbe in das Lebenstuch. Und doch leuchtet aus dem Dunkel heraus das helle Licht der Freiheit.«

Das Moor

Abt Menko ritt nicht auf direktem Weg nach Palmar. Obwohl es schon dunkelte, trieb es ihn nach Westerende. Die Erinnerung an den Abend mit Maria stand ihm deutlich vor Augen. Ihr Körper lockte, aber mehr noch die Abgründe in ihrem Wesen. Die Schmerzen hatten ihr mehr Lust bereitet als ihm. Das stachelte den Abt an. So sollte es nicht sein, wenn er bei einem Weib lag. Lust war ein Privileg der Männer. Aber vielleicht war es gerade diese Herausforderung, die ihn so sehr reizte. Mit dem Kelch an seiner Seite würde er ihr schon zeigen, wozu ein mächtiger Mann fähig war. Die Vorfreude auf ihre Unterwerfung ließ wohlige Schauer über seinen Rücken laufen. Abt Menko wollte zur Roten Maria, um jeden Preis. Er redete sich ein, es habe nichts mit dem Weib an sich zu tun, doch in seinem Inneren wusste er, dass nur sie es war, die ihn derart zu locken vermochte. Er gab seinem Pferd die Sporen. Vor der Dunkelheit musste er Westerende erreichen.

Dämmerung zog über das Land. Verdrossen musterte Abt Menko die kahlen Kiefern und Birken. Im schwindenden Tageslicht war ihm, als ob Schatten zwischen den Bäumen und Sträuchern hingen. Geister schienen durch die Luft zu tanzen, Geister aus grauen Nebelschwaden. Die untergehende Sonne nahm alle Wärme mit sich und schien der Welt das Leben auszusaugen. Fröstelnd zog Abt Menko die Schultern hoch. Mit zusammengekniffenen Augen verfolgte sein Blick den Weg vor sich. »Bald muss doch das Dorf auftauchen.« Ungeduldig trieb Abt Menko sein Pferd mit Peitschenhieben an. Als endlich

Lichter zu sehen waren, verweigerte das Tier den Dienst. Es war schweißnass und völlig erschöpft.

Abt Menko saß ab. »Ah«, dachte er erleichtert, »hier ist die Stelle, wo der Heerweg den Dorfpfad kreuzt. Die kurze Strecke werde ich alleine bewältigen, und ein neues Pferd kann ich mir am Morgen besorgen. Ein Krug vom Besten und die Rote Maria – was für Aussichten!«

Frohen Mutes und ohne das Tier eines weiteren Blickes zu würdigen, lief Abt Menko den Lichtern entgegen. Seine Beine holten weit aus, und er schritt zügig voran. Der Weg schien ihm länger zu sein, als er ihn in Erinnerung hatte. Bald schon brach die Dunkelheit herein. Der Mond beleuchtete nun seinen Weg, und die Lichter waren Abt Menkos einzige Orientierung. Er spürte Sand unter den Füßen knirschen. Von einem unerklärlichen Gefühl der Furcht getrieben, rannte der Mann aus Palmar nun schon fast den Lichtern entgegen. Ihm wurde nicht bewusst, dass sich die Vegetation veränderte. Binsengras wuchs seitlich des Weges, und die Festigkeit unter seinen Füßen verlor sich. Im Licht des Mondes konnte Abt Menko Wasserlöcher ausmachen. Er hielt an und schüttelte verwirrt den Kopf. War dies wirklich der Dorfpfad?

Ein gurgelndes Geräusch drang an sein Ohr, und plötzlich durchzuckte ihn die Erkenntnis, dass er sich im Moor befand. In seinem Kopf drehte sich alles. Bilder stiegen auf, von weglosen, tückischen Sümpfen. Die Angst kroch lähmend in ihm hoch. Mit einer fahrigen Bewegung drehte er sich um und erwog zurückzugehen. Wie lange würde es noch dauern, bis er das Dorf erreichte? Brachten ihn diese Lichter überhaupt nach Westerende?

Ächzend verlagerte Abt Menko seine Gepäck auf die andere Schulter. Der Leinenbeutel mit dem Kelch war schwer. Stille lag über allem, und in der Verzweiflung, die ihn ergriff, begann Abt Menko zu pfeifen. Doch sein Pfeifen machte die Stille noch greifbarer, und jäh unterbrach er sein Lied. Immer noch war da ein Pfad vor seinen Füßen, und immer noch sah er Lichter.

Abt Menko hatte sich entschieden und beschleunigte seine Schritte.

»Bald, bald werde ich es geschafft haben«, machte er sich selbst Mut, doch das Glucksen in den Wasserlöchern, die er nur schemenhaft ausmachen konnte, ließen das Aufflackern von Hoffnung verlöschen.

Nebel war aufgekommen und zog in Schwaden dicht über den Boden. Unbehagen beschlich den Abt. Bald war er eingeschlossen von einer schweigenden Welt voller Schatten. Auch die Lichter hatte der Nebel verschluckt. Abgeschnitten war jeder Blick auf das umliegende Land. Die kalte, feuchte Luft ließ ihn schaudern. Der Boden unter seinen Füßen gab mehr und mehr nach. Wo gerade noch ein Pfad war, schien ihn jetzt schwarzer morastiger Boden zu umgeben. Abt Menko blieb stehen. Er vermeinte Stimmen zu hören.

»Tretet ruhig auf«, raunten sie, »seid unser Gast, heute und für immer.« Das Moor schien sich zu regen, seine Finger nach ihm zu auszustrecken.

Panik drohte den Abt zu übermannen. »Bald werde ich es geschafft haben«, redete er sich ein. »Jetzt nur nicht die Nerven verlieren und hastig sein. Ich werde auf diesem Pfad bleiben und langsam, aber sicher im Dorf ankommen.«

Vorsichtig setzte Abt Menko Fuß vor Fuß. Der Boden unter ihm schien zu schwanken. Wie hatte der Nebel so schnell alles einhüllen können? Stimmen schienen ihn wieder zu rufen. In der absoluten Stille um ihn herum klang ihr Flüstern laut. Grauen erfüllte ihn, und Furcht brandete hoch wie eine Woge. Abt Menkos Atem ging stoßweise. Seine Füße suchten sich verzweifelt einen Weg durch das Binsengras. Erleichterung durchflutete ihn, als er wieder Lichter erkennen konnte. Sie schienen näher gekommen zu sein. Freudig rannte der Abt darauf zu. Doch plötzlich gab es kein Licht mehr, nur noch den Mond. Die Urangst absoluten Verlassenseins kroch in ihm hoch und erschwerte ihm das Denken.

»Irrlichter«, ein ungläubiges Stöhnen entrang sich ihm, »ich bin auf Irrlichter hereingefallen. Wie oft haben uns die

Alten davon erzählt. Irrlichter im Moor.« Verzweifelt blickte der Abt sich um. Er musste zum Pfad zurückfinden! Seine Hände zitterten. Behutsam tastend setzte er die Füße auf. Langsam schlich der Abt voran, doch dann stolperte er. Eine Wurzel stellte sich ihm in den Weg. Der Sturz war die Sache nur eines Augenblicks, und doch entschied er über Leben und Tod. Gurgelnd hieß das Moor Abt Menko willkommen. Der Morast stöhnte zufrieden. Von Grauen erfüllt, rappelte Abt Menko sich hoch. Keuchend suchten seine Hände nach Halt und fanden doch nichts außer zähem Morast. Das Moor sog ihn tief in sich hinein. Eine Wolke schob sich vor den Mond, und Dunkelheit umfing den Versinkenden. Das Atmen fiel schwer und war laut in dieser Stille, die ihn umgab wie ein modriges Tuch. Das Moor, sich seiner Beute sicher, schien keine Zeit vergeuden zu wollen. Unaufhaltsam war der Sog. Sein Körper schien Abt Menko nicht mehr zu gehören, jegliche Kontrolle entglitt ihm. Das dunkle Moor schwieg zu seinen gellenden Schreien. Glückselige Schauer schienen den Morast zu durchzucken ob des neuen Opfers. Bis zur Brust war der Abt versunken, als jegliche Hoffnung in ihm starb. Die Wolke gab den Mond wieder frei. Sein Leuchten schien dem Abt wie Hohn, ihm, der niemals wieder die Freiheit kosten würde. Seine angstgeweiteten Augen blickten neidvoll zum strahlenden Himmelskörper auf.

Eine Stimme erhob sich in seinem Inneren. Das Letzte, was er hörte, bevor sich sein Mund mit schlammigem Morast füllte, waren die Worte Bruder Egges: »Die Schatten dessen, was Ihr tut, werden über Euch kommen!«

Im Mondlicht

Mit einem Ruck fuhr Sina aus dem Schlaf. Es war ihr, als habe sie einen Schrei gehört. Schweiß stand auf ihrer Stirn, und der Atem ging stoßweise. Sie entzündete eine Kerze und ließ den Blick wie gehetzt durch den Raum gleiten. Doch da war nichts, was sie beunruhigen könnte. Sina stieß langsam die Luft aus und ließ sich behaglich zurücksinken. Ein tiefes Glücksgefühl durchdrang sie, als ihre Gedanken zu Tammo wanderten. Alles war gut! Nichts und niemand konnte sie mehr schrecken an seiner Seite.

Trotz dieser Gewissheit gelang es Sina nicht, wieder einzuschlafen. Ihr Körper war müde, doch Sinas Geist schien von einer seltsamen Unruhe befallen. Seufzend stand sie auf, warf sich einen Mantel über und verließ den Raum. Die silbernen Strahlen des Mondes drangen durch ein großes Fenster und erhellten das Dunkel. Sinas Füße liefen wie von selbst den Weg zum Fenster. Sie lehnte sich selbstvergessen gegen die kalte Mauer, und ihre Augen schweiften zu dem leuchtenden Himmelskörper. Eine Bewegung ließ sie herumfahren. Freude zog über Sinas Gesicht, als sie Tammo, wie einer geheimen Verabredung folgend, auf sich zukommen sah.

»Etwas hat mich aus dem Schlaf gelockt.« Wortlos legte er den Arm um ihre Schultern und zog sie eng an sich. Schweigend schauten sie zum Mond. Eine Wolke verdrängte für kurze Zeit das Licht. Dunkle Schatten schienen miteinander zu kämpfen, und Sina verspürte plötzlich eine abgrundtiefe Furcht. Sie klammerte sich an Tammo.

Dieser strich ihr beruhigend über das Haar. »Habt keine Angst. Die Wolke zieht vorbei und mit ihr die Dunkelheit.« Und so war es auch. Als der Mond unverhüllt zum Vorschein kam, waren alle Schatten nur noch Erinnerung.

»Ich liebe den Mond«, Sina blickte zu Tammo auf, »er hat auch unsere erste Begegnung gesehen.« Sie forschte in seinem Gesicht. Zufriedenheit und eine heitere Gelassenheit standen darin geschrieben.

Tammo nickte ihr zu. »Schon damals hat Euch mein Herz geliebt, doch mein Verstand war gefangen. Der Mond sah alle meine Kämpfe. Doch nun habe ich meinen Frieden gemacht mit der Vergangenheit und mit mir.«

Sina blickte in Tammos Augen. Sein Blick war klar. »Seine Seele ist gesundet«, dachte sie und schloss glücklich die Augen. »Ich liebe Euch, Tammo. Ich werde Euch immer lieben – vergesst das nie«, flüsterte sie leise.

Tammo zog sie mit einem glücklichen Seufzer noch enger an sich. »Der Mond wird über unsere Liebe wachen«, dachte er, und wie zur Bestätigung ergoss sich silbernes Licht durch das Fenster.

Epilog

Wiederkehr

Das Leben kehrt wieder
in den Spuren des Todes.
So wie in den Schritten der Nacht
zurückkehrt das Licht!
(Bernhard von Clairvaux)

Sönke Gerdes schloss zufrieden hinter dem letzten Gast die Tür. So viele Besucher wie in den letzten Tagen hatte das Museum lange nicht gesehen. Und solch einen Wirbel hatte es in Ostfriesland lange nicht gegeben!

Eine Moorleiche war gefunden worden. An und für sich nichts Außergewöhnliches in dieser Gegend. Das Moor war tückisch, und in vergangenen Zeiten waren viele Menschen in dem morastigen Sumpf umgekommen. Ungewöhnlich war das Kirchengerät, das außerdem zutage trat. Ein besonderer Kelch, mit einer Schale aus Achat. Nachdem bekannt wurde, das dieses Gefäß mehr als 2000 Jahre alt war, also aus der Zeit Jesu stammte, hatte Ostfriesland seine Sensation. Und seit dieser Kelch hier im Museum untergebracht war, konnte Sönke Gerdes, der Museumswärter, Besucherzahlen in Rekordhöhe verzeichnen.

Er dachte bedauernd: »Schade nur, dass der Kelch nicht hier bleiben kann. Wenn ich ihn morgen dem Kurierfahrer übergeben habe, dann werden auch die Gäste wieder ausbleiben.«

Das Gefäß sollte von einer Gruppe Spezialisten näher untersucht werden. Gerüchte waren laut geworden, es könnte sich um den sagenumwobenen Heiligen Gral handeln. Sönke Gerdes schüttelte den Kopf. So etwas konnte er sich nicht vorstellen. Dieses Gefäß gehörte doch in das Reich der Mythen und Legenden. Und doch hatten sich schon Besucher mit mancherlei Plagen und Gebrechen hierher aufgemacht. Wie ein Pilgerstrom ergoss sich während der letzten Tage die Menschenflut in das Museum.

Langsam setzte sich ein Gedanke in Sönke Gerdes fest. »Wenn dies nun wirklich der Heilige Gral ist, der Kelch, den Jesu Blut berührt haben soll?« Er seufzte. »Schade, dass der Kelch nicht selbst erzählen kann, was er ist und wie er ins Moor kam.« Sönke Gerdes trat näher an die Glasvitrine heran. Er musterte das Kirchengerät intensiv. Ganz in Ruhe ließ er es auf sich wirken. Nein, er konnte nichts Ungewöhnliches daran finden. Enttäuscht wollte sich der Museumswärter abwenden, doch dann zögerte er. Fast gegen seinen Willen nahm er den Schlüssel und öffnete die Vitrine. Behutsam griff der Wärter nach dem Gefäß und hob es heraus. Er ließ sich auf eine Bank nieder und hielt den Kelch gegen das Licht. Die letzten Sonnenstrahlen durchfluteten den Raum, und sie brachen sich in der Schale aus Achat. Und plötzlich wusste Sönke Gerdes nicht mehr, warum ihm der Kelch jemals gewöhnlich erschienen war. Bewundernd wanderte sein Blick langsam vom Fuß, einem schwarzen Edelstein, zum goldenen Mittelteil und dann zögernd wieder zurück zu der Schale. Ein seltsamer Zauber schien sich wie ein Bann über Zeit und Raum zu legen. Wärme stieg in dem Museumswärter hoch. Immer schon war er zufrieden mit seinem Leben gewesen, doch nun wusste er sich beschenkt. Alle Sorgen, alle Nichtigkeiten des Daseins schienen von ihm abzufallen, und er fühlte sich losgelöst, frei wie ein Vogel.

Glücklich ließ sich der Alte zurücksinken und schloss müde die Augen. Und während seine Hände sanft den Kelch umfangen hielten, erschienen Bilder in seinem Kopf. Er sah eine eigentümlich ursprüngliche Landschaft und eine Gestalt in braunem Mantel, die wie gehetzt durch das Moor lief.

Dies sei das Ende des Buches –
Doch nicht das Ende der Suche!
Bernhard von Clairvaux

Nachwort

Wer an einem historischen Roman arbeitet, muss ein unsteter Geist sein. Man verbringt seine Tage und auch Nächte damit, durch Geschichtsbücher zu wandern, in Museen zu stöbern, Büchereien auf den Kopf zu stellen und Leute auszufragen, immer in dem Bemühen, Wissenslücken zu schließen und auf etwas Neues zu stoßen.

Es hat eine ganz eigene Faszination, in dieser historischen Welt, die sich einem langsam erschließt, Romanfiguren zum Leben zu erwecken und sie ein Stück ihres Weges zu begleiten.

Die Zeit, in der mein Roman spielt, habe ich versucht, möglichst realitätsgetreu darzustellen. Ob ich der Wirklichkeit nahe gekommen bin, wird sich niemals mehr feststellen lassen. Ich hoffe aber, dem Lebensgefühl der damaligen Zeit, der Landschaft und den Menschen gerecht geworden zu sein.

Bei der Arbeit an diesem Roman ließ ich mich von dem Mythos der »Friesischen Freiheit« inspirieren – wohl wissend, dass es diese Freiheit der Friesen in Gleichheit und Einigkeit niemals gegeben hat. Daher habe ich mich auch bemüht, Friesland in all seiner Zerissenheit und Gegensätzlichkeit darzustellen. Einig waren sich die Friesen zu aller Zeit nur in einem, im Kampf gegen das Meer. Dieser Kampf wäre ergebnislos geblieben, wenn jedes Seeland ihn auf sich gestellt hätte führen müssen. Das Bild der »Friesischen Freiheit« mag ein Mythos sein, die Einigkeit im Kampf gegen das Meer war es nicht!

Vor diesem Hintergrund stellt sich die Frage, was gewesen wäre, wenn die Friesen des Upstalsboom-Bundes sich auch in anderen Bereichen geeinigt hätten. Vielleicht wäre der Friesenstamm niemals auf die drei Länder an der südlichen Nordseeküste verteilt worden und es hätte ein vereintes Friesland gegeben!

Die Menschen und ihr Handeln bestimmen den Lauf der Geschichte.

Erklärungen

Ganz bewusst habe ich nicht die alten Namen der Ortschaften verwendet, um eine Orientierung im heutigen Ostfriesland zu erleichtern. Eines der ostfriesischen Länder im Mittelalter war das Mormerland, nicht zu verwechseln mit der heutigen Gemeinde Moormerland.

In meiner Geschichte lasse ich die höchste aller Reliquien, den Heiligen Gral, nach Friesland gehen. Die heutigen Abendmahlkelche sind ihm symbolisch nachempfunden. Bei dem Heiligen Gral handelt es sich um einen Kelch, von dem der Legende nach schon die Kelten wussten. Sie erzählten von einem »heiligen Gefäß, das Kraft und ewiges Leben spendet«.

In späterer Zeit verbindet das Christentum den Gral mit der Jesusgeschichte. Das Wort »Gral« bedeutet »heiliges Blut«.

In Jerusalem soll Jesus bei der Feier des letzten Abendmahls den Jüngern diesen Kelch mit den Worten gereicht haben: »Mein Blut, das für viele vergossen wird.« Verrat und Demütigung folgten dem Abendmahl und zuletzt der Kreuzestod Jesu. Der Legende nach fängt Joseph von Arimathia etwas von dem Blut des Gekreuzigten im Abendmahlskelch auf. Nach Verfolgung und Einkerkerung soll es ihm gelungen sein, über das Mittelmeer entlang der alten Handelsroute nach Südfrankreich zu gelangen – den Kelch im Gepäck.

In Deutschland beschäftigt sich Wolfram von Eschenbachs *Parzival* mit dem Mythos des Grals.

Neueren Forschungen zufolge befindet sich in der Kathedrale von Valencia ein Kelch, bei dem es sich um den »Heiligen Gral« handeln könnte. Auf einem Sockel aus Onyx fußt, verbunden durch ein goldenes Mittelteil, eine Schale aus Achat, die Untersuchungen zufolge 2000 Jahre alt ist.

Im 13. Jahrhundert gliederte sich Friesland in eine Vielzahl selbständiger Landesgemeinden. Diese so genannten sieben freien Seelande (es waren weit mehr als sieben, die Zahl hatte nur symbolische Bedeutung) schlossen den Landfriedensbund und garantierten sich untereinander Frieden zu halten, sowie im Fall einer Bedrohung von außen einander beizustehen. Die einzelnen Länder wurden in jeweils drei bis vier Landesbezirke aufgeteilt. Die Bewohner der Landesbezirke wählten jeweils drei bis vier Richter für ihren Bezirk. Diese Männer bildeten gemeinsam das Landgericht, mit einem Sprecher als Vorsitzendem. Der Volksmund sprach von *Sechzehnern*, da die meisten Länder es auf sechzehn Richter im Landgericht brachten. In späterer Zeit wurden die Richter nicht mehr gewählt, sondern das Amt vererbt.

Regelmäßig am Dienstag in der Pfingstwoche oder bei sonstigem Bedarf trafen sich je zwei Abgeordnete einer Landesgemeinde als »Seeländische Richter« beim *Upstalsboom*, einem frühmittelalterlichen Grabhügel westlich von Aurich.

Geltendes Recht für alle Friesen waren die »17 Küren« und die »24 Landrechte«. Zusätzlich schufen sich die einzelnen Landesgemeinden eigene Landrechte, die nur innerhalb der Landesgrenzen galten.

Die Landesgemeinden haben sich so tief eingeprägt, dass ihre Namen zum Teil noch heute für einzelne Gebiete in Gebrauch sind (z. B. Brookmerland, Rheiderland).

Das beschriebene *Upstalsboom-Siegel* wurde von 1324 bis 1327 und 1338 genutzt. Das hohe Selbstbewusstsein der Friesen zeigt sich an der Umschrift, die eines Königs würdig ist, und an der Größe. Mit einem Durchmesser von 12 cm zählt das Siegel zu den größten des mittelalterlichen Abendlandes.

Die Segensworte auf dem Siegel entstammen der liturgischen Ordnung eines Zisterzienserordens und sind zeitlich dem Anfang des 12. Jahrhunderts zuzuordnen. Dies bestätigt mich in meiner Auffassung, dass das Zisterzienserkloster Ihlow in besonderer Weise an der Bildung eines gesamtfriesischen Landfriedensbundes beteiligt war. Meine Vermutung geht dahin, dass der Abt des Klosters auch die Siegel verwahrte und es ihm zustand, außerordentliche Versammlungen einzuberufen.

Die *Friesische Freiheit* wurde nicht von auswärtigen Grafen zu Fall gebracht. Das Machtstreben innerhalb der friesischen Länder sorgte für ständige Fehden und zerstörte schließlich den Traum eines Frieslands in Einheit und Freiheit.

Bei dem so genannte *Karlsprivileg* handelt es sich um eine gefälschte Urkunde aus der Mitte des 13. Jahrhunderts. Mit ihr soll Karl der Große den Friesen die Freiheit verbrieft haben.

Immer wieder versuchten landesfremde Grafen, die ihnen angeblich zustehende Rechte an Teilen Frieslands durchzusetzen. Ihre Bemühungen blieben meist ohne Erfolg.

Einzig die Truppen des westfälischen Grafen *von Calvelage-Ravensberg* waren erfolgreich beim Angriff gegen Ostfriesland. Sie eroberten um 1150 den Emsgau und richteten sich darin für etwa hundert Jahre ein. In Leer hielten sie Hof. In meinem Roman ist dem Grafen dieser Erfolg nicht beschieden.

Mir ist nicht bekannt, ob die Besiedelung von Ayenwolde tatsächlich nach der Julianenflut von 1164 erfolgte. Die ersten Siedlungen datieren aus der Zeit des 10./11. Jahrhunderts.

Früher wurden die Sturmfluten von den Küstenbewohnern als göttliche Strafgerichte angesehen. Es waren »Sündfluten« (Sintfluten), die Gott über das Land ergoss, um frevelhaftes Verhalten und gotteslästerliches Tun zu strafen.

Bei der Beschreibung der *Wasserburg* des Freese Tammena habe ich mich an die beim Abbruch der alten Petkumer Burg im Jahre 1812 notierten Aufmessungen und Beschreibungen gehalten. Der Wehrturm ist einem der ältesten Steinhäuser Ostfrieslands, dem *Steinhaus Bunderhee*, nachempfunden.

In dem großen Gebiet des Dollarts, das im Laufe des Spätmittelalters nach und nach dem Meer zum Opfer fiel, befanden sich mehrere Klöster. Das bedeutendste war wohl das *Kloster Palmar*. Es gehörte zum Orden der Prämonstratenser.

Die beschriebene *Muttergottes* in der Klosterkirche Palmar befindet sich heute in der Kirche Funnix. Sie stammt aus dem frühen 13. Jahrhundert.

Auf dem Grab *Kaiser Heinrichs II.* in Bamberg findet sich die Szene der im Kapitel »Der weiße Teufel« beschriebenen Legende wieder. Die jenseitigen Mächte ringen vor dem Totengericht um die Seele Heinrichs II. Die so genannte »Seelenwägung« wurde gestaltet von Tillmann Riemenschneider.

Meine Beschreibung des *Kreuzzuges* ist der Realität nachempfunden. Ob es in den Reihen der Kreuzfahrer Widerstand gegen das Vorgehen des Heeres gab, ist mir nicht bekannt. Aber wie zu allen Zeiten, wird es auch damals Menschen gegeben haben, die das Unmenschliche sahen und bekämpften.

Einige Friesen kehrten vorzeitig vom Kreuzzug zurück. Der Papst drohte ihnen mit der Rache Gottes, einer großen »Sündflut«. Im Januar 1219 kam die *Marcellusflut* über Friesland.

Die im Kapitel »Böse Träume sind wie Ratten, die an der Seele nagen« beschriebene *Münze* wurde in Norden an einer alten Burgstätte gefunden. Es war die Münze eines muhamedanischen Herrschers aus dem Geschlecht der Almohoaden, die in Nordafrika und Spanien herrschten. Als Prägeherr der Münze gilt der Kalif Abu-Jusuf-Jakob. Er regierte von 1213 bis 1223.

Der beschriebene separate *Glockenturm* von *Strackholt* wurde Anfang des 14. Jahrhunderts erbaut. Da frei stehende Glockentürme eine Besonderheit der Kirchen auf der ostfriesischen Halbinsel sind, war es mir ein Anliegen, diesen Turm zu erwähnen. Die ersten frei stehenden Türme aus Backstein wurden im späten 13. Jahrhundert gebaut.

Das *Kirchengebäude* von Strackholt ist ein Backsteinbau im romanischen Stil und entstand um das Jahr 1240 als einschiffiger Bau mit Apsis. Der *Taufstein* aus Sandstein Bentheimer Typs stammt aus der Bauzeit dieser Kirche.

Im Jahre 1216 bat der Abt des ersten Zisterzienserklosters im friesischen Raum, Kloster Klaarkamp, beim Generalkapitel in Citeaux um Aufnahme des benediktinischen Doppelklosters Meerhusen in den Orden. Dem Wunsch wurde unter der Voraussetzung entsprochen, dass das Männerkloster von dem der Frauen räumlich getrennt sein müsse. Im Jahre 1218 begann man mit den Bauarbeiten für das Kloster »Scola Dei« (Gottesschule). Erst im Jahre 1228 aber gab der Erzbischof Gerhard von Bremen nach langem Zögern seine Zustimmung zum Beitritt der Meerhuser Mönche in den Zisterzienserorden. So wurde das *Zisterzienserkloster Ihlow*, in dem ein Teil der Romanhandlung spielt, als Tochterkloster von Aduard (westlich von Gronigen) und Enkelin des Klosters Klaarkamp in den Orden aufgenommen. Die Bedeutung des Klosters nahm stetig zu. Es spielte eine überragende Rolle im politischen Leben Frieslands und besaß wohl die größten Ländereien unter den ostfriesischen Klöstern.

Genau genommen befand sich also das Koster Ihlow im Handlungszeitraum meines Romans noch im Bau. Tatsächlich konstituierte sich der Konvent erst 1230, nachdem 1228 die Besiedlung mit Mönchen aus Aduard erfolgt war.

Einige Gedanken zu dem Thema: »Welches ist der wahre Glaube«, entlieh ich mir aus der Dichtung *Willehalm* Wolfram von Eschenbachs sowie aus Gotthold Ephraim Lessings *Nathan der Weise*.

Das *Kokosnussreliquiar des heiligen Willehad* befindet sich in der Domkammer der Kathedralkirche St. Paulus in Münster und entstand um 1230. Die Bergkristallfigur ist vermutlich iranischen Ursprungs und aus dem 10. Jahrhundert. Das ursprüngliche Haupt der Löwenfigur wurde durch den zurückgewandten Kopf des Lammes ersetzt, ein Hinweis auf die Wiederkunft Christi zum Weltgericht.

Die *Fehde zwischen den Wangerländern und den Östringern* entstand tatsächlich während einer Beerdigung, bei der Redeward erschlagen wurde. Jahrelang dauerten die Kämpfe zwischen den beiden Parteien, bis endlich im Jahre 1178 der Erzbischof Balduin von Bremen als Vermittler auftrat und der »verbriefte Friede« wieder hergestellt wurde.

Bei der so genannten *Stiefelrevolte* lehnten sich Laienbrüder des Klosters Eberbach (1221) und des Tochterklosters Schönau (um 1180) gegen diskriminierende Bestimmungen auf.

Da die Konversen anderer Klöster immer wieder gegen ihre Zweitrangigkeit ankämpften, ist zu vermuten, dass auch die Laienbrüder des Klosters Ihlow darunter gelitten und sich gewehrt haben.

Quellenverzeichnis

1 *Die Friesen – Das Volk am Meer*, Franz Kurowski, Augsburg 1996

2 *Ostfriesland. Geschichte und Gestalt einer Kulturlandschaft*, Hrsg.: Karl-Ernst Behre und Hajo van Lengen, Aurich 1996

3 *Die Politische Geschichte Ostfrieslands*, Heinrich Schmidt, in: Ostfriesland im Schutz des Deiches, Band V, Leer 1975

4 *Landeskunde Ostfriesland*, Eberhard Rack, Norden 1974

5 *Ostfriesland: Natur, Geschichte, Wirtschaft*, Krömer, Schmidt, van Lengen, Leer 1987

6 *Geschichtliches und Kirchengeschichtliches aus Ostfriesland*, Franz J. Klee, Band I (1989) und II (1992), Leer

7 *Sturmfluten, Küstenschutz zwischen Ems und Weser*, Johann Kramer, Norden 1986

8 *Der Heilige Gral. Ursprung, Geheimnis und Deutung einer Legende*, Malcolm Godwin, München 2000

9 *Die Geschichte Ostfrieslands*, W. Perizonius, Band I, Weener 1868 (Nachdruck Leer 1974)

10 *Ostfriesische Geschichte*, Tilemann Wiarda, Band I, 2. Auflage, 1797 (Nachdruck Leer 1968)

11 *Ostfriesland Kalender*
1924, 1925, 1926, 1930, 1940, 1939, 1936, 1951, 1957, 1988, 1992

12 *Ostfriesland Magazin*
1984 Nr. 8
1989 Nr. 1
1996 Nr. 7

1995 Nr. 3
1992 Nr. 7
1993 Nr. 6, 12
2000 Nr. 4, 6, 10
1987 Nr. 10, 11
2003 Nr. 5

13 *Die Kreuzzüge*, Band 60, Nürnberg 1993

14 *Schlaglichter der Weltgeschichte*, Hrsg: Bundeszentrale für politische Bildung, Bonn

15 *Das Buch vom Europäischen Mittelalter*, Mike Corbishley, Würzburg 1991

16 *Die Ritter. Blick in die Geschichte*, D. Nicolle, Erlangen 1997

17 *Die Suche nach dem Heiligen Gral*, Film von Jens-Peter Behrend, Reihe: Sphinx – Geheimnisse der Geschichte, ZDF 2000

18 *Heinrich II. – Kaiser und Heiliger: Ein Herrscher an der Jahrtausendwende*, Film von Steffi Illinger, Bayerisches Fernsehen 2002

19 *Alle Schönheit des Himmels. Die Lebensgeschichte der Hildegard von Bingen*, Charlotte Kerner, Hemsbach 2003

20 *Das große Buch der Burgen*, Philip Steele, Nürnberg 1996

21 *Friesische Blätter*, 38. Jahrgang Nr. 8, Eine heimatkundliche Beilage des General-Anzeigers, Rhauderfehn, August 2001

22 *Die Kreuzritter*, Georges Tate, Ravensburg 1993

23 *Unser Ostfriesland* Nr. 11 und 12, »Die Zisterzienser in Vergangenheit und Gegenwart«

24 Informationstafeln zur Ordens- und Klostergeschichte des Klosters Eberbach, Herausgeber: Stiftung Kloster Eberbach

25 »Walkenrieder Zeittafel«, Abriss der Orts- und Klostergeschichte, Friedrich Reinboth und Walther Reinboth sen., Schriftreihe des Vereins für Heimatgeschichte Walkenried und Umgebung e. V., Heft 16

26 *Eala Frya Fresena. Die Friesische Freiheit im Mittelalter*, ergänzende Broschüre zur Ausstellung »Friesische Freiheit«

27 Beiblatt zur Ausstellung: »Die Friesische Freiheit des Mittelalters«, Exponate der Woche: Kokosnussreliquiar des hl. Willehad, Dr. Rainer Driever

28 Auszug aus: »Karl der Große, Jungfrau Maria und andere Heilsbringer als Garanten und Patrone Friesischer Freiheit«, Hajo von Lengen, »Zu den Siegeln der Landesgemeinden Frieslands im Mittelalter«

29 Ausstellung: »Die Friesische Freiheit des Mittelalters – Leben und Legenden«, zum Exponat der Woche: »Kokosnussreliquiar des hl. Willehad«